Romanzi e Racconti   513

Giorgio Faletti
Appunti di un venditore di donne

B.C.Dalai *editore*
Editori dal 1897

www.bcdeditore.it - info@bcdeditore.it

In copertina: fotografia Shutterstock/Tereza Dvorak e illustrazione ALE+ALE
(elaborazione grafica)

© 2010 Baldini Castoldi Dalai *editore* S.p.A. - Milano
ISBN 978-88-6073-539-3

A Marcella e Corrado
che non se ne sono mai andati

D'accordo, mangiamola.
Adamo ed Eva

Io mi chiamo Bravo e non ho il cazzo.

Questa poteva essere la mia presentazione. Il fatto di andare in giro con un soprannome invece che con un nome vero e proprio non significa niente. Ognuno è quello che è, a prescindere dalle scie burocratiche che si tira appresso come le stelle filanti dopo un veglione di Carnevale. La mia vita non sarebbe cambiata di una virgola, qualunque nome avessi avuto da offrire insieme a una mano da stringere. Niente di più e niente di meno. Non una salita o una discesa, non un braccio di mare calmo o agitato dove affannarsi o di cui rimpiangere l'affanno. Non avere un nome era un provvido cono d'ombra in cui celarsi, un volto appena intravisto, una figura appena percepita, il nulla, il nessuno. Dal momento in cui io ero quello che ero, una simile condizione racchiudeva nello specifico tutto ciò che mi serviva, senza opzioni e senza deroghe.

Per quanto riguarda quell'altro particolare anatomico, vale la pena di soffermarsi un poco.

Io non sono nato così.

Non c'è stato a suo tempo uno sguardo attonito di qualche medico che mi ha visto uscire dalla preposta fessura sguarnito di tutto punto, né un'occhiata perplessa a una madre ancora percossa dall'ultima, definitiva spinta del parto. Non ci sono state tenerezze infantili verso un bambino gravato da un handicap perlomeno singolare e suscettibile di pesanti battute negli anni a venire. O tragiche confidenze adolescenziali con il capo chino e gli occhi che sembrano voler imparare a memoria la punta delle scarpe.

Quando mi sono presentato al mondo tutto era al suo posto. Fin troppo, direi, alla luce dei fatti emersi. E fino a un certo giorno, quel tutto al suo posto è stato fonte di diversi disagi per delle avventurose e avventate signore e signorine che non cercavano altro. Ho sempre pensato che quello fosse un loro problema.

Fino a che il problema di una di loro è diventato il mio.

Il come e il quando e il perché non saranno in futuro oggetto di esame da parte degli storici. Si è trattato semplicemente della persona sbagliata di cui accorgersi nel momento sbagliato. Reo confesso, per quanto può servire. Per mia stessa ammissione e non per mia recriminazione. L'ordine delle cose nella vita di ognuno è quello che è e basta. Talvolta non ci sono modi e motivi per comportarsi in maniera diversa. O, se ci sono, nel mio caso sono stati di difficile avvistamento. Ora anche la semplice proposta di un perché sarebbe solo uno spillo in più in una bambolina voodoo che ha la mia faccia.

Una notte di quelle in cui il tempo segna un punto c'è stato qualcuno che con una affilata lama di rasoio e un bel po' di rabbia e sadismo mi ha messo nella condizione attuale. Mi ha lasciato steso a terra, con una macchia di sangue ad allargarsi sui pantaloni e in bocca una voce sempre più ridotta a un soffio man mano che la macchia diventava un grido. Sono stato cacciato dal teatro e sono stato costretto a passare dal palco alla schiera degli spettatori. Scaraventato nell'ultima fila, direi. Eppure il dolore di quel taglio non è stato niente in confronto al dolore dell'applauso.

Fino ad allora avevo parlato per convenienza di amore e praticato per piacere personale il sesso. Ora mi trovavo nella condizione di non essere più costretto a promettere quell'amore perché non ero più in grado di ricevere in cambio il suo corrispettivo monetario. Il sesso, appunto.

Il corpo di un uomo non mi diceva nulla e io non avevo nulla da proporre al corpo di una donna.

A sorpresa, è subentrata la quiete. Niente più salite o discese, solo pianura. Niente più mare calmo o agitato. Solo la beffa della bonaccia, quella che non gonfia e non straccia vele. Adesso che non c'era più ragione di correre, avevo modo di guardarmi intorno e vedere come girava davvero il mondo.

Amore e sesso.

Bugie e illusioni.

Un attimo dell'uno e un attimo dell'altro. Poi via alla ricerca del prossimo scalo, del prossimo indirizzo appuntato nella mente con mezzi di fortuna. A naso, a fiuto, a tentoni. Ciechi, sordi e muti con il solo ausilio del tatto e dell'olfatto, l'ultima frontiera dell'istinto.

Quando ho riacquistato la vista, l'udito e la parola ho riflettuto e ho capito.

Subito dopo ho accettato.

Nel tratto immediatamente successivo ho agito.

Da allora è stato versato del sangue, materia prima di poco valore in qualunque parte del mondo. Delle persone sono morte e forse valevano meno ancora. Alcuni dei responsabili hanno pagato, altri l'hanno fatta franca. Come tutte le cose che hanno una fine nella morte, anche questa ha un suo piccolo inizio.

Tutto è cominciato quando ho capito che c'erano delle donne disposte a vendere il proprio corpo per avere del denaro e quando mi sono reso conto che c'erano uomini disposti a spendere il proprio denaro pur di avere quel corpo.

Ci vogliono avidità o rancore o cinismo per essere nel mezzo di questo scambio.

Io li avevo tutti e tre.

APRILE 1978

CAPITOLO 1

Quando io e Daytona usciamo in strada è l'alba.

Ci fermiamo sul marciapiede a due passi di distanza l'uno dall'altro, a respirare l'aria fresca del mattino, che persino in una grande città dà l'idea di essere pura. In realtà il respiro di Milano è un fiato pesante, esattamente come gli aliti che dobbiamo avere noi in questo momento. L'unica cosa a essere pura è la suggestione, ma si vive anche di questo.

Daytona allarga le braccia, sbadiglia e si stira.

Mi pare di sentire uno scricchiolio che arriva dalla sua schiena, ma forse è solo un'impressione. Sul viso ha le tracce della notte passata a giocare a poker e a pippare coca. È intofanato la sua parte, si vede dal gioco dei muscoli che si contraggono sulle mascelle. Il doppio riporto che gli copre la calvizie come un gioco di prestigio e di lacca ha un poco ceduto e gli pende di lato, simile a un basco peloso. Ha la pelle smorta e un segno scuro intorno agli occhi. I baffetti lo fanno sembrare uno di quei personaggi dei cartoni animati, quelli nevrotici e malvagi, che finiscono per essere comici loro malgrado.

Porta la mano davanti alla faccia, sfila il polsino orlato dalla notte in bianco e guarda l'ora.

«Cristo, sono quasi le sei.»

Daytona lo dice come se fosse un problema. Come se per lui fosse un'eccezione essere ancora sveglio a quest'ora. Come se avesse qualcuno a cui rendere conto della propria vita, a parte se stesso e a volte la polizia. Lascia cadere il braccio e l'orologio scompare. Quell'orologio è l'origine del suo soprannome. Da anni porta un Rolex Daytona d'oro modello Paul Newman.

Quando lo porta.

Questo dettaglio rende molto facile distinguere i suoi periodi grami da quelli buoni. Basta osservargli il polso sinistro. Se non c'è l'orologio vuol dire che è impegnato al Monte di Pietà. E se è impegnato vuol dire che Daytona si sta arrabattando come può per riportarlo a casa. Senza andare troppo per il sottile sui mezzi e sui metodi.

Comunque adesso l'orologio c'è e lui è reduce da una notte senza freni e da una fortunata partita a poker. Dopo la chiusura ci siamo fermati nella saletta dell'Ascot Club, quella di fianco al bar. Lui, Sergio Fanti, il Godie, Matteo Sana detto Sanantonio e io. Bonverde, il proprietario, se n'è andato con sua moglie subito dopo l'ultimo spettatore e ha lasciato a Giuliano, il direttore, il compito di chiudere il locale. Senza curarsi di quello che sarebbe accaduto dopo la sua uscita di scena. Siamo rimasti lì, a respirare un odore residuo di umanità promiscua, nell'umido che sa di fieno di una moquette che non prende aria da anni. Sono saltate fuori le carte, le sigarette e qualche metro di cocaina.

Le ore, le sigarette e le carte sono passate e quando la coca è stata solo un ricordo, Daytona è risultato il protagonista indiscusso dell'avvenimento. Il colpo grosso è stato un poker di nove caduto sul tavolo come una saetta a far giustizia di un full servito e di un colore. E a regalargli il piatto forte della serata.

Come se mi avesse letto nel pensiero, Daytona si volta verso di me.

«Che bel culo che ho avuto stasera. Ci voleva proprio.»

Sorrido anche se ho cercato di non farlo. Giro la testa a guardare il traffico ancora incerto del mattino. Poche macchine si muovono indolenti per via Monte Rosa. All'interno ci sono fantasmi spaventati che rientrano e fantasmi illusi di essere spaventosi che escono verso la loro dannazione quotidiana. Da osservatore, mi pare che alla dea bendata Daytona abbia fornito un nome e un indirizzo, con qualche giochetto di destrezza non del tutto impeccabile. Non per me, almeno. Però non sono affari miei. Io non gioco, di conseguenza non vinco e non perdo. Io da sempre sono lo spettatore che vede e si fa gli affari suoi. Questa, da regola di vita, è diventata nel tempo una piacevole consuetudine. Si vive meglio e, in certi ambienti, si vive tout court.

Torno a lui.

«Bel culo davvero. Quanto hai vinto?»

Daytona mi controlla per vedere se ci sia ironia sul mio viso. Non ce la trova o forse preferisce non trovarcela. Infila la mano in tasca senza tirarla fuori, come se bastasse il tatto per contare i soldi. Mi pare di vederle le sue dita grassocce e pelose che cincischiano le banconote con il movimento ruvido che di solito si usa con i soldi facili.

«Un milione e otto, più o meno.»

«Bel colpo.»

«Già. Piatto ricco mi ci ficco.»

Si sfrega le mani soddisfatto e a me viene da pensare che certi esseri umani fanno molta fatica a imparare dai loro errori. La stessa fatica che faccio io per non sorridere di nuovo. Una volta, durante una partita con gente non alla sua altezza, a forza di ripetere quella frase, Daytona si è preso un cazzotto in faccia da uno più alto, più grosso e più armato di lui. Senza la possibilità di reagire, per ovvi motivi. Ha girato per un bel po' con un occhio nero che lo faceva sembrare un dalmata paffuto e triste. E un bel codazzo di risatine a seguirlo come uno strascico da sposa.

Alle nostre spalle spuntano gli altri.

Salgono dalla scala sotto un'insegna che di sera rappresenta un invito a scendere all'Ascot Club, il tempio indiscusso del cabaret milanese. Sulle pareti a lato dei gradini consumati ci sono i manifesti dei grandi che all'inizio della loro carriera sono passati fra quelle mura, su quelle tavole, sotto quelle luci. Ogni giorno, in strada, accanto all'ingresso del locale, viene messa una bacheca luminosa che annuncia i nomi di quelli che ci stanno provando.

Un passato interlocutorio, un futuro di gloria e un presente di speranza. Tutti riuniti nel vecchio assioma che a Milano, dopo una certa ora di notte, in giro ci sono solo poliziotti, artisti, delinquenti e puttane.

Il difficile è sempre stato capire chi è chi.

Giuliano esce per ultimo. Si attarda a chiudere una saracinesca che sigilla definitivamente l'Ascot Club e lo mette al riparo dalla contaminazione del giorno.

Gli altri ci raggiungono.

Il Godie si avvicina a Daytona e gli appoggia l'indice e il medio aperti a forbice sul collo.

«Tac! Catturato. Brutto rotto nel locu.»

Il Godie ha un modo di parlare e di fare piuttosto folcloristico. Rappresenta molto bene il posto, l'ora e la gente con cui sta. Quella cerchia di persone che si esprime con un linguaggio che avrebbe la pretesa di essere riconoscibile, se non originale. Basta invertire le sillabe delle parole, per cui il cane diventa neca, la roba diventa baro, e il grano diventa il nogra. E Diego, il suo vero nome, diventa Godie.

Il Godie, per essere precisi.

Semplice e forse anche un po' stupido. Ma ognuno si appunta le medaglie che crede.

Daytona gli tira via la mano.

«Ma che locu. Non siete capaci di giocare. E tu meno di tutti.»

Il Godie lo spinge per un gomito.

«Ma vai a cagare. Ricordati che a Las Vegas c'eravamo solo io e Steve McQueen.»

L'umorismo è quello di sempre, un poco ripetitivo, a volte ispirato e a volte ispiratore di quello degli artisti che ogni sera si esibiscono all'Ascot.

Giuliano ci raggiunge. Anche lui, come me, non ha partecipato al gioco. Solo alle baldorie limitrofe. Credo abbia intascato una cagnotta per avere messo a disposizione il locale. Ma, come al solito, non sono affari miei.

«Allora, che si fa?»

Sergio Fanti, statura media, magro, calvo, naso pronunciato, guarda l'ora. Tutti sappiamo quello che sta per dire.

«Io ho giusto il tempo di andare a casa, fare una doccia e filare in ufficio.»

Sergio è l'unico che ha un lavoro serio. Si occupa di moda e il suo vestito spiegazzato ma elegante lo conferma. Nessuno sa come riesca a conciliare le sue notti di fuoco e rock'n roll con un'attività commerciale, ma ce la fa. L'unico indizio dei suoi misfatti sono due occhiaie da reggiseno che si porta in faccia come una griffe.

Matteo Sana sbadiglia. Poi si liscia la barba incolta, che comincia ad avere qualche venatura bianca, come i capelli.

«Io vado a farmi un cappuccino da Gattullo.»

Il Godie appoggia anche a lui le dita a forbice sul collo. Con la sua voce così milanese da sembrare una caricatura, aderisce alla proposta.

«Tac! Mi adeguo. Vedo e rilancio. Cappuccino con brioche.»

Giuliano guarda me e Daytona.

«Voi due venite?»

Daytona si batte con l'indice il dorso della mano.

«Io passo.»

Scuoto la testa.

«Idem. Io vado a baita.»

Vediamo i quattro allontanarsi e raggiungere la Bmw 528 di Sergio Fanti, che alla fine ha ceduto. Il Godie si agita e parla, come sempre quando è un poco fatto. Salgono e, nascosto nel rumore delle portiere che sbattono, il motore si avvia, sbuffando dalla marmitta un fumo azzurrognolo. La macchina esce dal parcheggio e si dirige verso piazza Buonarroti, in direzione Pasticceria Gattullo, a Porta Lodovica.

Me li vedo entrare sconvolti nel locale che, nel tempo che impiegheranno ad arrivarci, si sarà popolato di gente che ordina cappuccino e brioche. Contrariamente ai loro propositi, chiederanno magari tre whisky e un Campari, facendo girare una decina di teste. Poi andranno a casa e per dormire prenderanno un Roipnol, per combattere l'effetto della coca e la tachicardia provocata dall'anfetamina con cui di certo è stata tagliata. La notte è finita ed è così che certi animali rientrano nelle tane.

Io e Daytona ci ritroviamo sul marciapiede, di nuovo soli.

«Sai cosa ci vorrebbe per finire bene una serata fortunata?»

«No.»

Lo so, invece. Lo so benissimo. Ma voglio sentirlo dire da lui.

Daytona mi guarda con il suo riporto andata e ritorno e gli occhi che luccicano, per quanto possano luccicare dopo una notte insonne. Poi indica con la testa un punto dall'altra parte della strada.

«Un passaggio a Nord-Ovest con quella bella gafi.»

Sorrido, questa volta senza dovermi nascondere.

Di fronte all'Ascot Club, c'è un palazzone di uffici tutto occupato dalla Costa Britain. Sono quattro piani che tengono un bel pezzo dell'isolato. Dall'angolo con via Tempesta fino a superarci verso piazzale Lotto. Cemento, metallo e vetri. E lampadine sempre accese a illuminare soffitti e scrivanie deserte, per ricordare a tutti che in questa città anche quando si riposa si pensa al lavoro.

Dalla porta a vetri è appena uscito un gruppo di persone. Sono le donne delle pulizie. Hanno svuotato cestini, passato l'aspirapolvere e pulito bagni, forzate della notte che hanno sgobbato fino a ora per far trovare tutto in ordine ai forzati del giorno. Un paio si sono allontanate subito, richiamate da un letto o da una colazione. Le altre si sono attardate a parlare, forse con la stessa nostra sensazione che l'aria a quest'ora del mattino valga la pena di essere respirata. Fra di loro ce n'è una che si è fermata ad accendere una sigaretta, rimanendo un poco isolata dalle altre. È alta e sottile e i vestiti senza forma non riescono a nascondere una certa grazia. I capelli sono lunghi e castani e il viso è chiaro, pieno di luce.

E rassegnato.

La indico con la testa anche io.

«Quella?»

«Sì. Gran bella gallina.»

Guardo Daytona, che già nel cervello si sta vivendo un film. E non è di certo un film che potrebbero proiettare in un cinema di corso Vittorio.

«Quanto vale, per te?»

«Una gamba, se ci stesse.»

Centomila lire sono un bel paio di scarpe, con i tempi che corrono. Che corrono sempre più veloci.

«Duecento e ci sta.»

Daytona allarga gli occhi. Non mette in discussione le mie parole, mette in discussione la cifra.

«Cristo, due gambe.»

«Centocinquantamila a lei e cinquanta a me.»

«Sei un pezzo di merda.»

Lo guardo come potrei guardare un emigrante con una valigia di cartone.

«Sono le sei del mattino, sei solo, sei brutto e quella è una bella ragazza.»

È indeciso. Forse non riesce a comprendere se scherzo o parlo sul serio.

Gli do il colpo di grazia.

«Hai appena vinto un milione e otto. Ti resta un milione e sei.»

«Ok. Vediamo cosa sei capace di fare.»

Lo lascio lì. Adesso tocca a lui fare da spettatore. Attraverso la strada e mi avvicino alla ragazza, che sta fumando con la borsa su una spalla e mi osserva facendo le sue valutazioni. È molto più carina, vista da vicino. È bella, addirittura. Ha occhi nocciola chiaro, malinconici, che forse hanno visto troppa periferia e raccontano di cose desiderate e mai avute.

Le sorrido.

«Ciao. Mi fai accendere per favore?»

Lei tira giù la borsa, ci fruga dentro e mi tende un accendino di plastica. Deve lavorare qui da poco. Le mani non sono ancora consumate dai detersivi e dai mestieri, di casa e non. Da come mi guarda capisco che ha intuito che quello del fuoco è stato solo un pretesto. Neppure troppo originale, se devo essere sincero.

Prendo le Marlboro e me ne accendo una. Indico in mezzo al fumo il palazzo alle sue spalle.

«Lavori qui?»

Fa un gesto vago con la testa.

«Donna delle pulizie. Se questo lo chiami un lavoro, sì, lavoro qui.»

«Come ti chiami?»

«Carla.»

«Bene, Carla. Posso farti una domanda personale?»

Lei applica la regola del silenzio assenso. È curiosa. Questo significa che è anche sveglia.

«Quanto prendi di stipendio?»

Mi studia, attende di sapere dove voglio andare a parare. Non c'è timore nei suoi occhi e questo mi piace.

«Centottanta.»

«Vuoi guadagnarne centocinquanta in un paio d'ore?»

Lei capisce subito. Mi aspetto uno schiaffo che non arriva. Cosa molto significativa. Forse non è nuova a un certo tipo di proposte. Forse è in una situazione di particolare bisogno. Forse, in un lampo, ha semplicemente intravisto una strada per andarsene dalla periferia, dai surgelati e dai vestiti dell'Upim. Le ipotesi sono tante e nemmeno una mi interessa.

Resta da chiarire una sola cosa e lei lo fa.

«Con chi?»

Faccio un gesto con la testa verso un punto dietro di me. Lei individua Daytona dall'altra parte della strada. Poi mi guarda con un poco di delusione negli occhi. Infine li abbassa e cerca l'asfalto, prima di rispondere.

«Non è Robert Redford.»

Esibisco un'espressione innocente, come si fa davanti all'ovvio.

«Se lo fosse, io non sarei qui a parlare con te.»

Guarda le altre che in gruppo sembrano aspettarla a pochi passi di distanza. Da quando è iniziata la nostra conversazione hanno continuato a studiarci facendo le loro considerazioni. Qualche risolino e qualche occhiata. Non escludo che qualcuna potrebbe essere di invidia. Carla torna a girare lo sguardo verso di me, con un'aria di sfida nei suoi occhi nocciola.

Parla a bassa voce, come se fosse un pensiero sfuggito dalle labbra. Propone un'alternativa.

«Con te ci verrei gratis…»

Scuoto leggermente la testa e chiudo ogni ipotesi in questo senso.

«Io sono fuori discussione.»

Le serve un chiarimento.

«Non ti piaccio io o proprio non ti piacciono le donne?»

«Nessuna delle due cose. Diciamo che in questo frangente sono solo un intermediario.»

Carla resta in silenzio. Capisco che sta valutando i pro e i contro. Non credo che sia una questione morale, solo di opportunità. Magari appartiene a una di quelle famiglie in cui il padre è proprietario di tutto quello che c'è in casa, figlie comprese. Si tratta solo di dare un prezzo adeguato a qualcosa che abitualmente è costretta a concedere senza possibilità di scelta. O magari sono tutte idee che mi sto facendo io e, come sovente accade, la verità è un'altra. Nessuno può sapere davvero cosa passa nella testa della gente.

A volte interessa solo quello che la gente decide di fare.

Carla fa un cenno affermativo con il capo.

«Digli che mi aspetti davanti all'Alemagna, in via Monte Bianco. Due minuti e sono lì.»

Le indico la Porsche arancione di Daytona. È un esemplare vecchio, dal prestigio appannato. Un prestigio lasciato nelle mani del primo proprietario, che ora guida di certo l'ultimo modello. Ma per tipi come Daytona e per la gente che frequenta quell'automobile è in ogni caso un biglietto da visita.

«La macchina è quella.»

«Va bene.»

Mentre parliamo, le sue compagne di lavoro si allontanano. Carla pare sollevata. Per il momento non deve offrire una spiegazione. Sono certo che il giorno dopo ce l'avrà già pronta. Il denaro e il senso di colpa sono ottimi incentivi alla menzogna.

«Solo un consiglio.»

«Sì?»

«Fatti offrire un caffè e non salire in macchina se prima non hai il denaro nella borsa.»

Lei mi guarda con un sorriso che non è del tutto un sorriso.

«È così che si fa?»

«Sì, è così che si fa.»

Mi volto per andarmene e dall'altra parte della strada mi rientra negli occhi la figura in attesa di Daytona. Attraverso e sono da lui. Ha assistito al dialogo, senza sapere che cosa in realtà stesse succedendo, esattamente come le colleghe di Carla. Quando sono alla sua altezza getto il mozzicone della sigaretta e soffio l'ultima boccata di fumo ad aumentare lo smog di Milano.

«Allora?»

«Aspettala davanti all'Alemagna. Ti raggiunge lì.»

«Quanto?»

«Centocinquanta, come ti avevo detto.»

«Cazzo.»

Forse Daytona non crede alle proprie orecchie e con questa parola intende esprimere meraviglia. O forse sperava in uno sconto. Nel proprio fascino ha smesso di crederci da tempo.

«E le cinquanta a me.»

Gli tendo una mano con il palmo rivolto verso l'alto. Lui capisce e si fruga in tasca. Poi mi allunga una banconota tutta spiegazzata, come è giusto che sia per i soldi guadagnati senza fatica. Solo che questa volta li ho guadagnati io. Senza barare. Il gioco è vecchio come il mondo e io ne conosco le regole. Anche Daytona le conosce, ma non si abbassa ad applicarle. Gli basta che ci sia qualcuno che lo faccia per lui. Come tanti, è disposto a pagare, per questo.

Mentre infilo il denaro nella tasca della giacca mi guarda con intenzione.

«Non farmi scherzi, Bravo.»

Scrollo le spalle.

«Lo sai che io non ne faccio mai.»

Daytona si avvicina alla Porsche, la apre, sale e accende il motore. Aspetta che la strada sia libera, e parte verso piazzale Lotto. Al semaforo verde gli stop si accendono e l'automobile sparisce sulla destra, verso una discutibile avventura.

Ora sono rimasto solo io.

Frugo in tasca della giacca, trovo le chiavi e mi avvio alla macchina, una Mini Innocenti blu, parcheggiata lì vicino.

Salgo sul mio anonimo mezzo. Alla mia sinistra Carla passa veloce, diretta al suo appuntamento. Mi vede e china lo sguardo a terra. In bocca al lupo, ragazza. Un mese di stipendio per due ore di lavoro non sono un brutto affare, se ci si sa adattare. Lei ha dimostrato di volerlo fare. Per me è stato invece una specie di divertimento, perché di solito ho contratti e contatti di ben altra portata. Non mi chiedo contro che cosa sia quello che ho appena fatto e che faccio abitualmente.

La legge degli uomini è una linea tracciata con mano nemmeno troppo ferma. C'è chi supera il confine e chi lo rispetta. Io ho la convinzione di viverci sopra sollevato di una spanna, senza poggiare mai i piedi da una parte o dall'altra. Non mi pongo problemi perché il mondo che ho intorno non me ne pone.

Può piacere o no, ma questo sono io.

CAPITOLO 2

Con te ci verrei gratis...

Le parole della ragazza hanno ancora voce nelle mie orecchie mentre percorro la Nuova Vigevanese diretto verso casa. E i suoi occhi sono ancora immagine. Per cacciare suoni e apparenze e voglie sovrappongo al tutto il viso congestionato e le probabili parole di Daytona mentre sta a letto con lei. Me la rappresento sbucciata in modo frettoloso dalle sue mani grassocce, con dita dalla pelle bianca sotto i peli neri. Conosco il gesto impaziente con cui si è abbassato i pantaloni e le ha spinto la testa fra le gambe. So cosa succederà o cosa è successo dopo. Un rapporto come viene, reso impervio dagli effetti della coca, dall'indifferenza della ragazza e dall'anonimato del motel.

Ma Daytona non è il tipo da badare a certe cose. Non ha la forza per essere un animale da preda e la ragazza non ha l'ingenuità di una gazzella. È solo un contratto, che prevede cose da dare e cose da ricevere. Ci sono persone per cui la prospettiva dell'atto è più importante del suo compimento. Questo è uno di quei casi. Per altri motivi e in un'altra direzione vale anche per me.

Un semaforo passa dal giallo al rosso e io mi fermo e accendo una sigaretta. Mentre giocavamo alla bella vita, per il resto del mondo la domenica si è trasformata in un lunedì. Intorno a me il traffico inizia a ingarbugliare una matassa che sarà salda e inestricabile fra mezz'ora o poco più. Ma prima

27

di allora io sarò già nascosto in casa. Non c'è nessun fascino nell'essere un animale notturno, né gloria alcuna. A volte è una mistificazione, perché il buio impasta tutto, credenze e verità. Documentari continuano a mostrarci scene di leoni che banchettano e branchi di jene che si aggirano in attesa di contendersi gli avanzi. In realtà spesso sono le jene che hanno ucciso la preda. Il leone è sopraggiunto con la legge del re a prendersi senza fatica la prima scelta, lasciando a chi ha fatto il lavoro sporco i resti del suo pasto. Quell'immagine, filtrata da una lente frettolosa, come in una legge della fisica si proietta nel mondo reale e capovolta, al punto che diventa difficile capire chi è leone e chi è jena.

Di fianco a me, in una Mercedes nuova di zecca, un tipo sbadiglia senza possibilità di scelta.

Cerco di capire che animale è.

Non ha il viso sfatto da una notte insonne ma l'espressione in divenire che disegna in faccia una sveglia che suona sempre troppo presto. Un tipo anonimo, del genere «non non». Non giovane e non vecchio, non bello e non brutto, non ricco e non povero. E via discorrendo. Forse ha una moglie e dei figli e si è preso la Mercedes perché ha deciso che la vita gliela deve, nello stesso modo in cui, a volte, si prende per qualche ora una ragazza del livello che tratto io. Deve essere un piccolo imprenditore, di quelli che hanno i capannoni stesi come un serpente lungo la strada che porta a Vigevano. Forse nel suo si fanno profilati in alluminio oppure si vendono scarpe a prezzo di realizzo su due piani.

Il semaforo diventa verde e simultaneo arriva il clacson di una macchina. È talmente scontato che non spreco nemmeno un vaffanculo. Il cielo da incolore è diventato azzurro e con il sole sono comparse le ombre. Altre devono scomparire. È la legge della città e del suo giornaliero ronzio che va a crescere o smorzarsi a seconda dell'ora. Per chi non lo sopporta, è quasi ora di tapparsi le orecchie e nascondere la testa sotto il cuscino.

Quando arrivo all'altezza della Metro, prendo a destra, percorro un pezzo di controviale e raggiungo il Quartiere Tessera, dove abito. Sono palazzi squadrati di cinque piani, in piastrelle marroni, costretti all'interno di una recinzione per dare un'idea di ordine e appartenenza. Fra un edificio e l'altro, delle larghe aiuole di uno stentato prato verde, con qualche pino e qualche acero a fare da vegetazione. Sono palazzi della Ras. Fanno parte di quell'accantonamento immobiliare che per legge tutte le assicurazioni devono avere. Fra un poco, quando gli edifici cominceranno a deteriorarsi e la manutenzione diventerà un costo eccessivo per il bilancio, verranno messi in vendita. Allora si vedrà chi ha la vocazione del proprietario e chi resterà in affitto per tutta la sua esistenza e sarà costretto a migrare.

Gli appartamenti sono perlopiù occupati da pendolari, uomini con un vestito da grandi magazzini e il colletto della camicia sempre un filo troppo largo o un filo troppo stretto, che al mattino lasciano a casa una moglie e la ritrovano a sera un giorno più vecchia, senza sapere o senza curarsi di che cosa l'ha fatta invecchiare. Devo dire che nei miei andirivieni ho incrociato qualche signora che mi ha guardato con interesse e dopo ha lanciato con gli occhi un evidente e sollecito SOS. Ho chinato i miei e sono passato oltre. Non ho niente da dare e niente da ricevere. Questo posto e questa vita fanno appassire i colori ed è inutile mescolare dei grigi. Più chiaro o più scuro, sempre un altro grigio viene fuori.

Infilo la macchina nel parcheggio a lisca di pesce, nello spazio che un'auto sta lasciando libero. L'uomo che la guida è giovane ma ha già l'aria rassegnata. La sua espressione lo rende una bandiera bianca vivente. È incredibile come certa gente si arrenda subito. Non sono perdenti, sono quelli che non ci provano nemmeno. E questo li rende protagonisti di qualcosa che è molto peggio di qualunque sconfitta.

Ne conosco tanti così.

A volte ho il sospetto di vederne uno tutte le volte che mi guardo nello specchio. Apro la portiera, scendo e chiudo questa depressione da notte bianca all'interno della Mini. Mi avvio verso casa costeggiando il muretto di cinta.

Alla mia sinistra, duecento metri più in là, ci sono le case popolari. Quello è un altro mondo, precario e stanziale nello stesso tempo. Ruvido e in continuo divenire. Ci vive gente eterogenea, operai e piccoli balordi, bassa manovalanza a cui attinge un giro più grande e articolato. Qualche attimo di gloria, un poco di denaro facile subito ostentato al bar con una macchina nuova, un arrivo all'alba di due gazzelle dei Carabinieri. Si libera un posto e c'è sempre qualcuno in attesa pronto a occuparlo. A pensarci bene, è solo un altro modo di essere pendolare.

La topografia dell'hinterland milanese dice che siamo in via Fratelli Rosselli al numero 4. Io dico che sono nel luogo che per qualche ora al giorno chiamo casa. Dall'altra parte del prato, una signora fa passeggiare il cane. È un pastore tedesco che corre e torna e fa festa a una padrona insonnolita. La bestia pare prendere quel verde concimato dallo smog meglio di quanto non lo considerino il resto dei residenti.

Apro la porta a vetri e salgo al primo piano, senza incontrare nessuno. Infilo la chiave nella toppa, faccio scattare la serratura e una voce mi sorprende.

«Il chiavistello di un uomo che rientra ha un suono diverso da quello di un uomo che esce.»

Mi giro e dall'uscio di fronte al mio spunta la figura di Lucio. La direzione del suo sguardo è leggermente fuori asse rispetto al punto in cui mi trovo. Ha su un paio di occhiali neri.

So che quando è solo non li porta, ma il suo comprensibile pudore di cieco gli impone di coprirsi gli occhi velati di un bianco angosciante quando si trova in presenza di qualcuno.

Accenno un sorriso che lui non può vedere, solo sentire.

«Hai l'orecchio di un gatto.»

«Ho l'orecchio di un musicista. Le chiavi sono una delle mie competenze.»

Subito corre a censurarsi.

«Battuta molto discutibile. Non potrei mai essere un cabarettista. Credo che dovrò accontentarmi di essere la versione italiana di Stevie Wonder.»

Lucio suona la chitarra e lo fa in maniera splendida. Da casa mia lo sento spesso mentre si esercita. Quello strumento sinuoso, dai fianchi larghi, capaci, femminili, rappresenta la sua affrancatura dal buio e la sua libertà. Grazie alla musica se la cava abbastanza bene. Alterna dei periodi in cui suona in qualche locale in Brera ad altri in cui si esibisce nella metropolitana. Immagino che sia per avere a suo modo una scansione fra il giorno e la notte, visto che per il resto è notte perenne. Potrebbe forse avere di più, ma quello che ha gli basta. Non gliel'ho mai chiesto e lui non me l'ha mai detto. Per ogni uomo c'è un'area della vita compresa nel perimetro sacrosanto dei cazzi suoi. La cosa più difficile è capire, per ognuno, quanto è estesa quest'area.

«Vuoi un caffè?»

Rimango sospeso, con la porta aperta. Lui alza una spalla.

«Togliti dalla faccia quell'espressione dubbiosa. Tanto lo so che ce l'hai. Un caffè in compagnia non si nega a nessuno. E questa volta non fa eccezione. Non ne vedo il motivo.»

Lucio ha fatto una leggera pausa prima di dire quest'ultima frase e l'ha sottolineata appena con la voce. L'autoironia credo sia un altro degli schermi che pone fra sé e un mondo per lui invisibile. Mettersi in pari e cercare di non essere visto da chi non riesce a vedere.

«Vada per il caffè. Sei un rompicoglioni.»

Sente la mia porta richiudersi e il mio passo che attraversa il pianerottolo. Apre di più il battente e si scosta dalla soglia per farmi entrare.

«E tu uno stronzo ingrato. Ti farò un caffè di merda, così impari.»

Entriamo nel suo appartamento. Non c'è nessuna concessione alla vista. I tessuti sono stati scelti al tatto e i colori sono casuali. L'arredamento no. Quando ci siamo conosciuti, un anno fa, Lucio mi ha detto di avere preso quella casa perché aveva una pianta molto simile a quella dove abitava prima. I mobili sono stati disposti nello stesso modo e i percorsi memorizzati senza fatica.

O quasi.

Come dice lui, un quasi ci vuole sempre, nella sua situazione.

Mi dirigo al tavolo vicino alla porta finestra. Lancio uno sguardo oltre i vetri senza tendine. La signora col cane non c'è più. Non c'è nessuno in strada.

Siamo soli, dentro e fuori.

Lucio si muove come se vedesse, nel suo piccolo dominio privato senza spigoli e senza angoli. Sparisce oltre la porta del cucinino e lo sento trafficare con gli sportelli dei pensili e la caffettiera. Le sue parole mi arrivano mentre mi siedo.

«Una facile, visto che hai passato la notte in bianco.»

«Spara.»

«Giorno inutile. 2 e 4 uguale a 6.»

È una crittografia. Dalla definizione si devono ricavare due parole che unite danno origine a una terza che è la somma delle loro lettere. Per questa non ho bisogno di pensarci nemmeno un secondo.

«Giorno inutile. Dì vano. Divano.»

Stavolta sono io che sento il sorriso nella sua voce, anche senza vederlo.

«Be', questa era *davvero* troppo facile. Oppure tu sei Bravo di nome e di fatto.»

È un'abitudine che va avanti da tempo, fra di noi. Ci inventiamo e ci scambiamo enigmi in sostituzione di confidenze sulle nostre vite. Un giorno uno di noi due ne inventerà uno particolarmente complesso e l'altro lo risolverà. Forse quel giorno potremo dire di essere amici. Per ora siamo solo due persone consapevoli di dividere il cortile durante qualche ora d'aria.

Il caffè si manifesta attraverso il suono rauco della caffettiera. Lucio spunta dal cucinino con due tazzine spaiate e una zuccheriera in mano. Non lo aiuto perché so che non vorrebbe. La conferma è arrivata dal fatto che non me l'ha mai chiesto.

Le appoggia sul tavolo e sparisce di nuovo. Quando torna regge fra le mani una caffettiera da due tazze e dei cucchiaini. Posa il tutto sul tavolo e si siede di fronte a me.

«Va bene, Matilde. Serva pure il caffè.»

«È una crittografia?»

«No, è un ordine.»

Questa è l'unica concessione che Lucio fa alla sua cecità. La mia non è più una cortesia, ma un incarico. Verso il caffè nelle tazzine e ci metto lo zucchero. Due per lui e mezzo per me. Gli poso la sua davanti facendo in modo che riesca a individuare la posizione attraverso il rumore. Allunga la mano, la prende e gusta il caffè con calma, mentre io, nonostante sia molto caldo, lo bevo in due sorsate. Per questo il Godie mi ha definito «bocca d'amianto», senza ricorrere per una volta a guizzi esasperati del suo gergo.

Accendo una sigaretta. Lucio sente l'odore del fumo. Gira la testa verso un punto che gli è stato indicato dal mio vizio.

«Marlboro?»

«Sì.»

«Una volta le fumavo anche io. Ho smesso.»

Beve l'ultimo sorso di caffè.

«Non ci crederai, ma non c'è nessun gusto a fumare senza vedere il fumo che ti esce dalla bocca. Evidentemente nel vizio la componente estetica è molto forte.»

La sua voce si riveste un'altra volta di ironia.

«Potrebbe essere una cura per il fumo. Prendere uno e tenerlo bendato finché non gli passa la voglia.»

Sorride.

«O finché non deve farsi una plastica al naso a forza di ustionarselo con l'accendino.»

All'idea il sorriso diventa più ampio. Poi un collegamento mentale gli fa cambiare oggetto del discorso.

«A proposito di gente bendata, sembra che domenica la fortuna abbia sollevato lo straccio e dato una sbirciatina da queste parti.»

«Vale a dire?»

«Nel bar di Michele, quello vicino alla chiesa, qualcuno ha giocato una schedina da quattrocentonovanta milioni.»

«Cazzo. Bel colpo. Si sa chi è?»

Lucio è uno che si muove bene in tutti i posti che frequenta. Per la sua menomazione fisica e per il suo carattere sa conquistarsi la fiducia delle persone. Dunque anche le loro confidenze.

«Nessuna certezza, solo alcuni indizi. C'è un tipo, un certo Remo Frontini, un bravo cristo che sta nelle case popolari. Credo che faccia l'operaio. Ha un figlio, un ragazzino di otto anni a cui do lezioni di chitarra in cambio di due lire, perché è dotato e la musica è un bel mezzo per toglierlo dalla strada. L'avrai visto uscire da casa mia, immagino.»

Non è mai successo ma mi pare ininfluente ai fini del racconto. Lucio prosegue senza attendere risposta. Forse la pensa anche lui nello stesso modo.

«Devo dire che quel poco che mi dà arriva quando arriva, non so se mi spiego.»

«Lodevole da parte tua.»

«Infatti. Ma non è questo il punto.»

Si interrompe, credo per riflettere su quello che sta per dire e confermarsi le conclusioni a cui è giunto.

«Ieri è venuto con il figlio ed era piuttosto euforico e ciarliero. Inusuale per lui, che di solito è uno di poche parole. Mi ha assicurato che presto mi avrebbe pagato tutti gli arretrati e che d'ora in poi non ci sarebbero stati più ritardi. Mi ha addirittura chiesto, nel caso avesse deciso di comprare una nuova chitarra per il figlio, qual è la marca migliore.»

Dopo un'altra pausa, Lucio conclude questa sua piccola indagine personale.

«Se ci aggiungi che Frontini frequenta il bar di Michele e che tutte le settimane gioca al Totocalcio, il resto viene da sé.»

Ci penso. Forse un attimo di troppo.

«Quando qualcosa ti cambia la vita, è sempre molto difficile mascherarlo.»

Lucio china la testa. Abbassa di un tono la voce.

«Non so perché, ma queste parole mi sembrano più riferite a te che non al nostro fortunato tredicista.»

Mi alzo e lascio questa considerazione sospesa prima che trovi la forza di diventare una curiosità e di conseguenza una domanda.

«*Time to go*, Lucio.»

Lui capisce e alleggerisce.

«Chiunque azzecchi il dì vano al volo dopo una notte bianca, si merita il letto dove andrà.»

Mi avvio verso la porta.

«Grazie dell'ospitalità. Sei davvero un uomo che mantiene le sue promesse.»

La domanda che mi aspettavo arriva mentre sto aprendo il battente.

«Vale a dire?»

«Il caffè faceva cagare.»

Chiudo la porta sulla sua risata, attraverso il pianerottolo e un istante dopo sono in casa mia, un appartamento di cinquantacinque metri quadri speculare rispetto a quello di Lucio. Pochi passi eppure è un altro mondo. Qui ci sono colori, poster alle pareti, libri su uno scaffale, il verde di due piante.

Un televisore.

Mi tolgo la giacca e la getto sul divano. Svuoto le tasche e appoggio il contenuto sul piano del mobile di fronte. Sigarette, portafoglio, il cercapersone, i soldi cincischiati di Daytona. Una spia luminosa lampeggiante sul telefono indica che in segreteria ci sono dei messaggi. Premo il pulsante e mentre mi sbottono la camicia ascolto il fruscio del nastro che si riavvolge.

Poi le voci.

Bip. Una voce euforica.

«Ciao Bravo, sono Barbara. Sono in Costa Azzurra. La barca è fantastica e questo tipo è molto gentile. Vuole che mi fermi qualche giorno in più, per cui parla tu con lui per le condizioni. Grazie. Ti bacio, uomo affascinante.»

Bip. Una voce incrinata.

«Sono Lorella. Ho bisogno di lavorare. Ne ho davvero bisogno. Sono disperata. Non so più dove sbattere la testa. Ti prego, chiamami.»

Bip. Una voce nascosta fra le lacrime.

«*Bravo, sono Laura. È successo un casino. Sono uscita col Tulipano. Non ho potuto dirgli di no e mi ha di nuovo picchiata. Io ho paura. Un giorno o l'altro quello mi ammazza. Quando senti il messaggio telefonami, a qualunque ora. A presto.*»

La camicia raggiunge la giacca. Ci penserà la donna a metterle a posto. Mi sposto dal soggiorno e imbocco il corridoio dove si aprono le porte della camera da letto e del bagno.

Camminando mi tolgo le scarpe e intanto rifletto.

Barbara è una ragazza fantastica. Infatuata della vita, innamorata persa della bella vita, pratica come chi dalla sorte ha avuto in regalo solo un aspetto fisico accattivante. Ci capiamo perché in qualche modo ci assomigliamo. Abbiamo un accordo e andiamo d'accordo.

Lorella è una bella ragazza che ho fatto lavorare per un poco, prima di scoprire che era una tossica. La gente che mi chiama, per le cifre che paga, ha diritto a un certo standard e non mi posso permettere di mandare loro delle donne con buchi nelle braccia o intontite dall'ero. Non ho nemmeno cercato di recuperarla. L'ho mollata e basta. Ho visto ragazze come lei scendere la china a precipizio e ritrovarsi dietro piazzale Lotto a vendere la bocca, la figa e il culo per diecimila lire. Tempo sprecato e nemmeno il valore di una telefonata.

Quella di Laura è un'altra faccenda, molto più delicata. È una che lavora come modella e indossatrice, a un livello non altissimo ma costante, e che integra i suoi guadagni con altri più discreti, grazie alla mia mediazione. Una sera siamo scesi insieme all'Ascot e lì l'ha vista Salvatore Menno, detto il Tulipano. Lo chiamano così perché d'inverno ha, in piazzale Brescia, una bancarella di fiori che d'estate diventa un chiosco di angurie. Questo per un accenno di copertura. In realtà è un balordo, uno nel giro di Tano Casale, un boss che si è disputato Milano con Turatello e Vallanzasca. Per una sera quello stronzo se l'è comprata, poi ha iniziato ad avere pretese di un rapporto gratuito e subito dopo di un rapporto fedele. Il ricorso alle botte è stato il passaggio successivo. Laura è una donna come un'altra e quindi come persona mi interessa poco. Ma è una realtà di lavoro molto brillante, porta a casa parecchio denaro e non posso permettere che resti ferma perché coperta di lividi.

Apro la porta del bagno e vado verso la tazza. Passo senza guardarmi davanti allo specchio appeso sopra il lavandino. Mi slaccio i pantaloni e li abbasso insieme alle mutande. Mi siedo sul water e piscio. Per forza di causa maggiore, in passato ho dovuto assoggettarmi a delle pratiche chirurgiche che mi hanno precluso la minzione in postura verticale. Ora la faccio come le donne. E uso la carta igienica quasi nello stesso modo.

Sto pensando a come risolvere la questione di Laura e del Tulipano, senza che lei ci lasci la pelle o che ce la lasci io. Mentre mi sto lavando i denti mi arriva un'idea. Dovrò fare due chiacchiere con Tano Casale e proporgli uno scambio.

Questo pensiero da una parte mi preoccupa ma dall'altra mi solleva un minimo. Se me la gioco bene e se quell'uomo è il tipo di parola che dicono, può funzionare. Infine, un briciolo di culo aggiunto sarebbe il benvenuto.

Esco dal bagno e raggiungo la camera da letto. Al risveglio avrò parecchie cose da fare. Finisco di spogliarmi, prendo un Tavor e lo butto giù con un poco d'acqua dalla bottiglia che sta sempre sul comodino.

Mi sdraio, tiro su la coperta, spengo la luce e aspetto che il mio corpo e la pastiglia mi trascinino per qualche ora nel buio in cui Lucio passa tutto il suo tempo.

CAPITOLO 3

Apro gli occhi.

Accendo la luce sul comodino e guardo l'ora. Sul mio orologio le lancette sono angolate a disegnare le cinque e mezzo. Le lenzuola sono tese quasi non ci avessi dormito. È stato un sonno senza sogni e il risveglio è un parto indolore. È strano come a volte, quando la mente si allea con il buio, abbia la capacità di catalizzare i brutti ricordi e farli diventare incubi.

Quello che mi porto appresso da anni è archiviato in una parte del mio cervello, nascosto dietro il riparo cosciente dei gesti e delle parole. Nel sonno, se arriva, non lascia scampo. Resto inchiodato e steso, prigioniero di quello che la mente mi rimanda. Ma oggi l'addetto ai brutti sogni si è dimenticato che esisto e sono riemerso illeso.

Metto le gambe giù dal letto e rimango seduto quel tanto che basta per dare tempo alla mia vita di ricomporsi e ai pensieri di ricondursi al presente. Mi alzo e camminando sulla moquette mi sposto in un cucinino nel quale, al contrario di Lucio, vedo quello che c'è all'interno dei pensili. Stranamente, io a volte mi faccio male e a lui non succede mai.

Da fuori filtra un tardo pomeriggio di primavera.

La camicia e la giacca sul divano non ci sono più. Neanche i piatti e i bicchieri sporchi nell'acquaio. I posacenere svuotati e lavati sono ad asciugarsi sul ripiano. La signora Argenti, la mia minuscola donna delle pulizie, mentre dormivo è venuta a prendersi cura della casa e del suo occupante.

Traffico un poco per mettere su il caffè e mentre aspetto che la macchinetta e il gas facciano il loro lavoro, vado ad accendere la radio. Come per un tacito accordo con il mio vicino, anche io la preferisco al televisore. Lui perché non può vederlo, io perché a volte non voglio. La voce di uno speaker si proietta nella stanza.

...ricordando il comunicato numero sei delle Brigate Rosse, fatto avere due giorni fa al quotidiano «la Repubblica», nel quale si annunciava che dopo un lungo interrogatorio il prigioniero Aldo Moro è stato condannato a morte, il presidente Giovanni Leone ha invitato, con parole...

Cambio stazione. Non saprò mai quelle parole. La voce è sostituita da un pezzo di musica rock che faccio fatica a riconoscere ma che accetto volentieri in cambio. Ci sono momenti in cui detesto sentire parlare di solitudine e la storia di quell'uomo ne è piena. Le foto della sua detenzione, il suo viso desolato, la sua condanna, mi hanno fatto pensare che, quando si vive con il sospetto di essere circondati dal niente, quasi sempre qualcosa o qualcuno trasforma quel sospetto in certezza. Chissà se anche lui ha pensato la stessa cosa, mentre tutto il vasto mondo che prima aveva a disposizione si chiudeva nei pochi metri quadri di una stanza.

Torno accanto ai fornelli, dove mi aspettano solo le confidenze di una caffettiera e qualche sbuffo di vapore senza significato. Verso il caffè e inizio a berlo. Il cercapersone appoggiato sul mobile emette un suono, che dal punto di vista onomatopeico può essere quantificato con un bip. Per mia comodità sono iscritto a un servizio di ricerca telefonica. Un poco caro ma molto redditizio. Ogni volta che l'apparecchio emette il suo segnale, vuole dire che il centralino del servizio Eurocheck a cui sono abbonato è stato raggiunto da una chiamata per me.

Mi avvicino al telefono e compongo il numero. Mi risponde la voce leggermente intubata dell'operatore. Senza convenevoli gli offro la mia identità.

«Sono Bravo. Codice 1182.»

«Buonasera. È pregato di chiamare il numero 02 67859. Non c'è nominativo.»

«Grazie.»

«A lei, signore.»

Il centralinista torna a essere un'ipotesi. Annoto il numero su un blocco di fianco all'apparecchio. Non mi dice nulla. So a memoria quasi tutti i numeri che mi servono ma questo è del tutto sconosciuto. Il fatto che la persona non abbia lasciato il nome è abbastanza normale. Non tutti sono disposti a seminare in giro delle prove quando vanno a puttane. Mi risponde dopo pochi squilli una voce maschile, non giovane ma asciutta ed energica.

«Pronto?»

«Ho appena ricevuto l'avviso di chiamare questo numero.»

«Lei è Bravo?»

«Sì.»

«Lei mi è stato segnalato da un comune amico.»

«Quanto amico suo e quanto amico mio?»

«Tanto da richiedere a lei i servizi di due persone alla volta ogni volta che sale da Roma. E da garantire a me la sua discrezione e la qualità delle sue scelte.»

So chi è la persona di cui sta parlando. Uno dei più grossi antiquari della capitale, che ha una passione per il trio e per le donne a pagamento. Ignoro chi sia l'uomo con cui sto parlando ma credo che al telefono non me lo dirà.

«Cosa posso fare per lei?»

«Avrei piacere di incontrare una delle sue collaboratrici.»

«Una sola?»

C'è una nota divertita nella risposta. E un leggero sospiro di rimpianto.

«Sì. Certe performance non mi sono più concesse da tempo.»

«Stasera?»

«No, domattina. Mi piacciono i risvegli felici.»

«Ha qualche preferenza?»

Lui decide di gettare i dadi e vedere che numero esce.

«Il mio amico ha detto che in genere lei non fa brutte sorprese. Ma è stato particolarmente soddisfatto di una certa Laura. Le risulta?»

Il mio silenzio vale come assenso.

«Bene. Vorrei lei. Come incentivo posso dirle che non ci sono problemi di denaro.»

Questa è una buona notizia. Ci voleva, in previsione della telefonata che dovrò fare dopo.

«Dove e quando?»

«Io sono all'Hotel Gallia, alla 605. Verso le nove andrebbe bene. Lascerò detto al portiere di far salire chi arriverà a cercarmi.»

Mi irrigidisco e non replico. Lui capisce e mi rassicura.

«Sono in una suite d'affari. Ho una linea diretta. Se le può essere d'aiuto, chiami l'albergo e si faccia passare la mia camera. Ora.»

Non so chi sia l'uomo con cui sto parlando, ma è un uomo con del cervello. E con del denaro. Uno che sa come si vive e quanto bisogna spendere per farlo bene. Questi due aspetti di una personalità sono per me fonte d'indiscussa stima.

«Va bene alle nove. La persona ritirerà da lei un milione. In contanti.»

«È una bella cifra.»

«Quando vedrà la ragazza, potrà decidere se li vale o no.»

Questa volta è il mio interlocutore a concedersi una pausa. Poi una precisazione, con tono un poco più autorevole. Anzi, molto più autorevole.

«Le ricordo che questo potrebbe essere l'inizio di una collaborazione lunga e soddisfacente per entrambi.»

«Naturalmente. Per questo le accordo il diritto di verifica.»

Il tono torna a essere colloquiale, come prima.

«Molto bene. È stato un piacere.»

«Anche per me. A presto.»

Riattacco. Ora è il momento di una seconda telefonata, molto più gravosa. Compongo il numero di Laura. La voce che mi arriva subito è quella di una persona in attesa accanto all'apparecchio.

Una persona impaurita.

«Pronto.»

«Ciao Laura, sono Bravo.»

Il sollievo nel sentirmi risale veloce lungo il filo.

«Finalmente. Ma dove ti eri cacciato?»

Lascio passare un istante prima di rispondere. Quel silenzio dovrebbe far capire che dove mi caccio sono affari miei. Di conseguenza non aggiungo spiegazioni.

«Ho sentito il tuo messaggio. Cos'è successo?»

«È successo che quell'uomo è un pazzo. Adesso vuole che io stia in un appartamento, a guardare la televisione e ad aspettare lui. Quando gli ho detto di no, mi ha picchiata.»

Di sua spontanea volontà, Laura risolve una mia preoccupazione.

«Non mi ha lasciato nessun segno ma mi ha fatto male lo stesso.»

Bene. Il viso è salvo. E anche tutto il resto, forse. Quando si cade da cavallo, la cosa migliore è rimontare subito in sella. Resta il problema di farlo capire a lei.

«Ho delle cose in ballo. Importanti. Te la senti di lavorare?»

«Ma sei impazzito? Se quello mi trova in giro con qualcuno ci scappa il morto. Non è un uomo normale. Avresti dovuto vedere che occhi aveva.»

La cosa non mi sorprende. Si dice che il Tulipano abbia qualche rotella fuori posto. E un paio di persone che lo hanno visto incazzato sono disposte a confermarlo. Altre che si sono trovate nella stessa situazione non sono più in grado di confermare niente. Così dicono, almeno. Ma certe chiacchiere, in certi casi e con certa gente, hanno di solito una percentuale di attendibilità piuttosto alta.

«Non ti preoccupare, sistemo tutto io.»

«E come?»

Come? Bella domanda... Con un poco di cervello e molto culo, spero.

«Conosco qualcuno che mi può dare una mano.»

«Sei sicuro di quello che fai?»

«Assolutamente.»

Assolutamente no.

«Io ho paura, Bravo.»

E chi non ne avrebbe, con certa gente?

«Non c'è nessun motivo di averne. Si aggiusterà tutto nel migliore dei modi.»

Non so se il silenzio che ricevo come risposta significhi speranza o sfiducia. Intervengo con una proposta che rimanda a un ambiente familiare e dunque alla solita vita e al solito umore.

«Perché non ci vediamo all'Ascot verso le undici? Ti devo parlare di una cosa che potrebbe essere interessante.»

«Oggi è lunedì. È chiuso.»

«No. C'è un gruppo molto forte di mimi della Bbc, i Silly Dilly M. Avevano solo questa data libera. Pur di averli saltano il giorno di chiusura.»

Ancora un attimo per riflettere, prima di cedere.

«Va bene, ci vediamo lì. Alle undici.»

«A dopo allora. Ciao.»

La voce sparisce nel cavo telefonico e viene sigillata dalla cornetta. Con la tazzina in mano ritorno nel cucinino a versarmi il resto del caffè, che nel frattempo si è freddato un poco. Accendo una sigaretta e spinto dalla vescica mi dirigo verso il bagno. Questa storia del Tulipano non ci voleva. Ma c'è e non è possibile fingere che la situazione sia diversa. Potrei fregarmene e lasciare Laura al suo destino di concubina forzata. Ma ogni situazione è sorretta da una sua credibilità e io, per quanto ridotta e discutibile, non posso perdere la mia.

Mi siedo sulla tazza, vicino alla finestra. Appoggiata di fianco al water, sul coperchio del cesto di vimini della biancheria sporca, c'è una copia della «Settimana Enigmistica», con una biro accanto. La prendo in mano e guardo la foto di Dustin Hoffman che mi sorride in bianco e nero dal piccolo riquadro in copertina. Poi sorrido anche io, mio malgrado. Tutte le volte che leggo lo slogan della rivista mi viene in mente il Bistecca, uno degli oziosi frequentatori dell'Ascot, depositario a volte di battute fulminee e fulminanti, senza nessuna pietà. Una volta, mentre seguiva dalla cabina regia il provino di un pessimo imitatore, con la sua voce noncurante ha emesso una sentenza che avrebbe bollato quell'artista per i giorni a venire.

«Questo qui è come "La Settimana Enigmistica". Vanta ben 206 tentativi di imitazione.»

Apro la rivista e mi trovo davanti la Pagina della Sfinge e una crittografia mnemonica.

Frizione del balsamo alla radice. (9, 3'7, 2, 7)

Mi concedo un secondo per riflettere. Forse più di un secondo. L'enigmistica mi eccita e mi distende. È la difficoltà di una sfida cercata, un ostacolo da superare gettando l'immaginazione e la fantasia oltre le parole. La soluzione talvolta arriva subito, talvolta mai. Come in tutte le cose della vita, che dell'enigma ha fatto il suo concetto basilare. In questo caso, l'intuizione si fa strada con un guizzo luminoso dopo pochi secondi.

La frizione è un passaggio di dita. La radice è l'attaccatura del capello, a cui si applica il balsamo.

Per cui la frizione del balsamo alla radice è un passaggio all'attacco di Capello. Che, se non erro, è un calciatore.

Poso la rivista e mi alzo. Questo insignificante risultato mi ha messo di buonumore. Allo specchio sopra il lavandino, puntuale ritrovo la mia faccia. Un uomo bruno, con capelli lunghi e ondulati e occhi neri. Bello, dicono. Una volta, in un letto disfatto e soddisfatto, una donna dal seno morbido e dalla pelle profumata mi ha detto: «Con questi occhi, puoi metterti nei guai una volta al giorno. Ci sarà sempre una donna che ti ci tira fuori».

Ero così giovane e così avido di sicurezze da accettare che quella donna senza fantasia avesse utilizzato una frase di un film per farmi un complimento. Di certo il risultato è stato raggiunto, visto che di lei non mi ricordo il nome, solo le parole. Peccato che quando i guai si sono presentati, quella donna non c'era. Né lei, né nessun'altra.

Mi bagno la faccia e inizio a distribuire la schiuma da barba sulle guance con il pennello. Il leggero sentore di mentolo mi manda onde di fresco ad arrossare gli occhi. Senza preavviso, come per tutti i ricordi, mi viene in mente un personaggio che avevo inventato da bambino vedendo il barbiere del mio paese passare le setole sul viso di un cliente fino a farlo scomparire per metà in quella cosa bianca che a me ricordava la panna montata. Chissà che fine avrà fatto il mio povero Uomo di Schiuma e chissà se in tutti questi anni è riuscito a scoprire se sotto quella massa bianca e inconsistente aveva davvero un volto.

Io invece so che ce l'ho. L'ho scoperto fin troppo presto. Questo è sempre stato il mio problema.

Inizio a radermi.

La lametta apre strisce di realtà in mezzo ai miei giochi infantili e mi ritrovo con le guance lisce, a guardarmi con gli occhi resi adulti dal tempo, dalle scelte personali e da quelle imposte. Che sono quelle che fanno invecchiare più in fretta, dentro.

Apro l'acqua della doccia e mentre aspetto che arrivi a temperatura cerco di inventare una nuova crittografia per Lucio. Quando entro sotto il getto, il fondo viscido della cabina mi fa venire un'idea.

Eccolo, il nuovo enigma.

Pavimento della stalla scivoloso. (3, 5, 1'5)

Significa che la soluzione è composta da quattro parole. Una di tre lettere, una di cinque e una lettera con l'apostrofo davanti all'ultima, ancora di cinque. Non è difficile e penso che la risolverà subito, anche se spesso le facili apparenze nascondono realtà aggrovigliate.

Prendo una spugna sul ripiano, ci verso il bagnoschiuma e inizio a insaponarmi. Preferisco farlo con la mediazione di questo oggetto inanimato, come se evitare il contatto delle mani sul corpo avesse il dono di cambiare qualcosa. A volte piccole manie tamponano grandi problemi.

Con te ci verrei gratis...

Il viso della ragazza torna come un flash nella mia mente. Le sue parole non se ne sono mai andate. Immagino il suo corpo sottile e forte sotto i vestiti. Il seno lo sento sodo nella mia mano. Il profumo del detergente riporta alla mente altri profumi, l'odore sublime del sesso, il suo sapore dolciastro e di ruggine, prima e dopo la furia. Il desiderio sale implacabile a passarmi sul ventre le sue dita viscide e molli. Inizio a massaggiarmi l'inguine, ottenendo in cambio solo una conferma che diventa ogni giorno più difficile da accettare. Lo faccio sempre più veloce, come per cancellarmi o ricostruirmi, finché il cuore aumenta i suoi battiti e io mi lascio scivolare a terra, sotto il getto che cade indifferente dall'alto. Resto ad aspettare una fine che non potrà mai arrivare, accogliendo come una benedizione di mescolare all'acqua della doccia l'unica eiaculazione che mi è concessa, quella delle lacrime.

CAPITOLO 4

Fermo la macchina in via Monte Rosa a un centinaio di metri dall'ingresso luminoso dell'Ascot Club.

Accendo una sigaretta e rimango seduto nell'abitacolo a riordinare le idee e a trarre qualche conclusione sulla personale edizione della sera.

Quando sono uscito di casa, a Cesano Boscone, mi sono diretto a piedi verso via Turati e quello che chiamano il bar di Michele. Ci sono stato qualche volta, a prendere le sigarette oppure un caffè, ma non posso dire di essere un frequentatore abituale. Dunque non conosco nessuno e nessuno mi conosce.

Il locale, quasi vuoto, era un ambiente piuttosto ampio, di forma rettangolare, con due vetrine e il lato lungo disposto parallelo alla strada. Sulla sinistra lo spazio riservato alla ricevitoria e a tutte le locandine relative al gioco e al destino glorioso che propone la Sisal. Al centro il bancone messo di taglio a dividere i due settori. Di fronte, qualche tavolino e delle sedie con lo schienale di plastica, di quelle che è giusto aspettarsi in un posto come questo. Ai lati, l'ingombro multicolore di un flipper e di un juke-box.

Sulla parete opposta all'ingresso una porta. Sapevo che c'era una sala sul retro dove si giocava a carte. Scala quaranta perlopiù, a quote decisamente popolari. Quelli che si potevano permettere tavoli un poco più impegnativi non venivano di sicuro qui a gettare i loro soldi. Frequentavano certe bische clandestine a cielo aperto, piccoli casinò di strada che non sono difficili da trovare, a Milano.

Mi sono avvicinato alla cassa e mi sono fermato, in attesa. Un tipo alto e magro, con la faccia tendente al grigio e l'aria scazzata ha finito di servire un caffè e poi è venuto da me. Nessun saluto e nessun sorriso.

«Desidera?»

«Un pacchetto di Marlboro e un'informazione.»

Quest'ultima parola in posti del genere ha il potere di far mettere la gente sulla difensiva. L'uomo dietro il banco non ha fatto eccezione, dunque si è concesso il suo tempo. Si è girato e dalla rastrelliera ha preso un pacchetto di sigarette e me l'ha messo davanti.

Poi mi ha guardato con occhio interrogativo.

«E quale sarebbe l'informazione?»

«Ho bisogno di sapere l'indirizzo di un certo Remo Frontini. So che frequenta questo bar, di solito.»

Ho appoggiato un biglietto da cinquantamila sulla cassa. Con un mezzo sorriso che stava a quantificare l'umana solidarietà.

«E visto che la vita è dura per tutti, il resto lo può tenere.»

Ha considerato la mia faccia, il mio vestito e il mio sorriso, chiedendosi quanto, come e perché potessi essere pericoloso. Poi ha valutato il biglietto di banca. Infine ha deciso che non era il caso di passare da scazzato a incazzato. Ha allungato la mano e lo ha fatto sparire.

Ha indicato la strada e a mezza voce ha colmato la mia ignoranza.

«Seconda a sinistra, al dieci. Sopra il negozio di alimentari.»

Ho fatto un cenno con il capo come ringraziamento e sono uscito. Ho camminato al giusto passo, cercando nello stesso tempo la casa e le parole adatte. Il mio approccio sarebbe stato determinante al fine del successo della manifestazione. Ho costeggiato le case popolari passando fra le macchine parcheggiate. Anche in questo caso numeri. 124, 127, 128, col lusso di qualche 131 e l'esotismo di qualche Opel e qualche Renault, finché una targhetta mi ha proposto il dieci secco come numero civico. Sono arrivato a una fila di campanelli, dove ho trovato il nome che cercavo. Al portone mancava la serratura. Ho pensato che non fosse concesso nemmeno agli inquilini sapere da quanto e per quanto. Meglio così. Ho preferito evitare di farmi precedere da un annuncio al citofono. Sono entrato e sono salito per le scale finché al secondo piano un'altra targhetta mi ha confermato di essere davanti alla porta giusta.

Ho suonato e sono stato fortunato. Ad aprire è venuto direttamente lui. Stava sorridendo e parlando a qualcuno all'interno ma quando mi ha visto il sorriso e le parole se ne sono andati subito. Era di statura un poco superiore alla media, di corporatura regolare, con un viso aperto e l'espressione incerta di chi si trova a vivere qualcosa di più grande di lui. Da quel tratto di porta socchiusa, si poteva intravedere un appartamento di gente modesta, con mobili ordinari e nell'aria l'odore del cibo e della fatica per tirare fine mese. Se era vero quel fatto della schedina, bastava una sola occhiata per capire che cosa potessero significare in quel contesto quattrocentonovanta milioni.

«Buonasera. È lei il signor Frontini?»

«Sì.»

«Sono un suo vicino di casa. Abito qui al Quartiere Tessera. Posso parlarle un attimo?»

Cortese, ha aperto la porta per farmi entrare. Ho fermato il suo invito con un gesto della mano.

«Lei è molto gentile. Ma se non le dispiace preferirei parlarle da solo.»

Senza dire una parola, lasciando rispondere per lui la curiosità dipinta sul volto, Remo Frontini è uscito sul pianerottolo, tirandosi dietro la porta e lasciandola accostata.

Adesso avevo io la palla. E dovevo lanciarla senza sbagliare mira, se volevo vincere la bambolina.

«Signor Remo, vado subito al centro della questione. Mi pare di avere intuito che lei recentemente è stato fortunato. Molto fortunato.»

La curiosità è stata sostituita dall'allarme. Ha stretto gli occhi e si è messo sulla difensiva.

«Ma lei chi è e chi le ha detto...»

L'ho interrotto. Ho abbozzato un gesto rassicurante.

«Stia tranquillo. Io non sono un problema. Casomai, io rappresento un'ulteriore fortuna, signor Frontini.»

Ho fatto una pausa.

«Diciamo dieci milioni in più rispetto a quelli che già sono suoi di diritto. Tanto per fare mezzo miliardo tondo tondo.»

La parola miliardo, quando è subentrata alla parola milioni, ha fatto un bell'effetto. E vederlo davanti a me, a sentire quello che avevo da dire, invece di cacciarmi a calci nel culo, mi ha confermato che quello che si diceva in giro corrispondeva a verità.

Fortunatamente per lui e, lo speravo, anche per me.

Poco per volta, vincendo la sua riluttanza e assicurandolo che tutto sarebbe rimasto fra di noi, l'ho portato ad ammettere che era lui quello del tredici col botto. La cosa più importante, per il mio sollievo, era che la schedina non l'aveva ancora incassata, ma che stava nascosta in una cassetta di sicurezza, in attesa di capire cosa farne. Gli ho spiegato che cosa mi aspettavo da lui, quali sarebbero stati i suoi vantaggi e in che modo la faccenda sarebbe stata condotta. Gli ho fatto intendere che rappresentavo della gente che aveva la caratteristica di poter essere molto riconoscente per un favore oppure molto seccata di fronte a un rifiuto. Alla fine me lo sono ritrovato davanti disposto ad accettare la mia proposta, molto più per timore delle conseguenze che per avidità.

«Va bene, se le cose stanno come dice lei…»

Gli ho rivolto il mio migliore sorriso, quello che mi ha fatto nel tempo guadagnare favori e una lama di rasoio.

«Certo che stanno come dico io. Lei non corre nessun rischio. E avrà molto da guadagnare e niente da perdere.»

Gli ho teso la mano. Lui l'ha stretta. Non del tutto convinto, ma l'ha fatto.

«Vedrà che questa è la scelta migliore. Non avrà di che pentirsi.»

Ho mosso un passo verso le scale, per indicare che quel nostro breve colloquio d'affari su un pianerottolo era finito.

«Mi farò vivo io. Per adesso buona serata.»

«Buonasera, signor…»

Gli ho sorriso ancora.

«Tutti mi chiamano Bravo. Può farlo anche lei.»

Lui si è girato per rientrare nell'appartamento e mentre scendevo i primi gradini ho sentito una voce di donna provenire dall'interno.

«Remo, chi era?»

La porta si è chiusa prima che potessi sentire la risposta. Mi sono ritrovato in strada, a respirare l'aria di una calda serata di primavera, di quelle che mettono in pace con il mondo. Sono tornato alla macchina, pieno di quello che la televisione definisce un cauto ottimismo. Guidando senza fretta, sono arrivato fino in Brera, dove, come aperitivo, ho dovuto cercare un parcheggio fino a farmi venire fame. Infine, ho raggiunto un ristorante dove andavo di solito, per piacere e pubbliche relazioni. La Torre Pendente, in quel periodo, era un locale in voga, dove si ritrovava la Milano che si vede in giro. Quella di Courmayeur, Santa Margherita, Portofino e avanti con una lunga lista di eccetera. Tutti costosi, gli eccetera. Gente della moda, gente del business, gente della notte, gente di merda. Mescolati in modo da rendere difficile la collocazione personale di ognuno. Qui ho visto un paio di ragazze con cui lavoro, una delle quali con un accompagnatore che le avevo procurato io. Ne ho viste un paio con le quali vorrei lavorare. Ho salutato amici e amiche, molti dei quali erano visi assolutamente senza nome. Ho fatto una telefonata per definire le vicende economiche di Barbara e un'altra per programmare il resto dell'operazione iniziata con Remo Frontini.

Infine ho cenato, tirando tardi per far venire l'ora dell'appuntamento con Laura.

E adesso sono qui, a schiacciare il mozzicone con il tacco e a chiudere la mia macchinetta da sfigato. A parte qualche concessione per quanto riguarda la facciata, vale a dire aspetto e vestiti adatti per frequentare certi ambienti, la mia di solito è una vita dietro le quinte. Milano è una città che di notte offre molti nascondigli. Nonostante le luci e nonostante le insegne. Quanta più luce c'è, tanta più ombra hai a disposizione. E io in quell'ombra ho sempre saputo muovermi molto bene.

Sono davanti all'ingresso e sto per imboccare le scale, quando una Ferrari 308 GTB, rossa da far incazzare un toro e tanti poveracci, accosta alla mia altezza. L'uomo al volante mi fa un cenno con la mano. Mi avvicino e lui si sporge per aprirmi la portiera. Entro, mi siedo e sigillo con un tonfo di lamiera la nostra conversazione.

«Ciao, Bravo.»

«Salve, Micky. Come gira?»

«A volte a destra, a volte a sinistra. Al solito.»

Constato il bel ragazzo biondo con un vestito di Armani che sta al volante. Micky è sui trent'anni ed è sulla cresta dell'onda. Se la passa piuttosto bene frequentando le donne adatte per pagargli i vizi costosi che ha e la gente giusta per mettere da parte qualcosa per il futuro, senza andare troppo per il sottile con le riflessioni sui vari perché e per chi. È lui il protagonista di una delle due telefonate che ho fatto dal ristorante.

Alla luce arancio dei lampioni pare ancora più biondo e abbronzato. Viene subito al dunque e io mi adeguo.

«Cosa posso fare per te?»

«Ho bisogno di parlare con Tano Casale.»

Fra le tante occupazioni di Micky c'è anche quella di procurare clienti per le bische che il boss mette in piedi e sposta con astuzia per la città e l'hinterland. Lui guarda la strada e una coppia che si sta infilando nell'Ascot. Attende finché sono spariti, come se ci avessero potuto sentire.

«Quando?»

«Stasera.»

«Perché?»

«Devo proporgli un affare.»

Si mette sulla difensiva.

«Bravo, che non sia una cazzata.»

«Non lo è. Credimi sulla parola. Vedrai che apprezzerà molto il tuo e il mio interessamento.»

Riflette un poco. Poi decide che sono uno attendibile e mi concede questa chance.

«Va bene. Ma prima devo fare una telefonata.»

Annuisco.

«Logico.»

Micky guarda l'orologio, che ovviamente è d'oro e di marca. E credo che, al contrario di Daytona, ne abbia più di uno.

«Ci vediamo qua fuori tra un'ora. Se non mi vedi, vuol dire che la cosa non si può fare, stasera. Nel caso ti dirò io quando.»

«Ricevuto. Che la Forza sia con te.»

Scendo dalla macchina e mi incammino verso l'entrata del locale. Mi accompagna il rombo dell'otto cilindri della Ferrari, che parte lasciando diecimila lire di gomme sull'asfalto e nell'aria il rumore del denaro speso.

Infilo le scale e dopo un numero piuttosto ridotto di gradini sono in un seminterrato che si è coperto di gloria allevando quasi tutti gli esponenti dello spettacolo leggero del Nord Italia. Subito oltre la soglia c'è una saletta, delimitata a sinistra dal guardaroba, con una moquette da poco prezzo, dei divani e delle luci, un'area dedicata al cazzeggio dove i frequentatori abituali si ritrovano a bere e a fumare. Nonostante l'estetica molto migliorabile e un senso di frusto istituzionale, c'è nell'aria una certa dose di magia, quella del successo possibile, quello vero, quello che senza preavviso può cambiarti la vita. Non è un mistero che i produttori televisivi e cinematografici in cerca di nuovi talenti, come prima opzione vengono a cercarli qui. Lavorare all'Ascot per molti sarà solo un punto di arrivo, ma per molti altri sarà un punto di partenza. E dopo diventerà un legame difficile da interrompere. Ci sono sere in cui il Club, oltre ai ragazzi che sono in cartellone, diventa un tale ritrovo di comici famosi e cantanti in classifica che se esplodesse una bomba nel locale se ne andrebbe il cinquanta per cento della gente di spettacolo del nostro ridanciano e canterino Paese.

Questa è una serata di quelle. La saletta in fondo alle scale è piena. La fama dei Silly Dilly M. ha richiamato un sacco di gente, fra cui parecchi addetti ai lavori, presenti per soddisfare una curiosità e per poter criticare alla fine.

C'è coda al guardaroba. La coppia che ho visto entrare prima si è attardata a guardare i manifesti appesi alle pareti. Forse vengono da fuori e sono un poco frastornati nel trovarsi accanto a personaggi della televisione.

Saluto qualche persona, mi faccio salutare da altre e intanto lascio scorrere lo sguardo in giro finché la vedo. Laura è seduta su un divano e sta parlando con un ragazzo. L'esperienza con il Tulipano, se l'ha fiaccata nel morale, non ha appannato la sua bellezza. Sembra una ragazzina. È vestita in un modo rilassato, con jeans e una camicetta bianca sotto una giacca sportiva di tela blu, con poca concessione alla moda dell'anno del Signore 1978. Ha i capelli color mogano raccolti in una coda di cavallo e un viso che spalanca sul mondo due occhi di un azzurro così intenso da far invidia ai fiordalisi.

Questo le direi se fossi un uomo che l'ama. Invece sono solo un uomo che la vende e le mie parole, per forza di cose, sono di altra natura.

Chi sta parlando con lei è Giorgio Fieschi, un cabarettista che lavora all'Ascot dall'inizio della stagione. È un ragazzo bruno dalla faccia pulita, con un grande talento e una grande ingenuità. È arrivato da fuori città chiedendo un'audizione e quella sera stessa si è reso protagonista di uno strepitoso provino. Bonverde, che vede bene e guarda lontano, lo ha subito ingaggiato. Il pubblico lo ha subito accettato. I veterani dell'Ascot, quelli di Milano, lo hanno accolto con una certa sufficienza e fin dal primo giorno lo hanno reso vittima di una sottile emarginazione. Non so se lui lo abbia percepito ma quando lo farà spero che si renda conto che quell'atteggiamento è dettato da timore per il suo talento e non da una effettiva superiorità. Mi auguro per lui che sia presto. Purtroppo la scalata al successo prevede una grinta e un pelo sullo stomaco che questo ragazzo non ha ancora.

Mi avvicino e scopro negli occhi di Laura un certo sguardo e negli occhi di lui lo stesso sguardo. Conosco troppo bene il sesso che corre attraverso gli occhi per sapere che qui non c'entra nulla. Quelli che ho davanti a me non sono un maschio e una femmina, ma un uomo e una donna. E mi pare di sentire in sottofondo suono di violini e odore di guai.

Mi siedo su una poltroncina di fronte a loro, con la certezza di interrompere qualcosa.

«Salve, belle persone, come va?»

Non fanno in tempo a rispondermi. Piero, un cameriere dall'aria professionale, si materializza di fianco a noi e avverte Giorgio che fra poco tocca a lui. Ci sarà una prima parte dello spettacolo aperta da un paio di ragazzi della compagnia abituale dell'Ascot e un secondo tempo con l'attrazione della serata, gli inglesi appunto.

Quell'artista in divenire sorride. Il sorriso arriva fino agli occhi. Credo che quello che il mondo chiama lavoro, per lui sia l'inizio del divertimento.

«Va bene, è ora. Ci vediamo dopo, Laura?»

«Sì, vengo in sala a vedere il tuo spettacolo.»

Sapere di averla fra il pubblico pare fargli piacere. A occhio e croce, direi molto piacere.

«Bene. Stasera provo un pezzo nuovo.»

Il ragazzo si alza e dopo pochi passi e tre gradini sparisce dietro a una porta sulla sinistra che conduce al retro palco e alla cabina di regia.

Io e Laura restiamo soli. La cerco con gli occhi e lei non è così pronta nel sostenere il mio sguardo. Il suono di violini è sparito e resta soltanto l'odore di guai. Si alza, lisciandosi la giacca. Mi pare di avvertire che la preoccupazione per la vicenda in cui è coinvolta si sia fatta molto più morbida. Non so in che misura dipenda dalle mie rassicurazioni del pomeriggio e quanto dall'incontro di questa sera.

Lei mi previene.

«Ti dispiace se parliamo dopo? Avrei piacere di vedere quel ragazzo. Mi hanno detto che è molto bravo.»

«D'accordo, vengo con te.»

Ci alziamo e seguiamo il cammino percorso da Giorgio poco prima, solo che a un certo punto tiriamo dritto e passiamo di fronte al bar a cui sono seduti altri due artisti che fanno parte del cast della settimana. Bonverde, accanto al bancone, forte del suo gesticolare inconfondibile, sta chiacchierando con un tennista famoso che quando è a Milano è un frequentatore assiduo del locale.

In fondo a un breve corridoio c'è la porta che conduce nel teatrino. La superiamo e restiamo nella semioscurità, in piedi, addossati alla parete sulla sinistra dell'ingresso. Alla nostra destra una sala ad anfiteatro, imballata di gente. Se Giorgio Fieschi è stato scelto per questa serata, vuol dire che si sta creando un suo nome nel panorama della comicità milanese.

Come evocato da questa mia considerazione, Giorgio supera il drappo nero che fa da fondale e sipario e compare sul palco. Non c'è quasi applauso ma avverto una certa attesa. Lui parte buttando via con noncuranza qualche buona battuta sull'attualità, come fanno tutti per rompere il ghiaccio. Poi un quarto d'ora di un ottimo repertorio che conosco già, che scalda ancora di più il pubblico. Quindi inizia a parlare di sé, dichiarando di appartenere a una famiglia numerosa, di avere molti fratelli e che la sua vita non è stata facile. Mi aspetto uno di quei pezzi che sono l'elegia tragicomica della povertà e invece lui sorprende me e tutti i presenti, cambiando di colpo voce e mettendosi in bocca il tono sommesso ed enfatico dei bambini.

...oh sì, la nostra famiglia era davvero numerosa. Mi ricordo che al mattino ci svegliavamo all'alba e appena svegli ci salutavamo e dicevamo buongiorno Aldo, buongiorno Glauco, buongiorno Ugo, buongiorno Silvio, buongiorno Sergio, buongiorno Giorgio, buongiorno Amilcare, buongiorno Gaspare, buongiorno Anselmo, buongiorno Massimo...

A ogni saluto e nome Giorgio gira la testa, muta voce, intonazione ed espressione del viso. Si ha davvero l'impressione che sul palco ci siano tutte quelle persone mescolate fra di loro. Dopo una pausa si rivolge al pubblico.

Verso le undici e mezzo, uscivamo ad affrontare il duro lavoro dei campi. A mezzogiorno la mamma ci chiamava per il buon cibo quotidiano e noi ci sedevamo alla tavola ringraziando il Signore per quei nuovi doni e poi buon appetito Aldo, buon appetito Glauco, buon appetito Ugo, buon appetito Silvio, buon appetito Sergio, buon appetito Giorgio, buon appetito Amilcare, buon appetito Gaspare, buon appetito Anselmo, buon appetito Massimo...

Offre agli spettatori un gesto di resa e una voce un poco più adulta.

Mai mangiata una zuppa calda in vita mia!

Quindi rientra nel mondo del suo personaggio.

E poi la sera, stanchi ma felici, andavamo a letto dopo esserci lavati i denti e prima di dormire...

Ormai il pubblico se lo aspetta e inizia a ripetere insieme a lui

...buonanotte Aldo, buonanotte Glauco, buonanotte Ugo, buonanotte Silvio, buonanotte Sergio, buonanotte Giorgio,

buonanotte Amilcare, buonanotte Gaspare, buonanotte Ansel-
mo, buonanotte Massimo... E quindi ci addormentavamo sere-
ni...

Altra pausa a effetto.

...verso le quattro.

Qualcuno scivola suo malgrado in quel tipo di risata che
non ha possibilità di arresto, quella che ha il potere di coinvolgere tutti gli altri e che solo il talento, quello vero, può su-
scitare. Giorgio continua.

Una domenica, giorno in cui santificavamo la festa, eravar-
mo nell'aia di casa e giocavamo a calcio e passandoci la palla
dicevamo grazie Aldo, grazie Glauco, grazie Ugo, grazie Silvio,
grazie Sergio, grazie Giorgio, grazie Amilcare, grazie Gaspare,
grazie Anselmo, grazie Massimo...

Si interrompe e pare guardare qualcosa lontano alla sua
destra.

A un certo punto abbiamo visto una persona scendere len-
tamente la collina e venire nella nostra direzione. Quando si è
avvicinato abbiamo capito che era il marito della levatrice, che
ci conosce benissimo perché ci ha praticamente visti nascere.
Allora ci siamo messi in fila, lungo lo steccato, pensando che
quando fosse stato davanti a noi ci avrebbe salutato uno per
uno. E invece, quando è arrivato alla nostra altezza, lui ha sor-
riso, ha sollevato una mano e ha detto «Ciao a tutti» e se n'è
andato...

Giorgio fa una nuova pausa, guardandosi intorno con
un'espressione piena di incredulo stupore. Poi tira fuori una
voce desolata.

«E ci ha rovinato l'infanzia.»

Il pubblico rimane un attimo in silenzio, prima di rea-
lizzare. Poi arriva l'applauso, caloroso per la tenerezza, il
senso surreale dell'umorismo e per il virtuosismo di quel

pezzo. Accanto a me, nella penombra, Laura applaude, con gli occhi che le luccicano e una lacrima che dal ridere le scivola sulla guancia. Giorgio Fieschi deve essere proprio bravo per far dimenticare l'esistenza di un essere come il Tulipano.

Controllo l'ora. Fra poco ho l'appuntamento con Micky, in strada. Trascino Laura fuori dal teatro. Voglio che mi possa vedere e sentire bene. Mentre chiudiamo la porta, dalla sala proviene ancora l'eco degli applausi.

Appoggio Laura alla parete. Parlo sottovoce ma in modo incisivo. Non sono un attore ma anche io ci so fare, se serve.

«Ascoltami. Io faccio una cosa per te, tu fai una cosa per me. Io ho un incontro fra poco per risolvere la tua faccenda una volta per tutte. Tu invece, domattina alle nove, hai un rendez-vous all'Hotel Gallia, suite 605, con un signore molto fine e cortese che, se ti vuole, dovrà deporre nelle tue mani un milione.»

Laura mi guarda. Anche io la guardo e non ci sono violini ma tuoni, nell'aria.

«Dimmi che hai capito e che la risposta è sì.»

Lei fa un minimo cenno di assenso con la testa.

«Devo ritenerlo il sì richiesto?»

Finalmente Laura accetta di essere quella che è sempre stata.

«Ho capito. Hotel Gallia, suite 605, alle nove.»

«Molto bene.»

Mi rilasso. Le sorrido e le riconosco un diversivo, che credo si sarebbe concessa comunque.

«Scopati quanto vuoi il tuo cabarettista, ma domani devi essere una bomba, con quel tipo.»

La lascio in attesa, con la certezza che fra poco non sarà più sola. Risalgo in strada scivolando via senza salutare nessuno. In realtà sono in anticipo di un quarto d'ora, ma avevo voglia d'aria e di una sigaretta, per compensare l'invidia che il talento e il successo mi hanno sempre suscitato. Aspetto nella luce dei lampioni, osservato con curiosità da un paio di puttane che si contendono le poche macchine di passaggio, finché da dietro l'angolo di via Silva, preceduta dal brontolio del motore, sbuca la Ferrari di Micky. Come prima, accosta di fianco a me e mi fa segno di salire. Apro la portiera e mi siedo sul sedile di pelle Connolly tinta panna.

«Si va?»

Lui conferma con la voce e con la testa.

«Sì.»

Parte mentre sto ancora chiudendo la portiera. D'istinto mi chiedo se questo sarà l'ultimo viaggio che faccio su una macchina, mentre mi avvio a un appuntamento d'affari con un uomo che dicono sia il responsabile di tutta una serie di tombe senza nome sparse nelle colate di cemento di questa città.

CAPITOLO 5

Micky conduce la Ferrari nel traffico senza lasciarsi andare a inutili funambolismi. Ha fatto inversione di marcia, ha imboccato via Tempesta fino a piazzale Zavattari e si è immesso sulla circonvallazione esterna. Adesso stiamo superando piazza Bolivar diretti verso non so dove. Lui ha scelto il silenzio come connotato del viaggio e io mi adeguo. D'altronde, che cosa potremmo dirci io e lui che non sappiamo già? In due modi diversi siamo la stessa persona, anche se fisicamente siamo due pezzi differenti degli scacchi.

Nonostante ogni possibile arringa della difesa, due pezzi da poco, aggiungerei.

Andiamo avanti, attraversando una città che in parte già dorme e in parte si sta preparando ad allestire i suoi vizi alla grande. Ogni serata si può considerare di gala, finché arriverà una mezzanotte in cui ognuno si renderà conto che in realtà nessuna lo è stata.

Non sarà un bel momento, quello.

Ci fermiamo a un semaforo, accanto a un'edicola. Pendono le locandine dei quotidiani e dei rotocalchi. Ancora Aldo Moro e la sua storia disperata, il processo alle Brigate Rosse, Atlas Ufo Robot, Loredana Bertè e un suo nuovo flirt, il Campionato del Mondo di calcio in arrivo, la Juventus e il Torino, «TV Sorrisi e Canzoni», le vicende del presidente Leone.

Tutto mescolato insieme, sullo stesso muro, nello stesso

mondo, nella stessa vita. E a me non importa nulla di niente e di nessuno. Forse perché prima di tutto non m'importa nulla di me stesso. Volto la testa a guardare Micky. Chissà se ci pensa, qualche volta? Chissà se si fa delle domande, oppure se è solo puro istinto. L'auto veloce, il viaggio veloce, l'amore veloce. E il tempo, capace di superare qualsiasi ulteriore velocità, che ti ammazza presto perché non c'è memoria che possa ricordare ogni attimo.

Micky scambia il mio sguardo per impazienza.

«Ci vorrà ancora un poco. Dobbiamo andare fino a Opera.»

Liquido con un gesto noncurante i miei pensieri di pochi istanti prima.

«Tranquillo. Non c'è premura. Abbiamo tutto il tempo che ci serve.»

Giro la testa verso la strada.

Tutto il tempo che ci serve...

Lucio apprezzerebbe l'ironia. Ma quanto ne serve, in effetti? Adesso che so chi sono, preferirei non saperlo. La memoria è l'unico mezzo per avere la certezza di essere esistiti. Ma io non ricordo, dunque non sarò ricordato.

Micky svolta a destra, abbandonando viale Liguria e dirigendosi verso l'imbocco della Milano-Genova. Mi chiede se voglio fare un colpo di coca. Rifiuto con un cenno del capo. Lui estrae dalla tasca della giacca un aggeggio d'oro, molto *noblesse oblige*, un piccolo contenitore che ha la capacità di dispensare una tirata alla volta. Se lo infila nel naso e aspira con forza. Ripete l'operazione con l'altra narice. Poi lo chiude e lo agita prima di metterlo via, pronto per il prossimo uso.

Si volta verso di me, mi guarda e commenta.

«Buona.»

Non faccio fatica a credergli. Gente come lui ha sempre la roba migliore.

Appena siamo sulla bretella di Assago, la velocità aumenta e gli otto cilindri della Ferrari iniziano a bere benzina e restituire potenza. Questo della meccanica è un gioco che mi piace, un gioco onesto. Do per quanto ricevo. La cocaina è una truffa: lascia le persone come sono e le illude di essere diverse.

Imbocchiamo la tangenziale e la velocità aumenta ancora. Non ho paura. Non ho paura di morire, nello specifico. In effetti questo increscioso incidente si è già verificato una volta. Uno schianto con un'auto sparata ai duecento all'ora non sarebbe che una formale ratifica, il sigillo di ceralacca su una lettera che è già stata scritta.

L'uscita Vigentina-Val Tidone è la nostra. Prima di entrare in Opera prendiamo a destra. E poco dopo il viaggio finisce. Micky rallenta e infila la Ferrari in una sterrata che incrocia l'asfalto sulla sinistra. Sento la ghiaia sotto le ruote e, per la rigidità della macchina, ogni sconnessione del fondo stradale nella schiena. Un paio di curve e al termine di un breve rettilineo appare il capannone e l'area piena di carcasse di uno sfasciacarrozze. La zona è cintata con una rete metallica. Qualche lampione volenteroso si sforza di mandare un poco di luce intorno.

Arriviamo a un cancello chiuso. Micky lampeggia con i fari e subito, oltre la griglia, dalla penombra compare la figura di un uomo. Si avvicina e nel cono dei fanali si rivela un tipo basso e tarchiato, con i calzoni di una tuta e un giubbotto di jeans, che lancia con occhio abbagliato uno sguardo attraverso la rete.

Riconosce la macchina e inizia ad aprire i battenti. Superiamo lui e il cancello. Percorriamo la strada che porta al capannone in mezzo a colonne di auto accatastate, forme cubiste, relitti senza più vita. Una serie di totem eretti a forza di sacrifici umani e meccanici, senza nessuno disposto ad adorarli.

Micky si ferma in uno spiazzo, dove parecchie altre auto sono parcheggiate. C'è in prima fila una Porsche nuova fiammante e, di fianco, nella sua desolazione, quella di Daytona. Lupus in fabula. Come dire: questo sono e questo vorrei essere. Poi un paio di Mercedes, un 240 e una Pagoda, una Bmw 733i e molte altre di diverse marche e di alterna cilindrata. Tutte integre, immobili e lucide come una beffa fra le carcasse che hanno intorno. C'è nell'aria quel senso di ruggine e tristezza che solo il fallimento può dare.

Mi do del coglione.

Sono qui per altri motivi e con altri rischi. Non ho tempo per malinconie animistiche.

Se sbaglio qualche cosa potrei ritrovarmi nella stessa condizione di una di quelle auto distrutte, che aspettano di ricevere le attenzioni di una pressa.

Micky scende dalla macchina e io lo imito. Lo seguo verso l'edificio alla nostra sinistra. Lo costeggiamo per un tratto nella luce velleitaria dei lampioni. Dopo avere svoltato l'angolo, troviamo sulla sinistra un portone scorrevole in metallo. Qui c'è un uomo di guardia, che sentendoci arrivare ha mosso qualche passo verso di noi. È un tipo completamente diverso da quello al cancello. Questo indossa un abito marrone e ha l'aspetto di una persona che preme il pulsante di un campanello e il grilletto di una pistola con la stessa noncuranza. Forse proprio di quella infilata nella cintura che si intravede attraverso la giacca aperta.

Quando riconosce Micky si rilassa un poco.

Senza convenevoli, il mio amico viene al dunque.

«Abbiamo un appuntamento con Tano.»

Il tipo mi squadra prima di decidere che il mio accompagnatore è garanzia di fiducia per la mia presenza. Poi fa un cenno con il capo verso l'interno e ci apre l'ingresso pedonale ritagliato nel metallo.

Superiamo la soglia e di colpo siamo in un altro mondo. Nel lato del capannone dove ci troviamo ci sono tutti gli attrezzi e i macchinari che servono per l'attività della premiata ditta. Banchi, presse, torni e altri che non so identificare. Di fronte a noi la porta a vetri di un reparto per la verniciatura. C'è un odore diffuso di solvente, metallo fresato e lubrificante. Non mi stupirei se in questo posto, oltre a demolire auto con regolare certificato, talvolta si occupassero anche di cambiare i connotati a mezzi di provenienza molto meno regolare.

Ma la sorpresa arriva da quello che c'è sul lato opposto. Sotto le luci che scendono dall'alto e sopra un pavimento smontabile di legno, è stato allestito un vero e proprio casinò in miniatura. C'è una roulette americana con croupier, un tavolo dove si gioca a dadi e un altro al quale sono sedute diverse persone, uomini e donne, impegnate in quello che mi pare blackjack. Mi sembra di intravedere la testa a doppio riporto di Daytona, fra i giocatori. C'è persino un piccolo bar, al quale un uomo e una ragazza bionda sono appoggiati e stanno ricevendo una bibita. Tre uomini con un vestito scuro si aggirano tenendo d'occhio quello che succede.

Tano Casale è uno che fa le cose per bene. Sono certo che domattina, di quello che c'è ora, non resterà più nulla. Smontati i tavoli, spariti i tappeti verdi e i drappi neri che su in alto oscurano i vetri del capannone. Ci sarà solo gente che taglia con fiamme ossidriche, picchia con martelli e agita pistole a spruzzo. Ma stasera c'è ancora tempo, per chiunque abbia voglia di cercare una carta o un numero fortunati, di

provarci. Pagando il giusto, vincendo qualche volta o perdendo quasi sempre, come vuole la regola.

Seguo Micky, che attraversa il capannone e si dirige verso
una porta che sembra quella di un ufficio. Prima che arriviamo a bussare, si spalanca e ne esce un tipo dalla faccia tume-
fatta, con il naso da cui cola un rivolo di sangue che lui cerca
di tamponare con un fazzoletto. Un uomo di corporatura robusta e il viso di uno che qualche match su un ring l'ha fatto,
gli stringe il braccio e lo spinge verso l'uscita, coprendolo alla vista dei giocatori.

Micky batte un paio di colpi sul montante della porta lasciata aperta ed entra. Io lo seguo e oltre la soglia ci troviamo davanti due uomini. Uno sta seduto a una scrivania piena di scartoffie e l'altro è in piedi contro uno schedario di
zinco.

Quello seduto è Tano Casale.

È sui quarantacinque, con i capelli lisci tirati all'indietro.
Alle tempie ha qualche striatura bianca, di cui non c'è traccia
nei baffi scuri e folti. Gli occhi sono decisi ma il sopracciglio
destro, attraversato da una piccola cicatrice, gli conferisce
un'aria interrogativa. Le mani grandi appoggiate sul piano
danno un'idea di forza e di chi sa come usarla.

Quando ci vede entrare, rivolge un saluto con un cenno
del capo a Micky. Gli sorride e si vede che prova simpatia
per lui. Il mio amico deve averlo servito bene e con profitto.
Cosa che, mi dicono, per un uomo di parola come Tano Casale va riconosciuta e ricompensata.

«Ciao, biondo.»

«Ciao, Tano.»

Micky, nonostante le sue arie da uomo di mondo, è inti-
morito. Mi indica con la mano.

«Questo è Bravo, la persona di cui ti ho parlato al telefono.»

Tano solo allora sembra accorgersi della mia presenza. Mi squadra in silenzio e la sua faccia si indurisce.

«Bravo? Ma che nome del cazzo è?»

Una voce emerge dal ricordo e mi risuona nella testa. Ha il rumore di carta vetrata sulla ruggine.

...non ti agitare, giovanotto, devi fare il bravo. E se fai il bravo tu, faccio il bravo anche io e non ti faccio troppo male. Capito? Bravo devi essere...

Alzo le spalle.

«Magari non è un nome ma solo una qualifica.»

Tano scoppia in una risata.

«Bella risposta, bravo!»

«Vedi? Lo hai detto tu, non io.»

Forse la mia prontezza lo ha colpito, forse no. Ma quando il sorriso scompare mi guarda in un modo diverso. Mi fa segno di sedere sulla sedia di formica e metallo davanti alla scrivania. Micky si sente di troppo ed esce prima che gli chiedano di farlo. L'altro uomo resta in piedi, alla mia sinistra. Forse dovrei sentirmi sovrastato ma non ci faccio caso.

Tano mi offre un tono riflessivo e un poco di lusinga.

«A parte gli scherzi, ho sentito parlare di te. Hai organizzato un tuo piccolo giro, ti sai muovere bene e soprattutto sai fino a dove ti puoi muovere.»

Indica la porta dalla quale è appena uscito il tizio insanguinato.

«Non come certa gente, che crede di essere furba e venire nel mio casinò a fare la *poussette*. È incredibile quanto sia grande la stupidità umana.»

Fa una pausa.

«Ma non parliamo di cose spiacevoli. Mi ha detto Micky che hai un affare da propormi.»

«Più che un affare, direi uno scambio.»

«Ti ascolto.»

Prendo tempo e mi accendo una sigaretta. Poi faccio un gesto che comprende quello che sta succedendo nel capannone.

«Immagino che con tutto questo denaro in entrata, la cosa più difficile sia sapere che cosa farne.»

Tano sorride come un gatto che pensa ai topi.

«Dei soldi si sa sempre che cosa farne.»

Annuisco compiacente e proseguo. E intanto mi chiedo se con lo stesso tono e lo stesso sorriso darebbe ai suoi l'ordine di scannarmi.

«Tuttavia, a volte c'è il modo di facilitare le cose. Io ho il nome e l'indirizzo di un tipo che ha fatto un tredici da quattrocentonovanta milioni. È disposto a vendere la schedina con una modica gratifica di dieci milioni.»

Per prevenire ogni equivoco, preciso come stanno in effetti le cose.

«Io non tocco una lira. Glieli ho promessi come incentivo e perché si è rivelato una brava persona. Ma soprattutto una persona ragionevole.»

Sono sicuro che Tano ha capito dove intendo arrivare, ma vuole sentirlo dire da me.

«Vai avanti.»

«Be', credo che sia facile, da qui in poi. Se compri tu la schedina ti trovi in mano una cifra da poter gestire alla luce del sole. Per di più esentasse, essendo la vincita di un gioco gestito dallo Stato.»

Tano Casale guarda verso di me ma senza in realtà vedermi. Poi gira la testa e cerca gli occhi dell'uomo accanto allo schedario. Riceve in cambio un'occhiata di assenso circospetto, che conferma una decisione che in realtà ha già preso. Si rivolge di nuovo a me con voce tranquilla.

«La cosa si può fare. Bisogna studiare come, ma la cosa si può fare.»

Fa una pausa poi affronta la seconda parte della questione.

«Adesso veniamo a te. Tu che cosa ci guadagni?»

«Solo un poco di tranquillità per il mio lavoro. C'è un problema fra Laura, una delle mie ragazze, e uno dei tuoi uomini.»

A questo punto tutto succede in fretta. Il tipo accanto allo schedario, un uomo di statura media dagli occhi sporgenti e la bocca con un taglio cattivo, mi afferra per il bavero della giacca e mi tira su dalla sedia. Mi ritrovo spinto contro il muro, i suoi occhi spiritati a due spanne di distanza e un alito che non sa di viole a sibilare la sua rabbia. Non mi stupisco più di tanto. Di solito è così che si comporta Salvatore Menno, detto il Tulipano.

Il suo capo, da dietro la scrivania, interviene.

«Salvatore, lascialo in pace.»

Il mio aggressore non lo ascolta e mi sbatte un paio di volte contro la parete.

«Brutto magnaccia di merda, che cazzo vuoi?»

Uno qualunque, penso d'istinto.

Questa considerazione strapperebbe l'applauso di Lucio, se sapesse. Ma non credo che il Tulipano capirebbe la battuta. Anche sapendo, temo non ne sarebbe in grado.

Tano Casale si alza di scatto dalla sedia. Non urla, ma è peggio.

«Ho detto di lasciarlo stare. Rimettiti dov'eri.»

Perfino uno psicopatico come il Tulipano si caga sotto quando Tano Casale parla con quel tono. Sento la presa allentarsi e sono libero. Lui indietreggia, sempre con la mia morte negli occhi, fino a ritrovarsi di nuovo accanto allo schedario.

Mi stacco dal muro, cercando di sistemarmi la giacca.

Ignoro il mio avversario e mi rivolgo a Tano. Con una tranquillità che sono ben lontano dal possedere.

«Visto che è la gallina che canta quella che ha fatto l'uovo, a questo punto credo sia superfluo fare nomi. Laura è una ragazza che lavora per me e il tuo uomo vuole costringerla a essere la sua odalisca.»

D'istinto, il Tulipano fa di nuovo un passo verso di me. Tano lo blocca con un gesto della mano. Per sfogarsi non gli restano che le parole, da pronunciare con un poco di bava biancastra agli angoli della bocca.

«Laura è una puttana e tu mangi sulla sua figa.»

«Forse. Ma è una puttana libera di esserlo quando e con chi vuole. In ogni caso è sempre e solo lei a decidere. Io non impongo, semplicemente propongo, senza costrizioni e soprattutto senza botte.»

La minaccia arriva scontata.

«Io ti faccio tagliare le mani.»

Mi giro verso di lui e lo fisso dritto negli occhi.

«È finito il tempo in cui avevi il coraggio di tagliarle di persona?»

La voce di Tano, un poco sopra tono, trancia di netto questo scambio di cortesie.

«Basta! E vale per tutti e due!»

Torna a sedersi dietro la scrivania. Parla al Tulipano senza guardarlo in faccia.

«Salvo, vai di là a vedere se tutto sta filando liscio.»

Questa richiesta equivale a un sonoro levati dai coglioni. A malincuore, Menno si avvia verso la porta, riservandosi la dignità di un passo calmo. Prima di uscire mi lancia un'occhiata nella quale c'è tutto il programma. Lo so che questa umiliazione non gli andrà giù facilmente e che, in ogni caso, mi sono fatto un nemico.

D'altronde, non si può vivere per sempre.

Io e Tano restiamo soli. Torno a occupare la mia sedia. Lui mette le mani dietro la testa e trae le sue conclusioni.

«Dunque, per te la libertà di questa Laura vale tutti quei soldi.»

«Sì.»

Mi guarda come se mi vedesse per la prima volta.

«Sei un tipo sveglio. Hai coraggio. Da come parli si capisce che non sei un ignorante e ti presenti bene. Sei anche ambizioso?»

Questo sembra il preambolo a una proposta di lavoro. Che cerco con tatto di evitare sia formulata.

«L'ambizione a volte fa fare strani viaggi, su certi furgoni e dentro a certe casse. E io sono allergico ai fiori.»

Tano Casale si mette a ridere.

«Filosofo anche. Chi si contenta gode.»

Stavolta sono io a fare una smorfia di circostanza.

«Si può anche dire in un altro modo. Chi gode, se si contenta, campa meglio e più a lungo.»

L'uomo che ho di fronte pare soddisfatto, di me e della piega degli eventi.

«Molto bene. Ti garantisco che Salvo non romperà più le palle alla tua ragazza. Per quanto riguarda il resto, dammi il tempo di radunare la cifra e dopo porteremo a termine questa operazione. Vorrei che ci fossi tu a condurla, anche se, per ovvi motivi, ti affiancherò una persona di mia fiducia.»

Prendo una biro da un contenitore e scrivo su un blocchetto per appunti che sta sulla scrivania il numero di telefono del servizio a cui mi appoggio. Lo spingo davanti a lui.

«Qui mi puoi recuperare a qualsiasi ora del giorno e della notte.»

Tano si alza. Il congedo è sottinteso. Mi alzo anche io e stringo la mano che mi tende.

«Adesso, se vuoi farti un giro di là, provvederò che ti diano un poco di fiches, tanto per non dire che te ne sei andato a mani vuote.»

Metto sul piatto un altro aspetto della mia vita.

«Ti ringrazio, ma non gioco.»

«Meglio così. Ci sono tanti modi più intelligenti per scoppiare dei soldi.»

Usciamo dall'ufficio e ci ritroviamo nel capannone. Mentre ero intento a trattare con Tano Casale e a farmi maltrattare dal Tulipano, si è aggiunta altra gente. Adesso la roulette è quasi invisibile, circondata com'è da giocatori e giocatrici. Per lo stesso motivo anche il tavolo dei dadi è sparito e vedo che hanno montato un altro tavolo di blackjack. Questo affare deve rendere una fortuna. Un gettito sicuro e senza troppi rischi, tutte le notti che Dio manda in terra. Di gente disposta a giocarsi la casa è pieno il mondo. E inoltre, nel caso specifico, all'emozione del gioco d'azzardo va sommata quella di farlo in modo proibito dalla legge. Anche se sono sicuro che Tano, in quella direzione, si è procurato le coperture giuste.

Fra noi tutto è stato detto. Il boss mi fa un cenno con la mano e raggiunge Menno, che è di fronte al croupier in testa alla roulette. Vedo Micky chiedere scusa a una signora bionda ed elegante con cui stava ridendo, lasciarla sola, avvicinarsi a loro e parlottare. Poi il mio biondo amico si muove verso di me, mentre gli altri escono da una porta sul fondo, seguiti da un terzo uomo che fa da guardaspalle.

«E tu che cazzo ci fai qui?»

La voce, dal forte accento milanese, arriva a sorpresa. Un istante dopo mi trovo davanti Daytona, che si sta passando il viso con un fazzoletto. Deve avere perso. Quando suda al tavolo da gioco significa che la fortuna si è tolta la benda solo per mettergliela in mano e permettergli di asciugarsi.

Non credo sia il caso di informarlo sul vero motivo della mia presenza all'Opera Demolition Casinò. La butto sullo scherzo, per deviare.

«Sono venuto a controllare che non ti giocassi anche le mutande.»

«E allora dovevi arrivare prima. Ormai sono andate pure quelle.»

Da come è rosso in faccia, deve avere preso una bella botta. Ma non credo abbia toccato il fondo. L'orologio al polso c'è ancora.

Mentre scambiavamo queste battute, Micky ci ha raggiunto. Lui e Daytona si conoscono, anche se fra di loro non c'è quella simpatia che fa ballare insieme il flamenco sui tavoli. Infatti, Micky parla con me e lo ignora, come se io fossi solo.

«Tutto a posto?»

«Tutto a posto. Ti ringrazio.»

«E di che? Quando vuoi andare, dimmelo.»

Daytona è una mezza tacca dichiarata, con ambizioni frustrate di accesso al livello superiore. Ha visto la scena con la donna bionda. Sa che Micky è uno dei pupilli di Tano e sfodera il tono servile di quando vuole ingraziarsi qualcuno.

«Se vuoi fermarti, lo accompagno io Bravo.»

Micky lo guarda e poi guarda me. Inarca un sopracciglio.

«Per te è un problema? Io ho un impegno e questo mi tornerebbe comodo.»

«Nessun problema.»

«Va bene. Ci vediamo, allora.»

Ci abbandona e torna a calare sulla sua preda. In fondo, anche questo è un gioco equo. Do e in cambio ricevo. Il ragazzo ha da vendere esattamente ciò che quella donna bionda vuole. Gli eventi decideranno se il prezzo è stato troppo alto o troppo basso. E in definitiva, come sempre, sono solo cazzi loro.

Daytona si frega le mani, con la faccia torniona di chi ha appena messo a segno un notevole colpo a livello di pubbliche relazioni.

«Allora, si va?»

Mi avvio verso la porta da cui sono entrato. Lui mi segue con la sua camminata da spaccone, la pancia che sporge dalla giacca di un vestito blu che una volta era della misura giusta. Arriviamo fuori e l'uomo di guardia ci osserva sfilare senza cambiare espressione e senza accennare un saluto.

Dopo pochi passi, Daytona si pronuncia a bassa voce, per non essere sentito.

«Con tutti i soldi che gli abbiamo lasciato, almeno buonanotte ce la poteva dire.»

Io mi fermo e lo guardo.

«Non coinvolgermi in un plurale che non mi compete. Con tutti i soldi che gli hai lasciato *tu*, vorrai dire.»

Il viso di Daytona si illumina, come se si fosse di colpo ricordato qualcosa.

«A proposito di soldi...»

Fa una pausa che gli serve per aprire la Porsche. Si siede e aspetta che io sia di fianco a lui, per continuare.

«Sai quella gafi che è venuta con me stamattina, quella che abbiamo tirato su davanti all'Ascot e che grazie a te mi è costata un sacco di soldi?»

Abbiamo?

Questo penso, ma sto zitto e attendo.

Daytona prosegue, infervorato.

«Una roba fantastica. Un fisico da sballo. Due pere da

fantascienza e un culo che parla. Anzi, secondo me ha già rilasciato addirittura qualche intervista.»

Avvia il motore. Ingrana la marcia e si muove verso il cancello.

«Se vuoi farti un giro, credimi, ne vale la pena. A me ha già detto che se voglio vederla ancora le devo dare di più, per cui può andare a cagare. Ma credo che con te sarebbe disposta a uno sconto. Aspetta…»

Infila due dita nel taschino della giacca e mi porge un bigliettino piegato in due.

«Tieni, mi ha dato anche il numero di telefono. Chiamala, dai retta a un cretino.»

Io apro il foglietto cincischiato e lo osservo. Nella luce incerta dell'auto si intravede un numero siglato con una calligrafia femminile. Lo accartoccio e lo metto nel posacenere. Daytona vede e commenta il mio gesto.

«Guarda che sbagli. Quella lì è una di categoria.»

Liquido l'argomento con poche parole, spero conclusive.

«Ne conosco a sufficienza di ragazze di categoria. Una in più non mi cambia la vita.»

Tuttavia, mentre superiamo il cancello, mi sento dentro uno strano senso di fastidio per le considerazioni di Daytona sulla ragazza. E intanto che percorriamo la strada sconnessa per ritrovare l'asfalto mi viene da pensare che la nostra Carla ha fatto presto a imparare la lezione. Poi, per tutto il resto del viaggio, nonostante le chiacchiere senza senso del mio autista, ho davanti agli occhi quello sguardo e nella mente quelle parole.

Con te ci verrei gratis…

CAPITOLO 6

Il taxi si ferma vicino all'ingresso dell'Ascot Club e io ho un poco lo stomaco sottosopra. Il tassista, un tipo alternativo con i capelli lunghi e la barba rossiccia da clochard, ha una faccia che mi ricorda Ciubecca, il peloso di *Guerre stellari*. Non mi è dato sapere se quello guidasse l'astronave nello stesso modo. La cosa sicura è che di salti nell'iperspazio ne abbiamo fatti almeno un paio, da piazza Napoli a qui.

Gli do quello che mi chiede anche se, come sempre, l'importo non coincide con quello del tassametro. Certi tassisti di Milano sarebbero disposti a chiederti il supplemento notturno anche di giorno solo perché porti gli occhiali scuri e il supplemento bagaglio solo perché hai in tasca il portafoglio. Lo guardo andare via incolume, anche se avrei avuto voglia di mandarlo a cagare.

Ma è una serata piacevole, ho appena risolto un problema, sono solo e con l'umore giusto per esserlo.

Poco fa, dopo essere entrati in Milano, mentre stavamo percorrendo via Giambellino, Daytona ha interrotto di colpo le sue chiacchiere di donne, di automobili e di soldi che stanno sempre per arrivargli. Da un certo Rondano, il suo assicuratore, nella fattispecie.

Sapevo quello che stava pensando e la domanda che gli girava in testa. Solo che me l'aspettavo molto prima. Infine si è manifestato con voce noncurante, continuando a guardare la strada con un'attenzione perfino eccessiva.

«Bella quella cosa che ha messo su Tano Casale, eh? Ci deve tirare fuori un pacco di soldi.»

«Già.»

Io laconico, lui finalmente esplicito.

«Hai dei mestieri in ballo?»

«Direi di no.»

«Sai, ti ho visto uscire dall'ufficio con lui e ho pensato…»

L'ho interrotto. Scivolando sulla presa per il culo al fine di deviare il discorso.

«Daytona, non pensare troppo. Molte esperienze hanno confermato che non è un'attività che ti si addice.»

Se Daytona si fosse convinto che avevo delle entrature con Tano, non me lo sarei levato più di dosso. L'atteggiamento nei confronti di Micky la diceva lunga. Lui si è risentito un poco.

«Vai a dare via il locu. Se è un modo di dirmi che non sono affari miei, tieniti pure…»

Sì, terrò per sempre il mio segreto.

Avrei avuto voglia di rispondergli con la voce italiana di Greta Garbo. Invece ho deciso di minimizzare e chiudere il discorso con una spiegazione plausibile, che evitasse futuri interventi invasivi da parte sua. Ma soprattutto perché mi ero rotto le balle dell'intervista.

«Dovevo fare una commissione. Ero là in qualità di semplice messaggero. Consegnato il messaggio, finito il rapporto. Nessun mestiere in corso, come dici tu.»

Convinto o no, l'argomento si è chiuso. E con questo l'interesse di Daytona nei miei confronti. Che era uno dei motivi per cui si è offerto di accompagnarmi.

Stavolta, per rivolgermi la domanda, si è girato verso di me.

«Dove hai la macchina?»

«All'Ascot.»

Viso di circostanza.

«Ti spiace se ti lascio al parcheggio dei taxi, qui in fondo alla strada? Devo andare in un posto e sono già in ritardo.»

Da quando lo conosco, quasi sempre Daytona deve andare in un posto. Sono certo che non siano posti dove si fa del bene. Un giorno o l'altro passerà da uno di quei posti alla galera, senza nemmeno transitare dal via, come direbbe il Godie. Appoggiandogli l'indice e il medio a forbice sulla gola.

Tac, catturato! Ha diritto di rimanere in silenzio.

Ho fatto un gesto con la mano.

«Va bene, lasciami dove vuoi.»

«Bravo, sei un amico.»

Un amico. Mi è venuto da ridere. Dopo una certa ora e una certa quantità di alcol e di bamba, a Milano è facilissimo trovare degli amici. Si finisce in certi locali, in compagnia di persone che messe insieme sommano settecento anni di galera, a scambiarsi quella parola estratta direttamente dalle foglie di coca. In realtà nessuno è amico di nessuno, nemmeno di se stesso. Quindi è facilissimo che, al mattino, qualcuno si svegli con accanto nel letto una donna da spavento, della quale non ricorda nemmeno il nome. Una qualunque, raccattata alla disperata, quando la solitudine e la sbronza chiudono gli occhi peggio di una saracinesca.

Sono sceso dalla Porsche di Daytona e mi sono avviato verso la colonna formata da due o tre taxi in sosta con speranza, senza sapere che da lì a poco sarei salito sul Millennium Falcon. Che ormai avrà già raggiunto Curvatura Nove e sarà oltre lo stadio di San Siro.

Sto per aprire la portiera della Mini quando vedo uscire dal locale Giorgio Fieschi insieme a due colleghi. Li sento ridere, mentre salgono su una R4 verde e partono verso piazza

Buonarroti, in direzione opposta a dove mi trovo. Li invidio.
Sono giovani, e hanno talento. Spero si rendano conto che per
questi motivi hanno il mondo in mano. Rivolgo nello stesso
tempo un pensiero di compiacimento a Laura e al suo senso
del dovere. La cotta in corso verso l'artista è stata per ora ar-
chiviata in funzione dell'impegno del mattino dopo. Anche
perché il settanta per cento di un milione è una bella cifra, per
un'ora di lavoro.

Il resto è la mia provvigione.

Infilo la chiave nella serratura. Una persona mi si affianca.
Sento la voce, riconosco il viso e vedo la pistola nello stesso
istante. Ma è l'espressione del Tulipano l'elemento più significativo, quella che non consente pronostici favorevoli.

«Ciao, magnaccia. Come vedi ci si incontra di nuovo.»

So perché è qui. E se c'è, vuole dire che il suo senso dell'o-
nore è molto più forte della paura nei confronti del suo capo.
Io l'ho costretto a subire un'umiliazione che non è in grado di
mandare giù. Laura o Tano in questo momento non c'entrano.
È un fatto tra lui e me. Qualsiasi cosa io possa dire o fare non
cambierà la situazione.

Per cui resto in silenzio e lo guardo.

Lui è tranquillo. Ha superato l'incazzatura ed è sopraggiun-
ta la calma della determinazione. E questo lo giudico un ulteriore pessimo dettaglio.

«Ti sei mangiato la lingua? Come mai?»

Arrivato dal nulla, nel silenzio della strada, uno schiaffo
suona al contatto con la mia guancia destra con la forza di uno
sparo. L'orecchio inizia a fischiare. Davanti all'occhio una serie
di puntini gialli danzano come moscerini.

«Vedi che ce l'ho ancora il coraggio di venire di persona a
occuparmi di un pezzo di merda come te? Cammina.»

Fa un gesto con la pistola in direzione di piazzale Lotto. Io mi muovo, lanciando senza parere delle occhiate in giro. Lui se ne accorge.

«Non c'è nessuno, fighetta. Stai tranquillo. Solo io e te.»

Ha ragione. Lo spettacolo all'Ascot è finito da un pezzo e il parcheggio è quasi deserto. Questa sera non ci sono nemmeno le due battone che di solito stazionano di fianco al locale. La cosa non mi piace. Non mi piace per nulla.

Raggiungiamo una Citroën CX, grande e un poco vecchiotta. Sempre tenendosi a distanza di sicurezza, fruga nella tasca della giacca e poi appoggia le chiavi dell'auto sul tetto.

«Tieni, guida. Con calma e senza scherzi.»

Raccolgo le chiavi, mi metto al volante, accendo il motore. Me lo trovo seduto di fianco. L'esperienza del Tulipano ha fatto sì che in tutti questi movimenti la canna della pistola non abbia mai abbandonato il mio stomaco.

Resto in silenzio e attendo.

«Prendi la Nuova Vigevanese.»

Esco dal parcheggio e procedo nella direzione che mi ha indicato. Mi chiedo se l'espressione del mio viso sia simile a quella di Moro, in quella foto che da qualche tempo circola sui giornali. Non ci sarà per me *la viva preoccupazione del Paese* e nemmeno una parola di intercessione da parte di chicchessia. Non credo nemmeno di meritarle. A meno che non succeda un miracolo, sparirò nel nulla e nessuno verrà a cercarmi, visto che di me non gliene frega un cazzo a nessuno.

Procediamo in silenzio. L'unica cosa che potrei tentare sarebbe nel caso incrociassimo una macchina della Polizia. Ma temo che questo non cambierebbe molto, per il mio rapitore. Da quello che so di lui e da quello che ho visto con i miei occhi non ci dev'essere del tutto con il cervello. Se ha deciso di saltare il muro e disobbedire agli ordini di Tano, significa che non si fermerà davanti a nulla.

Come se mi avesse letto nella mente, rompe il silenzio.

«Tano mi ha detto di lasciare stare la ragazza. Di te non mi ha detto niente.»

«Io ho un affare in corso con il tuo capo e questo lo farà sfumare. Non la prenderà bene.»

Lui sorride. È una smorfia che avrei preferito non vedere.

«Non sfuma nessun affare. Tu mi scrivi su un foglio il nome e l'indirizzo di quel tipo, io lo porto a Tano e tutto è a posto.»

«Perché dovrei farlo? Tanto mi ammazzerai comunque.»

«Te lo dico io perché. Ti eviti di crepare in un modo piuttosto penoso. Io non ho fretta. Posso spararti un colpo in un ginocchio e aspettare. Poi nell'altro e poi nella spalla e così via. Oppure con un colpo solo farti saltare via tutta l'attrezzatura. Dicono che fa un male cane quando ti sparano nelle palle.»

Resto in silenzio. Il mio pensiero va da un'altra parte. Ora non sono più nella macchina ma altrove, con altri uomini come il Tulipano, persone con le stesse intenzioni e con la stessa indifferenza.

Tanto tempo prima.

«È un peccato ragazzo che tu non sia in grado di tenere l'uccello nei pantaloni. A volte tirando su la cerniera possono succedere degli incidenti...»

La voce del Tulipano mi riporta nella macchina. Crede che io stia architettando una fregatura e mi ragguaglia sulle possibili conseguenze.

«Se per caso pensi di darmi il nome e l'indirizzo sbagliato, è meglio che non lo fai. Vado a vedere se hai una ragazza, un amico, un cane. Un essere qualsiasi su questa terra che gli vuoi bene. E ammazzo anche lui.»

Non ho il minimo dubbio che manterrà la parola. Questo mi convince in via definitiva che Salvatore Menno è uno psicopatico. Mi viene in mente il viso di Laura mentre guarda affascinata Giorgio Fieschi, l'espressione di Lucio, perennemente assorto nella sua cecità, la crittografia che gli ho lasciato prima di uscire e che non saprò mai se ha risolto.

Nel frattempo, proseguendo su via Lorenteggio, abbiamo superato l'incrocio con via Primaticcio. Mi immetto sulla Vigevanese, con due corsie per ogni senso di marcia. Ci sono ai lati le insegne dei distributori notturni, le puttane da due lire, i capannoni, le auto parcheggiate nel controviale. Un ragazzo è in attesa di fianco allo sportello di una farmacia di turno. Di certo starà comprando una spada per farsi. Ma in questo momento la sorte di un drogato è all'ultimo posto delle mie preoccupazioni, se mai c'è entrata. Almeno lui ha il privilegio di avere scelto il modo di ammazzarsi.

«Prosegui dritto fin dopo Trezzano, poi ti dico.»

La macchina va. La pistola è sempre puntata contro il mio stomaco. Io guardo la strada, il Tulipano guarda me e sorride. Superiamo il Quartiere Tessera. È una partenza senza ritorno e mi sorprendo privo di nostalgia. Solo una domanda mi viene spontanea: tutto qui? Non c'è altro? Sono queste le meraviglie che ci hanno promesso, questa la bellezza del mondo, questa la vita degna di essere vissuta? Faccio fatica a trovare un senso alle cose, uno qualunque, passando davanti al luogo anonimo dove vivo per andare in un altro luogo sconosciuto a prendermi una pallottola in testa.

Trezzano scorre in un lampo, come tutti gli istanti prima della morte. Ora siamo fuori e i lampioni sono un ricordo. Qui non si fanno concessioni. La strada aperta accetta solo la luce dei fari.

«Vai a destra.»

La canna della pistola mi indica una strada secondaria. Rallento e infilo la macchina in quella striscia d'asfalto in mezzo al verde e la percorro finché diventa sterrata. Proseguiamo costeggiando per un tratto una cava, fino ad arrivare in un punto dove si apre sulla sinistra uno slargo intorno al quale ci sono alberi e cespugli.

«Accosta qui e scendi.»

Fermo la macchina e apro la portiera. Il terreno sotto i miei piedi è duro e irregolare. C'è umido e odore d'erba nell'aria. Era la notte giusta per stare da solo e avevo anche l'umore per farlo. Ma non c'è tempo. Non c'è mai tempo. Il Tulipano è già dalla mia parte, circondato dall'alone rossastro delle luci posteriori. La pistola non ha ceduto di un millimetro. Nemmeno le sue intenzioni, credo. Arretra di qualche passo e indica l'auto.

«Apri il baule.»

Eseguo il suo ordine. Dentro, in mezzo a diverse cianfrusaglie, c'è una pala. Per una frazione di secondo mi dico di provarci. Ma in queste cose quel pezzo di merda ha più esperienza di me. Io nella mia vita mi sono sempre trovato dalla parte sbagliata di una pistola o di un coltello.

Quella che non insegna nulla, se non la paura.

La sua voce arriva a cancellare ogni idea prima ancora che si formi.

«Prendila e allontanati.»

Io faccio due passi indietro, patetico col mio badile in mano. Lo vedo avvicinarsi al vano spalancato e frugare all'interno. La sua mano ne esce corredata dalla luce di una torcia elettrica.

«Spegni i fari.»

Poco dopo siamo nell'oscurità, con quel fascio luminoso come unica barriera fra noi e il buio. Vedo il raggio muoversi e svelare un sentiero fra le piante.

«Per di là.»

Mi incammino. Non so in che posto siamo ma il mio aguzzino ha l'aria di essere di casa. Penso che intorno a noi, sotto un metro di terra, ci siano sepolte diverse persone protagoniste di un viaggio come il mio. Cammino come posso, sentendo i cespugli segnarmi le mani, con l'unica guida della torcia che disegna la mia ombra sulla macchia.

Finalmente raggiungiamo un punto che il Tulipano nella sua testa deve definire con una sola parola: qui. C'è un piccolo spazio d'erba, dell'estensione giusta per lo scopo a cui è stato destinato. Vedo la luce allontanarsi e spostarsi alla mia sinistra. La voce arriva dal buio che sta subito dietro. C'è un manifesto tono di derisione che avvolge le parole, adesso.

«Scava. Anche se si stropiccerà un poco il tuo bel vestito. Se vuoi quando hai finito te lo mando a lavare.»

Inizio a scavare per non sentire la sua risata. E per pensare. So che dalla parte delle mie speranze c'è uno zero. Tuttavia non voglio darla vinta a questo stronzo. Non può essere una merda come il Tulipano quello che mi cancella dall'elenco. L'unico momento in cui potrò tentare qualcosa sarà quando mi chiederà di scrivere un nome e un indirizzo. Forse si distrarrà o forse potrebbe scivolare, forse…

O forse è vero quello che mi hanno insegnato a scuola. La speranza è davvero l'ultima dea e a lei mi sto aggrappando.

Poco per volta le mie gambe occupano un buco sempre più profondo. Il sudore mi cola dalla fronte e lungo la schiena. Le mani mi fanno male. Mi alzo e mi appoggio al badile restando aggrappato al manico.

«Che c'è? Non hai il fisico? Ti sei già stancato, mezzasega?»

Sto per mandarlo a fare in culo. Sto per sollevare il badile e lanciarmi su di lui, perché la rabbia è ormai più forte di qualsiasi istinto di sopravvivenza. E succede qualcosa.

Nel silenzio, uno dopo l'altro, tre rumori soffocati, in rapida successione.

pfft… pfft… pfft…

La torcia parte di colpo verso l'alto e compie un paio di giravolte luminose prima di fermarsi a terra. Sento il rumore di frasche smosse da un corpo che cade nei cespugli. Mi pare di avvertire dei passi leggeri. Ma deve essere una mia impressione perché spariscono subito.

Poi silenzio.

Il tempo mi fa fare un giro di chiglia e non succede nulla. Niente più voce e niente più ordini. Solo la luce dimezzata della torcia caduta a terra, che illumina la base di un cespuglio. Mi avvicino, la prendo in mano e faccio correre il fascio intorno.

Il Tulipano è steso sulla schiena, come in croce, un poco più in là. Ha gli occhi spalancati e lo sguardo fisso verso l'alto. Sembra osservare il buco che gli si è aperto in mezzo alla fronte. Sul petto ha altri due fori, da cui una macchia di sangue si sta allargando.

Capisco quello che è successo. Istintivamente indietreggio e spengo la torcia. Non ho nessuna voglia che chi ha sparato a quel figlio di puttana decida che lo sono pure io e usi la luce per inquadrare anche la mia persona. Ammesso che abbia intenzione di farlo. Aspetto un poco, poi decido che è ora di andarsene. Riaccendo la torcia, raccolgo la pala e percorro il sentiero al contrario, cercando di non sbagliare strada. Poco dopo mi ritrovo davanti il riflesso del cofano della CX. Penso che la cosa migliore da fare sia mettere una certa distanza fra me e questo posto del cazzo. Salgo sulla macchina, avvio il motore, faccio manovra e torno verso la statale. Durante il tragitto non incrocio nessuno. Adesso che il peggio è passato, mi arrivano un attacco d'ansia e un tremito alle mani che cerco senza successo di dominare. Non sto a chiedermi più di tanto una spiegazione per quello che può essere accaduto. Per il momento mi basta essere vivo. L'uomo che voleva ammazzarmi, non so grazie a chi, adesso può essere sotterrato al mio posto nella buca che gli ho scavato.

Non da me, di certo.

Ritorno sulla strada, prendo a sinistra e torno guidando con calma verso Milano. Devo liberarmi della macchina al più presto. Non vorrei che una pattuglia della Polizia, quelli che non ci sono mai quando servono, mi fermasse proprio adesso, alla guida di un'auto non mia di cui rendere ragione. Un'auto che appartiene a un uomo che prima o poi troveranno con tre buchi in corpo.

Raggiungo piazza Frattini e mollo la CX in una traversa di via d'Alviano. È un luogo abbastanza lontano dall'Ascot e abbastanza vicino per poter raggiungere il Club senza dover prendere un taxi. È incredibile la memoria che hanno certi tassisti che fanno il turno di notte. Prima di andarmene, pulisco per bene tutte le parti che ho toccato. Il volante, la leva del cambio, la portiera, la pala, la chiusura del baule.

Poi mi avvio a piedi.

L'agitazione si è calmata ma il pericolo appena passato mi ha prosciugato le energie. Di colpo mi sento stanco. Come se per tutta la mia vita precedente avessi fatto un lavoro faticoso senza potermi riposare mai. Procedo all'andatura che riesco a tenere, continuando a rigirare nella testa gli avvenimenti che mi hanno portato a camminare da solo per Milano con gli abiti sporchi di terra. Mi faccio un sacco di domande e a nessuna riesco a dare una risposta soddisfacente. Non tengo il conto né dei passi, né del tempo. Solo della fatica. E anche di quella ho perso il conto, quando giro l'angolo di via Tempesta e mi trovo davanti l'Ascot Club. Chiuso e spento, ma con la gloria di tutta Las Vegas, ai miei occhi.

Vado verso la Mini. In piedi di fianco alla macchina c'è una donna, di schiena. Sta fumando una sigaretta e ha un'aria familiare. Mi fermo a guardarla pensando che è troppo tardi anche per una battona povera e ostinata. In quel momento si gira e la riconosco.

È Carla.

La sorpresa riesce a superare la stanchezza che mi sta attorcigliando le spalle, le gambe e lo stomaco.

Mi avvicino. Lei mi vede, getta il mozzicone a terra e regala l'ultimo sbuffo di fumo alla notte. Viene verso di me. Il suo viso è bello come me lo ricordavo. Indossa una giacca corta sopra un vestito leggero e si muove con l'eleganza naturale di un felino.

Non me n'ero accorto l'altra volta. O forse ero troppo occupato a farmi bello agli occhi di Daytona, per accorgermene. Passo dopo passo emergono dalla penombra i suoi occhi. Li tiene fissi nei miei, anche se quando mi parla c'è una nota d'imbarazzo nella sua voce. E una forma di prudenza e di pudore tutti femminili, per essere davanti a me, in quel posto e a quell'ora.

«Ciao.»

«Ciao. Che ci fai qui?»

«Ti aspettavo.»

«Aspettavi me?»

«Sì.»

«Perché?»

Fa un cenno con la testa verso il palazzone dove, dietro alle finestre illuminate, si stanno affannando con panni e strofinacci le sue colleghe.

«Ero al lavoro. Arrivando ho visto la tua macchina. Poi dalla finestra ho continuato a guardarla sperando che la venissi a prendere. A un certo punto non ce l'ho fatta più. Mi sono tolta il grembiule, ho mollato tutto e sono scesa.»

Sto facendo fatica a metterla a fuoco. Lo stomaco mi sembra pieno di segatura e il mio corpo è ormai legna da ardere. Eppure, nonostante tutto, mi colpisce di lei un modo di essere donna che non ho mai trovato prima.

Sto male e mi sento aggredito. Per questo sono un poco aggressivo.

«Che vuoi da me?»

Lei mi parla e guarda altrove.

«Sono stufa di questa vita. Sono stufa di spaccarmi la schiena per due lire. Sono stufa di vedere intorno a me delle donne che sono invecchiate senza mai essere giovani. Sono stufa di dover scopare con il mio capo per tenermi il lavoro o con il mio padrone di casa per pagare l'affitto.»

Respiro a fondo. Questa confessione cade sul selciato con un suono di monetine tintinnanti. Ignoro il motivo, ma so che è un momento importante. Le nostre due vite si stanno mescolando e io mi sento un idiota perché sono così stanco che riesco a parlare quasi solo a monosillabi.

«E dunque?»

Lei torna a fissare gli occhi nei miei. Il pudore e la prudenza sono scomparsi.

«La proposta che mi hai fatto, ieri mattina…»

Una piccola pausa, come per consentirmi di ricordare.

«Sì?»

«Il tuo amico mi ha detto che sei uno che ci sa fare. Che hai un bel giro. Voglio che tu mi ci faccia entrare e mi faccia guadagnare molti soldi.»

Sono davanti a lei e la vedo a poco a poco come sparire in lontananza. La testa mi scoppia e le gambe le sento cave all'interno. La domanda che le faccio forse la stupisce.

«Hai la patente?»

«Sì.»

Metto le mani in tasca e le tendo le chiavi della macchina. Non so che faccia ho mentre, con la poca voce che mi resta, le dico quello che voglio da lei.

«Portami a casa, per favore. Non voglio svenire in strada.»

CAPITOLO 7

L'ultima cosa che vedo è un fanale.

La luce scompare di colpo, insieme al fiato. Poi un sacchetto di tessuto grezzo sulla testa e quindi sono strattoni, urti, una mano ruvida che mi spinge in una macchina. Da lì in poi sono solo suoni. Crac di sobbalzi, ticchettio di vibrazioni e motore nel buio. Il respiro pesante degli uomini. Poi l'automobile si ferma ed è tutto il contrario. Questa volta è per uscire ma sono sempre strattoni, spinte, una mano ruvida

la stessa?

che mi tira fuori e il respiro che si accorcia di nuovo perché adesso due mani

le stesse?

mi stringono il collo e mi costringono in ginocchio. E la voce che proviene dal nulla e...

Mi sveglio di soprassalto.

Sono nudo nel letto e sento che il sudore ha inzuppato le lenzuola. O forse non è soltanto sudore, ma non me ne curo. La testa sta cercando di mettere ordine nei pensieri. Purtroppo, insieme all'ordine, torna anche il ricordo. Il Tulipano, il viaggio verso la periferia, quei tre colpi di pistola soffocati dal silenziatore, la macchia di sangue sulla camicia, i suoi occhi sbarrati nel buio. E dopo, gli occhi di Carla, docili mentre mi guardava, ribelli mentre mi parlava, attenti mentre guidava e ascoltava le indicazioni per arrivare a casa mia.

Non riesco a immaginare quali occhi fossero quelli che mi hanno visto emergere dagli abiti.

Appena entrati in casa, col passo che mi è riuscito di tenere, sono andato in camera da letto e mi ci sono lasciato cadere vestito. Mi sono addormentato di colpo. Deve essere stata lei a spogliarmi. Posso immaginare la sua sorpresa. Forse ha fatto uno scatto indietro, quando mi ha sfilato le mutande. Un gesto di raccapriccio, un colpo di stiletto nello stomaco, di quelli che la mente somma e che creano una nuova esperienza.

Mi alzo, tiro via il lenzuolo e me lo avvolgo intorno come una toga, pronto per le mie ventitré pugnalate. Passo in bagno, chiudo a chiave la porta, mi siedo sulla tazza e lascio andare tutto quello che c'è. Se penso che a quest'ora avrei dovuto essere sotto un metro di terra con una pallottola in testa, anche pisciare e cagare diventano un inno alla vita.

Entro sotto la doccia, dove mi insapono con cura, per togliere di dosso ogni traccia della sera precedente. Non so chi ha sparato al Tulipano e non faccio neanche la fatica di ipotizzare un nome. Dovrei cercarlo su una lista troppo lunga di gente che poteva avercela con quel pazzo sanguinario. La cosa che non riesco a capire, per quanto mi sforzi, è perché quel tipo non abbia sparato anche a me.

Mi infilo l'accappatoio e uscendo dalla cabina vedo ammucchiati accanto al cesto della biancheria i miei vestiti. Dovrò disfarmene. Forse basterebbe lavarli, ma è meglio non correre rischi. Non voglio andare in giro con abiti che possono portare tracce di un terreno dove è stato trovato un cadavere con tre buchi addosso.

Esco dal bagno con i capelli umidi, risalgo il corridoio e arrivo nel salotto. Carla è alla mia destra, stesa sul divano. Sta dormendo vestita, le gambe raccolte, un braccio infilato sotto uno dei piccoli cuscini. Si è tolta la giacca e se l'è gettata addosso come una coperta. Le scarpe sono appoggiate a terra. Il respiro è leggero, malgrado la scomodità della posizione. Il viso è bellissimo, la pelle chiara, nonostante l'assenza degli occhi a illuminarla.

Faccio girare lo sguardo nella stanza.

Sul mobile a cassetti, di fianco al televisore, ci sono tutte le cose che avevo in tasca. Le sigarette, l'accendino, il portafoglio, la pinzetta con i soldi, il cercapersone. Messi come faccio io prima di spogliarmi, quasi nello stesso ordine. L'orologio appeso al muro dice che sono le dodici. La lucina rossa sul telefono lampeggia e mi dice che ci sono messaggi in segreteria.

Dopo.

Quando torno a posare gli occhi su Carla, è sveglia e mi sta guardando. Camminando sulla moquette non ho fatto rumore. Si vede che la mia presenza ha avuto il potere di destarla. Rimane rannicchiata, in attesa e in difesa. Parla senza cambiare posizione.

«Scusa.»

«Di cosa?»

«Di averti spogliato. Io non…»

La interrompo, sbrigativo nell'archiviare in fretta la pratica.

«Non c'è problema. Vuoi un caffè?»

Lei mi studia, attenta. Poi si mette seduta, con un movimento non privo di grazia.

«Ti va di parlarne?»

Faccio un lieve cenno di diniego con la testa, mentre sento mio malgrado i muscoli delle mascelle che si contraggono.

«No.»

La supero e mi dirigo verso il cucinino. La sua voce mi segue.

«Quel coso ha fatto rumore un paio di volte.»

Accetto l'informazione senza commentare. Presumo che il coso in oggetto sia il cercapersone. Può aspettare anche lui. Adesso non ho voglia di rimettermi in contatto col mondo. Sono ancora vivo e sono in casa mia, in compagnia di una delle poche persone che sa della mia situazione. Sono stranamente a mio agio. È una sensazione che va vissuta come un dono del caso. Non credo che il cielo si scomoderebbe più di tanto per me.

Mentre sto armeggiando con la caffettiera, la sua voce arriva ancora a cercarmi.

«Sai che non so nemmeno come ti chiami?»

«Bravo.»

«È strano come nome.»

«Infatti non lo è. Ma tutti mi chiamano così.»

«Ma un nome ce l'avrai anche tu.»

«Un nome non significa niente. Lo diceva anche Shakespeare. Puoi chiamarmi Bravo come tutti gli altri.»

«E questo soprannome da dove arriva?»

Capito? Bravo devi essere...

Faccio un gesto con le spalle, come se lei mi potesse vedere.

«Sono quelle cose che nascono senza una ragione. Non mi ricordo nemmeno più com'è stato.»

Mi giro per mettere la macchinetta sul gas e la trovo sulla porta che mi osserva. Il suo passo, come il mio, non ha fatto rumore. Ma io non ho percepito la sua presenza dietro di me.

«Ti aiuto?»

«No, stai tranquilla. Siediti. Qui c'è posto a malapena per una persona.»

La guardo mentre raggiunge una delle quattro sedie che stanno intorno al piccolo tavolo rotondo, vicino alla finestra. Ripenso al suo sfogo del mattino, quando ci siamo incontrati davanti all'Ascot. Mi chiedo quanta determinazione e quanta emozione ci fossero nelle sue parole. La prima fa agire, la seconda fa fuggire. C'è da stabilire la percentuale dell'una e dell'altra. E c'è un solo modo per farlo. Mi appoggio allo stipite della porta e glielo chiedo.

«Sei decisa a fare quello che mi hai chiesto stamattina?»

«Sì.»

«Non è una strada senza ritorno. Ma, nel caso, ci si tira appresso qualche ricordo non piacevole.»

Scuote d'istinto la testa.

«Questa è un'ipotesi per il futuro. Qualsiasi cosa è meglio del presente.»

Dal fuoco mi arriva il gargarismo al vapore della caffettiera. Mi giro e vado a spegnere il gas. Prendo le tazzine e lo zucchero e li metto sul tavolo davanti a lei. Poi torno nel cucinino e mi ripresento per versare il caffè. Lei mi guarda riempire gli appositi recipienti. Uno sguardo intenso, che arriverebbe chissà dove se lo lasciassi viaggiare.

«Tu perché lo fai?»

«Per lo stesso motivo per cui tu hai deciso di lavorare con me. Per denaro.»

Lei beve un sorso di caffè senza metterci lo zucchero. Poi torna a posare sul tavolo la tazzina, dopo essersi assicurata con un passaggio della mano che non ci siano gocce sul fondo.

«Non credo che sia così semplice. Nel mio caso sì, perché intendo usare quello che ho a disposizione per togliermi da una vita di merda.»

Fa una pausa, durante la quale si concede un supplemento di valutazione nei miei confronti. Poi prosegue, con l'aria di chi sta pensando ad alta voce.

«Tu non dai l'idea di uno che viene dalla periferia. Li so riconoscere quelli come te. Parli senza un accento. Hai un bel modo di fare, elegante direi. Hai dei libri sugli scaffali che non mi sembrano i Viola del Momento che legge mio fratello.»

Dalla tensione della sua voce capisco che fa fatica a non menzionare quello che ha scoperto di me, quando mi ha sfilato le mutande.

«In definitiva, tu non sembri quello che sei.»

«No. Lo sono al cento per cento.»

Finisco il mio caffè, prima di continuare.

«Gli uomini che si servono di me di solito hanno paura e non hanno tempo. Sono troppo impegnati a far andare avanti un'azienda, una banca o un partito politico. Tutte queste occupazioni il tempo se lo divorano. La paura, invece, è quella di sentirsi soffiare in faccia il monosillabo che meno sono disposti ad accettare: no.»

Vado a prendere le sigarette sul mobile. Me ne accendo una.

«Io gli tolgo quella paura e gli offro quel tempo. Le mie ragazze sono un sì certo, compiaciuto e compiacente. Un'isola sorridente che non ha nome e che non ricorda nomi.»

Soffio il fumo nella stanza, che si unisce a parole che hanno la stessa sostanza.

«A volte questi uomini hanno una moglie che non amano più e che forse non li ama più. Hanno dei figli che vedono quando riescono. Hanno una famiglia debole, però corazzata da un mucchio di soldi.»

Infine estraggo il mio piccolo e avido coniglio dal cilindro.

«Ma come in tutte le corazze, c'è una crepa. Io la riconosco, la faccio diventare una fessura e poi una porta aperta.»

Torno a sedermi. Lei mi sorprende con una digressione.

«In spagnolo "bravo" vuol dire coraggioso.»

«Lo so.»

«Tu lo sei?»

Io ripenso a una fossa che ho scavato e non occupato. A come mi sentivo in quel momento. Accenno un sorriso, non a lei ma a me stesso.

«Non ci vuole molto coraggio a fare quello che faccio. Niente di cui andare fieri in modo particolare. In definitiva, quello che mi appaga è un senso di potere molto modesto.»

Ci guardiamo, poi tutti e due distogliamo lo sguardo, con un sincronismo da ballerini. Restiamo in silenzio qualche istante. Ognuno ha nella testa cose diverse, nate dallo stesso discorso.

La sua voce ci riporta a necessità di vita.

«Posso farmi una doccia?»

«Certo. Se ti va, dovrei avere dei vestiti sportivi di un'amica, in casa. Li ha lasciati un giorno che si è cambiata qui, prima di un appuntamento. Li ho fatti lavare e non è mai venuta a riprenderseli. Dovrebbero essere della tua taglia. Sono nell'armadio a muro in fondo al corridoio.»

Lei si alza ed è un viaggio che sembra finire troppo presto. Immagino il suo corpo sotto il vestito da poco che indossa. Ricordo le parole di Daytona, mentre stavamo lasciando la bisca di Opera.

Una roba fantastica. Un fisico da sballo. Due pere da fantascienza e un culo che parla...

Muove due passi verso il corridoio. Poi si volta.

«Vieni con me? Presumo che dovrai verificare quello che proponi.»

Rimango seduto sulla sedia e la guardo. Qualcosa si muove dentro di me. Qualcosa che sta scavando e cercando un'uscita che troverà solo se mi uccide. Nel mio caso, la rabbia è l'unico sfogo al desiderio. Vorrei farle male, ma non posso. Tutto quello che riesco a darle è una leggera stoccata, per ricordarle che una puttana lo è già stata, per conto mio.

«Non serve. Il mio amico mi ha fornito delle ottime referenze su di te.»

Lei capisce e annuisce. Poi si gira, scompare in corridoio e mi lascia solo. Purtroppo quello che mi ha suscitato non se lo porta via. Resta dentro di me a scavare e a nutrirsi di fiato.

Accendo un'altra sigaretta.

Poi chiamo il centralino Eurocheck. Mi comunicano di chiamare il numero 02 212121, senza nominativo. Lo riconosco e so che non è un numero di telefono. È semplicemente un avviso, una specie di messaggio. E nella mia testa ognuna di quelle cifre può essere sostituita dal simbolo del dollaro.

Compongo un numero che ho mandato a memoria. In questo caso, niente agende o foglietti o appunti. Nessuna cosa che si possa leggere. E la mente è la prima fra tutte. Per quanto riguarda la faccia è un poco più difficile ma ci si può arrivare, col tempo.

Dall'altra parte rispondono quasi subito.

«Pronto.»

«Sono Bravo.»

La voce del mio interlocutore è secca e diretta, abituata al comando.

«Mi servono tre ragazze.»

Niente convenevoli. So benissimo che l'uomo dall'altra parte del filo mi disprezza per quello che faccio. Credo immagini che, nella stessa misura, io disprezzo lui per quello che mi chiede di fare. A nessuno dei due importa. Ognuno dei due ha quello che all'altro serve. Nel suo caso, denaro. Nel mio caso, donne belle e con la bocca cucita. Do e ricevo. Tutto funziona bene se il gioco è equo.

«Quando?»

«Domani, nel primo pomeriggio. Diciamo verso le tre. Verranno prelevate con la stessa modalità delle altre volte.

Dovranno fermarsi tutta la notte ed essere totalmente disponibili. Pensa che tre milioni a testa possano convincerle a questa dedizione?»

Trattengo un fischio. Calcolando che ho con le ragazze un rapporto 70-30, sono due milioni e sette che, in qualche ignoto conto corrente, stanno scalpitando per entrare nelle mie tasche.

«Nel modo più assoluto. Vuole le stesse ragazze?»

«Sì. Le ho trovate perfette. Se non sbaglio erano…»

Lo interrompo prima che.

«Niente nomi al telefono. Il mio basta.»

La voce concede quello che forse in altra sede non avrebbe concesso.

«Come preferisce.»

«Molto bene. Vedrò di farle avere quello che chiede.»

Riattacco. Non serve altro. Conosco l'indirizzo, anche se quando l'ho memorizzato la prima volta l'ho scordato subito. Torno a sedermi, a fumare e a ripensare al mio *non* incontro con Lorenzo Bonifaci.

Ero al tavolo con due ragazze, Jane e Hanneke. Due modelle, una americana e una olandese. Erano arrivate nel Bel Paese con le pezze al sedere, a cercare fortuna nel mondo della moda. Dopo varie vicissitudini avevano trovato me. Non so se potevo essere considerato la fortuna, ma ci ero molto vicino, nello specifico. C'erano dei parenti, in Olanda e nel Tennessee, che avevano migliorato parecchio il loro tenore di vita, grazie a quell'incontro. Non era il Miracolo a Milano ma in ogni caso una gran bella botta di culo.

Intorno a noi, come inevitabili corollari dell'estate, si muovevano i personaggi e i turisti della Riviera di Levante, quelli che popolavano soprattutto Il Covo di Nord Est di

Santa Margherita e il Carillon di Paraggi, dove ci trovavamo noi.

Il cibo era buono, il vino era fresco e le ragazze erano belle e di classe. E io pensavo che la sorte avesse a volte in serbo per me qualche bel palliativo. Un uomo si era avvicinato con discrezione e si era fermato in piedi accanto al tavolo.

«Lei è mister Bravo?»

Aveva parlato con un leggero accento inglese, che giustificava quel «mister».

«Sì. Desidera?»

«Se non le fosse di troppo disturbo, avrei bisogno di parlare con lei.»

Aveva sorriso alle ragazze e poi si era rivolto di nuovo a me.

«Da solo.»

Quel tipo impeccabile in un vestito di lino blu scuro odorava di Eau Sauvage e di denaro. Il profumo era francese. Per quanto riguardava l'altro sentore, qualunque valuta, purché fosse commerciabile, era bene accetta.

Avevo offerto una faccia innocente alle mie due amiche.

«Ragazze, perché non andate a controllare il trucco, in attesa del dolce?»

Hanneke e Jane avevano capito che dovevano allontanarsi, per permettere a noi di porle al centro dell'attenzione. Si erano alzate e si erano dirette verso il bagno. L'uomo si era seduto al posto lasciato libero dall'americana.

«Mi chiamo Gabriel Lincoln e sono uno stretto collaboratore di una persona che non è qui ma che c'era quando lei e le ragazze siete entrati.»

Ho guardato quel tipo dalla pelle chiara e i capelli fini, in attesa del resto.

«Questa persona è rimasta molto colpita dall'avvenenza delle sue amiche. Adesso si trova sul suo yacht ormeggiato qui di fronte e avrebbe piacere, dopo la cena, di offrire una coppa di champagne a tutti voi.»

«Posso sapere chi è questa persona?»

Avevo calcato la voce sulle ultime due parole, tanto per fargli capire che il mistero non mi attraeva, mi infastidiva. Con un mezzo sorriso, lui aveva lanciato il missile. Che mi aveva devastato l'orticello dietro casa.

«Il nome di Lorenzo Bonifaci le dice qualcosa?»

Eccome, se mi diceva qualcosa. Diceva acciaio e carta stampata e banche e qualche fantastiliardo di lire. Ma diceva anche mani in pasta e potere e, a parte qualche episodio isolato, una vita molto riservata e lontana dalle cronache mondane. Essere stati nello stesso posto contemporaneamente a lui poteva definirsi un privilegio.

«Certo. Non servono ulteriori delucidazioni.»

«Allora verrete?»

«Mister Lincoln, possiamo considerarci tutti e due uomini di mondo. È un azzardo o una scortesia ipotizzare che la mia presenza potrebbe ritenersi superflua?»

«Né un azzardo, né una scortesia. Semplicemente una dimostrazione di savoir-faire che sarebbe valutata in modo molto favorevole.»

«Bene, allora ritenga le mie amiche già in barca con un bicchiere in mano.»

E senza mutande addosso...

Per ovvi motivi non avevo ritenuto opportuno aggiungere quest'ultimo pensiero. Lui mi aveva guardato con curiosità ma poi era scivolato in un leggero imbarazzo.

«Immagino, da quello che mi hanno detto di lei, che la cosa possa avere un controvalore economico. Quindi non si deve preoccupare...»

Lo avevo interrotto con un gesto della mano.

«In effetti non mi preoccupo. Questa visita, a seguito di un così cortese invito, la consideri un mio omaggio personale al dottor Bonifaci.»

Lincoln aveva abbassato il capo in segno di ringraziamento e compiacimento.

«Questo omaggio, come lo chiama lei, sarà molto gradito. Posso illudermi che sia integrato dalla assoluta discrezione delle sue amiche? Della sua non mi preoccupo, ne sono certo.»

«Le mie amiche non sono stupide. Sanno che avrebbero tutto da perdere e niente da guadagnare.»

Intanto le ragazze erano uscite dal bagno. Lincoln si era allontanato, per permettere a me di metterle al corrente degli sviluppi della serata. Avevo spiegato la situazione e detto loro che avrei provveduto di persona al saldo delle loro prestazioni. Non le avevo mai tradite e dunque non vedevano il motivo per non fidarsi di me anche quella volta.

Avevo fatto cenno a Gabriel Lincoln, che ci aveva raggiunti. Mi ero alzato e le ragazze mi avevano imitato.

«Mister Lincoln, queste sono Hanneke e Jane. Sono liete di accettare il suo invito.»

Gli avevo porto il mio biglietto da visita, con i miei recapiti telefonici.

«Questi sono i numeri a cui sono rintracciabile, nel caso l'esperienza fosse gradita.»

L'uomo lo aveva intascato compunto. Credo avrebbe avuto la stessa espressione se fosse stato il biglietto di un armatore greco.

«Un'ultima cosa.»

«Dica.»

«Che marca di champagne mi perdo?»

«Di solito è Cristal.»

«Peccato. Cercherò di farmene una ragione.»

Con un sorriso divertito, dopo avere ceduto il passo alle ragazze, Gabriel Lincoln si era allontanato con loro verso l'uscita. Ero rimasto solo, circondato dalla musica, con un buon presentimento addosso.

Per festeggiarlo, avevo ordinato una bottiglia di Cristal.

Circa un mese dopo ero stato di nuovo contattato da Lincoln, che mi aveva fornito un numero da chiamare ogni qual volta che, tramite il cercapersone, mi fosse stato richiesto di contattare lo 02 212121. Con mia grande sorpresa, la persona con cui mi ero trovato a trattare era Bonifaci in persona. Che era rimasto solo e sempre una voce al telefono. Quelli come me si usano per piacere ma non si frequentano molto volentieri, quando si è superato un certo livello. Ma a me andava bene così, visto il confortevole rapporto fatica-tornaconto.

Il cercapersone emette un bip.

Solita trafila col centralino. Con la novità che questa volta la persona di guardia è femminile. Il recapito telefonico che mi viene fornito lo identifico al volo. Corrisponde a una linea diretta della suite 605 dell'Hotel Gallia. Lo compongo con una sensazione di disagio. Alla risposta, identifico anche la voce. Dal tono non mi pare particolarmente di buonumore.

«Pronto.»

«Sono Bravo.»

«Credevo lei fosse un uomo di parola.»

«E lo sono infatti.»

«Be', non si può dire altrettanto della sua amica, ammesso che lei possa considerarla tale.»

«Posso sapere che è successo?»

«Le posso dire quello che *non* è successo. Non si è presentata.»

Merda.

«Mi scuso per lei.»

«Scuse accettate, signor Bravo. Ma rapporto finito.»

«Mi lasci rimediare. Le manderò…»

La voce mi interrompe, senza possibilità di replica.

«L'avevo avvertita.»

Poi chiude la comunicazione. E non posso biasimarlo. Nessuno meglio di me può capire quanto sia frustrante il desiderio non appagato. Mi chiedo che può essere successo. Laura non è il tipo che tira bidoni. O perlomeno, non lo è mai stata fino a ora. Di certo non ci sono state sorprese da parte del Tulipano, pace all'animaccia sua.

Dunque?

Ho un paio di robusti moccoli che mi girano per la testa, mentre compongo il numero di Laura. E non vedo l'ora di riferirglieli. Il telefono suona a lungo ma nessuno risponde. Non scatta nemmeno la segreteria.

Riattacco e ascolto la mia, di segreteria. Il nastro si riavvolge con un breve cigolio lamentoso. Poi arrivano le voci.

Bip

«Bravo, sono Cindy. Sto a casa, finalmente. Sono tornata ieri. L'America è bella ma io mi sento italiana, ormai. Quando ci vediamo? Ho un sacco di cose da dirti. E immagino anche tu. Ho fatto due conti e mi è venuta voglia di mettermi al lavoro. Fammi uno squillo appena senti il messaggio.»

Bip

«Sono Barbara. Fine della vacanza. Eccomi tornata a Milano. Hai qualcosa di altrettanto interessante per me? Un bacio, uomo meraviglioso.»

Bip

«Sono Laura. Chiamami.»

«Chiamami un cazzo, brutta stronza.»

Il pensiero mi è uscito ad alta voce, d'istinto, sibilando. In risposta arriva un commento.

«Tratterai così anche me, quando ti lascerò un messaggio in segreteria?»

Mi giro e in piedi davanti a me c'è Carla. Ha trovato i vestiti di cui le avevo parlato e ora è cambiato tutto, per quanto casual quegli abiti possano essere. È un altro mondo, un'altra storia, un altro film.

Un'altra donna.

Indossa un paio di jeans e ai piedi ha dei Camperos in camoscio chiari. Una maglietta azzurra e un giubbotto di tela dello stesso colore degli stivali. I capelli umidi sono pettinati all'indietro e gli occhi risaltano come fazzoletti colorati in mezzo alla neve.

«Mi sembra di essere un cowboy. Come sto?»

Rimango a guardarla in silenzio, senza rispondere. So che mi sto facendo dei danni, ma non riesco a comportarmi diversamente. Non mentre mi figuro cosa sarà dopo che un parrucchiere, un truccatore e uno stilista si saranno occupati di lei. Nell'istante in cui formulo questo pensiero, capisco di essere perduto.

CAPITOLO 8

Usciamo sul pianerottolo e mi tiro dietro la porta. Non appena si è chiusa la mia, con uno scatto si apre quella di fronte. La figura di Lucio si insinua fra stipite e battente.

«Qui casca l'asino.»

Carla resta interdetta. Io sorrido. È la soluzione della crittografia che ho scritto su un foglietto e infilato sotto la porta di Lucio, il giorno prima.

Pavimento della stalla scivoloso. (3, 5, 1'5)

Qui casca l'asino, per l'appunto. Sapevo che Chico, il ragazzo che ogni giorno lo accompagna al lavoro e lo riporta a casa, l'avrebbe trovata e gliel'avrebbe letta. E lui l'avrebbe risolta. Non era nemmeno troppo difficile. Penso che fare le presentazioni sia doveroso, a questo punto.

«Carla, questo è Lucio, il mio vicino di casa.»

Lei mi guarda, aggrottando le sopracciglia. Io faccio un segno con la mano davanti agli occhi, per comunicarle che Lucio è cieco. Lui esce con i suoi occhiali scuri ora del tutto giustificati e fa un passo verso di noi sul pianerottolo.

«Lucio, la signorina che è con me si chiama Carla.»

Lui tende la mano.

«Ciao, Carla. Temo che la mia mano dovrai raggiungerla tu, altrimenti rischio di sembrare uno che gioca alla pentolaccia.»

Il senso dell'umorismo di Lucio è capace di risolvere ogni imbarazzo. Il momento di colla infatti passa e Carla gli stringe la mano. Lui la trattiene più del necessario.

«Bella pelle, Carla. Se ce l'hai così su tutto il corpo, il tuo ragazzo è un tipo fortunato.»

Carla ride. Vedo che Lucio si compiace di questo suo piccolo successo. Io sono contento per lui. Siamo tre persone in balia del mare e il pianerottolo è la nostra zattera. Credo che ognuno di noi lo sappia, a modo suo.

E ognuno oppone al vento le poche e sfilacciate vele che ha a disposizione.

Lucio si gira verso di me, la testa non perfettamente allineata. Ha l'aria di uno che intende mettermi nei guai.

«Adesso ne ho preparata una io per te. Tosta.»

«Spara.»

«L'immaginazione più sfrenata, 6, 10, 2 e 8. Per aiutarti ti dico che l'ultima parola potrebbe essere messa fra virgolette.»

Ripeto a bassa voce, per memorizzare il tutto. Se il mio amico ha detto che è tosta, ci sono buone probabilità che lo sia. Però non ha detto tostissima, il che è un bel vantaggio.

Batto un colpo sul suo braccio, in segno di commiato.

«Ciao, Lucio. Temo che dobbiamo andare.»

Lui fa finta di risentirsi e s'infila nel melodramma.

«Va bene. Lasciatemi solo col mio dolore e senza nemmeno un enigma da risolvere.»

Inizio a scendere le scale e gli lancio una provocazione.

«Ma io ce l'ho un enigma pronto per te.»

«E sarebbe?»

«Perché ti ostini a fare il musicista, visto che non sei capace?»

Le sue parole mi raggiungono che sono già sul pianerottolo tra le due rampe.

«Bravo, hai la compiacenza di un riccio di mare nelle mutande e senti la musica come Beethoven a fine carriera. Carla...»

Lei, che era già qualche gradino più in basso di me, si ferma, sentendosi chiamare. Alza la testa verso quella voce che le arriva dalla tromba delle scale.

«Dimmi.»

«Se questa sera ti vuoi convincere della pochezza culturale di Bravo, digli che ti porti al Byblos, in Brera. Io suono lì.»

Carla ha capito al volo e si è adeguata al gioco.

«Non me lo perderò per niente al mondo. Lo costringerò con le armi, se necessario.»

«Molto bene. A istinto, sento che ne hai diverse a tua disposizione.»

Carla pare divertirsi allo scambio di battute con Lucio. E anche lui. Io ne faccio parte ormai da tempo e per me non è più una novità, solo un piccolo piacere quotidiano. Spingo la porta a vetri e usciamo in strada. Ci sono macchine parcheggiate. Ci sono dei bambini che giocano. Alcuni hanno nomi improbabili, tipo Richard o Elisabeth, seguiti da cognomi talmente italiani da troncare sul nascere qualunque afflato forestiero. Alcune persone di entrambi i sessi ci osservano passare con la curiosità di chi non sa e darebbe molto per sapere.

Credo che Carla abbia capito tutto al primo colpo d'occhio.

«Non penso che tu faccia molta vita sociale, da queste parti.»

«Confesso di no.»

Giriamo l'angolo della casa e ci dirigiamo verso il cancello, lasciandoci alle spalle i bisbigli del Quartiere Tessera.

«Bravo, cos'è quella cosa del pavimento della stalla e dell'asino? E l'altra frase, quella critto...»

Si interrompe. Vado in suo soccorso e finisco io la parola per lei.

«Crittografia.»

Mentre raggiungiamo la Mini le racconto della consuetudine fra me e Lucio di sfidarci a vicenda in un gioco enigmistico. Le spiego i diversi tipi di crittografia e il meccanismo verbale per la soluzione di questo genere di rompicapo. Per tutto il tempo lei mi ascolta attenta. Forse sta cercando di imprimersi nella mente quello che le sto spiegando.

Intanto che parlavamo siamo saliti in macchina e io ho avviato il motore.

«Com'era quella che ti ha appena detto?»

«L'immaginazione più sfrenata. La soluzione è una frase composta da quattro parole di 6, 10, 2 e 8 lettere, con un doppio significato.»

Lei resta pensierosa e si guarda in giro mentre io mi immetto sulla Vigevanese in direzione Milano. La luce del sole ha cambiato aspetto alle case, ai capannoni, alla gente. I lampioni spenti sono degli intrusi. C'è traffico e c'è vita, quella che pensavo avrei perso ieri sera, quando ho percorso questa strada al contrario con a fianco un uomo che stringeva una pistola, convinto che sarebbe stato il mio ultimo viaggio.

Sono bastati quei tre soffi per cambiare tutto.

pfft... pfft... pfft...

Il suono di un'inezia, tre battiti d'ali che però hanno ribaltato l'universo. Io sono qui, vivo, respiro, guido la macchina con a fianco una bella ragazza armata solo della sua determinazione. Un altro ha fatto la fine che aveva riservato a me, possa arrostire all'inferno. Resta da sapere il motivo. È questa la crittografia che vorrei risolvere. Ma non ho né una definizione, né il numero delle lettere, a meno che *mors tua vita mea* non sia la soluzione universale.

«Dove stiamo andando?»

«A fare un giro nel Paese delle Fate. E a procurarci degli incantesimi che non scadano a mezzanotte.»

Le sorrido, complice e misterioso. O almeno così credo. Con Carla sto perdendo molte delle mie certezze. Lei sta per replicare, ma dalla mia cintura arriva il segnale del cercapersone.

Dopo un centinaio di metri rallento e mi fermo accanto a una cabina telefonica. Carla non dice nulla e continua a guardarsi intorno, forse chiedendosi quale magia potrebbe trasformare il mondo che la circonda.

«Devo fare una telefonata.»

Scendo dall'auto dopo avere fornito una spiegazione a chi non mi aveva chiesto niente. Entro nella cabina e infilo il gettone nella fessura, che se la tracanna con gola metallica. Compongo il numero affidabile. Mi comunicano che mi ha cercato Laura.

Giusto lei. Troia in fabula.

Infilo un altro gettone e mi sembra che scenda al rallentatore, per la furia che ho dentro. I numeri li scolpisco. Laura risponde quasi subito.

«Pronto.»

«Sono Bravo. Allora?»

«Allora cosa?»

L'incongruenza di questa risposta mi fa andare fuori di testa. E quindi non sto a parlare per metafore.

«Dimmi un poco, idiota, ma ti sei bevuta il melone? Non dovevi essere al Gallia alle nove, stamattina? Perché non ci sei andata? Mi hai fatto fare una figura di merda con uno che poteva essere una miniera d'oro.»

Lei fa una pausa, incerta su cosa rispondere. Poi, qualunque cosa sia, decide che vuole dirmelo a voce.

«Bravo, ci dobbiamo vedere.»

Il suo tono pacato non ha il potere di calmarmi. Non dopo quello che è successo.

«Lo penso anche io che ci dobbiamo vedere. Subito. Ed è meglio che tu abbia pronta una gran bella spiegazione.»

«Dove?»

«Vengo a casa tua fra poco.»

Una pausa. Poi una voce con una venatura d'ansia.

«Bravo, preferirei un altro posto.»

La manderei a cagare da quella stronza che è, ma non posso. Non ancora, almeno. Laura, insieme a Barbara e Cindy, è una delle tre ragazze che Bonifaci mi ha chiesto per la sua serata da nove milioni.

Tiro un respiro profondo, prima di proseguire.

«Io sto andando da Alex, un parrucchiere davanti alla Stazione Centrale. Lo conosci?»

«Quello di Jean Louis David?»

«Sì.»

«Certo, lo conosco.»

«Non è lontano da casa tua. Lì di fianco c'è un bar. Ti aspetto nella saletta interna. Fra venti minuti.»

«Va bene. Arrivo.»

Torno alla macchina, mi siedo e sbatto la portiera un poco più forte del normale. Carla mi guarda e dalla mia espressione capisce che l'umore è cambiato.

«Qualche cosa non va?»

«Niente che non si possa sistemare con un bel vaffanculo.»

Metto in moto e rientro nel traffico. Carla decide che il silenzio è il sottofondo migliore per farmi sbollire. Questo depone a suo favore e la fa crescere in graduatoria nella mia stima.

La faccenda di Laura mi ha fatto incazzare. Nel mio rapporto con le ragazze non ci sono mai state ritorsioni o costrizioni, solo chiarezza. Lavorano con me per loro scelta e in piena libertà, ma questa libertà non deve sconfinare nella presa per il culo. In questo caso ho dato e non ho ricevuto: il gioco non è più equo. Forse non aveva torto il Tulipano, quando la prendeva a sberle. Il *de cuius vult* potrebbe essere lo slogan di questa mia discutibile crociata.

La cosa mi fa sorridere mio malgrado e quando arriviamo in via Vittor Pisani la rabbia mi è un poco sbollita. Solo un poco, decido. Penso che sia fuori luogo far pagare a Carla le colpe di un'altra persona. Trovo un parcheggio libero a cinquanta metri dal posto dove dobbiamo andare. A Milano, in questa zona e a quest'ora, è un segno del destino.

Scendiamo dalla macchina.

Carla mi guarda incuriosita. Non dev'essere una zona della città che frequenta abitualmente.

«Dove andiamo?»

«Vedrai.»

Mi avvio e lei mi segue nella prima tappa di questo breve percorso verso il mondo incantato, che nella fattispecie è il salone di un estetista e parrucchiere. Quando entriamo nel negozio di Alex, è pieno come al solito. Ci sono luci, profumi e donne sotto i caschi. Ragazzi e ragazze in divisa nera si muovono senza fare rumore sul pavimento lucido. Questo posto deve rendere più della bisca di Opera, anche se non me lo vedo Tano Casale che taglia i capelli a qualcuno. La gola forse, ma i capelli ne dubito. Carla è attratta e forse un poco intimorita. Non credo che un posto come questo, dove uno shampoo e una messa in piega costano quasi come una settimana del suo lavoro, rientri nei suoi standard abituali di frequentazione.

Alex, che sta dando consigli a un ragazzo su come perdere tempo con una signora a cui sembra che una gallina abbia camminato sulla faccia, mi vede e s'illumina. Si scusa, molla la donna al suo destino e viene verso di noi. È un tipo alto e magro, con i pochi capelli che gli restano tagliati cortissimi, incurante di una calvizie che ormai ha già fatto tutti i danni che poteva fare. È simpatico, ci sa fare con la gente e ci sa fare nel suo lavoro. Non per niente, come parrucchiere e truccatore, è uno dei più richiesti dalla televisione, dalla moda e dalla pubblicità. E, nonostante l'aspetto non da modello, ha un sacco di successo con le donne.

«Ciao, Bravo. Era ora che ti facessi vedere. Diamo una sistemata a quel cespuglio che ti porti in testa?»

«Oggi non sono qui per me. Ho bisogno di te al massimo della forma.»

«Io sono sempre al massimo della forma.»

A questo punto credo sia necessario mettere al corrente la mia compagna di quello che sta succedendo. Anche se qualcosa deve avere capito, perché le brillano gli occhi.

«Carla, ti presento Alex, quello che farà di te una dea.»

Finalmente spiego ad Alex il motivo della nostra presenza nel suo salone.

«Devi prenderti cura della signorina. Usa tutti gli artifici a tua disposizione, non badare a spese e non lesinare col talento.»

Il mio amico, da quando è arrivato a occuparsi di noi, non ha smesso un istante di valutare Carla. Forse, per deformazione professionale, aveva già di suo iniziato a ipotizzare quale diamante si potesse nascondere sotto le scorie. Adesso che sa di avere mano libera, sembra intrigato dalla sfida che gli ho lanciato.

A suo modo, è una crittografia anche questa.

Io sono ormai archiviato. Non esisto più. La mente di Alex è già entrata in attività, chiamando a raccolta tutta la sua esperienza e tutta la sua fantasia. Tende una mano a Carla.

«Vieni. Vediamo cosa si può fare.»

La trascina via senza più degnarmi di uno sguardo. Carla, allontanandosi, si gira verso di me, un poco perplessa. Le faccio un gesto significativo con le mani, che vuole essere insieme un consiglio a fidarsi e un segno di impotenza nei confronti della furia creativa di Alex.

Resto solo.

Esco dal negozio. Lascio attaccate alle vetrine foto di modelli e modelle che ostentano imbronciati le loro acconciature. Poche decine di passi ed entro in un bar. È un locale appena ristrutturato, con qualche velleità di stile, reso invece anonimo da specchi e cromature, dove nella pausa del pranzo servono piatti caldi e freddi alla gente che lavora negli uffici della zona. A quest'ora il momento di furia è passato e non c'è molta gente. Uomini e donne dall'aria executive, in ritardo sulla tabella di marcia, che si riconoscono un caffè o uno spuntino.

Una cameriera si prende il suo tempo prima di concedermi la sua attenzione, che è scarsa come le sue grazie. Ho bevuto il mio caffè e sono alla seconda sigaretta quando Laura arriva. Al suo ingresso, un attimo di silenzio. È lieve e quasi impercettibile, ma significativo. Lei è vestita senza ostentazione: un jeans, una camicetta, la stessa giacca di ieri sera. Ma è bellissima lo stesso, da farsi seguire con gli occhi e inseguire con l'immaginazione. C'è nei suoi confronti lo sguardo d'invidia delle poche donne presenti e nei miei confronti lo sguardo d'invidia di tutti gli uomini. Potrei alzarmi e risolvere la questione dicendo loro poche parole. Se vi piace, la volete e ve la potete permettere, non c'è problema: io la vendo.

Ma resto al mio posto e osservo Laura che sposta la sedia di fronte a me.

«Ciao, Bravo.»

Non la lascio nemmeno sedere del tutto, prima di aggredirla.

«Allora? E non rispondermi di nuovo "Allora cosa?" che ti tiro il vetriolo.»

Lei si toglie gli occhiali scuri. Ha gli occhi un poco segnati di chi ha dormito poco durante la notte. Se sia perché ha pianto o perché ha scopato con qualcuno, non me ne frega un cazzo. Quello che m'importava era che scopasse questa mattina e lei non l'ha fatto.

«Ma non hai visto il telegiornale, oggi all'una?»

«No. Avrei dovuto?»

Lei abbassa un poco la voce.

«Il Tulipano è stato trovato ucciso, vicino a una cava, dopo Trezzano. Tre colpi di pistola…»

Lascia la frase in sospeso e mi guarda. Realizzo la domanda che c'è nei suoi occhi e nello stesso tempo mi viene voglia di rovesciarle il tavolo addosso. Ora capisco perché non ha voluto che ci vedessimo a casa sua.

Ha paura di me.

«Laura, ma sei impazzita? Tu pensi che sia stato io?»

«Hai detto che avresti sistemato tutto, con lui. E stamattina hanno trovato il suo cadavere. Cosa avrei dovuto pensare?»

«Ne hai parlato con qualcuno?»

«No.»

«Ecco, bene. E non farlo mai. Io ho risolto la faccenda fra te e Menno stipulando un accordo con chi aveva l'autorità per farlo smettere di molestarti. E mi è costato anche del denaro. Tutto qui. Non sapevo nemmeno che fosse stato ucciso.»

La bugia passa leggera, con un suono attutito.

pfft… pfft… pfft…

Laura mi crede e pare sollevata. Io rincaro la dose.

«È parecchio che ci conosciamo. Abbiamo fatto dei bei lavori insieme. Ti sembro il tipo che va in giro a sparare alla gente? Mi hai mai visto con un'arma addosso?»

Laura sembra rassicurata del tutto. Ora è lei che in qualche modo si deve difendere.

«No, certo. Ma mettiti nei miei panni. Quando ho visto quel servizio alla televisione io…»

Ma non è finita. C'è anche un'altra cosa dalla quale si deve difendere.

«Il servizio lo hai visto all'una. L'appuntamento al Gallia ce l'avevi alle nove. Dunque la morte del Tulipano non c'entra niente con la decisione di non andarci.»

Laura abbassa gli occhi. Quando li rialza sono lucidi di lacrime trattenute. Resta qualche secondo in silenzio, come cercando le parole da dire. Quelle che trova mi sorprendono.

«Bravo, ho ventisei anni e sono una puttana.»

Ferma con un gesto della mano qualsiasi mio tentativo di ribattere.

«Puoi chiamarmi come vuoi. Le definizioni per rendere meno crudo il termine sono tante. Hostess, accompagnatrice, donna di rappresentanza. Ma la sostanza non cambia. Sono e resto una puttana. E quando il tempo sarà passato mi ritroverò a essere una puttana vecchia. Non voglio finire la mia vita così.»

Blocco questo viaggio che pare percorrere a tutta velocità la strada verso Damasco.

«C'entra qualcosa quel cabarettista, Giorgio Fieschi, in tutta questa storia?»

Quel nome cade fra di noi come la bomba che distrugge il bersaglio. Laura tira su col naso e cerca un fazzoletto nella borsetta. Si soffia e ha la scusa per non guardarmi negli occhi.

«Sì, c'entra.»

No, ti prego, Laura. Non interpretarmi proprio ora il ruolo della puttana sedotta e redenta. Non adesso…

Non dico quello che penso. Attendo il resto. Perché un resto c'è di sicuro.

«Sono stata con lui questa notte. Non mi era mai successa una cosa così. Così bella e così in fretta, intendo. Ho capito che voglio provare a fare qualcosa di diverso e smettere con questa vita.»

Laura ha voli di chimere negli occhi.

«Bravo, credo di essere innamorata.»

Vorrei scattare in piedi e mettermi a urlare.

Per toglierti di torno un delinquente che ti stava rovinando l'esistenza, per poco rischio di farmi ammazzare, l'altra notte. E mentre io mi stavo letteralmente scavando la fossa, tu stavi scopando con il tuo artista dei miei coglioni. E mi dici che credi di essere innamorata? Vorrei almeno il beneficio della certezza, per quello che mi è costato…

Invece non scatto in piedi, non mi metto a urlare e non la riempio di botte. Resto seduto sulla mia sedia, immobile, facendo i complimenti a me stesso per l'autocontrollo. È una misera soddisfazione, ma è tutto quello a cui posso aggrapparmi, in questo momento. Mentre torno padrone dei miei nervi, a sorpresa mi viene in mente la risata di quel ragazzo, mentre usciva dall'Ascot insieme ai suoi amici. Giovani, pieni di talento e per questo padroni del mondo. Guardo Laura e la vedo persa nel suo sogno, che come tutti i sogni troverà prima o poi un'alba in cui morire. Di colpo, tutto mi pare beffardo e tenero e ridicolo nello stesso tempo.

E arriva la soluzione alla crittografia di Lucio.

L'immaginazione più sfrenata. 6, 10, 2, 8.

Ultima proiezione di «Fantasia»…

Un sorriso mi distende le labbra.

«Va bene, Laura. Come vuoi tu.»

«Cosa?»

«Hai capito benissimo. Vai per la strada che hai scelto. La tua vita ti appartiene eccetera eccetera, come dicono nei film.»

«Non sei arrabbiato con me?»

«Cambierebbe qualcosa?»

«Bravo, io…»

«Non credo ci sia niente da aggiungere. Se ci ripensi, sai dove trovarmi. Oppure cerca di essere felice.»

Anche questo lo dicono nei film, insieme a tutti gli altri eccetera. Ma mi sembra inutile sottolinearlo di nuovo. Laura si rimette gli occhiali e si alza. C'è sollievo nella sua voce, un sollievo pieno di buoni propositi.

«Ciao, Bravo. Grazie.»

«Ciao, Laura. Fattela buona.»

La seguo con gli occhi mentre esce e ho parecchia compagnia. Nello stesso tempo sfoglio mentalmente l'elenco di tutte le ragazze che conosco, cercando di individuare chi sia in grado di sostituirla nel lavoro a casa di Bonifaci. Quando scompare oltre la porta, mi alzo e getto sul tavolo l'equivalente di un caffè con qualche spicciolo di mancia. Esco dal bar e da un rapporto chiuso per tornare a uno che si sta aprendo. Non so bene cosa aspettarmi da Carla e cosa da me stesso. Ho sempre navigato a vista e temo che ancora una volta sarò costretto ad affidarmi all'istinto.

Quando torno nel negozio di Alex, le ragazze e i ragazzi sono tutti alle prese con i clienti che occupano le sedie e gli specchi. Né il mio amico, né Carla sono presenti nel salone principale. Mi siedo su una poltroncina e aspetto, fumando e sfogliando giornali pieni di storie d'amore di attrici e attori. Alcuni dei personaggi che vedo nelle foto li ho incontrati nel posto in cui mi trovo adesso. Alcune storie so che sono del tutto inventate. Mi interrogo sulle altre. Dopo circa mezz'ora, la voce di Alex mi estrae da un servizio in cui si cercava di spacciare per pré-maman la camicia larga di una cantante.

«Ecco fatto. Giudica tu il risultato.»

Mi alzo e mi giro.

Quando la vedo, mi dico che prima di uscire dal negozio avrei dovuto salutare Carla per l'ultima volta, perché non l'avrei più rivista. Quella che ho davanti è una persona nuova, così luminosa da far impallidire le luci che l'arredatore del negozio ha sparso a profusione. I capelli tinti color miele e tagliati più corti incorniciano un viso che adesso è diventato l'unica sede possibile in cui incastonare quegli occhi. E il suo sguardo fa desiderare di conoscere la parola magica da dire per avere accesso al mondo che c'è dietro. Mentre la osservo sono su un aliante lanciato in un volo pieno di piccoli vuoti d'aria. Penso troppe cose e tutte insieme. Decido di fissare l'attenzione su una sola: la più facile, la più sicura e dunque la più vile. Che è nello stesso tempo una fuga e la soluzione di un problema. Ora so di avere trovato la donna in grado di sostituire Laura all'appuntamento di domani.

CAPITOLO 9

Non so che cosa ne farò, ma di certo oggi mi sono creato un ricordo. Lo penso anche adesso, mentre usciamo da Bargagli carichi di borse e pacchetti. Carla ha dentro una luce che divide con il mondo, è splendida ed eccitata. E anche eccitante, a giudicare dagli sguardi delle persone che incontriamo. Quelli degli uomini, che le tolgono di dosso il vestito che le ho appena comprato, sono un carico di promesse, per ora e per il futuro. Le cose che si leggono negli occhi dei maschi, in casi come questo, sono il termometro del potenziale di una donna. Ne ho avuto la conferma quando Laura è entrata nel bar, qualche ora fa. Ne ho la conferma adesso con Carla, nel caso servisse. Per quanto mi riguarda, sto osservando dal di fuori come mi muovo e come parlo e quello che faccio. Mi ritrovo sospettoso, incerto su cosa aspettarmi da questa donna che ora percorre corso Vittorio Emanuele al mio fianco, lasciando una scia di profumo che cancella tutto quello che è stata in precedenza. E tutto quello che *io* sono stato in precedenza.

Carla si gira verso di me e mi guarda, con quegli occhi che sono un'istigazione a delinquere.

«Mi sembra davvero di essere Cenerentola.»

«Adesso non più. Adesso sei al ballo del Principe.»

Non le ho ancora precisato che in realtà la Fata è sostituita da un figlio di puttana, che il ballo del Principe è stato disdetto e che al suo posto si troverà in una sontuosa villa di Lesmo a menare ben altre danze. Tuttavia me lo ha chiesto lei di essere quello che sarà e di fare quello che farà, anche se da allora non ho potuto togliermi di dosso un leggero malumore.

Non ci sono abituato a certe incrinature. Io sono uno da tagli netti.

Questa drammatica autoironia, che farebbe la gioia di Lucio, mi fa sorridere. Carla crede che il sorriso sia rivolto a lei. Mi sorride di rimando e mi arriva dentro.

«Hai speso un sacco di soldi per tutti questi regali.»

Per tornare a casa sano e salvo, ritengo necessaria una precisazione, che serve a ricondurre tutti e due con i piedi sulla terra.

«Io di solito non faccio regali. Questo è un anticipo su quelli che saranno i tuoi emolumenti futuri.»

Carla mi guarda sorpresa, poi scoppia a ridere.

«Emolu… cosa?»

«Significa guadagni.»

«Ma che parole usi, professore? Mi fai sentire ignorante. Forse dovrei leggere anch'io qualcuno dei tuoi libri.»

Vorrei spiegarle che in realtà i libri sono una maledizione. Gli ottimisti sono convinti che leggendo dei libri combattono la loro ignoranza, i realisti sono certi solo del fatto che della loro ignoranza hanno la prova. La misura della non conoscenza è in realtà la discriminante fra persona e persona. L'età, il denaro, l'aspetto non contano nulla: la vera differenza è tutta lì.

La vita dipende da quante cose sai.

Il cercapersone mi distoglie da qualsiasi velleità di mentore, avvertendomi che devo fare una telefonata. Lascio Carla a rifarsi gli occhi con le vetrine e mi avvicino a una cabina telefonica, infilo un gettone e compongo il numero del centralino.

Ne ricevo in cambio un altro, senza nominativo. Quando

lo chiamo, la voce che mi risponde è impersonale e distratta e ha sullo sfondo un vago rumore di stoviglie e umanità aggregata.

«Bar La Torre.»

«Sono Bravo. Mi hanno detto di chiamare questo numero.»

«Aspetti.»

Il rumore della cornetta appoggiata su un piano. I passi di qualcuno che si avvicina. Poi dal telefono esce una voce che conosco.

«Bravo?»

«Sì.»

«Sono Tano.»

Dovevo immaginarlo che quell'uomo non mi avrebbe mai dato come riferimento un numero privato. Il luogo dove sta ora deve essere una delle tante postazioni di sicurezza da cui tratta i suoi affari.

«Dimmi tutto.»

«Da domani sarò pronto per quell'operazione.»

«Molto bene. Potrebbe essere per dopodomani. Parlo con la persona e ti faccio sapere.»

«Tu dove sei stasera?»

«Sono a cena al Ricovero Attrezzi, un ristorante in via...»

«Sì, lo so dov'è. Un mio uomo si metterà in contatto con te per definire i dettagli.»

«Come lo riconosco?»

«Ti riconoscerà lui.»

«D'accordo.»

Una pausa dall'altra parte. Poi la voce che conosco cambia tono in modo impercettibile. Non so se la cosa sia voluta oppure no, ma si fa un velo più minacciosa.

«Bravo, hai sentito di Salvo?»

Se ho sentito? Ho visto, addirittura...

«Sì. Brutta faccenda.»

«Già. Proprio una brutta faccenda.»

Un'altra pausa.

«Tu non hai niente da dirmi?»

«No.»

La terza pausa non promette nulla di buono. Né le parole che seguono.

«Va bene. Ne riparleremo.»

«D'accordo. Quando vuoi.»

Un *clic* mi conferma che la conversazione è finita, per il momento. Ma a tempo debito riprenderà e io dovrò spiegare a Tano Casale alcune cose. Se capisco un po' il mondo, non credo che la morte del Tulipano lo abbia colpito negli affetti. Ma era un suo uomo e, secondo le regole di un certo ambiente, chiunque lo abbia ucciso gli ha mancato di rispetto. E un capo non può permetterlo, qualunque sia il motivo.

Approfitto del telefono per convocare a cena Barbara e Cindy, dando loro appuntamento direttamente al ristorante, con priorità da grandi occasioni. Mi sforzo di non pensarci, ma quando raggiungo Carla la storia del Tulipano deve essere ancora presente sul mio viso.

«Qualcosa non va? Brutte notizie?»

Cerco di tornare a essere quello di poco prima. Non so con che successo, ma il gioco è questo. Carla lo capisce e accetta di giocare.

«Per niente. Adesso che sei bellissima ed elegantissima, lasciati sfoggiare un poco. Ti porto a cena con due ragazze che devi conoscere.»

«Lavorano per te?»

«Sì. E domani andranno a una festa a casa di gente piuttosto impegnativa.»

La guardo e lascio una pausa. Ognuno ha diritto ogni tanto a un rullo di tamburi.

«E tu andrai con loro.»

Carla alza il viso di scatto.

«Io? Domani?»

Di colpo il sorriso è scomparso. Cenerentola deve tornare a occuparsi di mestieri che sporcano le mani. Mi sembra strano che una che ha accettato di andare a letto con Daytona per quattro soldi possa farsi dei problemi, ma il mondo è bizzarro. Sono gli esseri umani che lo rendono tale.

Confermo.

«Sì, domani. Se ti può interessare, questo porterà nelle tue tasche due milioni e centomila lire.»

«Cazzo.»

In questa esclamazione istintiva ci sono tutti gli anni di case di ringhiera, quelle vere, non quelle ristrutturate per creare appartamenti romantici per ricchi nella vecchia Milano. Ci sono affitti e bollette della luce e del gas che arrivano in casa molto più puntuali e regolari dei soldi per pagarle. Sono quelle che spingono i poveracci con mano inesorabile verso l'estrema periferia e fanno da confine fra la vita e la sopravvivenza.

A me di questo non è mai fregato niente. Ma nel caso di Carla è diverso. Non so il motivo e preferisco non chiedermelo. Forse sono solo un uomo malato e i miei pochi trasporti emotivi soffrono della stessa malattia.

Lucio, Carla, io.

Tre esseri umani che saranno impegnati per tutto il tempo residuo a distruggere e a ricostruire se stessi, giorno dopo giorno, per trovarsi infine a pezzi e senza più la forza o la voglia per rimetterli insieme. Mentre ci dirigiamo verso la macchina, lascio cadere questi pensieri e continuo l'educazione di Carla. È meglio che sappia quello che l'aspetta e in che modo si dovrà comportare. A tutti servono dei consigli. Quelli che non ne hanno bisogno a volte sono ben misere persone.

«La situazione in cui ti troverai domani è molto delicata. Ci saranno uomini che contano, magari qualcuno di cui hai visto la foto sui giornali. Ma per te devono essere dei perfetti sconosciuti, prima e dopo averli incontrati. Mi sono spiegato?»

Lei fa un cenno affermativo con il capo.

«La mia unica forza è quella di essere sempre riuscito a garantire a chi si è rivolto a me la discrezione più assoluta. Questo vuol dire che in un certo ambiente c'è un passaparola che porta un ampliamento delle conoscenze. Le conoscenze significano denaro. Per te e per me.»

Questo discorso era necessario. Come altri che le farò in seguito, molto più crudi e dettagliati. Per ora ho cercato di esprimermi in un modo che non la faccia sentire del tutto una puttana. Il rapporto con quello che farà, Laura docet, è un fatto suo personale. Il mio lavoro finisce fuori dalla porta di una camera da letto.

Anche perché, all'interno, non avrei molto da proporre.

La vedo assorta. Fissa un punto davanti a sé, vedendo in realtà chissà quali cose. Se quella che leggo sul suo viso è titubanza, meglio chiarire subito, prima che sia troppo tardi.

«C'è qualche dubbio? Ci stai ripensando?»

Carla mi guarda in quella maniera che ogni volta è un nuovo, piccolo vuoto d'aria.

«No, nessun ripensamento. Il fatto è che sto scoprendo un mondo inatteso, Bravo. Non è pulito, non è onesto, non ha una giustificazione. Ma porta in una sera la cifra che prima guadagnavo in un anno. E io sono stanca di scarpe risuolate, di pettinatrici al terzo piano, di vivere in una casa dove la puzza del cibo sembra entrata a far parte dell'intonaco.»

Nella sua voce ci sono tutte queste cose e mi pare di vederle e sentirne l'odore, mentre parla.

«Voglio una casa vera, dei vestiti, una macchina, delle certezze. Non importa quello che dovrò dare in cambio. I sogni,
se ce ne saranno, verranno dopo. Per ora ci sono solo delle necessità e delle cose da dimenticare. E io ho intenzione di can-
cellarle tutte, a una a una.»

Mi sorride. Ma non c'è allegria sulle sue labbra, solo tracce
di rimpianto.

«Oggi, grazie a te, ho capito tre cose. La prima è che anche
io posso essere bella. La seconda è che, nel bene o nel male,
sono in grado di decidere come sarà la mia vita. La terza…»

Tace. Io la incalzo. Non per curiosità, ma per una strana e
sadica forma di eutanasia personale.

«La terza?»

Lei sorride in modo diverso e si avvicina. Appoggia a terra le
borse che teneva in mano. Si rialza e con i tacchi è alta quasi
quanto me. Solleva il viso, mi abbraccia e posa le labbra sulle
mie labbra. Ha gli occhi chiusi mentre lo fa. Resta così per sempre, poi si stacca e il tempo ritorna normale.

«La terza, se permetti, per ora la tengo per me.»

Riprende le borse e si avvia, lasciandomi ritto sul marciapiede, solo come non credevo di poter essere. La seguo e la raggiungo, perché non posso fare altrimenti. Camminiamo in silenzio uno di fianco all'altra, guardando il mondo e facendoci
guardare, finché non arriviamo alla macchina. Apro il bagagliaio e le borse e i pacchetti vanno ad aggiungersi a quelli che
già ci sono. Se posso considerarmi un uomo d'affari, questo
posso considerarlo un investimento per il futuro.

Saliamo in macchina e ci lasciamo alle spalle la Galleria
del Corso e la Crota Piemunteisa, un bar dove ho mangiato
circa due tonnellate di panini con wurstel e crauti, i primi

tempi in cui stavo a Milano. Non perché ero snob, ma perché ero snobbato.

Per alleggerire l'atmosfera, riporto la conversazione su cose terrene.

«Hai fame?»

«Da matti. Dove andiamo a mangiare?»

«In un ristorante di quelli dove è necessario andare, di tanto in tanto. Abbiamo appuntamento lì con Cindy e Barbara, le ragazze di cui ti ho parlato.»

Una domanda le nasce istintiva.

«Costa caro?»

L'ha detto in un modo così apprensivo che stavolta sono io a mettermi a ridere.

«Non ti devi preoccupare. Offro io. E inoltre ti autorizzo a pensare che l'era dei panini portati da casa per te è finita.»

Le lascio il tempo di metabolizzare quello che le ho appena detto. È importante che se ne convinca. La sicurezza per il futuro fa brillare gli occhi e dà una forza che a Carla serve come l'aria in questo momento. La sicurezza è fascino e il fascino è dominio.

Dominio è uguale a soldi.

Le parlo di cose pratiche per cancellare ricordi ed evitare malinconie.

«Mi pare di avere capito che a casa tua non ci vuoi tornare. Finché non ne trovi una migliore, potresti stare al residence in via Principessa Clotilde. Va per la maggiore, è frequentato da modelle e indossatrici. È una bella vetrina, per quello che dobbiamo fare.»

Prevengo ogni ulteriore analisi economica.

«E non chiedermi quanto costa. Ti garantisco che te lo potrai permettere.»

Lei mi guarda. Non riesco a decifrare la sua espressione.

«Posso fermarmi a casa tua ancora stasera?»

Forse aspetto più del necessario a rispondere. E forse sbaglio la risposta.

«A fare cosa?»

«Nulla. Semplicemente non ho voglia di stare da sola. Sono successe troppe cose e tutte troppo in fretta.»

La mia voce mi sorprende a concedere quello che mai, in altri casi e ad altre persone, avrei concesso.

«Va bene. Domani, mentre tu sarai impegnata, ti cerco io una sistemazione.»

Carla si rilassa e sorride.

«Ho fame e stasera, visto che paghi tu, mi voglio scatenare. Sai che non ho mai bevuto lo champagne?»

Ridiamo di questo e immagino che visti dal di fuori sembriamo una coppia normale, con la macchina piena di pacchetti, reduce da un pomeriggio di acquisti. Quello che siamo davvero è rinchiuso all'interno e abbiamo tutta la serata per cercare di non pensarci. Nel frattempo un traffico permissivo ci ha guidati a percorrere viale Ripamonti e a superare l'incrocio con via Antonini. Arriviamo in fondo e prendiamo una traversa sulla sinistra. Poco dopo siamo davanti a un casale ristrutturato dove un'insegna conferma la presenza del ristorante Ricovero Attrezzi. Le macchine parcheggiate nella penombra sono quasi tutte di grossa cilindrata. Forse tra breve qualcuna andrà a occupare la stessa penombra nel parcheggio di una bisca dalle parti di Opera. Forse il posteggio sarà quello del Charly Max o forse sarà lasciata in seconda fila fuori del Nepentha, con mancia cospicua all'addetto perché la sistemi non appena si libera un posto. Infilo la mia misera Mini fra due macchine serie, mettendo in mano mille lire a Nino, il parcheggiatore, perché la tenga d'occhio.

Quando entriamo nel locale, Carla si ferma subito dopo la porta. Il suo ingresso è stato come il lancio di una palla da biliardo fra gli ometti. Non so se ha fatto filotto ma ne ha stesi parecchi. In un secondo si è trovata decine di occhi puntati addosso.

Io ci sono abituato.

Lei no.

Le prendo un braccio e la sento un poco rigida. Le sorrido e lei legge il divertimento nella mia voce.

«È tutto come ti avevo detto, no? Ti ci devi abituare. Vieni. Barbara e Cindy sono già arrivate.»

Le ragazze sono sedute nella saletta sul retro, che si intravede in diagonale dall'ingresso. Faccio strada a Carla. Passando fra occhiate e posate attraversiamo la sala principale del ristorante, arredato con uno stile che asseconda l'età e la tipologia della costruzione. Legno, luci ambrate, intonaco leggermente ruvido in una tonalità di giallino, tavoli di quercia. Come in tutti i ritrovi ben frequentati, si mangia male e si paga uno spoposito. Magie della Milano di notte, strane alchimie che trasformano del pessimo cibo in oro. Forse un tempo questo era davvero un ricovero per gli attrezzi, ma chi lo ha ristrutturato ne ha fatto un ricovero per gente col grano. Riflettendoci, molti di loro possono essere considerati degli attrezzi e nulla più. Per cui, in un certo senso, la destinazione d'uso è stata conservata.

Mentre ci avviciniamo, vedo Cindy e Barbara tagliare gli abiti addosso e fare i conti in tasca a Carla.

Quando ci sediamo è già stata catalogata come una pericolosa rivale, anche se non lo ammetterebbero nemmeno sotto tortura. Ma in questo caso la referenza sono io e mai nessuna di loro è stata delusa, né nell'orgoglio, né nel portafoglio. Dunque certe piccole gelosie di maniera si possono mandare giù, specie quando ad accompagnarle ci sono caviale e champagne.

Faccio le presentazioni.

«Carla, queste sono Cindy e Barbara.»

Barbara è bruna, figlia prediletta del Mediterraneo, con gli occhi scuri e la pelle olivastra. Porta con disinvoltura uno splendido seno e un carattere allegro. Cindy è l'esatto opposto. Alta più della media, esile ma con giuste proporzioni dove serve, pelle chiara, un caschetto di capelli biondi e gli occhi azzurri. Un poco tormentata, un poco introversa ma, mi hanno detto, messa fra due lenzuola è la fine del mondo.

Voce del popolo, voce di Eros.

Le due mi guardano con un'espressione molto simile, che sottintende una domanda. Sciolgo la perplessità terminando il giro delle conoscenze.

«Ragazze, lei è Carla. Da oggi lavora con noi.»

Le vedo in parte sollevate. Questo significa che la conversazione potrà essere condotta liberamente, qualunque cosa ci sia da dire. Non c'è tempo per aggiungere altro. Un cameriere arriva puntuale e appoggia sul tavolo quattro cartellette di cuoio nelle quali è contenuto il menu. Prima che se ne vada ordino acqua e una bottiglia di champagne, come promesso. Carla osserva come si muovono le altre e si regola di conseguenza. Ed ecco tre visi di donna immersi nella lettura per decidere se è carne o se è pesce. Il ristorante è uno dei pochi posti in cui si può stabilire con certezza quando è l'uno e quando è l'altro.

Mentre le ragazze studiano il menu, io studio la sala. Ci sono un paio di personaggi televisivi, qualche protagonista del milieu meneghino e molta gente anonima, forse persone che si sobbarcano il viaggio dalla provincia pur di esserci.

Sul fondo ci sono due donne da sole, che stanno cenando. Una è di schiena. L'altra ha i capelli sale e pepe, bella, quarantacinque anni portati molto bene e molto ben rivestiti da un abito nero che deve essere costato un occhio della testa. La sua pelle sa di maschere di bellezza e di sole caraibico. Si chiama Margherita Boni e la conosco bene. Significa un marito quasi sempre via per lavoro e un sacco di soldi a disposizione per ingannare il tempo. Mi fa un cenno e guarda verso la porta del bagno, sulla parete a destra rispetto a dove sono io. Poi si alza, raccoglie una pochette dalla sedia accanto alla sua, attraversa la sala e si infila nella toilette.

«Scegliete quello che volete, ma niente aglio e cipolla. Domani serve un alito fresco. Poi vi spiego tutto. Io prendo una bistecca al sangue e dell'insalata.»

Mi alzo e raggiungo Margherita in bagno. Mi sta aspettando davanti ai lavandini e sta controllando un trucco che non ha nessun bisogno di essere ritoccato. Non credo mi abbia convocato lì per un tiro di coca. Sa che non ne faccio uso. Il motivo arriva subito ed è quello che mi aspettavo.

«Chi è quella ragazza?»

Ho capito a chi si riferisce, ma stasera mi sento in vena e penso che una preda si stia infilando nella trappola. E la trappola è tesa proprio nel suo conto corrente.

«Quale ragazza?»

«Non fare lo stupido. Quella che è arrivata con te.»

Mi metto accanto lei e inizio a lavarmi le mani. La nostra conversazione continua tra immagini riflesse.

«Si chiama Carla.»

«La voglio.»

Margherita è lesbica e diverse volte le ho fornito dei giocattoli con i quali soddisfare questa sua innocente diversità. Ci sono parecchie ragazze nel mio giro che vanno sia a vela che a motore. Ma per quanto riguarda Carla non abbiamo ancora chiarito fino a che punto è disposta ad arrivare.

Faccio diventare sua la mia perplessità.

«È nuova e non la conosco abbastanza. Barbara, la bruna, non ti piace? Lei è bisex.»

«Le altre due sono fighe di quartiglio. Sono belle ma ce l'hanno scritto in faccia quello che sono. Carla è un sogno e io voglio che si realizzi.»

Gli approcci sono finiti. Adesso si parla d'affari.

«Nel caso, costa cara.»

«I soldi sono mai stati una difficoltà?»

«Devo dire di no.»

«Molto bene. Aspetto tue notizie al solito numero.»

Prende la pochette dal piano del lavandino ed esce, lasciandomi solo a considerare la mia espressione nello specchio.

C'è l'eterno conflitto fra avere ed essere.

Qualcuno a suo tempo ha pesantemente decurtato la mia possibilità di essere. Quello che mi resta è la possibilità di avere. Che è un surrogato da poco, a meno che non si possieda metà del mondo. Ma anche in questo caso prima o poi si incontra chi possiede l'altra metà e sono cazzi. Io mi sento proprietario di quella sottile linea che segna il confine e mi basta, per ora.

Prima o poi avrò tutto quello che cerco e quindi potrò tornare in qualche modo a essere.

Mi asciugo le mani e getto la salvietta nel contenitore di metallo brunito. In un angolo del bagno c'è un telefono a uso dei clienti. Ci infilo un gettone e compongo il numero di Remo Frontini. L'ho cercato sulla guida e l'ho imparato a memoria, come tutti gli altri.

Risponde al terzo squillo.

«Pronto.»

«Signor Frontini?»

Non deve essere abituato a sentirsi chiamare in questo modo, perché la risposta è un poco esitante.

«Sì. Chi parla?»

«Sono Bravo, il suo vicino di casa. Ci siamo visti l'altra sera, ricorda?»

«Sì, certo.»

«Molto bene. Volevo dirle che quell'operazione si dovrebbe fare dopodomani. Per lei ci sono problemi?»

C'è un'esitazione. Una lunga pausa. Credo di avere tolto il sonno a questo brav'uomo, coinvolgendolo in qualche cosa che ritiene più grande di lui. Deve essere spaventato la sua parte, anche perché io ho calcato un poco la mano sul fatto che tirarsi indietro potrebbe avere conseguenze spiacevoli.

Cerco di rassicurarlo, per quanto è possibile.

«Stia tranquillo. Andrà tutto bene e lei sarà una persona senza più incertezze.»

«Va bene. Cosa devo fare?»

«Verso le undici deve trovarsi davanti alla banca dove ha la cassetta di sicurezza con una fotocopia della schedina, per dimostrare che effettivamente è in possesso di quella vincente. Riceverà in cambio il denaro pattuito. Quando avrà controllato che la cifra corrisponde, entrerà in banca, depositerà i soldi nella cassetta e solo allora prenderà l'originale della schedina e me lo consegnerà. Si sente garantito da questa procedura?»

La voce che mi arriva dopo le debite considerazioni pare sollevata. Forse anche lui aveva immaginato come mettersi al riparo da brutti scherzi e questa soluzione probabilmente supera le sue aspettative.

«Mi sembra che vada bene. La banca è il Credito Romagnolo, in via Roma, a Cesano Boscone.»

Sto per riattaccare ma sento che gli devo ancora qualcosa, per quanto potrà essergli utile.

«Ancora due parole, signor Frontini.»

«Dica.»

«Le è piovuta addosso una fortuna. Veda di non sciuparla. Ci vada calmo con quel denaro. Non cambi la sua vita di colpo. Se ne stia tranquillo per un poco, lasci che il mondo dimentichi e poi vada da un'altra parte, magari in un'altra città. Quella cifra può significare un bel presente per lei e sua moglie ma può anche significare un bel futuro per i suoi figli.»

C'è una breve e silenziosa riflessione dall'altra parte.

«Credo di avere capito.»

«Lo spero per lei. Buona serata, signor Frontini. Dorma sereno. Lei sarà presto un uomo ricco.»

Mentre riappendo, un briciolo di rimorso arriva a dare un nero colpo d'ala alle mie certezze. Non mi succede sovente, ma questa persona mi è stata simpatica fin da subito, nella sua disarmata umanità. Mi ritengo garante per lui di fronte a me stesso e agli altri perché nulla vada storto.

Esco dal bagno e ritorno al tavolo. Qui mi accoglie lo sguardo imbarazzato delle tre ragazze e l'espressione un poco beffarda dell'uomo seduto con loro al mio posto. È un tipo di statura media, magro, con una giacca e una camicia scure che avrebbero bisogno di una lavata e una stirata. Ha la pelle un poco butterata da un'acne giovanile, il naso aquilino, la bocca larga e sottile alla quale basta un accenno di sorriso per sembrare quella del Jolly Joker. Anche lui lo conosco bene, per diversi motivi.

Il primo è il lavoro che faccio io, il secondo è quello che fa lui.

È Stefano Milla, ispettore di Polizia presso il commissariato di via Fatebenefratelli.

CAPITOLO 10

Arriviamo al Byblos che Lucio sta suonando.

Ha gli occhiali scuri e la sua solita barba incolta. È seduto su uno sgabello nel mezzo di una pedana, con il muro alle spalle, sotto un gioco di luci che non può vedere. Mi sono sempre chiesto se l'illuminazione di un palcoscenico serva per mettere il protagonista al centro dell'attenzione o se abbia la funzione di nascondere ai suoi occhi una sala vuota o piena. Immagino, da persona che vive in una rassicurante penombra, che tutte e due possano essere fonte di ansia. In ogni caso Lucio è la persona meno indicata a risolvere questa mia perplessità. Penso che il suo rapporto con il pubblico sia molto più olfattivo che visivo.

A terra, dietro di lui, un sostegno con una chitarra spagnola appoggiata sopra. Quella che tiene in grembo in questo momento è una Martin acustica, con la quale sta eseguendo una apprezzabile versione personale di *John Barleycorn* dei Traffic.

Lucio suona molto bene, ha tecnica e cuore. La sua voce, pur non essendo canonica, ha la capacità di trasmettere le emozioni che servono in un locale come questo a far cessare parecchi brusii in sala.

Per non disturbare, io e Carla restiamo in piedi accanto al bar finché la canzone non è finita e l'artista non ha ricevuto come compenso i giusti applausi. Poi ci dirigiamo verso un tavolo libero più o meno a metà della sala, che è il confine tra quelli che sono lì per ascoltare la musica e quelli che ci stanno per bere e parlare di tutto senza sapere che in realtà stanno parlando del nulla.

Chiedo conferma a Carla.

«Ti va bene qui?»

Lei fa solo un cenno con la testa e si siede. Ha gli occhi fissi sul palco. Si capisce che la musica la affascina. Ho visto l'espressione con cui ascoltava il brano mentre eravamo in attesa al bancone.

Senza parlare, Lucio sostituisce l'acustica con la chitarra classica e inizia un pezzo di José Feliciano che si intitola *La Entrada de Bilbao*. Le note escono e rimbalzano mentre le dita di Lucio pizzicano e tormentano il nylon e il rame delle corde. Mi siedo tranquillo, in attesa di ordinare da bere. Ascolto la musica, guardo Carla e intanto cerco di mettere un poco d'ordine in tutto quello che è successo al ristorante.

Il locale sparisce insieme alla musica e a tutti gli spettatori.

Conoscevo Stefano Milla da diverso tempo. Con lui non avevo rapporti di amicizia ma solo di collaborazione professionale, se così si può chiamare. Quella che ci può essere fra uno come me e un poliziotto disposto a chiudere un occhio. E, all'occorrenza, mettere una buona parola perché anche qualcun altro lo chiuda. Non una vera e propria corruzione, solo una provvidenziale cintura di sicurezza in caso di urto frontale. Che non poteva essere davvero pericoloso per nessuno dei due, perché io mi sono sempre mosso a bassa velocità. In cambio gli allungavo ogni tanto un corrispettivo monetario per pagarsi qualche vizio o gli concedevo un giro con una delle mie ragazze.

Non sono mai riuscito a capire quale dei due rimborsi spese gradisse di più.

Però essermelo trovato davanti al Ricovero Attrezzi è stata una sorpresa. Che mi sono sforzato di mascherare mentre mi avvicinavo al tavolo.

Milla si è alzato.

«Ho bisogno di parlare con te. Che ne dici di andare fuori qualche minuto?»

Il tono di voce mi avvertiva che dal mazzo non avevo estratto nessun Jolly.

«Va bene.»

Carla mi ha lanciato un'occhiata nella quale c'erano diversi punti interrogativi. L'ho tranquillizzata con una rapida espressione del viso. Poi mi sono scusato con Cindy e Barbara e ho seguito la nuca del mio visitatore fino all'uscita.

Nella luce approssimativa del posteggio abbiamo fatto alcuni passi in silenzio per allontanarci dalle orecchie del parcheggiatore, che si stava fumando una sigaretta appoggiato al muro sulla nostra destra. All'altezza della mia macchina, Milla si è manifestato.

«Tu e io dobbiamo fare una cosa insieme.»

«Quale?»

«Questo lo sai tu. Io devo solo fare da scorta a una valigetta e garantire che una certa busta arrivi alla giusta destinazione.»

La cosa mi ha preso un poco alla sprovvista. Non pensavo che Stefano Milla potesse essere sul libro paga di Tano Casale, né tantomeno che fosse disposto a dichiararlo in modo così aperto.

Forse tutto questo è comparso sul mio viso. Il poliziotto deve avere scambiato la mia perplessità per un giudizio nei suoi confronti. Si è avventurato in una classica giustificazione non richiesta, che ha dimostrato solo come il senso di colpa sia un brutto compagno con cui dividere certi tratti di strada.

«Non ti stupire, Bravo. E non azzardare una predica. Tu sei la persona meno indicata anche solo a pensarne una.»

Ho alzato una spalla e mi sono acceso una sigaretta.

«Quello che fai sono affari tuoi. Io non cerco grane e non voglio procurarne.»

«Molto bene. Saggia politica. Allora, che si fa?»

«Trovati dopodomani mattina alle undici in via Roma, a Cesano Boscone, davanti alla filiale del Credito Romagnolo.»

«Tutto qui?»

«Tutto qui. Io devo vedere una persona e poi tu potrai fare la consegna che devi fare. C'è altro?»

Lui ha atteso, prima di rispondere. Ho capito che la sua non era esitazione, ma studio. Della mia espressione, a seguito della domanda che stava per fare.

«Potrebbe esserci. Hai seguito quella storia di Salvatore Menno?»

Era la seconda persona che me ne parlava nella stessa serata e quasi con le stesse parole. Solo che non sono riuscito a capire in che veste Milla avesse affrontato il discorso. Se in quella di rappresentante della legge o di uomo scivolato per interesse personale sul versante opposto. Ho alzato la testa per annusare l'aria e quello che ho fiutato non mi è piaciuto per niente.

«Certo. Ne ha parlato la televisione.»

«Ho saputo che di recente tu e lui avete avuto delle divergenze.»

Una voce derisoria ha risalito di corsa i ricordi per risuonare nella mia testa, come se il Tulipano fosse stato davanti a me, al posto di Milla.

«Scava. Anche se si stropiccerà un poco il tuo bel vestito. Se vuoi quando hai finito te lo mando a lavare.»

E poi quei suoni attutiti

139

pfft... pfft... pfft...

che hanno scambiato la vita con la morte, una al posto dell'altra, come due pedine della dama.

«Quel tipo era un bastardo psicopatico. Non so chi gli abbia fatto quel servizio ma doveva avere un movente più che plausibile.»

«Su questo posso anche essere d'accordo.»

Milla si è fermato un istante. Quando ha proseguito, il suo viso butterato nella penombra ha reso ancora meno rassicuranti le sue parole.

«Però come sono arrivate alle mie orecchie, certe voci potrebbero anche arrivare a quelle di chi sta indagando sulla sua morte.»

Da qualunque parte stia, ho pensato.

L'idea di avere sul collo sia il fiato della madama sia quello di Tano Casale non era per niente confortante. Mi sono tenuto sul vago e ho detto una mezza verità, che in quanto tale mi dava una mezza sicurezza.

«Io non c'entro nulla.»

«Questo lo sapete solo tu e il Tulipano. Purtroppo lui non è più in grado di confermare.»

«E allora che dovrei fare?»

«Per l'affetto che ti porto, sarebbe meglio per te avere un alibi che stia in piedi, per la notte scorsa.»

La voce di Carla ha sorpreso tutti e due.

«E infatti lui ce l'ha.»

Ci siamo girati e ce la siamo trovata di fronte, bella e nitida nonostante la scarsità di luce. Doveva averne una sua riserva personale all'interno, per far risaltare gli occhi in quel modo.

Si è avvicinata e mi si è messa di fianco.

«Siamo stati insieme, la notte scorsa. Tutta la notte.»

Milla l'ha studiata, prima di rispondere. Nel suo tono c'era la giusta considerazione per le parole e per l'aspetto di Carla.

«Signorina, se nel caso servisse è disposta a giurarlo davanti a un giudice, per Bravo non ci saranno problemi.»

«Certo che sono disposta.»

«Molto bene.»

Milla ha alzato un braccio e sollevato un polsino per guardare l'ora.

«Temo di dover lasciare questa bella compagnia. In quanto a lei, signorina…?»

«Carla. Carla Bonelli.»

«Ci sono persone che sarebbero davvero disposte a uccidere pur di avere un garante come lei. Arrivederci.»

Senza attendere conferma al suo saluto, si è girato e si è diretto verso un gruppo di auto parcheggiate al bordo della strada, sotto i lampioni. Dopo due passi si è fermato, è tornato a rivolgere il viso verso di noi e ha timbrato con una frase i nostri documenti di viaggio.

«Qualche volta, solo gli stupidi e gli innocenti non hanno un alibi.»

Poi se n'è andato e in progressione è diventato il rumore di una portiera sbattuta e il motore di un'auto che si allontanava. Io e Carla siamo rimasti soli in mezzo a macchine lucide e situazioni poco chiare.

Su un paio poteva fare luce lei.

«Ci sono due cose che mi devi dire.»

Con un'espressione attenta Carla ha atteso in silenzio che io finissi il discorso.

«Uno: perché mi hai seguito. Due: perché hai mentito?»

Nella sua voce è comparso un leggero accento di sfida, non so quanto voluto.

«Ti ho seguito perché quel tipo non mi piace. Ho mentito perché mi piaci tu. E ho fiducia in te.»

Ho ritenuto opportuno farle presente la realtà dei fatti. Deciso e preciso. Non per onestà, ma per un bieco tornaconto personale.

«Qui si tratta di omicidio.»

Di rimbalzo, decisa e precisa lo è stata anche lei. Senza possibilità di scelta: nero o bianco.

«Sei stato tu?»

Ho dichiarato il mio colore.

«No.»

«Vedi? Allora non c'è problema a dire che abbiamo passato la notte insieme.»

Si è girata e si è avviata senza fretta verso la porta d'ingresso, dalla quale proveniva una luce inadatta a fugare certe ombre. Mi sono messo al suo fianco e in quel breve tragitto, per la prima volta nella mia vita, mi sono sentito parte di qualcosa. Ho pensato allo psicologo che mi ha seguito per un certo tempo, dopo il mio incidente. Allora non è servito a nulla, perché avevo solo voglia di fuggire. Mi sono chiesto quale aiuto avrebbe potuto darmi adesso che quella voglia come d'incanto era passata.

Siamo ritornati al tavolo, dove Cindy e Barbara stavano finendo di mangiare il primo. Lo champagne se n'era già andato per metà. La mia bistecca si era freddata e l'insalata era appassita dall'aceto. Quello che restava del riso alla milanese di Carla si era trasformato in un blocco giallo e compatto.

Cindy, che conosce Stefano, ha sollevato verso di me i suoi occhi azzurri. Il suo accento americano ha reso la sua pasta al pomodoro e basilico un poco meno italiana.

«Problemi?»

Le ho sorriso, falso come Giuda.

«Nemmeno mezzo.»

Barbara si è pulita gli angoli della bocca con il tovagliolo.

«Allora, ci vuoi dire che cos'è questa cosa importante?»

Mi sono seduto e mi sono piegato verso di loro, abbassando un poco la voce.

«Domani c'è un impegno in un posto dove tu e Cindy siete già state. A Lesmo, nella villa di Lorenzo Bonifaci.»

Ho dato a Carla il tempo di assimilare quel nome. L'espressione del suo viso mi ha confermato che lo conosceva ed era parecchio impressionata.

«Vi dovete trovare domani alle tre in piazza San Babila, attrezzate per passare la notte fuori. Una macchina passerà a prendervi per portarvi a destinazione. Le condizioni sono ottime: tre milioni a testa. Le persone dovrebbero essere le stesse dell'ultima volta, perché hanno chiesto espressamente di voi.»

«E Laura?»

«Lei non lavora più con noi. Ha scelto una strada alternativa.»

Per non gettare sassi nello stagno, mi sono fermato in tempo mentre stavo per dire che aveva scelto l'amore. Meglio evitare di innescare strani meccanismi mentali, nei quali le donne sono maestre. Ritenevo Cindy e Barbara abbastanza refrattarie all'argomento, ma Carla era ancora un'incognita e andava protetta.

Da sé, per me.

«Quindi sono stato costretto a sceglierne una anche io. Carla la sostituirà. Molto meglio credo. È il suo primo lavoro, dunque conto sulla vostra collaborazione per farla sentire a suo agio.»

Barbara si è messa a ridere. Ha soffocato la sua allegria nel tovagliolo.

Carla si è un poco incupita.

«Perché ridi?»

Barbara ha fatto un gesto con la mano, per minimizzare.

«Niente. Solo che c'era uno, l'altra volta, che andava pazzo per l'entrata di servizio, non so se mi spiego. È meglio che tu sia preparata, nel caso toccasse a te.»

La battuta sarebbe stata di pessimo gusto, se fosse stata una battuta. Invece era là realtà nuda e cruda e come tale andava affrontata. Ho guardato Carla, in attesa della sua risposta. Lei ha preso tempo, fissando prima l'una poi l'altra.

«Voi lo fate?»

Ha risposto Cindy, per tutte e due.

«Niente fruste o botte, ma per il resto, con quella cifra in ballo, io non ho limiti.»

Carla ha fatto un leggero cenno con il capo. Un piccolo segno per una donna, un grande passo per le sue e le mie finanze.

«Allora sta bene anche a me.»

Ha bevuto quello che restava dello champagne nel suo bicchiere, poi lo ha teso vuoto verso di me.

«Molto buono. Posso averne ancora un poco?»

L'applauso fragoroso alla fine dell'esecuzione mi riporta al Byblos e cancella il resto di una serata trascorsa con tre belle ragazze cercando di portarle a essere colleghe, visto che la parola amiche è sempre una parola grossa.

Poi la luce sul palco si spegne, sostituita da quella soffusa della sala. L'impianto stereo del locale inizia a trasmettere una musica registrata, forse a qualche decibel in più del necessario. Lo spettacolo è finito. Lucio si alza dallo sgabello, subito raggiunto da un tecnico che lo aiuta a mettere a posto le chitarre e a scendere dal palco.

Carla si gira verso di me.

«Mi piace come suona.»

Non faccio in tempo a commentare che un cameriere si

avvicina e ordiniamo due bevande a caso, di cui non abbiamo nessuna voglia. Accendo, da cavaliere vecchio stampo, la sigaretta che Carla si è infilata fra le labbra. Poi le appoggio una mano sulla spalla.

«Scusami un attimo.»

Mi faccio largo fra i tavoli e raggiungo Lucio. Gli offro come indizio della mia presenza la soluzione della crittografia del pomeriggio.

«Ultima proiezione di "Fantasia". Devo dire che l'accenno alle virgolette è stato determinante.»

Al suono della mia voce, Lucio si volta nella mia direzione, senza il minimo stupore.

«Sapevo che l'avresti risolta. Quasi non c'è più gusto, con te.»

Si abbassa e controlla che le custodie delle chitarre siano ben chiuse. Come tutti i musicisti, ha una cura maniacale degli strumenti. Una buona parte dei suoi averi e dei suoi affetti sono richiusi in quei due astucci rigidi.

«Sei qui da molto?»

«No, purtroppo abbiamo sentito solo le ultime due canzoni.»

«Abbiamo?»

«C'è Carla con me.»

«Sì?»

Quel monosillabo contiene molte parole. Un mondo intero. Forse Lucio sta cercando di immaginare il viso di una donna di cui conosce solo la voce.

«La ragazza che ha la pelle con un buon odore.»

Sorrido. Forse avevo ragione quando ho fatto quella considerazione sui sensi di Lucio. Se uno viene a mancare, gli altri quattro si appropriano per un tacito accordo del suo potenziale.

«Adesso non la riconosceresti. Abbiamo aggiunto anche un buon profumo.»

«Francese?»

«So che è buono. Non ho controllato il passaporto.»

«Idiota. Sono amico di un idiota.»

Lucio si rialza e allunga una mano a cercare il mio braccio. Mi trova e si affida a me.

«Ci sono solo due modi per riscattarti ai miei occhi.»

«Quali?»

«Prima di tutto darmene un paio. Poi accompagnarmi a salutare quella divina creatura.»

Talvolta mi sorprendo a pensare che se Lucio avesse conservato la vista, il mondo avrebbe perso la sua meravigliosa e amara ironia. Ma, viste le circostanze, credo che lui avrebbe volentieri fatto a meno di spartire con l'umanità questo suo dono.

Lo guido fino al tavolo dove Carla ci sta aspettando. Lucio cerca a tentoni una sedia.

«Ciao, Lucio. Sei stato fantastico.»

«Ciao, ragazza. Aveva ragione Bravo.»

«A dire che tu non lo eri?»

«No. In fatto di musica non capisce un cazzo. Di profumi invece se ne intende. Quello che hai addosso è eccezionale.»

«Me lo ha comprato lui, insieme a molte altre cose.»

Mentre loro parlano, io mi guardo in giro, stupito di non vedere Chico, il ragazzo che di solito accompagna Lucio.

«Non c'è il tuo alter ego, stasera?»

Il mio amico si atteggia con il gesto e la voce, parlando leggermente in falsetto.

«Il mio chauffeur, intendi? No, gli ho dato la serata di libertà.»

«E chi ti porta a casa?»

Lucio torna serio.

«Chico mi ha accompagnato ma non poteva venire a riprendermi. Sono d'accordo con il padrone del locale che mi dà uno strappo lui.»

Carla mi anticipa.

«Vieni con noi.»

Io aggiungo un parere favorevole, pur con qualche difficoltà.

«Ti dovrai adattare. Abbiamo la macchina piena di borse e pacchetti, ma uno spazio lo ricaviamo.»

«Molto bene. Occuperò il posto di un'aringa. Vado bene così o mi volete affumicato?»

Carla ride e ci alziamo. Comunichiamo il cambio di programma al proprietario, che pare sollevato dal non doversi sorbire a quell'ora il pezzo di strada fino a Cesano Boscone. Visto che la sera successiva Lucio dovrà suonare ancora lì, gli affida le sue chitarre, con preghiera di chiudere a chiave il posto dove verranno riposte.

Usciamo, lasciando i clienti e il personale alle prese con l'ultimo scampolo di vita notturna milanese. Raggiungiamo la macchina e poco dopo siamo tre persone diverse sulla medesima strada. Per tutto il viaggio, guido e fumo in silenzio. Ascolto i miei due passeggeri parlare di musica, dopo che Carla ha descritto eccitata il suo recente pomeriggio di acquisti.

Il traffico notturno ci apre le braccia, le insegne ci indicano la via e in un tempo inferiore al previsto la Mini è davanti a casa. Raccogliamo i pacchetti e riusciamo, nonostante le mani occupate, a indirizzare ridendo Lucio verso il portone d'ingresso, aprire il battente a vetri e salire le scale fino al pianerottolo.

Apro la mia porta e appoggiamo finalmente tutti i nostri leggeri ma costosi bagagli a terra. La voce mi sorprende prima che io prema l'interruttore.

«Volete un caffè?»

Mi giro e vedo Lucio fermo sulla soglia di casa sua.

Io e Carla ci guardiamo. Sappiamo benissimo che il caffè è un pretesto. Lo scopo nemmeno troppo recondito è diluire con qualche cucchiaino di zucchero la solitudine. Se io non fossi io, avrei fretta di trovarmi da solo con Carla. Ma a volte non è concesso scegliere, nella vita. L'unica cosa concessa è quella di decidere con chi spartire la gabbia.

«Vada per il caffè.»

Lo raggiungiamo nell'appartamento di fronte. Sentendoci entrare, Lucio allunga una mano per accendere la luce. Mi dà un stretta al cuore sapere che lo fa solo per noi. Le sue bollette dell'energia elettrica sono molto rastremate verso il fondo. Carla si guarda attorno, senza curarsi di nasconderlo. Osserva i muri spogli e i colori a casaccio, forse traendo le stesse conclusioni a cui sono arrivato io, a suo tempo. Qui tutto è scelto in funzione della praticità e dell'assenza di spigoli. Il lato estetico è un lusso a cui Lucio è stato costretto a rinunciare. E come tutti i lussi, si è rivelato superfluo.

Il nostro ospite si dirige verso il cucinino.

«Sedetevi intanto che lo preparo.»

Carla lo blocca.

«No, faccio io.»

«Ma...»

«Niente ma. Stasera hai lavorato, mentre io me la sono spassata tutto il pomeriggio. Siediti e fatti servire. Una volta tanto sono io a decidere di farlo e questa è una cosa nuova, per me.»

Lucio si arrende e si accomoda al tavolo. Carla sparisce nella minuscola cucina e la sentiamo aprire i pensili in cerca della caffettiera e della materia prima. Io sono rimasto in piedi al centro della stanza, davanti a un mobile con sportelli e cassetti. Sul piano ci sono il telefono, la radio e un contenitore di vetro con all'interno delle chiavi, dei fogli e delle monete.

Accanto ci sono alcune foto. Le osservo e vedo che c'è ritratto Lucio, di qualche anno più giovane, in mezzo ad altri ragazzi su un palcoscenico. Sono in posa come si conviene a dei musicisti e intorno a loro ci sono strumenti musicali, microfoni e amplificatori. Sulla cassa della batteria c'è scritto il nome del gruppo a caratteri gotici: Les Misérables.

«Non mi avevi detto di avere suonato in un complesso.»

«E tu che ne sai?»

«Ci sono delle foto, qui sul mobile.»

Il mio amico risolve il piccolo mistero.

«Le ho fatte vedere a Chico, prima di uscire. Si è dimenticato di metterle a posto. Dovrò cambiare maggiordomo.»

«È durato tanto? Il gruppo, intendo.»

Lucio fa una smorfia.

«No. Per un poco ci abbiamo provato ma eravamo solo bravi, non bravissimi. E poi gli altri avevano progetti in testa che non includevano la musica.»

«E tu?»

Per la prima volta da che lo conosco, permette al rimpianto di apparire sul suo viso.

«Io ho continuato da solo, ma non con la forza necessaria. Al tempo di quelle foto, anche se non si vede, gli occhi erano già quasi andati.»

Riporto lo sguardo sulle immagini. Lucio è l'unico che non sorride. Torno a posarle sul mobile e vado a sedermi anche io al tavolo, di fronte a lui.

«Bravo, ti posso fare una domanda?»

«Naturale.»

«Quello che faccio io lo sai. Adesso hai anche avuto accesso al mio passato. Tu invece che fai nella vita?»

È già difficile definirlo in genere. In particolare è molto difficile farlo con uno provvisto dell'acume di Lucio.

«Vogliamo dire che sono un uomo d'affari?»

Lui sorride e mi concede l'onore delle armi.

«Ho la sensazione che, se ti chiedessi che genere di affari, non mi daresti una risposta esauriente.»

Minimizzo con il tono di voce, visto che non può vedere i miei gesti istintivi.

«Gli affari sono tutti uguali. Hanno come unico scopo quello di portare a casa del denaro. E qualunque cosa abbia a che fare solo col denaro non vale la pena di essere presa in considerazione.»

Carla arriva con il caffè a interrompere questo momento di confidenze. Di certo ha sentito quello che ci siamo detti ma non riprende nessuno dei due argomenti. Appoggia una tazzina davanti a ognuno di noi. Poi torna di là a prendere la sua e lo zucchero.

«E tu Carla che lavoro fai?»

Carla torna, mette la zuccheriera e i cucchiaini sul piano e si siede fra di noi, con la tazzina in mano. Io servo lo zucchero, come al solito. Due per Lucio e mezzo per me. Carla lo beve amaro.

«Fino a ieri lavoravo per un'impresa di pulizie. Adesso mi sto guardando intorno.»

«Tu una donna delle pulizie? Con quel profumo? Non ci credo.»

«Eppure è così. Anzi, era così.»

Il caffè, caldo e aromatico, ci zittisce per un poco. Restiamo in silenzio, sotto questa luce che piove dall'alto, ognuno perso a immaginare come sarebbe stata la sua vita se le cose fossero andate in modo diverso. A costruire un'alternativa fittizia e illusoria, che in quanto tale non è possibile addolcire.

Lucio parla per primo.

«Carla, posso toccarti il viso?»

Quella domanda pare farla pensare. Ho il tempo di accendermi una sigaretta prima che lei risponda.

La voce però non ha incertezze, quando lo fa.

«Certo.»

Si muove dal suo posto e va a mettersi di fronte a Lucio. Lui sente la sua presenza e si alza. Solleva le mani, iniziando lentamente a farle scorrere i polpastrelli sul viso. Intreccia le dita con i capelli, percorre la fronte, la linea del naso, ascolta la pelle. La esplora con la cura e la curiosità di un esperto che decifra un documento antico.

«Mio Dio, sei bellissima.»

La pena arriva volando da lontano sul volto di Carla. Si gira verso di me e ha una domanda negli occhi. Io le faccio un cenno di assenso con la testa.

Allora lei prende le mani di Lucio e se le porta sul seno. Le muove lentamente, per far conoscere all'altro anche quella parte del suo corpo. Poi si avvicina e lo bacia. Dapprima accosta solo la bocca alla sua e si ritrae. Uno scambio di aliti e niente di più. Dopo un istante, che pare appeso alla luce, Carla torna da lui e il bacio diventa vero, di lingua e saliva, la sola penna e l'unico inchiostro in grado, fra un uomo e una donna, di scrivere il perfetto messaggio d'amore.

Carla si stacca di nuovo, arretra di un passo e prende Lucio per mano. Senza dire nulla, si allontana con lui, guidandolo verso la porta del corridoio, oltre la quale presume ci sia la camera da letto.

Io resto da solo.

In un modo al quale ormai non riesco a dare un limite.

Finisco la sigaretta e ne accendo un'altra, prima di raggiungerli. Quando entro nella camera, è illuminata solo dal riflesso che arriva dal salotto percorrendo il breve corridoio.

Mi siedo su una poltroncina addossata alla parete di fronte al letto, e osservo Lucio e Carla che fanno l'amore. Senza accorgercene, scivoliamo tutti e tre in una notte artefatta, provvisoria, dove niente appartiene a nessuno. I due corpi nudi sul letto si intrecciano e si muovono, offrendosi a vicenda ogni genere di veleno e il suo esatto antidoto. Io rimango seduto a guardare, cercando come una pianta di assorbire ossigeno dai loro fiati. Immobile, fatto dello stesso marmo delle statue, davanti a quel gesto sessuale compiuto da chi non lo può vedere al posto di chi non lo può più fare.

CAPITOLO 11

•

A mezzogiorno, quando mi sveglio, Carla dorme ancora.

Non avevo chiuso la porta a chiave, anche se pensavo si sarebbe fermata da Lucio fino al mattino. Invece, a un certo punto della notte, l'ho sentita infilarsi nel letto senza una parola. Si è messa di schiena e ha cercato il contatto con il mio corpo. Sono scivolato di nuovo nel sonno come se fosse stata una cosa normale averla addormentata accanto a me.

Accendo la lampada sul comodino e la osservo. È stesa su un fianco, nuda, il corpo solo in parte nascosto dal lenzuolo. Allungo una mano e le accarezzo la pelle, seguendo la linea morbida dei fianchi. Mugolando si gira e offre alla carezza la grazia del suo seno. Poi mi avvolge le braccia intorno al collo e senza aprire gli occhi nasconde il viso nell'incavo della mia spalla.

Il suo alito è caldo e profuma di sonno.

«Bravo…»

Non so se quello è il mio nome o se è un apprezzamento per la qualità della carezza. Decido per la prima opzione.

«Dimmi.»

«È tutto bello con te.»

Conosco queste parole. Le ho già sentite in passato, diverse volte. Ma solo una volta prima di ora mi sono arrivate in questo modo, pronte per essere accolte e con la possibilità di fare danni. Un altro tempo e un altro posto, dove io ero un uomo diverso da quello di adesso. E la donna che me le ha dette era una donna diversa.

Quando tutti e due ci illudevamo di essere migliori di quanto non fossimo in realtà.

Ma se ci sono dei momenti che non si scordano, Carla me ne ha appena regalato uno, qualunque sia l'ora che questo secondo conclude. Non so che futuro inizierà dall'ora successiva, ma so che sarà un termine oltre il quale potrei provare a scordare e a sostituire.

Non subito però.

«Io ho delle cose da fare. E anche tu.»

«Sì, lo so.»

«Di questo ne possiamo parlare dopo.»

«Va bene.»

Lei si stacca e appoggia la testa sul cuscino, sempre senza aprire gli occhi. Forse per questo mi salvo e riesco ad alzarmi dal letto incolume, forse grazie a questo riesco a gettare il mio corpo inutile sotto la doccia con la tentazione di sfregarmi fino a grattare via la pelle.

Rimango in bagno a lungo, a radermi e a pensare. La storia del Tulipano continua a girarmi per la testa. Sono ragionevolmente certo di avere fatto tutte le cose per bene e di non avere lasciato tracce. Inoltre il fatto che nessuno ci abbia visto quando mi ha prelevato davanti all'Ascot, se allora è stata una sfiga, adesso è un altro fortunato dettaglio a mio favore. Questo per quanto riguarda la Polizia, se in qualche modo dovessero risalire a me. Per quanto riguarda Tano le cose sono un poco più complicate. I suoi metodi potrebbero non essere del tutto ortodossi, se decidesse di fare luce sulla faccenda. Mi chiedo fino a che punto potrei essere credibile se gli raccontassi la verità nuda e cruda.

Qualche volta, solo gli stupidi e gli innocenti non hanno un alibi…

Mentre mi sto passando il dopobarba sul viso, il mio sguardo cade sulla copia della «Settimana Enigmistica» appoggiata sul cesto della biancheria sporca. Mi viene da sorridere a pensare quanto ci sia della vita in quei rompicapi, anche sotto il profilo estetico.

Quando nasci ti tirano a sorte. È solo una questione di culo la pagina dove vai a finire. Da quel punto ci sono poi il bianco e il nero, gli spazi vuoti da cui cacciare le incognite, le lettere pronte a qualunque calligrafia, ognuna nella sua casella con la presunzione di essere importante. Per poi rendersi conto che non è nulla senza tutte le altre.

In fondo è solo questo che siamo: orizzontali e verticali. Una semplice serie di atteggiamenti e di posizioni, parole che si incrociano mentre camminiamo, dormiamo, giochiamo, facciamo l'amore, torniamo a casa con i brividi e cadiamo nel letto ammalati. Finché un giorno tutto si omologa e ci si rende conto che l'enigma, quello che si sta provando a risolvere da tanto e con tanta fatica, non potrà mai essere risolto.

Il resto del tempo è una lunga linea orizzontale.

Sento bussare alla porta del bagno.

Esco dai panni di Zarathustra e mi ritrovo nel mio vecchio accappatoio di spugna, con Carla fatta a brandelli dal vetro smerigliato della porta che chiede se può entrare.

«Vieni pure.»

La sua testa fa capolino oltre il battente socchiuso. I suoi occhi sono legno chiaro dell'Albero del Bene e del Male.

«Ho fatto della pasta, se ti va.»

Ignoravo di avere qualcosa di commestibile in casa. L'unica cosa che viene cotta sul fuoco qui è il caffè. Spero che non l'abbia fatta con quello, la pasta.

«Con che cosa?»

«Con il poco che ho trovato. Olio, sale e un barattolo di pelati. La tua dispensa era piuttosto sguarnita.»

«Dammi un secondo.»

Aspetto che si sia allontanata ed esco nel corridoio. Prendo dall'armadio a muro un paio di calzoni sportivi e una camicia. Vado in camera da letto, dove le lenzuola e la coperta sono state sistemate in modo da non fare una grinza.

Chiudo la porta e mi vesto.

Mi ha già visto una volta nudo e ne portiamo ancora addosso tutti e due le conseguenze.

Quando arrivo nel soggiorno, Carla indossa solo la camicia che portavo ieri. Su di lei ha l'effetto di un abito da sera. È seduta al tavolo e davanti ha un piatto di spaghetti. Un altro è appoggiato di fronte a quello che lei ha deciso sarà il mio posto.

Mi siedo e ne assaggio una forchettata.

«Buoni.»

Sono sincero. Sono buoni davvero.

Carla mi sorride.

«Non è la cena di ieri sera.»

«No. Ma ha il sapore della novità. Non credo di avere mai mangiato in casa.»

«Io sempre.»

Queste due semplici frasi raccontano delle nostre vite molto più di interi discorsi. Continuiamo a mangiare in silenzio, certi della reciproca presenza. Nessuno dei due fa accenno alla notte precedente e a quello che è successo con Lucio.

Finisco la pasta per primo e quando anche lei ha finito mi alzo in piedi.

«Ai piatti ci penso io. Tu vai a prepararti.»

«Va bene.»

Si alza anche lei e sparisce nel corridoio. Io appoggio i piatti nell'acquaio, lasciandoli alla futura attenzione della donna delle pulizie. Mi accendo una sigaretta, senza cedere alle lusinghe del caffè. Anche perché non ho nessuna voglia di farlo.

Mentre Carla fa la doccia e si propone in maniera acconcia, io sbrigo qualcuno dei miei affari. Combino degli incontri per un paio di vecchi clienti, docili e senza problemi, che chiedono un poco di quella compagnia che da soli non riescono o non possono procurarsi. Una sinecura, per loro e per il sottoscritto. Un trenta per cento di me è estremamente comprensivo. Il rimanente settanta per cento è un affare fra quegli uomini, la loro coscienza e le ragazze.

Bip.

Il mio maggiordomo tascabile mi avverte che sono desiderato. Recupero dal centralino Eurocheck un numero senza nominativo del solito pendaglio da sorca. Lo chiamo. Mi risponde una voce maschile, appena un poco esitante, con un leggero accento straniero che non riesco a riconoscere. Mi presento secondo la collaudata routine. In pratica è come se si aprisse un sipario.

«Ho ricevuto una chiamata da questo numero.»

«Lei è Bravo?»

«Certo. Mi dica.»

«Ho avuto il suo numero da un amico. Mi ha detto che lei è una persona capace e di estrema fiducia.»

Molto gentile, ma non basta. Una o due referenze sono necessarie, per quanto è possibile.

«Posso sapere chi è questo amico?»

«Il dottor Larsson.»

Ricordo il nome. È un chirurgo plastico svedese che con una certa frequenza viene a Milano e non disdegna la compagnia femminile. Con annessi e connessi di fumo e polvere. Un fanatico di Betsy, una bella ragazza mulatta. Normale per uno scandinavo. Non credo che con lei usi l'anestesia, per operare. Tuttavia decido lo stesso di tendere al mio possibile cliente una trappola, tanto per essere sicuri.

«Ah, sì, il dottor Larsson. Uno dei migliori dentisti di Göteborg.»

Il mio interlocutore non si rende conto che questo errore è voluto. Però mi corregge subito e passa l'esame.

«No, ricorda male. Il dottor Larsson è un chirurgo ed esercita a Stoccolma.»

«Ma certo. Mi scusi. Che posso fare per lei?»

«Ecco mi chiedevo se...»

Molti sono esitanti e imbarazzati, al primo contatto. Attendo mentre cerca le parole. Per quanto riguarda il coraggio, quello c'è o non c'è. Ma lui ne trova un ragionevole surrogato.

«Mi chiedevo se lei avesse la possibilità di fornire ragazze molto giovani.»

«Tutte le ragazze che lavorano con me sono molto giovani.»

La voce dall'altra parte da incerta diventa allusiva.

«No, io intendevo ragazze molto, molto giovani...»

Lascia la frase in sospeso e io realizzo. Poi mi regolo di conseguenza. Le maglie del mio codice morale sono piuttosto larghe, ma ci sono cose talmente grosse che non riescono a passare. Sibilo come un serpente, mentre rispondo. Immagino che sia la sola lingua che quel bastardo riesce a capire.

«Mi ascolti, figlio di puttana. Non so chi è lei, ma so chi sono io. Se osa richiamarmi per le sue porcherie vengo a cercarla e le spezzo le braccia e le gambe. E non si azzardi a continuare la sua ricerca a Milano. Lo verrei a sapere e il trattamento sarebbe lo stesso. Mi ha capito?»

«Sì, ma io...»

Non lo lascio finire.

«Ma io un cazzo! E adesso inculati, pezzo di merda.»

Sbatto giù il telefono con una violenza tale che temo di averlo rotto. Prendo un foglio di carta e una biro e mi segno il numero che ho appena chiamato. Alla prima occasione lo metterò in mano a Milla con la preghiera di fare accertamenti su quel maledetto pedofilo.

La voce di Carla è un colpo di scena.

«Io sono pronta.»

Mi volto e ci resto. Come, non trovo le parole per descriverlo.

Carla ha indossato uno dei vestiti che le ho comprato ieri, una cosa morbida color tortora, in tinta con i suoi occhi. Sopra ha una giacca a disegni jacquard, su un fondo dello stesso colore del vestito. Le scarpe, pur con un tacco non esagerato, la slanciano e la fanno arrivare fino in cima al K2.

Lei fa un giro su se stessa, sorridendo, con quel briciolo di vanità che le concedo e che si merita.

«Come sto?»

«Sei bellissima.»

Carla ritorna seria.

«Per te voglio esserlo sempre.»

Mi guarda e si avvicina fino ad aderire col suo corpo al mio. Poi le sue braccia scivolano intorno al mio collo e ci baciamo. La sua lingua sa di dentifricio alla fragola e di qualcosa che non ricordo. Mi trovo di colpo davanti a una porta aperta, ma qualsiasi sforzo io facessi so che non riuscirei a varcarne la soglia. Eppure resto lì, a ricambiare quel bacio come se fosse il primo o l'ultimo della mia vita. Dopo, restiamo abbracciati. Lei appoggia la testa sulla mia spalla.

«Bravo…»

«Sì?»

«Qualunque cosa succeda, grazie.»

La stacco da me. Alzo il braccio a controllare l'ora. La voce con cui parlo non mi appartiene del tutto.

«È tardi e dobbiamo andare. Da qui a San Babila può essere un viaggio, se c'è traffico.»

«Sì, capisco.»

Lei pare delusa. Io sono di certo incazzato. Con me, con lei, con Lucio, con i nostri stupidi enigmi, con i nostri illusori giochi da grandi, con il mondo intero. Usciamo e in silenzio raggiungiamo la macchina. Sono successe abbastanza cose a cui pensare, cose difficili da tradurre in parole. Ecco perché non ne abbiamo tante, ecco perché tutti e due abbiamo paura.

Arrivo alla macchina, apro il bagagliaio e ci metto la valigia di Carla. Poi ci sediamo e io infilo la chiave nel blocchetto. La giro e il motore si avvia. Ingrano la marcia ma non mi stacco dal posteggio. Spengo di nuovo il motore e mi guardo intorno. Il volante, i sedili, i tappetini, le cose nel portaoggetti e sul sedile posteriore. Tutto come ieri. Eppure c'è qualcosa che non mi torna. Per la gioia di Lucio lo potrei definire un *déjà-non-vu* e sembrerebbe la soluzione a una delle nostre crittografie. Ma qui non ci sono parole intorno alle quali fare delle evoluzioni. C'è solo questa sensazione strana, che non riesco a definire.

«C'è qualcosa che non va?»

«No, tutto a posto.»

Torno ad accendere il motore e mi muovo. Non devo essere stato convincente nella mia risposta. Per tutto il tragitto fino a San Babila, mentre per l'ennesima volta spiego a Carla l'importanza e l'esclusività del luogo al quale avrà accesso, lei continua a fissarmi come se cercasse di decifrare attraverso i miei gesti e le mie parole un messaggio più complesso nascosto dietro.

Quando raggiungiamo il centro, Barbara è già arrivata e sta

in piedi davanti al Gin Rosa, con una piccola valigia di fianco. Mi fermo alla sua altezza e mentre sto facendo scendere Carla, un taxi si ferma dietro di noi. Dalla portiera che si apre escono le lunghe gambe di Cindy. Scende e si avvicina reggendo una sacca di Vuitton. Alta, bella e senza limiti. Altrimenti come se la sarebbe pagata quella borsa e i vestiti firmati che indossa? Ci raggiunge e si unisce al gruppo.

Sorride, entusiasta della vita.

«Mica male il tassista. Un bel ragazzo davvero. Non mi ha fatto pagare. Gli ho dato il numero di telefono. Se mi chiama, magari un giro gratis glielo faccio fare anche io.»

Barbara ride ma Carla resta assorta. Forse pensa alla frase che mi ha detto quando ci siamo incontrati la prima volta.

Con te ci verrei gratis…

Forse, ma non c'è modo di accertarlo.

Una concentrazione di ragazze di questo calibro non passa inosservata. Il fatto è che non passo inosservato neanche io e questa cosa non la trovo del tutto gratificante. Ho voglia di andarmene il più in fretta possibile, voglia di restare da solo con la mia auto.

«Ciao ragazze. In bocca al lupo. Fatevi sentire quando tornate.»

Ricevo i saluti di Barbara e Cindy e ignoro lo sguardo di Carla che mi segue mentre torno in macchina.

Approfitto del semaforo verde e imbocco corso Venezia in direzione Buenos Aires.

Il pomeriggio si presenta lungo e pieno di interrogativi. Ho deciso che è il momento giusto per il Cinema Argentina, piazzato con molta fantasia in piazza Argentina. Questo va sottolineato, perché non credo che la piazza abbia preso il nome dal cinema. In un locale che ha visto giorni migliori fanno serie di film di fantascienza, horror, western e tributi a

questo o quell'attore, cambiando le pellicole con una caden-
za giornaliera.

Il posto giusto per passare un paio d'ore.

Guidando nel traffico di Milano continuo a guardare l'interno della macchina, perché quella sensazione che avevo archiviato durante il viaggio da Cesano è tornata a presentarsi
con forza. Arrivo nei paraggi del cinema e cerco un posteggio.
Quando lo trovo spengo il motore e mi accendo una sigaretta.
Non appena dalla bocca mi esce il primo sbuffo, realizzo.

Nella macchina non c'è qualcosa di nuovo, manca qualcosa di vecchio.

L'odore del fumo.

Apro il cruscotto davanti al sedile del passeggero e decido che non mi farò del male per quello che sto per fare, visto che sono solo. La figuraccia da arteriosclerotico resterà
fra me e me. Tiro fuori il libretto e aziono la levetta che apre
il cofano motore. Vado davanti alla macchina, lo alzo e lo
blocco con l'apposita asta, come si legge nelle istruzioni. Poi
confronto il numero di telaio con quello del libretto.

L'arteriosclerosi mi passa di colpo, sostituita dall'idea di
essere un coglione. I due numeri non coincidono. Li controllo due volte ma rimangono sequenze di cifre e lettere che
non combaciano, come la stessa frase in due lingue diverse.

Non so cosa pensare.

Di solito, quando questo succede, non penso. Uso questa
piccola tecnica quando non riesco a risolvere una crittografia.
Mi prendo una pausa, faccio altro, aspetto che la parte incontrollabile del mio cervello lavori per conto suo. E la soluzione,
prima o poi è un lampo che si porta dietro tutti i suoi strascichi
di ma certo! e come ho fatto a non pensarci prima.

«Ehi, pirla, ma ti sembra questo il posto per cambiare l'o-
lio?»

Mi giro verso la voce e mi trovo a un passo da Daytona. Si è avvicinato percorrendo il marciapiede alla mia destra. Immerso nel mio piccolo arcano non l'avevo né visto, né sentito arrivare. Indossa in modo impeccabile una faccia stravolta e il suo solito completo blu tutto stazzonato.

Nascondo il libretto che ancora tengo in mano.

«C'è un rumore che non mi convince. Ho paura che sia la cinghia.»

Daytona fa un sorrisetto dei suoi, di quelli che lo fanno sembrare un personaggio dei cartoni animati. Indica la mia macchina, senza sapere che non c'è stato nessun rumore e che la cinghia di distribuzione funziona benissimo.

«È ora che ti decida a comprare un ferro come si deve, invece di questo catorcio. Tu sei uno che deve andare a spasso con una fuoriserie, non con una macchina grossa come una narice.»

Stacco l'astina dal supporto e richiudo il cofano.

«Quando decidi di venderla, potrei prendere la tua Porsche, ammesso che nel frattempo, per l'età, non sia già caduta sotto la tutela delle Belle Arti.»

Piccato, Daytona subito mi declassa.

«La mia è una macchina da signori. Tu non hai la caratura. Se ci si siede sopra un tipo dal loffio come te, appena la mette in moto esplode.»

Decido di lasciare cadere una schermaglia che potrebbe non avere soluzione. Punto sui convenevoli d'occasione.

«Che ci fai da queste parti? Pensavo che a quest'ora dormissi ancora.»

Daytona indica un punto che potrebbe essere in qualunque parte della città.

«Magari. Avevo un appuntamento di lavoro in una via qui dietro. Un'operazione molto interessante.»

Ho sempre fatto molta fatica ad abbinare la parola lavoro alla figura di Daytona, che per gli stravizi a volte porta in giro una faccia che ha il colore di un frullato di Viel. Alla banana o alla fragola, a seconda. Per non infierire, inserisco la mia parte del programma.

«Io sto andando all'Argentina.»

«Ecco quelli che non hanno un cazzo da fare. Cinema al pomeriggio.»

Provocato, rispondo alla provocazione. Con la mia migliore aria strafottente.

«Perché, tu oggi che impegni hai?»

«Nessuno. Infatti vengo con te. Che film danno?»

«Non ne ho la più pallida idea. Ma basta fare cento metri e lo sapremo.»

Ci avviamo verso l'ingresso. Avrei preferito starmene da solo ma non ho trovato una valida ragione per rifiutare la sua compagnia e le sue chiacchiere. Spero che almeno durante lo spettacolo stia zitto. In caso contrario, avrò una valida ragione per chiedergli di tacere.

Quando siamo davanti ai cartelloni scopriamo che è in corso una rassegna dedicata a Paul Newman e che il film di oggi è *La stangata*. Lui mi guarda, dubbioso.

«Io non l'ho visto. E tu?»

Scrollo le spalle. Per me un film vale l'altro, sono venuto qui solo per fare passare un paio d'ore in un posto tranquillo e discreto, pensando ai cazzi miei.

«Io sì, ma lo rivedo volentieri.»

Siamo fortunati. Mentre entriamo, sull'apparecchio appeso al muro sopra la cassa si accende il segnale del primo tempo. Quando prendiamo i biglietti, la cassiera ci conferma che lo spettacolo è iniziato da pochi secondi.

Entriamo nella sala foderata di una cangiante penombra.

Per quanto riguarda il posto c'è solo l'imbarazzo della scelta. In tutto ci saranno dieci persone. Supportati dalla luce che proviene dallo schermo raggiungiamo due poltroncine verso la metà del corridoio.

Daytona si è sistemato alla mia sinistra e si lancia in una qualificante dissertazione sul film. Di quelle che rimarranno scolpite nella pietra della cinematografia mondiale.

«Forte, Robert Redford.»

Io temo il resto ma Daytona si zittisce e dopo pochi minuti mi fa felice. China il capo in avanti, il suo labbro superiore si fa cavallino e il suo riporto penzola patetico nel vuoto. Si addormenta, russando sommesso come un enorme gatto sazio.

Mi appoggio allo schienale, seguo le vicende sullo schermo e penso. I due eroi della vicenda, intappati come si conviene a due star di quel calibro, cercano di tirare un bidone a un boss della mala di Chicago negli anni Trenta. La storia romanzata di quei due imbroglioni si mescola con la mia vita e da qualche parte, in un angolo della mia testa, arriva un'intuizione.

Più che un'intuizione, un suggerimento. Ma io lo elevo subito al rango di idea.

Lascio il mio posto e vado verso l'uscita, abbandonando Daytona fra le braccia di Moira Orfei, come dice un cabarettista dell'Ascot. Raggiungo l'atrio dove c'è un telefono in una nicchia. Il numero che mi serve non lo ricordo a memoria e sono costretto a cercarlo sull'elenco.

Un gettone e la mia voce è autorizzata a viaggiare per la città.

Il mio amico risponde con un sonoro accento lombardo, dopo una lunga serie di squilli.

«Pronto, chi parla?»

«Pino, sono Bravo.»

«Sei bravo a farti le seghe. È una vita che non ti fai vedere.»

Pino è un poco logorroico ma è una persona degnissima e un mago nel suo lavoro. Sua moglie è una cuoca eccellente e sua figlia un mostro. La nostra frequentazione, già di per sé rarefatta, si è quasi interrotta quando ho capito che volevano rifilarmela. E che la ragazza aveva piacere di essere rifilata.

«Sono stato fuori Milano. È un periodo che sono molto impegnato.»

«Faccio finta di crederci. Che vuoi?»

«Mi serve una cosa. E mi serve entro domani mattina al massimo.»

«Mi hai preso per il Mago Zurlì?»

Punto sul vivo, ha alzato la voce. Tutto previsto, conoscendo Pino. Me lo vedo, piccolo e magro, in canottiera, attaccato al telefono a muro del corridoio, alzarsi leggermente in punta di piedi mentre dice questa frase.

Lo lusingo, facendo leva sul suo amor proprio.

«No, ti ho preso per un mago e basta. Scegli tu il nome.»

«Cosa ti serve?»

Gli spiego le mie necessità. Lui esprime un prevedibile dubbio a proposito della mia richiesta.

«Ti metterai nei pasticci. Non ce la farai mai.»

«Non devo fare nulla. Mi serve solo per una specie di scherzo.»

«Guarda che certi scherzi a volte portano dritti a San Vittore.»

Non posso dirgli che è esattamente quello che spero.

«Stai tranquillo. Nessuna grana, né per me, né per te. Allora?»

Pare riflettere su tempi e modalità. Poi cede.

«Si può fare. Passa domani mattina dopo le nove. Ma occhio che ti costerà caro.»

«Dipende da che valore dai al caro.»

«Un bullone.»

«Cazzo. Un bullone. Tu non sei Mago Zurlì. Sei Arsenio Lupin.»

«Allora trovatene un altro.»

«D'accordo, vada per il milione. Ci vediamo domani.»

«Ti fermi a pranzo?»

«Non ce la faccio. Un'altra volta.»

«A domani allora.»

Riappendo e rientro in sala. Daytona è ancora lì che dorme, ha solo cambiato la posizione della testa. Sono disposto a scommettere che si risveglierà quando si riaccenderanno le luci. Cosa che puntualmente avviene subito dopo che Paul Newman e Robert Redford l'hanno messo nel culo al cattivo Doyle Lonnegan.

Lui apre gli occhi, si guarda in giro con la faccia di chi non sa dov'è e come ci è finito.

Poi realizza e si lancia in un ardito bluff.

«Bello questo film.»

Io decido di andare a vedere. Anzi rilancio, solo per il piacere di toglierlo dal cinema e infilarlo nelle canne. Sono euforico per l'idea che ho avuto e prendere per il culo Daytona mi piace.

«Bellissimo. Fantastica la scena di Robert Redford sul cavallo.»

Lui vede al buio. E ci fa una figura di merda.

«Già. L'ho detto che è forte quell'attore lì.»

Nel frattempo ci siamo alzati e stiamo percorrendo il corridoio fra le poltrone. Lo spingo da dietro.

«Ma vai a cagare. Non c'era nessuna scena con il cavallo. Hai dormito come un ciocco per tutto il film.»

Lui cerca di giustificarsi, con i suoi occhi arrossati da un sonno scomodo.

«Sono un poco bollito. Non ho dormito molto ultimamente. Ho dei mestieri in corso molto impegnativi.»

Sorvolo sul tipo di mestieri. Sono certo che, se la voce si spargesse, farebbe fermare un cellulare all'indirizzo di cui ha parlato Pino poco fa. Daytona è fatto così: prendere o lasciare. Infatti molti e molte lasciano.

Usciamo nell'atrio e lui vede il telefono.

«Mi aspetti che devo chiamare uno?»

Mi metto fuori, oltre le vetrate, a fumare e a osservare la città che gira, già attenta all'ora di punta ma fregandosene di me, di Daytona e di chiunque spenda tempo, pneumatici e passi sui marciapiedi e sulle strade.

Il mio amico esce dall'Argentina un poco alterato. E un poco preoccupato, conoscendolo.

«Che c'è?»

«C'è che sono nei guai. Stasera devo essere in due posti alla medesima ora. E non posso mancare né in un posto, né nell'altro. In uno, in particolare.»

Si guarda intorno, come se dal mondo che lo circonda potesse arrivare una soluzione. Cosa che succede, solo che non è di mio gradimento. Proprio per niente.

«Nell'altro ci puoi andare tu.»

«Ma sei scemo?»

«È una cosa da niente. Devo fare una consegna dalle parti di casa tua.»

«Una consegna? Tu ti sei bevuto il cervello. Io non faccio il corriere per roba di nessun tipo. Né per te, né per chiunque altro.»

Lui finge di offendersi.

«Ma per chi mi hai preso? Non è droga. Io non tratto quel ramo.»

Si fruga nella giacca e dalla tasca interna estrae una grossa busta. Si avvicina e la apre, in modo che io possa vedere l'interno e che rimanga coperta dai nostri corpi. È piena di banconote da centomila lire.

«A mezzanotte devo consegnare questi soldi a dei tipi a cui li devo. Vengono da fuori e se non mi faccio trovare, quelli si incazzano. E sono tipi che incazzati fanno proprio una brutta vista.»

Un tizio ci passa vicino e lui, per un eccesso di prudenza, torna a infilare la busta nella tasca della giacca. L'uomo si allontana, fregandosene di noi. Restiamo uno di fronte all'altro.

Lo guardo. Mi guarda.

«E dai, fammi 'sto piacere. Ti garantisco che non c'è nessuna fregatura.»

Sembra che fare il portatore di denaro sia diventato il mio lavoro principale. Stasera per Daytona, domani per Tano Casale.

«Va bene. Dove mi devo trovare?»

«Fuori Trezzano, sulla strada per Vigevano. C'è un ristorante che si chiama La Pergola. A mezzanotte e mezzo nel parcheggio. Io li avverto che ci sarai tu al mio posto. Non appena arrivano, gli dai la busta e te ne vai.»

Io abbasso la testa, ancora indeciso. Quando torno a posare gli occhi su Daytona, ha di nuovo tirato fuori la busta e la sta leccando per sigillarla. La tende verso di me.

«Alla faccia della fiducia.»

«Ti sto mettendo in mano qualche milione. Se ti sembra sfiducia questa...»

Prendo la busta e la infilo in tasca del giubbotto.

«D'accordo. Ma ti ricordo che hai un obbligo verso di me.»

«Io ho il cervello di un elefante, non dimentico.»

Lo sfotto. Se lo merita e me lo deve.

«Se continui a ingolfarti come fai, presto avrai anche il corpo di un elefante.»

Ci salutiamo e io raggiungo la Mini, che mi attende con il suo pitagorico mistero insoluto.

In attesa che l'intuizione arrivi a fornire una direzione, salgo in macchina e inizio un giro di valzer per la città, di quelli che si fanno quando il tempo si svuota e diventa una sacca floscia difficile da riempire.

Una puntata in Duomo, ad ascoltare le chiacchiere in continuo divenire di un gruppo di persone che stazionano in permanenza davanti alla Rinascente. Poi un salto al Jamaica, una birra con degli sballati di artisti, divertenti quanto pittoreschi, una cena alla Torre Pendente dove vedo gente e procuro un paio di lavori alle mie ragazze, un salto alla Budineria, dalle parti di via Chiesa Rossa.

Infine mi trovo da solo in un parcheggio fuori città, seduto in una macchina sospetta, con le tasche piene di soldi che non mi appartengono, in attesa che gli aventi diritto si facciano vivi. Il ristorante è chiuso e sono solo in questa area sterrata di fianco alla strada. Le macchine che passano mi regalano luce e subito dopo la rivogliono indietro, proseguendo spedite per fare più avanti lo stesso gioco.

Io fumo e penso.

La mia esistenza è cambiata, da qualche giorno a questa parte. Carla, il Tulipano, Lucio, Daytona: un volto nuovo e visi conosciuti, ma con una diversa espressione. La morte, arrivata dal buio e che buio ha portato. La vita, che forse esiste ancora.

Pensieri, pensieri, pensieri…

Intanto il tempo passa e non si vede nessuno.

L'orologio segna l'una e un quarto. Il debito di Daytona nei miei confronti sta aumentando in misura esponenziale. Alle due decido che il prezzo ha superato le quotazioni di borsa e li mando tutti a fare in culo.

Avvio la macchina e ritorno a casa, che per fortuna è davvero vicina, altrimenti avrei un ulteriore bonus di incazzatura per ogni chilometro, insieme al parametro auto-olio-benzina-pneumatici.

Quando sono nel mio appartamento, mi spoglio e getto la busta sul mobile, accanto al telefono. Mi viene in mente una cosa. Domani mattina dovrò dare a Pino un milione. Va da sé che devono essere in contanti, perché è sempre meglio non mettere in mano assegni a certa gente. Ho dei contanti nascosti in casa, in un posto sicuro che mi sono creato. Ma non voglio intaccare la mia riserva per i casi di emergenza. Da quando li ho messi lì, mi sono imposto di fare come se non esistessero.

Decido di usare quelli della busta, così mi evito una tappa alla banca prima di andare da Pino. Un poco per comodità, un poco perché l'essere rimasto più di un'ora ad aspettare degli stronzi che non sono arrivati ancora mi sta facendo girare le balle. Se Daytona ha il coraggio di incazzarsi perché l'ho aperta, gli faccio fare la tangenziale a calci nel culo.

Prendo in mano la busta, infilo il mignolo nello spazio libero sopra l'aletta e lo faccio scorrere. La carta si lacera in modo irregolare e parte di quello che c'è all'interno cade con un fruscio sul piano del mobile. Rimango come un idiota a guardare quello che non riesco a credere sia davvero sotto i miei occhi. La busta è piena di ritagli di giornale, delle esatte dimensioni di una banconota da centomila lire.

CAPITOLO 12

Sono parcheggiato in via Roma, davanti alla sede anonima di una banca, seduto nella macchina dei misteri. Stamattina mi sono alzato presto e sono uscito senza nemmeno farmi la doccia e la barba. Ho deciso che le persone che dovevo incontrare avrebbero dovuto accettarmi nella versione incolta.

Fuori dalla porta, ho trovato Lucio con il suo bastone bianco e i suoi occhiali scuri che stava salendo l'ultima rampa di scale. Ha raggiunto il pianerottolo e si è fermato. Il rumore della porta che si apriva e chiudeva lo ha avvertito della mia presenza.

«Sei mattiniero.»

«Anche tu, direi.»

Lui ha messo una mano in tasca e ha tirato fuori la chiave di casa. Tastando la porta, l'ha infilata nella toppa.

«Ho fatto un turno in uno studio di registrazione al castello di Carimate, ieri sera. La cosa è andata per le lunghe e mi sono fermato a dormire lì. Stamattina, per tornare, ho dovuto approfittare dell'unico passaggio disponibile. Quasi all'alba, come vedi.»

Ha aperto l'uscio e rimesso la chiave in tasca.

«Te ne ho preparata una nuova.»

Non avevo voglia e tempo per crittografie. Ho cercato di dirglielo in modo che non si offendesse.

«Purtroppo non è il momento, Lucio. Ho una fretta del diavolo.»

Lui non si è dato per vinto.

«È sempre il momento per far andare il cervello. Una semplice. Ascolta: addentò il civile, 6 e 5. Registrata?»

«Registrata.»

Ho iniziato a scendere le scale ma la sua voce mi ha fermato.

«Bravo, solo una cosa.»

«Dimmi.»

«Grazie per l'altra sera. Con Carla, intendo. Non so che rapporto ci sia fra di voi, ma sono sicuro che quello che è successo è merito tuo.»

Per un istante l'immagine dei loro corpi sul letto si è sovrapposta a quello che mi circonda. Poi sono tornato a essere io.

«Va tutto bene, musicista. Lasciami andare, adesso.»

Ho sentito la porta chiudersi mentre imboccavo l'ultima rampa di scale. Ho fatto tutto quello che dovevo fare con la massima velocità consentita da un traffico clemente: banca, un milione alla cassa, poi di corsa verso la casa di Pino, a Cormano. Ho ritirato il prodotto della sua arte, facendo lo slalom fra gli sguardi di sua figlia, i suoi inviti e i suoi buoni consigli, frutto di una saggezza antica che tuttavia non gli ha impedito di entrare e uscire diverse volte dalla galera.

Ora sono un uomo in attesa di chi deve arrivare, sperando che il risultato sia diverso da quello di ieri sera.

Una Simca 1000 verde chiaro mi supera e si ferma un paio di stalli più avanti. Dopo qualche istante ne scende Remo Frontini. Indossa una giacca blu che ha visto giorni migliori e un paio di calzoni che sanno di svendita lontano un chilometro. Esco dalla macchina e gli vado incontro. Si vede dal suo aspetto che non deve avere dormito molto, questa notte. Per diversi motivi, sono nella sua stessa situazione. Questa strana assonanza aumenta la mia simpatia e di conseguenza la mia premura nei suoi confronti. Forse per quella stizzita attrazione istintiva che l'onestà esercita su persone come me.

«Buongiorno, signor Frontini.»

«Spero che lo sia.»

«Lo sarà. Stia tranquillo. Si fidi di me.»

Magari pensa che non ha nessun motivo per farlo e questo è il motivo della sua inquietudine. Impacciato, con l'aria di chi non vede l'ora che sia tutto finito, si fruga in tasca e mi porge un foglio piegato in due, nel formato di una carta da lettere.

«Qui c'è quello che mi aveva chiesto.»

Lo apro e controllo la fotocopia. È perfettamente leggibile. Tiro fuori dalla tasca della giacca un ritaglio di giornale che mi sono procurato con i dati della schedina vincente. Li controllo più volte. Almeno questi numeri coincidono.

«Molto bene. Ora non ci resta che aspettare.»

Lui non mi chiede chi.

Gli offro una Marlboro. Rifiuta con un semplice cenno del capo. Io ne accendo una e fumo senza sentirne il gusto. Quello che è successo mi ha lasciato un cattivo sapore in bocca. Non sentirmi del tutto padrone della mia vita è una cosa a cui non sono abituato. Ho la sensazione di una minaccia incombente, qualcosa che è in arrivo e della quale non riesco a percepire l'entità e soprattutto la provenienza. Non è un bello stato d'animo con cui convivere perché, per quanto mi sforzi, non trovo uno straccio di spiegazione.

I ritagli di giornale nella busta possono significare una sola cosa, di primo acchito: Daytona voleva tirare un pacco ai suoi creditori e ha pensato di usare me come corriere e forse come capro espiatorio. Tuttavia mi sembra un progetto talmente stupido che perfino il cervello atrofizzato di quel babbeo avrebbe dovuto capirne i limiti. Il fatto che quelli non si siano presentati all'appuntamento non so come inquadrarlo. Un colpo di fortuna per me o il segnale che la spiegazione va cercata in una diversa direzione? Il problema è che non ho la più pallida idea di quale sia questa direzione.

Rimane il dettaglio tutt'altro che trascurabile del numero di telaio della macchina. Questa non è una delle innocue scaramucce enigmistiche fra me e Lucio. Una di quelle sensazioni senza nome che fanno azzeccare il cavallo vincente o evitare il cavallo perdente mi suggerisce che la cosa non è così semplice. Si tratta di un enigma più complesso, pieno di numeri e lettere che non so combinare.

Per quanto mi sforzi non riesco a capire. E quando non capisco mi sento preso in giro e questo mi fa incazzare.

Vedo una Giulietta color panna avvicinarsi da destra e riconosco al volante Stefano Milla. Parcheggia un poco lontano da noi. Non vedendolo arrivare lo raggiungo. È seduto in macchina, fuma e mi attende. Apro la portiera e mi siedo sul sedile del passeggero. Niente convenevoli. Prende una valigetta di skai testa di moro dal sedile posteriore. Me la appoggia in grembo.

«Consegna effettuata.»

«Vieni anche tu?»

Milla scuote la testa.

«Preferisco che quel tizio non mi veda. Io sono solo una scorta. Tano mi ha detto che in questo caso sei tu il responsabile. Con onori e oneri.»

Per esperienza conosco bene quale potrebbe essere l'entità degli oneri e degli onori. Prendo la valigetta, esco dall'Alfa e raggiungo Frontini, che pare più che mai sulle spine. Lo invito a sedersi accanto a me sulla mia macchina. Controllo che non ci sia nessuno nei paraggi, poi apro la valigetta e gli faccio vedere il contenuto.

«Ecco qua.»

Non riuscirei mai a descrivere l'espressione di quell'uomo. Non è cupidigia, ma stupore. È il viso di un bambino davanti al tesoro dei pirati, davanti a qualcosa che credeva potesse esistere solo nella fantasia e non nella realtà. C'è la certezza di una vita nuova e inattesa in quella valigetta e io lo guardo e mi sento felice per lui.

«Controlli. Dovrebbero essere cinquanta mazzette da dieci milioni l'una. In tutto cinquecento milioni. Esattamente la cifra che avevamo pattuito.»

Gli metto la valigetta sulle ginocchia.

«Faccia con calma.»

Lui armeggia il tempo sufficiente a contare i biglietti di tre o quattro mazzette a caso e poi fino a cinquanta. Infine chiude il coperchio e si assicura che le serrature scattino.

«Sembra che ci sia tutto.»

«Perfetto. Adesso vada a prendere la schedina.»

Per scrupolo, tengo a farlo partecipe che gli oneri e gli onori di cui parlava poco prima Milla riguardano non solo me, ma anche lui. L'esperienza mi ha insegnato che non si sa mai, anche se con Frontini ho contravvenuto più volte a questa mia regola.

«Devo farle un'ultima precisazione. So che non ce n'è bisogno, ma mi vedo costretto a sottolineare che qualunque scorrettezza da parte sua potrebbe avere delle conseguenze poco simpatiche.»

A sorpresa, sorride.

«A questo punto, se non lo avessi capito, sarei un idiota.»

Poi scende dalla macchina, con la sua valigetta delle meraviglie in mano. Quando è fuori si china, appoggia il braccio sulla portiera e infila la testa dal finestrino aperto.

«Non c'è bisogno di andarla a prendere.»

Porta la mano nella tasca interna della giacca e tira fuori una busta. Lo stesso gesto di Daytona, il giorno prima, con il suo piccolo cavallo di Troia pieno di carta di giornale. Ma fatto da un uomo diverso. Molto diverso.

«Ecco la schedina.»

Apro la busta e controllo con il mio ritaglio e con la fotocopia. Tutto corrisponde: data, risultati, strisce di convalida, numero della ricevitoria. Lo guardo e stavolta sono io a essere preso in contropiede. Remo Frontini mi sorride di nuovo.

«Bravo, io credo di essere una persona per bene. E qualsiasi cosa lei pensi di sé, sono convinto che lo è anche lei. La ringrazio dei suoi consigli e se permette gliene offro uno io.»

«Mi dica.»

«È l'opposto di quello che ha dato a me. Io aspetterò per cambiare vita. Lei la cambi il più in fretta possibile. Si merita di meglio. Buona giornata.»

Non faccio in tempo a rispondere che lui si è rialzato e si è diretto di buon passo verso la banca, per mettere il suo gruzzolo al riparo da occhi indiscreti e mani adunche. Io resto da solo, con la mia busta fra le mani.

Questa è una fortuna insperata. Posso fare quello che mi sono proposto con tutta tranquillità. Dalla tasca interna tiro fuori il prodotto delle recenti fatiche di Pino, uno dei migliori falsari che ci siano in circolazione. Gli ho commissionato una schedina fasulla, che non passerebbe mai l'esame degli esperti dell'ufficio preposto della Sisal, ma che è perfetta per dare l'idea a Tano Casale di avere in mano quella vincente. Se la mette all'incasso domani mattina, è probabile che io domani sera sia in fondo al Ticino con una pietra legata ai piedi a imparare il pescese. Ma conto sulla sua avidità perché questo non succeda. Ho una proposta da fargli che dovrebbe pararmi il culo per qualche tempo.

Il tempo necessario…

Metto la schedina farlocca nella busta e un secondo dopo Milla si materializza accanto al finestrino, dalla mia parte.

«Tutto a posto?»

«Tutto a posto.»

Gli tendo quello che ho fra le mani.

«Tieni. Questa la devi consegnare a Tano.»

«Gliela consegnerai di persona. Mi ha detto che avrebbe piacere di parlarti. Per cui credo che tu debba venire con me.»

La sua faccia da Jolly spunta da un mazzo di carte ingarbugliate e questa volta non c'è sorriso. Il tono è quello di uno che non vorrebbe essere al posto mio. Il fatto è che non vorrei esserci nemmeno io. Lui non può sapere che questa è solo una nuova incognita che si aggiunge a tutte le altre.

«Va bene. Fammi strada. Ti seguo.»

Lui se ne va e poco dopo la sua auto mi supera. Esco dal parcheggio e seguo la Giulietta. Per colpa dei semafori corriamo il rischio di perderci un paio di volte, mentre usciamo da Cesano.

Osservo la nuca di Milla, mentre guida. Non so che cosa posso aspettarmi da lui. Prima potevo considerarlo una specie di protettore, per quanto potesse valere la sua collaborazione in un mondo dove al minimo sentore di grane ognuno è disposto a gettare in mare la propria madre. Ora che è uscito allo scoperto e che si è dichiarato un uomo di Tano, non ho dubbi da che parte si schiererebbe nel caso si ponesse una scelta. Quello che non riesco a capire è fino a quale punto è invischiato e di conseguenza fino a quale punto è disposto a spingersi.

Imbocchiamo la tangenziale all'altezza di casa mia e procediamo verso sud. La mia macchinetta arranca un poco per tenere il passo dell'Alfa. Le due schedine sono incudini nelle mie tasche. Se per un motivo che non oso immaginare Tano Casale decidesse di farmi perquisire, forse il bagno nel Ticino potrebbe essere anticipato a stasera.

Cerco di distrarmi e penso a Carla.

Il fatto che in questo momento potrebbe essere a letto con uno o più uomini non mi ingelosisce, né mi avvilisce. Quando un rasoio mi ha definitivamente allontanato da certe pratiche, in qualche modo se ne sono allontanate anche le emozioni collegate. Lo stimolo no. Quello è rimasto. Per rivalsa nei confronti di un desiderio a volte lancinante, un impulso che non potrà mai più essere soddisfatto, le donne sono diventate uno strumento di comunicazione con il mondo degli uomini.

Le femmine da una parte, i maschi da un'altra.

E io nel mezzo, con ancora addosso le cicatrici della mia uretrostomia perineale, l'operazione a cui sono stato sottoposto per permettermi di avere un rapporto meno caotico con il mio corpo quando mi trovo nella necessità umana di pisciare.

Carla è una delle poche persone al mondo che sa di questo. E che ha capito. L'ho intuito quando mi ha chiesto il permesso di fare l'amore con Lucio e nello stesso tempo me lo ha offerto come regalo. Ne ho avuto la conferma in seguito, quando l'ho sentita infilarsi nel letto accanto a me e cercare un contatto.

La macchina di Milla imbocca l'uscita di Opera. D'istinto ipotizzo che siamo diretti al capannone del demolitore dove sono stato con Micky. Quello che di notte diventa una bisca. L'immagine della pietra ai piedi e del tuffo nel Ticino viene sostituita con quella del mio corpo infilato nella carcassa di una macchina e trasformato in un cubo. Non sono dei bei pensieri da avere per compagni di viaggio, specie in una bella giornata di sole che, come nella canzone di Battisti, richiama alla mente gli spruzzi e le tue risa.

Invece la Giulietta tira dritto e dopo qualche chilometro si infila in una stradina sulla destra che dopo un centinaio di metri finisce nel parcheggio di una trattoria. È una costruzione bassa, con finestre protette da inferriate che hanno qualche pretesa artistica. I muri, che un tempo dovevano essere color mattone, adesso sono rosati e chiazzati dalle intemperie. Sul retro c'è una pergola con un enorme glicine per tetto che d'estate deve essere il luogo deputato per cenare all'aperto.

Parcheggiamo fra le poche auto presenti, scendiamo e senza parlare ci dirigiamo verso un portoncino in legno, sotto un'insegna che ci assicura la cucina casalinga di Jole. All'interno le finestre non concedono molta luce ai pochi clienti, per cui c'è qualche lampadina accesa. Un cameriere svogliato non ci degna di un'occhiata e una signora bionda, corpulenta e sudata, forse la Jole di cui sull'insegna, si intravede dalla porta aperta fra i vapori della cucina.

Milla si dirige senza esitazioni verso un corridoio che conduce a una saletta appartata, dove troviamo Tano Casale e il suo guardaspalle seduti all'unico tavolo occupato. Li raggiungiamo. Il capo sta mangiando un piatto di spaghetti. Il suo tirapiedi, che indossa lo stesso vestito della prima volta che l'ho visto, è impegnato in una lotta rumorosa con un piatto di minestrone.

Tano mi indica senza parlare la sedia di fronte a lui. Mentre mi siedo, fa un gesto a Milla e all'uomo alla sua destra. Il tipo si alza senza dire una parola e insieme al poliziotto spariscono verso la sala grande.

Siamo soli. Non capisco se questo è un buon segno o no.

«Vuoi mangiare qualcosa? Qui la carbonara è fantastica.»

«No, non ho fame.»

Manda giù il boccone, si pulisce con il tovagliolo e allunga una mano verso di me.

«Credo che tu abbia qualcosa che mi appartiene.»

Prendo dalla tasca la busta e gliela tendo. Lui la apre e tira fuori la schedina, fissandola a lungo. Forse gli riesce difficile credere che ha comprato quel rettangolino insignificante per una valanga di soldi. Poi torna a rivolgere verso di me un viso con un'espressione indefinibile.

«Sei un ragazzo in gamba, Francesco Marcona, nato a Sollano, in provincia di Perugia nel novembre del 1943, da Alfonso e da Giusti Marisa, emigrati in Australia. Proprio un ragazzo in gamba. Credo che tu abbia aperto una strada, con questo marchingegno che ti sei fatto venire in mente.»

Sorride alla mia espressione sorpresa.

«Credevi che ti avrei affidato la conduzione di questa cosa senza prendere informazioni su di te? A qualcosa dovrà pur servire avere sul libro paga un ispettore di Piesse.»

Accetto il fatto come ovvio.

«È comprensibile.»

Tano guarda ancora la schedina. Poi l'appoggia sul tavolo davanti a lui, come per tenerla sotto controllo.

Mi parla con quella voce che conosco.

«Rimane quella minuscola faccenda della morte di Salvo. Vorrei che tu mi dicessi che cosa sai e vederti mentre me lo dici.»

Fuori sembro tranquillo. Dentro non lo sono.

«Non ne so assolutamente nulla. La notte che è successo ero con una ragazza.»

Lui mi guarda attento. Per lui il mio discorso non è ancora finito.

Solo gli stupidi e gli innocenti non hanno un alibi...

Appoggio i gomiti sul tavolo e mi allungo verso di lui.

«Tano, se posso essere benevolo verso me stesso, sono più un diplomatico che un uomo d'azione. Non ho mai posseduto un'arma e nemmeno l'avrò mai. Quando ho avuto uno scazzo con Menno, sono venuto da te e ho cercato di risolverlo come una transazione d'affari. Tranquilla, pacifica, redditizia per entrambi. La prova ce l'hai davanti agli occhi.»

Indico la schedina, per rafforzare il concetto e per preparare quello che sto per dire.

«E credo sia possibile andare avanti. Se ti va, avrei un'altra proposta che ti permetterebbe di raddoppiare la cifra nel giro di un'ora.»

Una luce si accende nei suoi occhi. Gli spaghetti sono finiti ma l'interesse per questa nuova cosa è appena iniziato. In fondo, un briciolo di credibilità me lo sono guadagnato. Tano beve un sorso di vino.

«Ti ascolto.»

«Fra i tuoi clienti c'è qualcuno che lavora nell'ambito bancario? Uno con il vizio del gioco, che magari ti deve un sacco di soldi?»

Lo scopro curioso di capire come finisce la storia.

«Può essere. Vai avanti.»

Cercando di essere il più convincente possibile, gli spiego l'idea che ho avuto. È un poco più rischiosa di quella che gli ha portato davanti una schedina da quattrocentonovanta milioni, un poco più complessa da attuare, un poco più da uomini con le palle. Sottolineo questo fatto, invece di cercare di minimizzarlo. A qualunque livello sia arrivato, per quanto possa essere furbo, Tano è e resta un uomo di strada, uno che si è fatto largo con tutti i mezzi che il coraggio e la mancanza di scrupoli gli hanno messo a disposizione. Il suo temperamento è quello di un uomo che raccoglie le sfide.

E infatti lui lo fa.

«Può funzionare. Cristo, può funzionare davvero.»

Sorride e finisce il vino d'un sorso, un poco euforico e dunque un poco spaccone per le prospettive che le mie parole gli hanno aperto.

«Glielo voglio proprio mettere nel culo a quegli stronzi. Quattrocentonovanta milioni di cazzi nel culo.»

Quando smette di coccolare l'idea, si ricorda di me.

«Tu vuoi partecipare a questa cosa?»

Scuoto la testa.

«Te l'ho detto. Io non sono un uomo d'azione. Io sono un pesce piccolo e tale voglio restare.»

Tano contraccambia con un'espressione che pare disegnata dall'ineluttabile.

«Temo che questa volta dovrai crescere un poco, giovanotto.»

Mi guarda con i suoi occhi scuri, nei quali c'è una certa benevolenza. Vera o finta che sia.

«Mi piaci, Bravo. Voglio che sia tu a occupartene. Hai una testa di prim'ordine.»

«Ti ringrazio. Ma preferirei restasse attaccata al corpo. Ecco perché mi sono chiamato fuori.»

«A questo mondo non ci si può tirare indietro per sempre.»

Come dire: ci sei dentro, ragazzo. E ci devi essere senza fare scherzi.

Lo guardo. Essere tirato dentro a questo veleno è esattamente lo scopo che mi ero prefisso. Ma non potevo chiederlo apertamente. Volevo che fosse lui ad arrivarci. Nonostante tutto, non sono ancora riuscito a fugare un'ombra di sospetto. Temo che con uno della sua attitudine mentale sia difficile che qualcuno ci riesca. Ma sono entrato nelle sue grazie e questo è un grande passo avanti.

Si china leggermente verso di me.

«Sei all'altezza?»

Abbasso la testa e fingo di riflettere, come se fossi ancora indeciso. Poi la rialzo, convinto.

«Ce la posso fare.»

«Hai gli uomini giusti? Gente fidata?»

«Sì. Conosco le persone adatte. Decise e discrete, se serve.»

Si rilassa. Non si accorge che l'ho fatto anche io.

«Allora tu occupati di loro. All'altro dettaglio ci penso io.»

Aggiungo qualche parola che ratifica il mio consenso.

«Allora d'accordo. Mi metto in moto e ti avverto quando sono pronto.»

«Ottimo. Nell'attesa sei sicuro di non voler mangiare niente?»

Questo è un invito o un congedo, sta a me scegliere. E io preferisco che questo incontro finisca qui, in attesa degli sviluppi futuri.

Mi alzo.

«Ti ringrazio, ma devo proprio andare.»

«Come vuoi.»

Lascio la saletta dove ho appena tirato un bidone mortale a un uomo molto pericoloso, felice di farlo senza scorta o con una pistola puntata alla schiena. Nella sala grande trovo lo scagnozzo seduto in silenzio su una sedia. Forse pensa che il suo minestrone si è freddato. Forse non pensa proprio e attende gli ordini di chi lo fa per lui.

Non lo saluto e non mi saluta.

Stefano Milla è attaccato a un telefono a scatti appoggiato

accanto alla cassa. Mi fa un cenno di commiato con la mano. Lo ricambio nello stesso modo, contento di non doverci parlare. Non avremmo niente da dirci. Quel sottile filo tra di noi, quello che ci rendeva complici più per divertimento che per altro, si è spezzato. Lui è diventato uno che tiene il piede in diverse scarpe e la mia non è più della sua misura.

Esco e respiro.

Fuori c'è un sole spavaldo e il cielo, ripulito da un vento leggero che si è alzato da nord, è di un azzurro che solo la primavera può colorare. Raggiungo la Mini e mi dispiace di non essere dello stato d'animo per poterlo apprezzare nella maniera giusta.

Sono successe troppe cose e tutte insieme.

La morte del Tulipano, l'arrivo di Carla nella mia vita, il numero di telaio della macchina, Tano Casale con la sua voce che conosco e la sua schedina fasulla. E poi i giornali di Daytona, dei quali ho intenzione di chiedergli ragione non appena riesco a mettere le mani su un telefono o addosso a lui.

Parto in direzione di Milano, verso casa. Ho bisogno di stendermi qualche ora a polleggiare con la televisione accesa, nella penombra. Mettere un poco di ordine in tutto questo casino. Fare qualche telefonata, in attesa di ricevere notizie dalle ragazze.

Ripercorro a ritroso il viaggio dell'andata. Quando hai la testa da un'altra parte certi viaggi sembrano brevi, a meno che il pensiero non sia rivolto come un'ossessione verso il punto che devi raggiungere.

Non è questo il caso.

Poco dopo sono a Cesano. A quest'ora parcheggi liberi ce ne sono a bizzeffe. Lascio la macchina, costeggio dei giochi squillanti di bambini sul prato, lascio cadere a terra gli sguardi di un paio di madri.

Ancora qualche istante e chiudo il mondo fuori dall'uscio, portando con me solo lo stretto necessario per tenere a bada le cose che mi inseguono. La casa sa di deodorante e le tapparelle sono abbassate a metà. La signora Argenti deve essere arrivata a portare un ordine che sento sconvolgerò presto.

Appena entrato, vado sùbito al telefono e compongo un numero, sperando che la persona sia già in ufficio. Per una volta, risponde lui direttamente.

«Biondi. Con chi parlo?»

«Ugo, sono Bravo.»

«Sono impegnato. Dimmi in fretta.»

Dal tono un poco scomposto forse ha ricevuto una delle sue clienti particolari, che adesso si trova seduta sopra di lui.

«Ho bisogno di un permesso per vedere Carmine.»

«Quando?»

«Il più presto possibile.»

«Non è un bel momento per fare visite a San Vittore.»

«Immagino. Ma devo vederlo.»

«Va bene. Ti richiamo appena so qualcosa.»

Non faccio nemmeno in tempo a salutarlo che ha già chiuso la comunicazione.

Con il telefono ancora in mano rivedo il viso di un uomo nel parlatorio del carcere. La sua espressione ogni volta più spenta. Quello che andrò a proporgli forse l'accenderà un poco.

Poi torno a considerare la mia posizione. Sto ballando lo shake su un terreno minato. Se sbaglio a muovere un passo, di me non resteranno nemmeno le briciole.

Riaggancio con delicatezza il telefono, come se fosse minato pure quello.

Prendo la schedina delle mie brame dalla tasca interna e getto la giacca sul divano. Mi sfilo i mocassini e vado in camera da letto. Nascondo il tagliando nel mio posto delle sicurezze. Poi accendo il televisore. Lo schermo si illumina mentre mi sto stendendo sul letto.

Non arrivo a poggiare la testa sul cuscino.

L'apparecchio è sintonizzato sul Primo, dove sta andando in onda una edizione speciale del telegiornale. La faccia di Bruno Vespa è adeguata, la sua voce inesorabile, mentre controlla una velina che Paolo Frajese gli ha appena messo davanti.

«…ecco, abbiamo la conferma che anche il deputato democristiano Mattia Sangiorgi, fratello minore del senatore Amedeo Sangiorgi, dovrebbe essere fra le vittime della strage compiuta nella villa di Lorenzo Bonifaci, pure lui rinvenuto cadavere. Non si conoscono ancora i nomi delle altre persone né le dinamiche di questo orrendo delitto, ma dalle prime indiscrezioni sembra che nessuno degli occupanti la villa sia sfuggito alla morte, compresi gli addetti alla sicurezza, uomini capaci e addestrati che il finanziere aveva assunto per garantire a sé e ai suoi ospiti quell'incolumità che purtroppo è venuta a mancare. Ci colleghiamo con il nostro inviato che si trova a Lesmo, presso Monza, davanti alla villa del massacro.»

A quelle dello studio si sovrappongono le immagini di una diretta esterna. Il volto di un cronista è in primo piano e sullo sfondo c'è un cancello d'ingresso fra due colonne di mattoni rossi. Un muro, oltre il quale si intravedono alberi ad alto fusto, prosegue a destra e sinistra a cintare un parco.

L'inquadratura lascia scorgere una macchina della Polizia posta di fianco all'ingresso a negare l'accesso alla massa di giornalisti della televisione e della carta stampata che si aggirano in cerca di notizie.

Non sento nemmeno le sue parole.

D'un tratto mi trovo a respirare un'aria densa che sa di malsano, come se un'aura maligna fosse arrivata a permeare ogni singolo centimetro della stanza. Seduto senza più voce e viso controllo immagini che non vedo e voci che non ascolto, con impressa a fuoco nella mente una sola certezza.

Il mio tempo, quello che conoscevo, quello in cui mi muovevo, è finito per sempre.

CAPITOLO 13

Il campanello ha il fragore di un'esplosione e manda in mille pezzi il tempo cristallizzato in cui sono rinchiuso. Spengo il televisore e mi alzo con la sensazione che le gambe su cui mi muovo non siano le mie. Arrivo alla porta, sicuro di trovare dall'altra parta del battente Lucio che viene a chiedermi la soluzione del suo ultimo attacco enigmistico o a proporre un caffè.

Invece mi appare davanti il viso serio di Stefano Milla. Con lui ci sono due poliziotti in divisa. Uno tiene al guinzaglio un cane, un meticcio che deve essere un derivato di un pastore tedesco. L'ispettore ha un'espressione neutra che nel suo specifico si rivela molto professionale. Io non ho in questo momento il controllo della mia. Nel giro di poco siamo di nuovo l'uno davanti all'altro, ma siamo adesso due persone diverse. Io sono quello che ha aperto la porta e ci è rimasto di merda e lui è un rappresentante della legge.

Infila una mano in tasca, ne estrae un foglio e me lo tende.

«Ciao, Bravo. Mi sa che devi farci entrare. Abbiamo un mandato di perquisizione.»

Non sto nemmeno a controllare il documento. Sono certo che è del tutto regolare. Lui tira dritto attraverso il campo troppo calpestato delle formalità.

«Ti informo che è tuo diritto richiedere la presenza di un avvocato durante l'ispezione. Hai intenzione di chiamare qualcuno?»

Scuoto la testa e mi faccio di lato per farli entrare. Milla mi sfila davanti e i due agenti a seguire. Si fermano al centro del salotto, guardandosi in giro, valutando l'ambiente in silenzio. Il cane è tranquillo e al comando del poliziotto che lo guida si siede sulla moquette.

«Puoi aiutarci a sveltire le pratiche. Hai una cantina o un solaio?»

«No.»

«Hai in casa armi o droga?»

«No.»

«Hai una cassaforte?»

Mi ritrovo a sorridergli, sconfortato. Gli faccio un gesto eloquente con la mano.

«E per metterci cosa?»

Vedo che a uno degli agenti scappa da ridere. Si volta per nasconderlo. Milla non se ne accorge e si rivolge ai suoi uomini con tutta l'ufficialità che il grado gli conferisce.

«Va bene. Procedete.»

Senza una parola, i due si muovono e spariscono nel corridoio. Un mio pensiero li segue con una certa apprensione. Ora avrò finalmente modo di verificare se il mio nascondiglio segreto, quello che ho sempre ritenuto ingegnoso, è a prova di perquisizione.

Milla ha un'espressione desolata. Quanto sincera non so dire.

«Mi dispiace. Ti lasceremo la casa un poco in disordine.»

«Ho alternative?»

«Credo di no.»

Rassegnato, vado a sedermi sul divano e aspetto. Stefano inizia a frugare nei cassetti. Non so che cosa posso aspettarmi da lui. Di certo sono in una posizione di privilegio, visto che in qualche modo conosco i suoi scheletri nell'armadio. Questo può trasformarsi in un vantaggio? Direi di no, considerando che parlare di lui e Tano Casale vorrebbe dire parlare di *me* e Tano Casale.

Forse anche Stefano pensa le stesse cose, perché per il tempo in cui si aggira tra salotto e cucinino, frugando e ravanando, non scambiamo né uno sguardo, né una parola. Credo che la presenza dei due agenti nelle altre stanze sia un deterrente valido contro qualunque forma di comunicazione.

La perquisizione sembra durare un'eternità. Mi rivoltano letteralmente la casa, aprendo i cassetti, controllando ogni pezzo di carta, staccando i quadri dalle pareti, togliendo la fodera al divano, le federe ai cuscini.

Alla fine si ritrovano tutti e tre in piedi al centro della stanza. Tre uomini per tacer del cane, come nel romanzo di Jerome. Solo che questa non è una storia in cui si possa trovare eccessivo divertimento e la barca sta facendo acqua da tutte le parti.

Milla mi guarda.

«Sembra tutto a posto. Però non è finita qui. Devi venire con noi.»

«Sono in arresto?»

«Se lo fossi saresti già in viaggio con le manette ai polsi. Al commissariato hanno bisogno di alcune informazioni.»

Mi alzo dalla sedia dove mi sono seduto dopo che mi ha cacciato dal divano. Prendo la giacca e recupero le scarpe.

«Andiamo pure.»

Usciamo sul pianerottolo e poco dopo siamo in fondo alle scale. Fuori non c'è nessuno. Cerco di quantificare quante paia di occhi ci osservano dalle finestre e quanti «L'avevo sempre detto io che...» stanno svolazzando verso i soffitti. Poi convengo con me stesso che in fondo non me ne frega niente. È solo curiosità che si aggiunge a curiosità, supposizioni che si aggiungono a supposizioni.

Fuori dal cancello ci sono in attesa una pantera e un furgone dell'Unità Cinofila.

Il cane sparisce con un salto nel retro del suo mezzo e io vengo condotto verso l'Alfa Romeo di servizio. L'agente mi apre la portiera dalla parte destra e Milla va a sedersi dall'altro lato. Quando siamo tutti a bordo la macchina si muove, senza l'oltraggio della sirena, lasciando dietro di sé quella parte del mondo onesto che mai farà un viaggio come il mio.

La macchina attraversa le vie di Milano. All'esterno ci sono rumori e suoni. All'interno c'è solo silenzio. Io e Milla siamo seduti di fianco e assorbiamo i sobbalzi dell'asfalto senza guardarci. Ognuno sarebbe pronto a pagare una cifra per conoscere i pensieri dell'altro. Ognuno dei due mentirebbe se gli fosse chiesto di dichiararli.

Il viaggio finisce al commissariato di via Fatebenefratelli. Superiamo il portone e ci fermiamo al centro del cortile. Scendiamo dall'auto e arriviamo a uno scalone che sale, di fronte a noi. Due rampe di gradini consumati e un muro dall'intonaco frusto, poi un corridoio che risuona dei nostri passi e infine una porta di legno.

Milla bussa e quando sente dall'altra parte la parola magica che lo autorizza, impugna la maniglia e crea il vuoto dove prima c'era un battente. Entro in un ufficio che saprebbe di Polizia anche per uno che si trovasse di colpo lì senza essere passato dall'ingresso. Per i mobili scombinati e le carte sulla scrivania e i tentativi di quadro appesi alle pareti. Ma soprattutto per le facce dei due che ci sono seduti dentro. Un tipo sui trent'anni, con un viso scuro e maturo, i capelli lunghi e la barba incolta sta su una sedia con i braccioli, nell'angolo a sinistra. È vestito in modo anonimo, che forse in strada lo mimetizzerebbe alla perfezione. In questa stanza sa di agente infiltrato o di Digos anche visto da un aereo.

Milla si rivolge a quello seduto dietro alla scrivania.

«Buongiorno, signor commissario. Ecco la persona. Per il resto tutto negativo.»

«Va bene. Puoi andare.»

Mentre l'ispettore esce, il commissario mi indica una sedia davanti a lui.

«Si sieda.»

Obbedisco e ci troviamo di fronte. Il commissario è più vecchio dell'altro uomo nella stanza e parecchio più formale, con una camicia azzurra, un completo grigio e una cravatta per la quale dovrebbe essere arrestato. I capelli sono corti e castani, il viso è magro e lo sguardo indecifrabile dietro le lenti degli occhiali.

Lo guardo e attendo.

«Io sono il commissario Vincenzo Giovannone, tanto per fare le presentazioni.»

Dell'altro, quello scaciato che se ne sta in silenzio sulla sua sedia, non dice nulla. Uomo senza generalità e senza qualifica. Nella mia testa diventa subito l'Innominato.

Il commissario apre un fascicolo che ha davanti a sé sul piano della scrivania.

«Lei è Francesco Marcona, anche conosciuto con il soprannome di Bravo?»

«Sì.»

«Vedo che lei è stato fermato una volta per sfruttamento della prostituzione.»

Prevedibile. Le danze sono iniziate nel modo canonico. Rispondo secondo copione, anche se ho la sensazione che da un certo punto in poi si reciterà a soggetto.

«Allora vedrà pure che la cosa non ha avuto conseguenze e non sono nemmeno stato processato.»

«Già.»

Giovannone finalmente alza gli occhi dal fascicolo. Mi concede e si concede uno sguardo diretto. Gli occhi sono chiari, acuti. Sono gli occhi di un uomo che sa il fatto suo.

«Lei conosce tre ragazze che si chiamano rispettivamente Cindy Jameson, Barbara Marrano e Laura Torchio?»

«Sì.»

«È al corrente del fatto che ieri sera si trovavano nella villa di Lorenzo Bonifaci, a Lesmo, nei pressi di Monza?»

Un brutto presentimento mi prende la testa e lo stomaco nello stesso tempo. Ho la sgradevole sensazione che si prova quando si sogna di cadere. In questo elenco di nomi c'è qualcosa di assurdo e di sbagliato. Io stesso ho accompagnato Carla in San Babila. Non sono rimasto ad attendere che la macchina inviata da Bonifaci venisse a prendere le ragazze sul luogo dell'appuntamento, ma la presenza di Cindy e di Barbara in quel posto maledetto dovrebbe confermare anche la sua, di presenza.

Che cazzo c'entra Laura?

Il tono aspro del commissario mi estrae a forza da questa riflessione.

«Allora, è al corrente o no?»

«Sì. So che erano state invitate a una festa.»

Mio malgrado, la voce con cui rispondo non è la stessa di prima. È la voce di uno che di colpo ha finito le battute. Il commissario se ne accorge.

Mi incalza.

«Lo sa che sono state tutte e tre assassinate?»

Faccio un cenno affermativo con la testa.

«Sì. O meglio, lo suppongo. Quando sono arrivati gli agenti a casa mia stavo guardando il telegiornale. C'era un'edizione speciale che parlava di quello che è successo nella villa di Bonifaci.»

«Parliamo di lui, allora. Lei conosceva Lorenzo Bonifaci?»

«Non di persona. Voglio dire che non l'ho mai incontrato fisicamente. Ho avuto con lui solo delle conversazioni telefoniche.»

Il commissario esibisce un'espressione stupita, che sa di presa per il culo.

«Mi dicono che quell'uomo fosse piuttosto chiuso e riservato. Quasi irraggiungibile. Come mai aveva questo rapporto privilegiato con uno come lei?»

Ingoio la provocazione dell'*uno come lei*. Faccio un gesto vago che cerco di abbinare a un tono innocente.

«Io frequento molta gente a Milano. Soprattutto nel campo della moda. Quando aveva ospiti mi chiamava per invitare delle ragazze, modelle e indossatrici, come cornice alle sue feste.»

«Feste o festini?»

«Questo non lo posso sapere. Non ci sono mai stato.»

Il commissario Giovannone cambia a sorpresa argomento.

«Lei conosceva un certo Salvatore Menno, un pregiudicato noto anche con il soprannome di Tulipano?»

«Sì.»

«Lo sa che anche lui è stato trovato cadavere, ucciso con tre colpi di pistola in una cava nei pressi di Trezzano?»

Eccome se lo so.

pfft... pfft... pfft...

«L'ho letto sui giornali.»

«E in che circostanze ha avuto modo di conoscerlo?»

«L'ho incontrato diverse volte all'Ascot Club, in via Monte Rosa. Fra di noi non c'era nessun tipo di rapporto, a parte l'essere in qualche occasione clienti dello stesso locale. In seguito ho avuto con lui un chiarimento per certe sue attenzioni un poco troppo decise verso una mia amica.»

«E come si chiama questa sua amica?»

«Laura Torchio.»

«Ah.»

Questo breve monosillabo è lungo come un romanzo e dice molte più cose. Brutte cose. Il commissario si alza e va fino alla finestra. Si ferma in silenzio a guardare fuori. Quando parla passa dal lei al tu. La cosa, invece che risultare amichevole, suona come una minaccia.

«Vedi Bravo, ci sono degli elementi in questo intreccio di storie che sono alquanto curiosi.»

Lo sento camminare alle mie spalle. Resisto alla tentazione di voltarmi.

«Le persone che frequenti hanno la preoccupante tendenza a fare una brutta fine. Un uomo con cui hai avuto un chiarimento, come lo definisci tu, viene trovato cadavere. Stessa cosa per tre ragazze, di cui tu sei buon amico, insieme a un pezzo grosso della finanza con cui sei in contatto, in una villa dove viene consumata un'autentica strage.»

Capisco che sta per arrivare la mazzata. E infatti arriva.

«La cosa strana è che la pistola che ha ucciso Salvatore Menno risulta essere anche una delle armi usate per gli omicidi a casa di Bonifaci. Tu hai idea di come tutto ciò sia possibile?»

Non è una domanda che prevede una risposta. Perlomeno, non una a cui il commissario è disposto a credere, a parte una confessione da parte mia. È una notizia sputata in faccia tanto per vedere la mia reazione. L'avviso che, dal momento in cui una perizia balistica è stata consegnata a tempo di record, io sono fra i sospettati.

«Assolutamente no.»

Giovannone torna a sedersi davanti a me. L'Innominato per tutto l'interrogatorio non ha cambiato né posizione, né espressione.

«Mi puoi dire dove hai trascorso la serata di ieri e la notte fra ieri e oggi?»

«Ho cenato alla Torre Pendente, in via Ravello. Poi ho fatto un salto alla Budineria, in via Chiesa Rossa. Infine verso mezzanotte sono andato a casa e ci sono rimasto fino a stamattina.»

Non faccio accenno alla storia di Daytona e della consegna. Un pensiero molesto si è insinuato nel mio cervello. Un tarlo che attinge forza ed energia proprio dalle parole che l'altra sera Stefano Milla ha gettato via durante la conversazione.

Solo gli stupidi e gli innocenti non hanno un alibi.

Il mio, per la sera in cui è stato ucciso il Tulipano, era Carla, che è sparita nel nulla. E nemmeno per la notte della strage ne ho uno, perché stavo seduto come un coglione nella mia macchina ad aspettare delle persone sconosciute, che non sono venute a ritirare una busta piena di ritagli di giornale.

«C'è qualcuno che può confermare quello che hai detto?»

Cristo, no. Nemmeno Lucio era in casa. Se ne stava al castello di Carimate a giocare con le sue chitarre di merda. Sento una rabbia di matrice ignota tagliarmi il fiato.

«No.»

La mia risposta è stata secca, sgarbata.

«Questo no può costarti molto. E il modo in cui lo hai detto ancora di più.»

Il commissario recita la parte dell'uomo incazzato. Io lo sono davvero. Lo guardo e per una volta faccio io le domande.

«Sono in arresto? Devo chiamare un avvocato?»

«No, non sei in arresto. Qualunque deficiente al primo anno di legge ti tirerebbe fuori in un'ora, con gli elementi che ho in mano.»

Mi rilasso e strafotto un poco.

«Posso andare, allora?»

«Sì. Però prima non te ne avrai a male se ti facciamo il guanto di paraffina, vero?»

Sta giocando con me. E non lo maschera nemmeno troppo. Sa benissimo che un lavaggio accurato cancellerebbe ogni traccia di particelle molecolari dalle mani. Vuole solo rompermi i coglioni e farmi capire da che parte sta il manico e da che parte sta la lama. Non ne ha fatto cenno ma sono sicuro che è al corrente di quale fosse la natura dei miei rapporti con Laura, Cindy, Barbara e le altre ragazze. I poliziotti nutrono un sano disprezzo per chi realizza un certo tipo di traffici, quale che sia il livello. Salvo poi, come Stefano Milla, approfittare della propria posizione per fare scarpetta nel piatto.

«Fate pure. Non ho mai sparato un colpo con un'arma da fuoco in vita mia.»

«C'è gente che non lo ha mai fatto, eppure è più colpevole di chi tira il grilletto.»

Giovannone fa una pausa. Quando parla la sua voce è foderata di disprezzo.

«Tu sei un pezzo di merda che guadagna dei soldi sulla pelle di ragazze così stupide da darti credito. Sei solo una mezzasega che non ha il fegato di andare oltre. Come dire, il minimo risultato col minimo rischio. Se lo squallore fosse un reato, tu meriteresti l'ergastolo.»

Mi sorride. Solo con le labbra, però.

«Questa volta ho il sospetto che tu abbia fatto il passo più lungo della gamba e pestato una merda grossa come la Lombardia. Con tutto quello che già c'era per aria, non hai la più pallida idea di che casino questa vicenda ha messo in piedi. E io so che in qualche maniera tu c'entri.»

Si prende giusto il tempo per smettere di sorridere.

«Se è vero, lo scopriremo. Ti garantisco che, nel caso, tanti anni di galera non sarebbero più frutto di un'ipotesi fantasiosa, ma una fragrante realtà che addenterei con lo stesso piacere del pane fresco che mangio ogni mattina.»

Pigia un bottone sul telefono.

Un istante dopo la porta si apre e compare un agente in divisa.

«Alfio, accompagna il signore in laboratorio. E chiedigli scusa da parte nostra se il guanto che indosserà non si abbina al suo bel vestito firmato.»

Tiro su il culo dalla sedia prima che diventi elettrica e seguo il poliziotto. Mentre abbandono la stanza ignorato dai due, ho la soddisfazione di vedere l'Innominato che si alza. Perlomeno so che possiede la funzione motoria. Ho anche la certezza che non fosse lì solo per completare il suo addestramento.

Quando esco dal commissariato, dopo una lunga litania di rotture di coglioni per fatti e atteggiamenti, sono le otto. La città che trovo fuori non mi sembra più la stessa di un giorno prima, quando avevo l'illusione che il cono d'ombra dietro le luci fosse un nascondiglio sufficiente. Cerco di essere realista con me stesso. Sono nella merda fino al collo. E l'aspetto peggiore di questo stato di cose è la sensazione che il livello della merda sia destinato a crescere.

Mi avvio verso piazza San Marco, dove so di trovare un posteggio di taxi. C'è per aria un senso di minaccia incombente, quello che finora non ho mai avuto modo di avvertire, perché di giorno ho sempre dormito e di notte frequentato un ambiente impermeabile a qualunque cosa non fosse la ricerca ostinata del piacere. Ogni passo è un pensiero, una domanda senza risposta, la nuova versione di un brutto presentimento.

Mi accorgo di avere fame. In tutta la giornata non ho toccato cibo: le corse prima dello scambio con Frontini, la conversazione con Tano Casale, la scoperta della strage, l'arrivo della Polizia.

Tante cose, poco tempo. Sempre di meno, temo.

Passo davanti a un'edicola che sta chiudendo. I quotidiani devono essere andati a ruba, oggi. Compro una delle ultime copie de «La Notte», che è praticamente tutta dedicata alla strage di Lesmo, come titola la prima pagina. Mi infilo in un ristorante e mi siedo, dopo essermi assicurato che non ci sia in sala nessuno che conosco. Non ho voglia di confrontarmi con il cumulo di cagate che un certo tipo di persone si fa uscire dalla bocca quando cerca di essere interessante o divertente.

In attesa del cameriere, apro il giornale. L'articolo lascia supporre molto più di quanto dichiari, il che significa che il giornalista deve avere fatto i salti mortali basandosi sulle poche notizie in suo possesso. Che sono soprattutto il nome delle vittime. Lorenzo Bonifaci, finanziere, Mattia Sangiorgi, deputato democristiano, Ercole Soderini, costruttore edile, con relative foto di repertorio.

Seguono i nomi delle tre ragazze, fra i quali si ostina a mancare quello di Carla. Ammiro l'abilità di chi scrive nel lasciare il campo aperto alla fantasia del lettore su quello che la presenza di tre uomini e tre donne potesse significare, senza per questo dichiarare nulla che possa giustificare una querela.

Poche parole per quelli della sicurezza, dei quali non viene riportato nemmeno il nome. Forse per distrazione, forse per non accomunarli a tutta questa immondizia.

L'articolo infine lascia ampio spazio alle considerazioni su quello che l'Italia sta passando, chiedendosi se ci sia un possibile collegamento fra il sequestro di Moro, il processo a Curcio e compagni e questo nuovo fatto di sangue, del quale finora non si è avuta rivendicazione alcuna.

Se fosse successo, se questo delitto avesse una matrice dichiaratamente terroristica, non sarei uscito così facilmente dal commissariato. Nel caso di sospetti sovversivi, le prassi di Polizia diventano meno inclini a rispettare le regole e le procedure.

Rimango nel ristorante a pensare, rileggere un paio di volte il pezzo come se i fatti dovessero cambiare da una volta all'altra, a mangiare un cibo del quale accetto la sostanza ma di cui non riesco a percepire bene il gusto. Due domande mi martellano il cervello.

Perché Laura e non Carla?

Perché una busta piena di ritagli di giornale invece che di banconote?

La risposta non arriva. Arriva invece il conto senza che io l'abbia chiesto. Il locale sta chiudendo. Non è uno di quelli disposti a dare ospitalità e cibo fino a tardi, come quasi tutti i ristoranti della zona.

Mi ritrovo in strada, dove nulla è cambiato né dentro, né fuori di me. Si è soltanto aggiunta una mia determinazione. Quella di cercare di vederci chiaro, prima che lo faccia qualcuno al posto mio e venga fuori non quello che è ma quello che sembra.

Mi avvio verso il posteggio dei taxi. Di fianco c'è una cabina telefonica. Entro, infilo il gettone e compongo il numero di Daytona. A quest'ora potrei correre anche il rischio di trovarlo in casa. Il telefono squilla a lungo ma nessuno risponde.

Salgo su un taxi e mi faccio portare all'Ascot Club.

Il tassista non parla e io nemmeno: il perfetto autista e il perfetto passeggero. Mi deposita a destinazione con la sola enunciazione del prezzo della corsa.

Via Monte Rosa vive una delle sue ordinarie sere di traffico, di macchine parcheggiate e donne ferme in strada. Mi piazzo sotto una pianta all'angolo con via Tempesta, in modo da poter controllare sia l'ingresso dell'Ascot sia quello della Costa Britain.

Non so quanto dovrò aspettare, ma non ho voglia di farlo in compagnia di qualche impiccione frequentatore del Club.

A quest'ora tutti sanno quello che è successo. Quelli che conoscevano Laura, Cindy e Barbara e i loro rapporti con me farebbero carte false pur di avere notizie di prima mano. Anche se lo spettacolo inizia alle undici e prima di quell'ora è difficile trovarci qualcuno, preferisco restare defilato. È sempre stata la mia regola di vita, anche se non posso dire che sia servita a molto.

Attendo passeggiando e fumando finché la mia costanza non viene premiata. Dall'altra parte della strada vedo due donne che stanno venendo verso di me. Attraversano più o meno alla mia altezza e quando arrivano a incrociarmi ne riconosco una. È quella che mi guardava con un viso pieno di supposizioni, la mattina che ho abbordato Carla.

Mi accosto e le fermo.

Sono due donne anonime, della stessa statura e di età indefinibile, forse valorizzate nell'aspetto dalla penombra. Per quanto sono simili potrebbero essere sorelle. O forse sono solo sfigate e questo dettaglio le accomuna più di una parentela. Loro si bloccano e rimangono vicine a spalleggiarsi, con stampato in viso il sospetto che io possa averle scambiate per prostitute.

Mi rivolgo al viso noto.

«Scusate, posso avere un'informazione?»

«Dica pure.»

«Voi fate le pulizie alla Costa?»

«Sì.»

«C'è una ragazza che lavora con voi, una certa Carla Bonelli. Non è che per caso avete il suo indirizzo o il suo numero di telefono?»

Le due si guardano. Poi quella a cui mi sono rivolto risponde per tutte e due.

«Che nome ha detto?»

«Carla Bonelli.»

La condanna arriva subito, senza esitazione.

«Non c'è nessuna ragazza con questo nome che lavora con noi.»

Non so su quanto terreno io sia appoggiato, ma me lo sento franare tutto sotto i piedi.

«È sicura? Una bella ragazza alta, con i capelli castani e gli occhi nocciola. L'ho vista uscire insieme a voi, qualche giorno fa.»

«Sì, mi ricordo di quella ragazza. Però l'abbiamo trovata in strada di fianco all'ingresso quando siamo uscite, non è venuta fuori con noi. E mi ricordo anche di lei. Scusi, ma abbiamo pensato che la ragazza fosse una di quelle e che lei fosse...»

Si arresta prima di dire quello che pensava io fossi. E io realizzo come sono andate davvero le cose. In effetti Carla non l'ho vista uscire insieme alle altre. È stato Daytona a indicarmela fuori dalla Costa. È stato lui a lanciare la provocazione dell'aggancio, sapendo che io l'avrei accettata. È stato lui che...

Giro la schiena alle due donne e me ne vado, senza nemmeno ringraziare o salutare. Chi cazzo se ne frega. Ora ho qualcosa di più importante da fare. Mi avvio a passo veloce verso il posteggio dei taxi di piazza Amendola. Ho addosso, stretta come una camicia di forza, la necessità di fare due chiacchiere con Paolo Boccoli, meglio conosciuto con il soprannome di Daytona.

CAPITOLO 14

La madre di Daytona abita all'Isola, in via Confalonieri, vicino alla Stecca degli Artigiani. Mentre attraverso i giardini per raggiungere la casa, mi chiedo se non sto facendo una cazzata. L'eventualità va presa in considerazione ma quando si è in procinto di affogare anche una spugna che galleggia sembra una ciambella di salvataggio.

Ieri sera ho girato mezza Milano, visitando senza risultato tutti i posti che di solito il mio amico frequenta. Alle Scimmie, sui Navigli, ci ho trovato Matteo Sana e il Godie, che quando mi hanno visto non si sono comportati come immaginavo. Pensavo che mi avrebbero bloccato in un angolo e sfranto i coglioni di domande. Invece hanno fatto finta di non vedermi. Questo mi ha dato l'esatta misura della mia posizione attuale. Sono una persona con cui non è opportuno intrattenersi. In quel caso specifico, forse è stato meglio così. Ho dato un'occhiata intorno, nel locale affollato, cercando la testa a doppio riporto di Daytona.

Non l'ho trovata.

Ho pensato che poteva essere in un sacco di posti: alla bisca di Tano o da qualche altra parte dove si gioca o a letto con qualche troia. Oppure rintanato in un buco, come un grosso topo infido, a rosicchiare il suo pezzo di formaggio e ad aspettare che le acque si calmino.

In ogni caso, tutti luoghi non identificabili o non raggiungibili.

Nel taxi che mi riportava a casa, ricordando le parole di Daytona in una situazione quasi analoga, mi è venuta un'idea. Povera, disperata e patetica, ma l'unica a disposizione. E adesso sono qui, con una grossa agenda rilegata in pelle sottobraccio e in mano una pesante busta di carta gialla formato protocollo, che per ironia della sorte è piena di ritagli di giornale. Mentre ce li mettevo, non ho potuto fare a meno di sorridere, pensando che questa rivalsa si sarebbe potuta definire la Legge del Ritaglione.

Lucio sarebbe stato orgoglioso di me, per la battuta.

Ma non me la sono sentita di metterlo al corrente dei miei guai per incassare il premio.

Arrivo davanti al portone di un palazzo anonimo, figlio di un'edilizia popolare. Qui abita la madre di Daytona, che resta l'unico appiglio possibile per la scalata. Quel pezzo di merda ha un rapporto piuttosto stretto con la genitrice delle sue sfighe, come spesso succede ai puttanieri conclamati. Se lui ha fatto la bella e si è dato per un po', di certo sua madre sa dov'è. Fra poco, con un briciolo di fortuna e molta faccia tosta, spero di saperlo anche io.

Mi avvicino al citofono e premo il pulsante in corrispondenza della targhetta Boccoli-Crippa. Passa qualche tempo, che mi immagino impiegato a trascinare i piedi in corridoio con le pattine per la cera. La voce che mi arriva è morbida e piacevole.

«Sì?»

Incrocio le dita e mi presento.

«Buongiorno, signora. Sono Rondano, l'assicuratore di Paolo. A casa sua non riesco a trovarlo. È qui da lei, per caso?»

«No, è fuori città per qualche giorno, per lavoro.»

Tutto come previsto. Questa poveretta è l'unica persona in Milano che riesce a combinare suo figlio con l'idea del lavoro. Se è vero che, quando si tratta dei figli, i genitori hanno le fette di salame sugli occhi, lei ha addirittura due porcellini.

«Lo immaginavo. Mi trovavo a passare da queste parti e siccome ho con me dei documenti da firmare, ho pensato di fermarmi e di lasciarli a lei. Si tratta di un rimborso. Se mi fa salire glieli lascio, così quando lui arriva può siglarli subito. Prima li ho e prima arrivano i soldi.»

Lei rimane interdetta. Lo capisco dal silenzio che segue le mie parole. Infine il timore di danneggiare il figlio o magari suscitarne le ire la vince sulla prudenza.

«Secondo piano.»

La porta scatta con un suono secco e metallico. La parola soldi è un grimaldello capace di forzare molte porte, sia fisiche che mentali. Salgo delle scale dai colori spenti che sanno di cibo e di varechina. La miscela non è entusiasmante. Ma non sono qui per comprare un appartamento, solo per rubare un'informazione.

La madre di Daytona mi attende sulla porta. È una donna di media statura, con il viso segnato e l'aria indifesa. Indossa un vestito da casa con sopra un grembiule. Forse l'ho interrotta mentre stava preparando da mangiare, magari più per abitudine che per fame. Per quel poco che so della sua vita, penso che l'unica cosa bella sia stata la morte prematura di un marito che la trattava da cani. Purtroppo la sorte, come rivalsa, aveva pronto per lei un figlio come Daytona, quello che la chiama *la me mameta* e che deve essere responsabile della metà dei capelli bianchi che ha in testa.

Ci sono persone alle quali un poco di serenità pare non sia concessa.

Mi saluta con quella sua voce piacevole, che al citofono mi aveva fatto immaginare tutt'altro aspetto. Fantasia alla radio, realtà in televisione.

«Buongiorno.»

«Buongiorno, signora…»

«Crippa Teresa.»

Nonostante lo stato d'animo in cui mi trovo, mi viene uno sbuffo di tenerezza per questa presentazione da censimento, con il cognome prima del nome. Le tendo la mano con il migliore dei miei sorrisi. Me la stringe timorosa, come se non si sentisse all'altezza della persona con cui sta parlando.

«Piacere. Io sono Marco Rondano.»

Le porgo la busta.

«Ecco qua, signora Teresa. Dentro ci sono i documenti che le ho detto. Dica a Paolo di firmare dove ho messo la croce a matita.»

Lei ripete, per essere certa di avere capito bene.

«Firmare dove c'è la croce a matita.»

«Esatto. La ringrazio, signora.»

Faccio due passi indietro, come per andarmene. Mi fermo e blocco il suo saluto sollevando il polso per guardare l'ora. Esibisco la faccia preoccupata di uno che si è ricordato una cosa importante.

«Posso chiederle una cortesia?»

«Dica pure.»

«C'è una persona che devo contattare e devo farlo adesso, altrimenti non la trovo più in ufficio. Mi permette di fare una telefonata? Non è una interurbana.»

Molte persone di una certa età sono attente alla spesa del telefono. Ho aggiunto questo dettaglio per rassicurarla che il favore che le chiedo non costerà nulla.

«Se è in città va bene. Il telefono me lo paga Paolo e non vorrei che spendesse troppo.»

Potrei dirle che suo figlio perde al gioco in cinque ore quello che lei prende di pensione in cinque anni. Ma sarebbe una cattiveria inutile e una perdita di tempo: certi miti sono impossibili da distruggere.

La signora Teresa mi fa entrare in un corridoio che pare dipinto tanto è pulito. Nell'aria c'è un leggero sentore che ricorda le Pastiglie Valda. Ci sono mobili consumati ma lucidi, che probabilmente sono ancora quelli di quando si è sposata. Alle pareti quadri ordinari, comprati alla fiera o vinti a una pesca di beneficenza. Una foto di suo figlio a scuola insieme ai compagni, con un lavoro all'uncinetto come passe-partout, è appesa sopra il telefono. C'è ricamata una scritta: Terza Media. Non pensavo che l'istruzione di Daytona fosse arrivata a tanto. Quando vedo l'apparecchio, tiro un sospiro di sollievo. È di quelli neri, con la rotella dove si infila il dito per comporre il numero. Sta su un pezzo d'arredamento non meglio identificabile, con due ripiani sovrapposti e due piccole ante in basso.

Appoggio l'agenda sul ripiano inferiore.

Faccio il numero di casa mia e fingo una conversazione serrata con un cliente inesistente, lasciando un lungo messaggio alla mia segreteria, fin oltre il bip che segna la fine del tempo concesso. Concludo come se fossi stato messo in difficoltà dalle parole del mio interlocutore.

«Non si preoccupi, in dieci minuti sono da lei. Piazzale Maciachini, vero?»

Lascio la pausa per una risposta che non sarebbe mai arrivata.

«Al 6, molto bene. Ci vediamo fra poco.»

Mi giro verso la povera signora Teresa che ha seguito la conversazione dalla cucina, dove sul tavolo ci sono le verdure affettate e da affettare per un futuro minestrone. Ricetta laboriosa ma sana e, soprattutto, economica. Mi atteggio a persona con il diavolo alle calcagna.

«Ecco fatto. La ringrazio tanto. Purtroppo devo scappare. Mi saluti Paolo e gli dica di farsi vivo.»

Lei fa un passo verso di me.

«Non si disturbi, conosco la strada. Di nuovo, signora.»

Il suo arrivederci mi arriva quando già sono in fondo al corridoio. Non immagina nemmeno quanto questo augurio possa corrispondere a verità. Se tutto va bene, ci rivedremo nel giro di un quarto d'ora.

Chiudo il battente ed esco veloce, col timore di sentire la porta che si apre e la sua voce che mi richiama indietro. Per mia fortuna non succede. Mi infilo nel primo bar che trovo. Prendo un caffè e fumo una sigaretta, sfogliando il «Corriere della Sera», appoggiato con la «Gazzetta dello Sport» sul frigo dei gelati.

Sulle pagine ci sono parole e foto. Tutte dedicate a quello che è successo in una ricca dimora di Lesmo, nei pressi di Monza. Fatti e supposizioni, storie di persone, visi sorridenti di belle ragazze, volti seri di uomini in situazioni ufficiali, corpi riversi a terra coperti da lenzuola intrise di sangue trasformato in una macchia dal bianco e nero. Quale che ne fosse la qualità, un addio alla vita e a quel poco di privato che almeno la morte dovrebbe concedere.

Non si dice nulla di una donna dagli occhi nocciola, che avrebbe dovuto essere in quella casa e invece non c'era. Non era in nessuno dei posti in cui mi ha detto di essere stata. E in nessuno di quelli in cui mi ha detto che sarebbe andata. Solo nella mia casa e sulla mia pelle, a tratti.

Guardo l'orologio. Sono passati venti minuti. Penso possano bastare.

Pochi secondi dopo sto pigiando di nuovo il campanello di poco prima. La voce impiega il medesimo tempo ad arrivare.

«Chi è?»

«Signora, mi scusi, sono ancora Rondano. Ho dimenticato la mia agenda. Posso salire a prenderla?»

La porta scatta. Entro e salgo veloce le scale. Lei è sulla porta che mi aspetta con l'oggetto delle mie amnesie pilotate in mano.

«Sono proprio uno stordito. Stamattina non ne combino una giusta. Come si dice, chi non ha testa abbia gambe.»

Ricevo dalle sue mani il volume rilegato e chiuso da una serratura.

«È bella pesante.»

«Sono queste copertine in pelle che le fanno pesare. È un regalo della mia fidanzata, altrimenti l'avrei già cambiata.»

Ci salutiamo di nuovo e mentre scendo le scale la mia fretta non è fittizia, questa volta. Appena sono in strada, tiro fuori dalla tasca della giacca una piccola chiave in ottone e faccio scattare la serratura che blocca l'agenda. La apro e sono confortato da quello che trovo all'interno. Ho scavato nello spessore della carta una nicchia della misura giusta per contenere il registratore portatile che ancora adesso, sotto i miei occhi, sta girando. Premo in successione il pulsante STOP e quello del riavvolgimento veloce. Con un miagolio il nastro si posiziona all'inizio. Aspetto di raggiungere la macchina prima di ascoltarlo e mai trecento metri mi sono sembrati così lunghi.

Mi siedo al volante e chiudo la portiera. Tiro un sospiro che equivale a un incrocio di dita e premo il pulsante PLAY. C'è un tratto in cui si sente, un poco fioca ma intelligibile, la conversazione fra me e la madre di Daytona. Tutta la mia commedia fino ai saluti e alla mia uscita di scena.

Infine quello che mi interessa.

Nel silenzio della casa, il rumore di una rotella telefonica che gira. Chiaro e forte. Nonostante lo schermo della copertina dell'agenda.

Trrr... trrr... trrr...

Poi la voce della signora Teresa.

«Ciao gioia, sono io.»

Silenzio.

«Lo so che non ti devo chiamare, ma è venuto uno a cercarti. È il tuo assicuratore, che ha portato dei documenti da firmare per un rimborso.»

Silenzio.

«Non lo so. Sono in una busta.»

Una pausa. La donna si fa ansiosa mentre dichiara la sua inadeguatezza.

«Senti, lo sai che di queste cose io non ci capisco niente. La metto in camera tua e quando vieni la apri tu.»

Ancora un breve silenzio. Questa volta non per ascoltare ma per prendere coraggio.

«Vieni presto?»

Immagino Daytona nascosto da qualche parte, inquieto e nervoso, con il riporto scomposto e il volto paonazzo. Immagino il viso di sua madre mentre lascia spazio alle menzogne del figlio. Penso che se avesse deciso di aprire la busta, sarebbero cadute le mie.

«Va bene, gioia. Ma fai attenzione. E fatti sentire, ogni tanto.»

Il rumore del telefono sulla forcella e poi il rumore di passi che si perdono. In cucina, presumo.

Fermo il registratore. Dalla breve conversazione che è rimasta incisa ho avuto la conferma di due cose. La prima è che, qualunque cosa stia succedendo, quello stronzo di Daytona c'è dentro fino al collo. La seconda è che forse ho modo di arrivare a scoprire il posto in cui si è rifugiato.

Recupero il nastro e lo posiziono nel punto in cui la signora Teresa ha composto il numero. Prendo un foglio di carta e inizio un processo di identificazione che spero si riveli efficace. Inizio a segnare i numeri contando gli scatti della rotella. Il sistema è un poco empirico e devo ripetere l'operazione diverse volte prima di ottenere un risultato che giudico attendibile. Se c'è un dio che protegge i figli di puttana, lo prego che tenga una mano in capo a me e la tolga da quello di Daytona.

trrr... trrr... trrr... trrr... trrr... 5
trrr... trrr... trrr... trrr... trrr... trrr... trrr... 7
trrr... trrr... trrr... trrr... 4
trrr... trrr... trrr... trrr... trrr... trrr... 6
trrr... trrr... trrr... trrr... trrr... 5
trrr... trrr... trrr... trrr... trrr... 5

Ho un numero: 574655.

E adesso che ce l'ho, mi serve un indirizzo. Fra le persone che conosco, ce n'è una sola a cui posso rivolgermi. Avvio la macchina, faccio un poco di strada e mi fermo alla prima cabina telefonica che incontro. Potrei chiamare alla Sip il servizio abbonati ma temo funzioni solo da un telefono di casa. Ho un'unica alternativa. Non posso dire che sia del tutto fermo il dito con cui compongo il numero del commissariato di via Fatebenefratelli.

Al centralinista chiedo di poter parlare con l'ispettore Stefano Milla. Mi mette in attesa e dopo qualche istante mi arriva la sua voce.

Molto professionale, dunque scazzata il giusto.

«Ispettore Milla.»

«Sono Bravo.»

Il salto di tono è repentino. Immagino corrisponda a un salto sulla sedia.

«Ma sei scemo a chiamarmi qui?»

«Forse. Ma ho qualche problema.»

«Lo so che hai qualche problema. Vuoi farne avere anche a me?»

«No, se mi dai una mano.»

Quest'ultima frase suona come un ricatto. Forse lo è, forse no. L'importante è che Milla lo creda.

«Cosa vuoi?»

«Ho un numero di telefono. Devo sapere a che indirizzo corrisponde.»

«Perché?»

«È una storia lunga e poco chiara. Ma non appena riesco a capirci qualcosa sarai la prima persona con cui ne parlo.»

«Bravo, non fare cazzate.»

«È l'ultima mia intenzione. Proprio per questo ho bisogno di quell'indirizzo.»

Alla fine cede. Un poco per paura e un poco per quella curiosità innata che trasforma un uomo in poliziotto.

«Va bene. Dimmi il numero.»

Gli detto le cifre lentamente, perché abbia modo di segnarsele.

«Quanto tempo ti serve?»

«Il necessario. Dove ti trovo?»

«A casa. Se non ci sono lasciami un messaggio in segreteria.»

«È un poco rischioso.»

«Lo cancello subito dopo averlo sentito.»

Il silenzio che segue significa incertezza. Di certo sta valutando l'entità del casino in cui si sta cacciando, aiutandomi. Le conseguenze non è necessario che le prenda in esame: le conosce benissimo. Bisogna sempre saper contare i passi, quando si balla con diverse scarpe.

Cerco di inclinare il piano verso di me.

«Stefano, non so che cosa stia succedendo, ma io non c'entro un cazzo in tutta questa storia. Ho mandato a Bonifaci tre ragazze, come avevo fatto un sacco di altre volte. Tutto qui.»

Per adesso non ritengo opportuno metterlo al corrente di altro. Ci sono cose che devo sapere e che devo capire io, prima di dividerle con chiunque. La mia posizione è già abbastanza traballante e non intendo dare a nessuno gli elementi per farla precipitare del tutto.

Alla fine Milla cede.

«Farò più presto che posso.»

Lo ringrazio, per quello che può valere. Riappendo e mi trovo da solo, ad attendere l'indirizzo dove sta di casa la mia ultima esile speranza. Mi guardo intorno. Il tempo in questo periodo sembra essere clemente con gli uomini. Sole e cielo azzurro di primavera, vento fresco che spazza lo smog. Gente industriosa in giro, i balordi ancora a letto a smaltire gli stravizi. Se fosse una giornata normale, forse ci sarei anche io. Oppure sarei a zonzo per Milano, a cazzeggiare e a gestire i miei traffici, pranzando al Santa Lucia o con un panino della Bagi.

Ma non è così. Non può essere così.

Diverse persone sono morte. Tre di queste persone le ho caricate io stesso su una macchina e spedite al macello. Avevo diritto al trenta per cento dei loro guadagni. Ho la sensazione che mi stia arrivando addosso il cento per cento delle responsabilità.

Mi guardo intorno.

Guidando a caso ho costeggiato il Cimitero Monumentale e sono finito in viale Cenisio. A un centinaio di metri dal posto dove ho parcheggiato la Mini c'è Pechino, un ristorante cinese dove vado sovente e dove si mangiano i migliori ravioli alla piastra di Milano.

Decido che per la mia poca fame un posto vale l'altro. Mentre cammino verso il ristorante inizio a provare un senso di fastidio al basso ventre, un bruciore sottile che conosco bene. Le infiammazioni alle vie urinarie, per uno nella mia situazione anatomica, sono abbastanza frequenti. Sento anche qualche brivido, non so se per lo stress o per qualche linea di febbre.

Tac, catturato! Latitante e febbricitante.

Questo direbbe il Godie appoggiandomi le due dita a forbice sul collo. Ma non è più quel tempo e non so nemmeno se lo sarà mai più. Ho troppa fretta per stare male, troppa per piangermi addosso. Finalmente mi sono messo al passo con la città che mi circonda, dove per definizione la fretta è regina, dove tutti corrono anche per andare a dormire. In questa concitazione collettiva, c'è in ballo la mia vita. Ora devo solo attendere scalpitando che un poliziotto corrotto mi dia l'informazione che mi serve e poi andare a chiarire un paio di questioni con un mio amico.

A cinquanta metri dal ristorante c'è una farmacia. Dietro al bancone trovo una dottoressa in camice bianco, con gli occhiali e la faccia brufolosa da secchiona. Il fastidio sta aumentando ma non ho voglia di parlarne con nessuno, meno che meno con una donna. Ordino una scatola di Furadantin, che dopo qualche storia la farmacista accetta di darmi anche senza la ricetta.

Esco e prendo una pastiglia buttandola giù senz'acqua. Non voglio farmi vedere seduto a un tavolo mentre assumo certi farmaci. Una deformazione che fa capo al pudore del-l'handicappato. Apro la porta del Pechino e subito mi trovo nel piccolo ristorante dall'arredamento a base di lumi rossi e altre carabattole cinesi, che di solito a mezzogiorno non è molto frequentato. Infatti in questo momento uno solo dei tavoli è occupato.

Il proprietario, che mi conosce bene, viene a ricevermi. È un tipo capace e sorridente, un elemento anomalo rispetto alla comunità cinese di Milano, di solito molto chiusa e poco comunicativa. Parla un italiano perfetto e un milanese altrettanto perfetto. È molto divertente trovare abbinato il dialetto meneghino con il suo viso esotico. Il ristorante ha successo anche per merito della sua simpatia, oltre che per gli indubbi meriti della cucina.

Ci salutiamo e credo si veda dalla mia faccia che non sono dell'umore, perché non si dilunga in chiacchiere. Mi accompagna al tavolo, riceve la mia unica ordinazione e si allontana verso la cucina, dove la moglie sta dietro ai fornelli.

Mi siedo di sbieco rispetto al bancone del bar, che è piazzato sulla destra, subito dopo l'ingresso. Un ragazzo cinese sta trafficando con la macchina del caffè e guarda un televisore portatile che è appoggiato, con l'audio molto basso, sul piano di marmo.

Stanno trasmettendo il telegiornale e immagino la fatica dei redattori nel dividersi fra le valanghe di notizie che arrivano da tutte le parti. Ma la stretta attualità in questo momento è rappresentata dai fatti di Monza. Dalla mia posizione riesco a vedere abbastanza bene lo schermo, dove sfilano immagini che in qualche modo avevo già visto fissate dalle foto sui quotidiani.

Mi alzo e mi avvicino al televisore.

Il ragazzo, un tipo del quale non ho mai sentito la voce,

continua i suoi traffici e non mi chiede nulla. Sono io che gli chiedo se può alzare un poco il volume.

Mi accontenta e gira anche il televisore in mio favore.

Sullo schermo è comparso un uomo che, appena sceso da una lunga macchina scura, è stato subito circondato da agenti di Polizia che lo difendono dall'assalto dei giornalisti. Oltre il capannello di persone si riconosce l'ingresso dell'Hotel Principe di Savoia in piazza della Repubblica. L'uomo al centro dell'attenzione è alto e massiccio, con i capelli folti segnati di bianco alle tempie e l'espressione decisa di chi sa dove vuole andare e come fare per arrivarci.

Lo conosco bene.

Tutti lo conoscono bene.

È Amedeo Sangiorgi, siciliano, capogruppo al Senato e punto di riferimento del suo partito e della vita politica italiana. Il fratello Mattia, molto più giovane di lui, è uno degli uomini trovati uccisi nella villa di Bonifaci. Era deputato alla Camera e una delle figure nuove della Democrazia Cristiana, da molti indicato come un futuro presidente del Consiglio.

Il fatto che suo fratello sia stato trovato cadavere in compagnia di altri due uomini del suo ceto sociale e di tre ragazze giovani e belle, non pare lasciare traccia sul viso di Amedeo Sangiorgi. Di sicuro, dentro di sé, ribollirà di rabbia per come questo aspetto della vicenda sia arrivato a essere di dominio pubblico, invece che rimanere nascosto fra le pieghe del segreto istruttorio. Ma è un uomo troppo abile e troppo consumato per mostrare le sue emozioni e per non sapere che viviamo in un Paese strano, dove certe debolezze sono perdonate e dimenticate con estrema facilità. Con qualche piccolo aiuto dagli amici, come dicevano quelli. Sono certo che, dopo le prime illazioni, Cindy, Barbara e Laura, con le pressioni giuste nei posti giusti, diventeranno tre brave e sfortunate segretarie che hanno pagato cara la colpa di essere presenti a una cena di lavoro in quel posto e in quel giorno.

Un cronista della Rai si avvicina ad Amedeo Sangiorgi con un microfono in mano, seguito da un operatore con una telecamera a spalla. Il senatore fa un cenno al poliziotto che sta per sbarrargli la strada e accetta di rilasciare quella che comunemente viene definita una breve dichiarazione.

Cosa che fa con voce profonda, velata di pena e indignazione.

«Questo gesto è figlio di una barbarie inaudita, quella che porta al disprezzo totale della vita umana. Ci lascia sgomenti, mentre ci chiediamo quale tipo di uomini possano avere dentro tanta ferocia. Ci lascia a piangere dei fratelli, dei mariti, dei figli. Sono momenti in cui le speranze e la fiducia nelle istituzioni sembrano venir meno, insieme alle parole. Ma proprio in momenti come questo è nostro dovere e nostro diritto reagire. Di una cosa sola dobbiamo essere certi. Da qualunque parte venga questo vile attacco, che sia di stampo terroristico o legato a chissà quale trama della criminalità organizzata, non resterà impunito. Le forze dell'ordine sono al lavoro perché i colpevoli vengano assicurati alla giustizia e sia loro comminata la pena che meritano.»

La voce gli trema un poco, verso la fine del discorso. Il viso viene oscurato per un attimo dall'ombra del dolore. È la perfetta rappresentazione di quello che la gente si aspetta da un uomo nella sua posizione: una dignità e una fermezza capaci di andare oltre il coinvolgimento emotivo.

La linea torna al commentatore in studio, che inizia a prendere in esame, secondo le informazioni in possesso della stampa, di quanti uomini potesse essere composto il commando che ha portato a termine il blitz nella villa del massacro, come ormai viene da tutti definita.

Mi tornano alla mente le parole del commissario Giovannone.

Non hai la più pallida idea di che casino questa vicenda ha messo in piedi...

Eccome se ce l'ho l'idea. Un politico del calibro di Aldo Moro nelle mani delle Brigate Rosse, un altro spedito sul marmo di un obitorio da mani ancora ignote. Oltre alle tensioni per i processi in corso e al velo gelato della paura steso sopra alle persone e alle cose.

In questo momento ci devono essere in giro tutti gli agenti della Polizia, tutti i Carabinieri, la Digos, i Servizi Segreti e quant'altri. E nei vari ministeri tutti quelli che contano con le mani nei capelli, a chiedersi che diavolo stia succedendo in questo Paese e a spostare gli uomini, che non sono mai sufficienti, da una parte all'altra della mappa, come soldatini nei giochi di guerra.

Vedo il ristoratore arrivare dalla cucina e appoggiare sul mio tavolo il piatto di ravioli che avevo ordinato. Torno a sedermi e mangio in silenzio, con il bruciore al basso ventre che cresce, invece di diminuire. Mi obbligo a finire il cibo, secondo la logica che prevede di introdurre del carburante per produrre energia.

Guardo l'orologio. Forse Milla ha già recuperato l'informazione che mi serve. In ogni caso non ho più la pazienza per aspettare subendo gli eventi, con l'impressione di non essere padrone della mia esistenza.

Pago il conto, esco dal ristorante e ritorno alla cabina telefonica vicina alla macchina. Infilo un gettone e compongo il numero di casa. Ascolto la mia voce che dichiara la mia assenza e invita a lasciare un messaggio. Aspetto la fine e pronuncio la sequenza vocale che attiva il comando a distanza.

Dopo qualche scatto e qualche fruscio, l'apparecchio snocciola tutta la sua sequenza di messaggi. Un paio di telefonate di clienti che non sanno in che guaio potrebbero cacciarsi a essere registrati su quel nastro. Sandra, una delle mie ragazze, che mi chiede di chiamarla. Una telefonata di qualcuno che ha riattaccato senza lasciare detto niente. La mia conversazione con il nulla da casa della signora Crippa Teresa. Poi, per ultima, la voce di Stefano Milla che senza commenti mi fornisce l'indirizzo che gli avevo chiesto.

Appena salgo in macchina me lo appunto subito, anche se sono certo di non dimenticarlo. Mi infilo nel traffico, mentre penso che sarà un lungo viaggio fino a San Donato Milanese. Il bruciore, intanto, è diventato un filo rovente che qualcuno mi ha attorcigliato nel basso ventre e nello stomaco.

CAPITOLO 15

La mia piccola macchina blu si dirige alla massima velocità consentita verso quella metropoli che tutti conoscono come San Donato Milanese, un centro abitato che da due anni può fregiarsi della qualifica di città. Città satellite, con tutte le implicazioni che questa definizione comporta. È un posto strano, regno incontrastato dell'Eni che dà lavoro a una grossa percentuale degli abitanti. Due realtà in una. Per metà stabilimenti e uffici, per l'altra metà dormitorio, fornito di tutti i servizi che una situazione del genere richiede. Un classico esempio dell'industriosità lombarda, che io non arriverò mai a capire del tutto.

Mentre viaggio, continuo a vagare con la mente per le vie tortuose che qualcuno ha deciso di farmi percorrere. I personaggi che affollano questa storia, della quale non riesco a capire l'inizio e a vedere la fine, sono tutti seduti nella macchina accanto a me.

Tano Casale, con la sua voce che conosco, che attende di incassare una schedina fasulla e raddoppiare il suo capitale grazie a una mia brillante idea. Laura, che doveva essere libera e felice con il suo cabarettista e che invece ha finito per morire in un posto in cui non doveva essere. Carla, che in quel posto invece ci doveva essere, svanita nel nulla come un fantasma dopo essersi presentata per quella che non è mai stata e forse con un nome che non ha mai avuto. Daytona, che ha fatto di tutto per farmela incontrare e che, dopo il casino che è successo, si è dato alla macchia. E infine ci sono io, che appartengo a quella categoria di stupidi o innocenti che attraversano una vicenda come questa senza il riparo di un alibi.

Sento addosso i brividi della febbre. Il dolore al ventre si è stabilizzato a un livello sopportabile, ma con il quale non è bello convivere. Lascio la tangenziale e imbocco via Rogoredo. Proseguo dritto per un poco, costeggiando stabilimenti che nel tempo sono spuntati come escrescenze in una zona che era prevalentemente contadina. Vado avanti finché trovo uno spiazzo dove fermare la Mini.

Prendo un'altra pastiglia e cerco sulla cartina di Milano e hinterland che tengo sempre in macchina l'indirizzo che mi ha dato Milla. La casa in cui è installato il telefono chiamato dalla madre di Daytona sta in via dei Naviganti Italiani 106 e l'abbonamento è intestato a un certo Aldo Termignoni. Un nome che non ho mai sentito. Ma con le molteplici attività del mio amico, sarebbe un poco difficile stare dietro a tutte le persone che incontra e che frequenta.

Proseguo a tappe, fermandomi sovente a controllare la direzione verso la quale la mappa mi guida. Esco dalla città e sono portato dalle indicazioni verso la periferia, dove esistono ancora delle residue realtà agricole. Edifici disposti a formare un quadrato, ultimi avamposti contro l'invasione del progresso e l'assalto dell'edilizia. Mentre mi sposto, scivola sulla mia testa il rombo degli aerei in fase di atterraggio, che sorvolano l'abitato a bassa quota diretti verso l'aeroporto di Linate.

Finalmente svolto nella via che cercavo. Mi trovo al centro di un gruppetto di abitazioni e ho di fronte una strada che continua verso un gruppo di alberi che si intravede in fondo. Controllo il numero dell'ultima casa alla mia sinistra e rilevo che da questa parte stanno i numeri dispari. Proseguo lentamente fino a incontrare altre costruzioni. I numeri civici sembrano uscire uno per uno dal sacchetto della tombola.

Non c'è nessuno in giro. Le macchine sono parcheggiate nei cortili o sul ciglio della strada e la gente sta all'interno delle case. Un bambino gioca in un giardino, da solo. Ignora quanto può crescere, nel tempo, quella solitudine. Gesti, parole, vita di tutti i giorni. Una sveglia che suona, un figlio da accompagnare a scuola, il 27 del mese che non arriva mai, quindici giorni l'anno di ferie pagate, il liscio in qualche balera, il sesso in macchina con la ragazza in attesa che diventi moglie.

Per i meno fortunati, una puttana da cinquemila lire sulla Paullese.

Il dolore al basso ventre e i brividi continuano. È anche arrivata la nausea a far loro compagnia. Ora che ho superato gli alberi, mi ritrovo in quella che potrei definire aperta campagna, se all'orizzonte non ci fossero i bastioni dell'ennesimo stabilimento, che svetta sullo sfondo di un campo seminato a grano. Forse è in un posto come questo che passeggeranno un giorno il Vecchio e il Bambino della canzone di Francesco Guccini.

Raggiungo una cascina isolata che ha conosciuto giorni migliori e che a distanza di tanti anni sa ancora di dopoguerra. L'aspetto è fatiscente e l'aia sembra il deposito di un rigattiere più che quello di una casa colonica. Un frigorifero arrugginito sta appoggiato a un albero, la carcassa di una macchina senza targa e senza pneumatici è montata su quattro pile di mattoni. Una persiana pende da una parte e la finestra sembra l'occhio di un cane con la palpebra scesa. Sul retro si intravede una bassa costruzione fatta con pannelli di lamiera arrugginita inchiodati a dei pali conficcati nel terreno.

Le male erbe sono cresciute a casaccio per seminare il loro puntuale disordine e un lato della casa è raggiungibile solo passando attraverso un'autentica piantagione di ortiche. Una scritta tracciata con un pennello maldestro e della vernice nera su una delle due colonne poste ai lati del vialetto di ingresso mi conferma che ho raggiunto la mia meta.

Fermo la Mini nel cortile. Forse avrei dovuto passare oltre, parcheggiare lontano e raggiungere la casa a piedi. Ma sto troppo male e ho troppa fretta.

La porta che dà sul fronte della casa è chiusa da un lucchetto fissato a una catena che passa attraverso due fori aperti nelle ante. Al pianterreno le persiane sono chiuse. Costeggio la casa e passo sul retro. Un marciapiede di cemento sbrecciato è steso davanti all'edificio per tutta la sua lunghezza. Dalla porta semiaperta della baracca, che non si vedeva dalla strada, spunta la coda arancione della Porsche di Daytona. Percorro il marciapiede, supero finestre protette da inferriate e arrivo a una porta di legno.

È socchiusa.

Spingo il battente col timore istintivo che cigoli.

Mi do dello stupido.

Il mio ingresso è già stato in larga misura preannunciato dall'arrivo della Mini in cortile. Entro e mi trovo in un ambiente scuro e sporco, all'apparenza disabitato. Do una rapida occhiata in giro per il pianterreno. Solo stanze spoglie, cartacce a terra, una coperta polverosa, una pila di piatti sbeccati in quella che sembra una cucina. Dappertutto l'odore dell'umidità, della polvere e del salnitro. Mi chiedo chi possa vivere in un porcile come questo. Eppure qualcuno deve farlo, visto che quel qualcuno paga una bolletta del telefono e della luce.

Imbocco la scala che parte dal pianerottolo di fronte all'ingresso e conduce al piano superiore, secondo l'architettura tipica di queste case rurali. Quando arrivo in cima, mi trovo in una zona un poco più curata, dove un accenno di pulizia rivela la presenza dell'uomo. Un corridoio corre per tutto il lato lungo della casa, dove le porte aperte delle camere si affacciano come bocche stupite.

A destra sembra ci sia una zona lasciata un poco più a se stessa e dunque prendo a sinistra. Supero una stanza dove ci sono due brandine con un nudo materasso sopra. Una porta chiusa con il vetro smerigliato potrebbe essere un bagno. Poi un'altra stanza con la porta semiaperta, attraverso la quale si indovina un letto matrimoniale con le lenzuola arruffate.

Infine supero una soglia e raggiungo l'ultimo ambiente di quest'ala.

Il colpo d'occhio è veloce e rende l'idea del posto. Ci sono dei muri con piccole trame tracciate con il rullo, delle poltrone sfondate, dei giornali e dei bicchieri su un tavolino, delle scatolette di cibo su uno scaffale, dei piatti sporchi in un secchio, un fornello a gas collegato a una bombola, un telefono appeso alla parete.

Mentre salivo mi sono chiesto come mai nessuno fosse venuto a vedere chi stava arrivando.

Ora che sono qui, capisco il motivo.

Daytona sta in terra, su un fianco, la testa appoggiata sul braccio allungato. Il davanti della camicia è rosso di sangue. Per effetto della caduta il riporto che componeva in maniera morbosa si è diviso a metà. Una parte è caduta stesa sulla manica arrotolata e l'altra scende a coprire l'orecchio, mettendo a nudo la calvizie che ha sempre e con ogni mezzo cercato di nascondere. Sentendo i miei passi, muove gli occhi senza girare la testa. Mi riconosce e l'allarme nel suo sguardo si stempera nel sollievo.

«B... avo.»

Ha parlato con un filo di voce, tanto che ho intuito più che sentito pronunciare il mio nome. Mi inginocchio accanto a lui. Respira a fatica, con un rantolo sibilante che pare giungere da un posto che non è in questa stanza.

Piange, non so se per il dolore o la pena. Un singulto diventa un fiotto di schiuma rossastra che attraverso le labbra esce a conoscere il mondo. Dall'angolo della bocca scivola verso terra e diventa una rossa lacrima di delusione.

«P... d... mi.»

Il perdono non è di questa terra. Ma ho l'impressione che fra poco non lo sarà più nemmeno lui, per cui gli concedo senza fatica quello che mi chiede.

«Ma sì che ti perdono, brutto idiota.»

Come evocate dalle sue, anche a me salgono le lacrime agli occhi: per lui, per me, per tutti gli stupidi come noi, per tutto il mondo che un dio imperfetto ha relegato fuori da queste finestre con i vetri sporchi. Per tutti quelli che ci hanno portato a essere come siamo, per noi che glielo abbiamo permesso. Per questo dolore che mi tormenta le viscere, che deve essere simile a quello che prova Daytona.

«Cos'è successo?»

«Dato... col... tlate.»

Ogni parola sembra costargli uno sforzo infinito. È arrivato alla fine e lo sa. Sta contando i respiri, in attesa dell'ultimo, quello che nessuno riuscirà mai a fissare nella memoria, perché dopo non c'è più nulla. Forse si sta chiedendo se valeva la pena di mettere in piedi tutti i suoi veleni per inseguire un colpo grosso che non è mai arrivato. Forse si sta chiedendo perché ha fatto tanta vita grama, illudendosi che fosse meglio di un'occupazione onesta, per avere in cambio questa ricompensa: morire solo come un cane sul pavimento lurido di un posto in culo al mondo, lasciando come eredità il niente di fatto che è stata la sua esistenza.

«Chi è stato?»

Solleva a fatica una mano e la porta verso il capo. Prende il ciuffo di capelli e tenta di sistemarselo sulla testa, in un ultimo maldestro slancio di vanità. Allungo una mano e lo aiuto a sistemare quella ciocca lucida di lacca e tintura.

Ripeto la domanda.

«Chi è stato, Daytona? Dov'è Carla?»

Lui mi guarda senza vedermi. Pare rivivere una scena a cui io non ho assistito. Forse quella in cui è stato ucciso. Forse, come molti dicono, tutta la sua vita. Poi chiude gli occhi.

«Co... bianchi.»

È la sua ultima parola.

Una vampata di nausea parte veloce dallo stomaco e mi arriva in gola. Mi alzo, mi allontano di un passo e mi piego in due con lo scatto di una lama a serramanico che si chiude.

Vomito.

Conati lunghi e dolorosi, che sembrano aprirmi lo stomaco e la testa in due. Quando finiscono mi ritrovo con un velo di sudore freddo addosso. Mi spiace che il mio elogio funebre a Daytona sia un rigurgito che ha rimesso al mondo i ravioli cinesi trasformati in una poltiglia acida.

Prendo il fazzoletto e mi pulisco la bocca.

Vedo che al polso ha ancora il suo prezioso Daytona d'oro, quello che ha scandito le fasi alterne della sua esistenza e che lo ha segnato più del nome e del cognome nell'anagrafe di un certo ambiente milanese. Lo sfilo dal suo polso, pensando che l'unico battito rimasto è quello dell'orologio. Lo metto nella tasca della giacca. Appena posso lo farò riavere a quella povera donna di sua madre, alla quale mi accomuna uno spiacevole destino: venire a sapere nel modo peggiore chi era in realtà suo figlio.

L'esigua presenza di spirito di cui sono ancora in possesso mi impone di scappare da questo posto il più in fretta possibile. Non posso fare a meno di pensare che se fossi arrivato un poco prima, forse adesso sarei steso a terra accanto a Daytona, a perdere lentamente calore e colore. Do un'ultima occhiata al cadavere di un uomo che credevo un mio amico, senza ricordare che in realtà nessuno lo è mai davvero. Un povero patetico balordo da quattro lire ma che, nonostante tutto, forse non meritava quello che gli è successo. Me ne vado e lo abbandono sul pavimento di questo posto di merda, a riassorbire con i vestiti il suo sangue. La prossima notte sarà forse la prima che da tanti anni passerà senza tirare l'alba.

E senza svegliarsi il pomeriggio dopo.

Riprendo le scale e percorro il tragitto che mi riconduce alla Mini. Salgo in macchina, avvio il motore e lascio questa casa che sa di abbandono, di tempo sprecato e di morte. I brividi sono aumentati, il bruciore continua ad accendermi il basso ventre e l'avere vomitato non ha fatto passare questa nausea che sembra riempirmi lo stomaco di schiuma.

Appoggio una mano alla fronte. La sento scottare. Forse è la suggestione, forse è febbre, forse la rivalsa del mio fisico dopo avere assistito all'agonia di Daytona. Il prezzo dell'angoscia, di un procedere a tentoni, senza capire nulla di quello che sta succedendo intorno a me.

Questo non è uno dei giochetti fra me e Lucio, lo scambio di una lima fra due menti prigioniere in corpi che li ospitano controvoglia. Ho la sensazione che questo sia un enigma terminale, la cui soluzione può essere peggiore dell'enigma stesso.

Sono un guerriero da poco, solo e spaventato, con il timore di morire al buio.

Raggiungo la tangenziale proseguendo per la strada da cui sono arrivato, senza rientrare in città. Per prudenza preferisco non passare due volte davanti alle stesse finestre e agli stessi cortili. In tutto il resto del viaggio verso casa continua a tormentarmi l'ultima parola di Daytona, sussurrata con voce che già non era più quella di un essere vivente.

Cobianchi.

Che cosa c'entra il Cobianchi?

È un albergo diurno che sta sotto via Silvio Pellico, in Galleria del Duomo. Ce n'è un altro anche in piazza Oberdan, a Porta Venezia. È un posto dove è possibile farsi una doccia o un bagno, trovare un barbiere e una manicure, telefonare, sostare al bar o depositare bagagli. Fa parte di una catena di locali simili che sono stati aperti da un industriale nella prima metà degli anni Venti in molte grandi città come Milano, Bologna, Torino, Roma, Napoli. All'epoca, visto che la stanza da bagno nelle case private non era così diffusa, venivano considerati dei bagni pubblici. Tuttavia l'uso di materiali di lusso e l'arredamento curato ne facevano un ambiente in qualche modo raffinato, un luogo di ritrovo frequentato anche da una clientela più esigente, in viaggio di piacere o di affari.

Mi chiedo che cosa possa rappresentare in tutta questa storia un'istituzione che, per l'evolversi dei costumi e delle possibilità economiche, è destinata a scomparire, qualcosa che in futuro forse diventerà un cimelio, un reperto di archeologia sociale da visitare come testimonianza di uno stile di vita e di un'epoca che non esistono più.

Che c'entra un esercizio visitato ogni giorno da centinaia di persone con l'omicidio di una decina di esseri umani in una lussuosa villa di Lesmo? Mi sembra un poco improbabile che un posto così dichiaratamente pubblico possa diventare il nascondiglio di qualcuno. Oppure mi sbaglio e la risposta a questa domanda va cercata in un vecchio detto, quello che asserisce che il modo migliore per nascondere una cosa è renderla evidente.

Esco dallo svincolo che immette sulla Vigevanese, diretto a casa mia. Dall'altra parte della rampa ci sono degli edifici e dei capannoni che ospitano uffici e attività commerciali. In alto, su uno di questi, c'è l'insegna di un'impresa di derattizzazione. Una volta, passando di qua con Daytona e il Bistecca, reduci da non so quale notte bianca, ho sentito la voce di quest'ultimo arrivare dal sedile posteriore.

«*Ehi, chì ciapen i danee per masà i ratt.*»

Ricordandosi che io non sono di Milano, ha ripetuto la frase in italiano, a mio uso e consumo.

«Qui beccano la fresca per ammazzare i topi.»

Ci ha pensato su soltanto una frazione di secondo, quel minuscolo intervallo di tempo che basta e avanza al genio per far diventare parola la propria intuizione.

«Sai com'è lo slogan di questa ditta?»

Ha proseguito senza attendere la mia risposta.

«Topastriiiiiii!»

Abbiamo riso come deficienti, nel sentire quella parola pronunciata imitando perfettamente il grido di Mr. Jinks, il gatto dei cartoni animati di Hanna & Barbera. Battute, gesti e risate che sembrano lontani secoli, quando attraversavamo il nostro tempo senza capire che cosa stava succedendo intorno a noi.

Tutti a letto dopo Carosello.

Solo che dopo vent'anni lo hanno chiuso, lasciandoci senza punti di riferimento, con davanti le lunghe ore della notte da riempire. Durante il viaggio in macchina con il Tulipano ricordo di avere pensato, guardando le luci della città, che per molti sarebbe stato un brutto risveglio scoprire come la festa promessa in realtà fosse finita. Non pensavo che quel momento arrivasse così presto. Non pensavo arrivasse per me.

Una specie di rabbia mi indurisce le mascelle e aumenta il senso di nausea.

Mi chiedo quali saranno i commenti di chi lo conosceva, quando la morte di Daytona verrà scoperta. Mi chiedo che penserà e che farà l'ispettore Stefano Milla quando verrà a conoscenza del fatto che un uomo è stato trovato ucciso all'indirizzo che mi ha fornito sotto banco. Una cosa è certa: non posso restare come un idiota seduto sul divano di casa mia, in attesa che decida di venire a esigere chiarimenti, in forma ufficiale o meno.

Questa volta supero il cancello con la macchina e vado a fermarmi proprio davanti ai vetri del portoncino d'ingresso. Dovrò uscire subito con una sacca in mano e sto troppo male per portarla fin oltre il muro di cinta.

Salgo in casa, sperando di non incontrare Lucio. La cosa non succede e io ne sono felice. Sto male in diversi modi e per diverse ragioni. Non ho voglia di essere infilato mio malgrado in una schermaglia che è diventata col tempo una consuetudine, al punto di eliminare fra noi qualunque altra forma di comunicazione a parte gli enigmi e le facezie.

Ora che il gioco ha aumentato la posta, mi sembra tutto stupido e infantile. La morte è una primadonna, ha la capacità di monopolizzare l'attenzione. E l'attenzione è tanto più grande quanto più strane sono le circostanze in cui si presenta. Nello stesso tempo, in un modo o nell'altro, ha il dono di rendere protagonisti. Me ne sto accorgendo a mie spese, adesso che ovunque muovo lo sguardo mi trovo intorno corpi insanguinati stesi a terra. E all'apparenza ognuno di loro ha un dito puntato a indicare me.

Arrivo in casa pronto per correre in bagno e vomitare un'altra volta. Nella concitazione uno schizzo mi macchia un lembo della giacca. La tolgo e la getto sul cesto della biancheria sporca.

Mi lavo la faccia e mi vedo allo specchio.

Quello che trovo non è più il viso dell'uomo che conoscevo. Ho gli occhi cerchiati, un colore giallastro, le labbra secche con qualche pellicina sollevata. I capelli portano tracce di ragnatele, che devo avere raccolto senza accorgermene mentre esploravo la cascina.

Il bel ragazzo inutile che faceva dire alle donne «Con te ci verrei gratis...» e che nonostante il suo cinismo e la sua presunzione non è riuscito a capire che era una bugia, sembra sia rimasto steso accanto a Daytona in quel posto di merda. Quello che mi guarda è un uomo diverso. Adesso tocca a me scoprire quanto, prima che me lo rivelino gli altri.

Tolgo la camicia e le faccio raggiungere la giacca. Ne prendo una pulita dall'armadio in corridoio e tiro fuori una sacca. Vado ad appoggiarla sul letto e accendo il televisore. Faccio un giro per i canali alla ricerca di un notiziario. Primo e Secondo Canale, Telemilano, Antenna 3, più qualche altra rete di quello che i giornali identificano come l'ambito locale. Trovo solo programmi per bambini o altre cagate del genere.

Spengo quell'inutile apparecchio e accendo la radiosveglia sul comodino.

Inizio a riempire la sacca con gli indumenti e le cose indispensabili per un breve viaggio. Per tutto il tempo, dal minuscolo altoparlante della radio, la voce di Claudio Baglioni mi parla di Tunisia e mi propone di andare lontano. Vorrei che fosse nella stanza a cantare, per potergli spiegare quanto lo farei volentieri.

Quando la sacca è piena, mentre partono le note di un vecchio pezzo dei Dik Dik, inizio ad aprire la mia particolare cassaforte, quella che i poliziotti non hanno trovato durante la loro perquisizione.

Il letto è in ferro battuto, con quattro gambe rotonde ai lati delle testiere. Sono di altezza e dimensione un poco superiore alla media e terminano con pomoli di ottone. Mi chino accanto alla prima e faccio compiere un giro di trecentosessanta gradi a un anello posto alla base, che a prima vista pare una decorazione. In questo modo ho sbloccato il pomolo, che può essere svitato ma solo ruotandolo in senso orario, in direzione opposta alla solita. Semplice ma, alla luce dei risultati, efficace. All'interno c'è un leggero contenitore cilindrico di plastica trasparente, agganciato al pomolo con uno spago. Lo estraggo e tolgo il tappo che lo chiude. Lo appoggio sul letto e faccio cadere i rotoli di banconote che contiene. Ripeto l'operazione con le altre quattro gambe, recuperando tutto il mio denaro liquido e quattrocentonovanta milioni che per ora sono rappresentati solo da una schedina del Totocalcio.

Ho sempre pensato che fosse meglio non affidare alle banche tutto il mio denaro. Per prima cosa un afflusso continuo e significativo, senza una giustificazione plausibile, avrebbe potuto essere compromettente in caso di un controllo. In seconda analisi, si sarebbero potuti verificare dei casi in cui non fosse consigliato seminare assegni o tagliandi di carte di credito.

Gli eventi hanno legittimato la mia prudenza, che a volte ho giudicato un poco eccessiva. Però la saggezza popolare mi suggeriva pure che di troppa prudenza non è mai morto nessuno e io non me la sono mai sentita di contraddirla.

Infilo il denaro nella sacca e la schedina in tasca. Abbandono sul comodino il cercapersone, che potrebbe rivelarsi un'arma a doppio taglio. Prendo in mano la sacca con la precarietà emotiva non dell'emigrante ma dell'uomo braccato. Il programma musicale termina e inizia un radiogiornale. Pronto per un viaggio senza certezze di durata e di ritorno, mi fermo al centro della stanza ad ascoltare.

Spengo senza nemmeno attendere che il notiziario sia finito.

La voce del giornalista è entrata nella mia casa e parola dopo parola ha mandato in frantumi il mondo intorno a me. Mentre esco dalla porta, spinto non più dalla fretta ma dalla furia, mi chiedo se basterà quello che resta della mia vita a rimettere insieme i pezzi.

CAPITOLO 16

Arresto la Mini con il muso puntato verso le sbarre di un cancello con la vernice scrostata, in via Carbonia, a Quarto Oggiaro. Scendo e ci metto un poco a trovare la chiave giusta nel mazzo che tengo in mano. Dopo diversi tentativi riesco a far scattare la serratura. Apro i battenti e ritorno in macchina. Sono costretto a fermarmi subito dopo l'ingresso, per chiudere la porta del passo carraio. Ho dentro un'ansia che mi spinge a fare in fretta, con la sensazione che la luce sia nemica e che tutti, in strada, non abbiano occhi che per me.

Durante il viaggio da Cesano a qui ho fatto un sacco di giri, svoltando a destra e sinistra e controllando nello specchietto per vedere se ero seguito. Quando mi è parso che tutto fosse a posto, che non ci fosse nessuna macchina sospetta a farmi da scorta, ho fatto una sosta a un'edicola. Ho preso l'edizione della sera dei giornali, qualche rivista e qualche settimanale di enigmistica. Sono ripartito e ho acceso l'autoradio, creando voci subito spente e musiche subito troncate, alla ricerca di un giornale radio che confermasse le notizie che avevo appena sentito, con quel sottile masochismo che arriva insieme all'affanno nelle persone minacciate.

Infine ho bloccato il cursore su un'edizione speciale di un notiziario Rai, tutta imperniata sull'evolversi degli eventi nella vicenda di casa Bonifaci. C'era stata, un paio di ore prima, da parte di uno sconosciuto, una telefonata alla sede dell'Ansa la cui attendibilità era in corso di verifica. L'uomo aveva rivendicato, per conto delle Brigate Rosse, la paternità dei delitti di Lesmo, definendoli una nuova vittoriosa azione nella guerra armata contro lo Stato e i suoi rappresentanti, un altro successo dopo il rapimento di Aldo Moro e l'annientamento della sua scorta. Seguiva una dichiarazione registrata del ministro degli Interni, nella quale veniva sottolineata l'estrema gravità della situazione e nello stesso tempo la fermezza delle istituzioni di fronte alla minaccia del terrorismo. Una riunione straordinaria del Governo era in corso.

Questo, grosso modo, lo avevo già sentito a casa. È stato quello che mi ha fatto decidere a sloggiare, prima che Giovannone o chi per lui decidesse che c'erano elementi più che sufficienti per venire a prelevarmi e trattenermi in attesa di capire che cosa c'entravo in tutta questa storia.

Poi il conduttore ha annunciato una novità, che avrebbe potuto rappresentare una svolta nel corso delle indagini. Una cosa che da una parte ha schiuso ai miei occhi uno spiraglio di luce e dall'altra mi ha precipitato in un posto viscido e buio. Un testimone oculare, un ragazzo che tornava da una discoteca, aveva visto, la notte dell'eccidio, due auto con diverse persone a bordo uscire dal cancello della villa di Bonifaci. Una grossa Volvo familiare e una piccola macchina scura, blu o nera, che il teste aveva identificato come una Mini o forse una 127.

La notizia mi ha pietrificato. I brividi sono diventati un tremore incontrollabile, tanto che ho dovuto fermarmi in attesa che passasse. Poi è subentrata questa frenesia da ratto di arrivare dove ero diretto, per scoprire se il sospetto che mi era venuto avesse un fondamento o no. La conferma non avrebbe risolto nulla: solo trasformato una serie di brutte domande in allarmanti risposte.

Il clacson di un'auto in attesa dietro di me mi impone la coscienza di cosa e dove.

A poche decine di metri c'è una rampa di cemento che conduce a una fila di garage ricavati nell'interrato. La imbocco, lasciando libero il passaggio all'altra auto che si dirige verso i parcheggi all'aperto nel cortile del palazzo. Quando arrivo in fondo prendo a destra, verso il box contrassegnato con il numero 28.

Nel chiarore incerto che arriva dalle inferriate in alto, accosto la Mini parallela alla lunga sequenza di saracinesche. Scendo e apro quella del garage che mi interessa. Dentro c'è parcheggiata una Fiat, una 124 nocciola. Un'auto anonima, sia per il modello che per il colore. Quella che fa al caso mio, in questo frangente. Salgo sulla macchina e trovo le chiavi nell'aletta parasole. Il motore si accende quasi subito, sputando un fumo denso dallo scarico. Ringrazio le mie periodiche cariche alla batteria che hanno permesso questo piccolo miracolo. Con questo mio nuovo mezzo di locomozione torno all'aperto. Abbandono la 124 in uno degli stalli ricavati nelle aree asfaltate intorno al complesso.

Ogni volta che mi trovo allo scoperto riemerge questo senso oscuro di minaccia, che le precarie condizioni fisiche in cui mi trovo amplificano oltre misura. Recupero la penombra della rimessa e il fresco che mi offre.

Raggiungo la Mini e la infilo nel box, nel quale trova più spazio di quanto non le sia necessario. Chiudo la serranda e accendo la lampadina appesa al soffitto, che crea più ombra che luce in questo spazio esiguo. Ci aggiungo il riverbero dei fari sui muri slavati. Prendo dal bagagliaio una pila. Torno a sedermi al volante e apro il cruscotto. Tiro fuori il libretto di circolazione e aziono la leva del cofano.

Mentre scendo dalla macchina mi ripeto che sono un

idiota, che è una cazzata quella che sto pensando, che non è possibile che qualcuno…

Succede poche volte, ma ci sono certezze che quando arrivano sono più devastanti di qualunque ignoranza. È quello che penso, è quello che provo, nel momento in cui punto la luce della torcia e mi rendo conto che il numero di telaio, questa volta, corrisponde a quello segnato sul libretto.

Di colpo mi arriva in bocca un sapore rancido e il mio alito pare infettare tutta la poca aria umida contenuta in questa scatola di cemento, questo ricovero per auto che ora sembra essersi trasformato nella cella della morte per un essere umano.

Inizio una accurata perquisizione della Mini. Sposto i sedili, tiro via i tappetini, controllo le tasche laterali e il contenuto del cruscotto, svuoto il baule. E intanto mi dico che non è così semplice. Se quello che sospetto corrisponde a verità, chiunque abbia messo in piedi tutta questa faccenda è stato di certo più zelante e più fantasioso.

Prendo un paio di forbici da elettricista e un cacciavite dalla borsa degli attrezzi. Inizio dal baule, togliendo la ruota di scorta dal suo alloggiamento e sollevando il rivestimento del pianale. Non ci trovo nulla di anomalo. Passo all'interno. Sollevo i sedili anteriori e con le forbici inizio a tagliare quello posteriore, mettendo prima a nudo e poi estraendo l'imbottitura fibrosa nascosta dalla fodera.

Smetto solo quando lo schienale e la seduta sono completamente svuotati e non hanno rivelato nulla di anomalo. Sono tutto sudato. La testa mi pulsa e mi pare che qualcuno dall'interno stia spingendo per farmi uscire gli occhi dalle orbite. Il bruciore è tornato a essere una striscia infuocata che mi avvolge le viscere.

Passo a occuparmi dei sedili anteriori.

Faccio scorrere quello davanti al volante fino a farlo uscire dalle guide. Lo appoggio a terra davanti ai fari accesi della macchina e gli infliggo la stessa metodica punizione del primo sedile, anche qui senza esito alcuno. Torno nell'abitacolo e punto il fascio luminoso della pila sul pavimento. Appoggiata come una beffa sul pianale c'è una macchia di colore rosso scuro. Non c'è bisogno di essere medico per capire che cos'è. Il sangue presenta un biglietto da visita che non c'è bisogno di leggere. Non so a chi appartenga, ma sono certo che un tecnico, in un laboratorio, potrebbe confermare che il gruppo corrisponde a quello di una delle vittime di villa Bonifaci.

Proseguo come un invasato, mentre sento voci che mi bisbigliano parole incomprensibili all'orecchio. O forse stanno solo nella mia mente e sono la febbre e l'ansia a renderle così reali.

Taglio, strappo, smonto. E infine la scopro.

Fissata con del nastro adesivo, all'interno della portiera del passeggero, c'è una pistola munita di silenziatore. Me la trovo d'un tratto come una minaccia sotto la luce biancastra della pila. Un'inerte e quieta passeggera abusiva ma nello stesso tempo sinistra e minacciosa. Anche in questo caso non ho dubbi: sono certo che è l'arma che una notte, in aperta campagna, ha aperto tre fori nel corpo di Salvatore Menno detto il Tulipano, col solo rumore di tre frecce che colpiscono il bersaglio.

pfft... pfft... pfft...

Pure senza il conforto di una perizia, sono altrettanto certo che ha compiuto il suo dovere anche altrove, nel caso specifico una villa a Lesmo, nei paraggi di Monza.

La stacco dal suo alloggiamento forzato e ne ricevo il peso nella mano. È una Beretta, anche se non saprei dire il modello. Me ne intendo un poco di armi perché mio padre ne aveva un paio. Non ci ho mai sparato ma sovente ho osservato lui mentre le maneggiava. Libero il caricatore e lo controllo. È pieno di proiettili. Chi l'ha messa in quel posto ci teneva a fare le cose per bene, a non lasciarmi indifeso. O a far credere, a chi l'avesse trovata, che ero un tipo agguerrito e pronto a tutto.

Controllo che la sicura sia inserita e infilo l'arma nella sacca. Sono certo che si tratta di un errore, ma in questo momento mi sento più protetto ad averla con me. Chi l'ha nascosta sulla mia macchina l'ha fatto per mettermelo nel culo. Nel caso ci dovessimo trovare l'uno di fronte all'altro, preferisco non essere a mani nude. Sto nella merda, ma non ho nessuna intenzione di permettere che ci sia scavata la mia tomba.

Sollevo la saracinesca e una ventata d'aria fresca mi fa respirare di nuovo in modo decente, dopo il caldo umido del box. Prendo la sacca e sigillo nel loro loculo i resti della mia auto. Mi avvio verso un ascensore che sta incastrato in un muro di cemento a vista, dall'altra parte della corsia d'accesso ai garage.

Spingo il pulsante del quarto piano, sperando di non incontrare nessuno. Il palazzo dove mi trovo è una specie di alveare fatto a C, ai margini della città e della legge. Quarto Oggiaro è un quartiere dove si è insediata con profitto la malavita, che l'ha reso un posto poco raccomandabile da frequentare e in cui è poco consigliabile farsi gli affari degli altri.

Come sempre, il diavolo non è brutto come lo si dipinge e la situazione a Quarto non è così drammatica. Ma, viste le circostanze, mi va bene così: è il posto giusto dove ripararmi, specie ora che il diavolo me lo trovo alle calcagna e mi sembra molto più brutto di qualunque raffigurazione.

L'ascensore si ferma. Lascio le scritte incise sulle pareti a raccontare ai posteri e ai trasportati che Luca è un culattone e Mary una troia. Con relativo numero di telefono. Un'altra scritta, semicancellata con mano frettolosa da un parere diverso, asserisce che l'Inter è una merda. Questi piccoli vandalismi, che prima consideravo con una certa irritazione, ora mi sembrano una testimonianza di normalità, di vita con del tempo da perdere, l'assenza di ogni pensiero tranne una furtiva banalità.

Esco e mi trovo in un corridoio. Lungo e silenzioso, con l'intonaco che lascia traspirare un leggero odore di umidità. La porta subito a sinistra è quella dell'appartamento dove sono diretto. Quando infine sono dentro, tiro un istintivo sospiro di sollievo.

Lascio cadere la sacca e mi appoggio al battente.

La testa mi pulsa. Il dolore agli occhi si è calmato. Il bruciore no.

Tiro fuori dalla tasca della giacca il Furadantin e mi infilo fra le labbra un'altra pastiglia. La inghiotto, anche questa volta senza acqua. Poi mi chino e prendo dalla sacca un astuccio con una riserva di medicinali. Mentre lo cercavo ho incontrato più volte con la mano il metallo inerte della pistola. Invece di inquietarmi, mi ha dato sicurezza. Raggiungo la cucina e recupero un bicchiere da un pensile sopra l'acquaio. Lo sciacquo e ci verso della Novalgina, che funziona sia per la febbre sia per il mal di testa. Ci aggiungo un poco d'acqua e bevo, accettando il gusto amaro del medicinale, che sembra migliorare il gusto al fiele che ho in bocca.

Ritorno nel soggiorno e riassumo in un'occhiata il posto in cui mi trovo. L'appartamento è un poco più grande del mio, con una cucina abitabile e una camera in più. L'arredamento corrisponde a quello che ci si aspetta in un palazzo e in un quartiere come questi.

Mobili dozzinali, quadri dozzinali, tessuti dozzinali.

C'è nell'aria un odore di chiuso e un senso di abbandono. Sopra ogni cosa è depositato un velo di polvere che non ho nessuna intenzione di togliere. Né di chiamare qualcuno che lo faccia per me. Qui ci viveva, fino a un anno e mezzo fa, una persona che attualmente si trova a San Vittore.

Carmine Marrale è uno degli uomini più brutti del mondo e nello stesso tempo uno degli uomini con l'uccello più grosso del mondo. Conosco il primo lato della sua anatomia perché ho gli occhi, il secondo perché ho ricevuto le confidenze di una delle mie ragazze, l'unica che aveva accettato di congiungersi carnalmente con lui dopo che un altro paio si erano rifiutate inorridite.

L'ho conosciuto in circostanze particolari, quelle che quando si verificano fra due esseri umani o fanno girare le spalle per sempre o creano un rapporto, non importa su quali basi in seguito si sviluppi. Nello specifico lui e io siamo i protagonisti di una storia classica, quella che racconta di denti e di pane.

L'ironia della vita al potere.

Ero fuori Milano, nelle vicinanze di Motta Visconti, in una trattoria in mezzo alla campagna conosciuta e frequentata per le ricette a base di rane. Frittata con le rane, risotto con le rane, rane fritte. Per gli amanti del genere, un posto che valeva la pena di frequentare. In quel periodo era di moda sedersi a quei tavolacci spartani e mangiare quello che veniva servito, bevendo vino senza etichetta sulla bottiglia. Non era raro trovarci esponenti della Milano che conta e di quella che crede di contare. Io ci ero finito con una compagnia di persone di cui non ricordo i visi e i nomi e di cui ho perso le tracce. Le sole cose che ricordo sono una ragazza che mi piaceva e il mio malumore, che lentamente si è trasformato da desiderio fisico nel desiderio di essere un altro e da un'altra parte. Quando ho deciso di averne abbastanza, mi sono alzato e ho trasformato il cinquanta per cento delle mie voglie in realtà.

Mi sono fermato sulla soglia e ho acceso una sigaretta. Una macchina con tre persone a bordo è uscita dal parcheggio dietro la trattoria, sbucando a canna dall'angolo alla mia destra. Ho guardato le luci posteriori allontanarsi e perdersi nel buio, sbiadite da una nuvola di polvere nata dalla strada sterrata. Per uno di quegli strani giochi del caso, degli occhi e della memoria, ho mandato a mente il numero di targa.

Mi sono avviato per raggiungere la mia macchina, che era l'ultima in fondo al parcheggio. A metà strada ho intuito, più che visto, la figura di un uomo sdraiato a terra.

Era steso sulla schiena e cercava senza riuscirci di girarsi su un fianco. Mi sono chinato su di lui. L'ho aiutato a mettersi seduto, con il sottofondo delle sue bestemmie soffiate a mezza voce. Non era necessaria molta luce per accorgersi che, chiunque gli avesse fatto quel servizio, ci era andato con la mano pesante.

Aveva il naso rotto e un labbro spaccato. La penombra tuttavia non mi ha consentito di contare le ecchimosi varie. Ho immaginato che il corpo non fosse piazzato meglio del viso. Trovandosi in posizione eretta, il sangue dal mento ha iniziato a colargli sulla camicia. Ho preso un fazzoletto dalla tasca e gliel'ho passato.

«Niente di rotto?»

Ha mosso le gambe e mi ha risposto attraverso il tessuto leggero premuto sul labbro.

«Credo di no.»

«Che ti è successo?»

«Mi hanno pestato. Erano in tre quei bastardi.»

«Li conoscevi?»

«Avevano dei passamontagna. Merde senza coraggio.»

«Chiamo un'ambulanza? Potresti avere qualche lesione interna.»

«No, niente ambulanze. Niente Pronto Soccorso.»

Leggendo fra le righe, quest'ultima affermazione aveva anche un altro significato: niente Polizia.

«Ce la fai a guidare?»

Prima di rispondere, ha fatto una veloce rilevazione statistica delle sue energie.

«No.»

Poi ha considerato me.

«Ti do centomila lire se mi porti a casa.»

Ho risposto pronto.

«Duecento.»

Ha risposto altrettanto pronto.

«Sei uno stronzo.»

«Sì. Ma sono uno stronzo in grado di guidare. Altrimenti puoi sempre far venire l'ambulanza.»

«Vaffanculo. Aiutami ad alzarmi.»

L'ho sorretto finché si è messo in piedi e ho ascoltato una nuova litania molto fantasiosa di cose legate alla religione. L'ho infilato in macchina e mi sono avviato verso casa sua, all'indirizzo che mi aveva dato. Durante il viaggio non riuscivo a staccare gli occhi dal suo viso tumefatto, alla luce intermittente dei lampioni. Ricordo un suo mezzo sorriso, subito mortificato dalla ferita al labbro.

«È inutile che mi guardi. Ti garantisco che prima delle botte ero più brutto ancora.»

L'ho accompagnato qui, nell'appartamento in cui sono adesso. L'ho aiutato a darsi una ripulita e a stendersi sul letto. L'ho visto cercare la posizione migliore che il corpo poteva offrirgli senza esigere in cambio troppo dolore. Infine gli ho messo sul comodino una bottiglia d'acqua e delle aspirine che ho trovato in bagno.

«Vuoi che chiami qualcuno?»

«No.»

«Mi spiace ricordartelo, ma mi devi duecentomila lire.»

Mi ha indicato senza parlare il cassetto del tavolino da notte di fianco a lui. L'ho aperto. Dentro c'erano delle banconote. Ho contato quello che mi doveva e ho messo i soldi in tasca.

Il commento a quel gesto è arrivato puntuale.

«Sei un avvoltoio.»

«Può darsi. Ma al trasporto aggiungo un regalo.»

Ho tirato fuori una biro dalla tasca interna della giacca e ho scritto una sigla e un numero su una rivista accanto all'abat-jour.

«Non so se ti possa servire, ma questo è il numero di targa di quelli che ti hanno pestato.»

Un paio di mesi dopo l'ho incontrato per caso al Negher de Milan, un locale sui Navigli. È stato lui ad avvicinarmi. Mi ha offerto da bere e ha specificato di non averlo fatto per ringraziarmi, perché secondo lui le due gambe che avevo infilato in tasca erano un ringraziamento più che sufficiente. Era solo per festeggiare il fortunato esito di una spedizione punitiva contro i tre balordi che lo avevano pestato e che aveva individuato tramite il numero di targa che gli avevo lasciato.

Siamo diventati in qualche modo amici, per quanto lo possano essere due topi finiti per errore in una damigiana. Ho conosciuto la sua storia, che è simile a quella di tanti altri che entrano ed escono senza apparente soluzione di continuità dalla galera. Una gioventù in strada, con male compagnie, spacconate e piccoli furti. Il passaggio successivo ai colpi negli appartamenti e quindi l'approdo alla rapina a mano armata. Con qualche intermezzo da rebongista, come si chiamano in gergo gli spacciatori di coca, tanto per tirare su qualche lira nei momenti grami. La moglie lo ha lasciato quando si è resa conto che non sarebbe mai cambiato e quando ha saputo di essere incinta. Carmine è rientrato e ha trovato la casa deserta, gli armadi vuoti, il cassetto con il poco denaro che c'era, prosciugato.

E un biglietto sul letto.

Col quale lei gli annunciava di non avere nessuna intenzione di permettere a loro figlio di crescere con un padre come lui. Da allora non l'ha più vista. Un giorno ha ricevuto una busta dalla Germania, nella quale c'era solo la foto di un bambino di circa due anni. Sul retro, scritto a biro, un nome: Rosario.

Quando Carmine ha tentato l'ennesima rapina, ci sono scappati due morti. Un poliziotto in borghese che si era messo di mezzo e una cliente della banca. È stato arrestato grazie a una soffiata e al processo si è beccato ventidue anni. Allora ho deciso di continuare io a sostenere i costi del suo appartamento, pur di averlo a disposizione, insieme all'auto, in caso di necessità. Ora sento che quei soldi sono stati spesi bene e che, almeno per un poco, la casa di Carmine rappresenta un rifugio sicuro. Almeno fino a quando la causa intentata dai familiari delle vittime non gliela porterà via. È stato un patto fra me e lui e nessuno ne è al corrente. Le spese di condominio le verso a suo nome tramite vaglia postale e continuano ad arrivare come se fosse lui a pagarle. Idem per le bollette.

Prendo la sacca e vado in camera da letto. La appoggio su una sedia. Per fortuna il mio amico ha le mie stesse abitudini. Davanti al letto c'è un mobile con un televisore Saba e il videoregistratore accanto. I balordi sono sempre all'avanguardia, con la tecnologia. Di fianco e su uno scaffale sono impilate molte cassette, purtroppo per me quasi tutte porno.

Non è un tipo di spettacolo che mi diverte.

Mi viene in mente senza nessuna allegria una battuta di Giorgio Fieschi: il sesso è come lo sport, l'importante è partecipare.

Accendo il televisore e mi accerto che funzioni. Lo lascio sintonizzato sul Secondo Canale con il volume al minimo. Passo in bagno, mi sfilo i pantaloni e mi siedo sulla tazza. Mi sfuggono un paio di madonne che potrebbero competere con quelle del padrone di casa. Mi sembra di pisciare fiammiferi accesi.

Premo il pulsante che accende lo scaldabagno e nell'attesa di potermi fare una doccia, torno a sdraiarmi sul letto. Scosto il telo che copre il materasso nudo e i cuscini senza federe. Mi tolgo le scarpe senza slacciarle. Le immagini nel televisore sono sfocate e le parole forse appartengono a una lingua che non esiste.

Sto da cani.

Prendo quella specie di coperta dalla pulizia discutibile e me la tiro addosso, come un patetico personaggio del *Padrino*, quando è guerra tra famiglie e si va ai materassi. Arriva una stanchezza improvvisa che mi impedisce di riflettere e mi fa scordare che, proprio mentre inizio a capire, non riesco a credere.

Il sonno mi pare l'unico rifugio.

Dormo.

CAPITOLO 17

Mi sveglio con gli occhi tutti incrostati.

Anche se non ne ho mai mangiata, mi sembra che la bocca sappia di merda di coniglio. Mi sento un poco frastornato ma il bruciore è passato quasi del tutto e la notte di sonno a piombo mi ha ricondotto nel novero degli esseri umani. Il pensiero arriva subito dopo, puntuale, a ricordarmi la situazione precaria in cui mi trovo. Gli esseri umani non hanno avuto perquisizioni in casa e possono passeggiare per strada senza nessun timore. Fanno quel cazzo che gli pare senza doversi guardare le spalle o tenere d'occhio le auto che incrociano, per timore che di fianco a loro se ne blocchi di colpo una dei Carabinieri o della Polizia.

Gli esseri umani non scappano, camminano.

Mi alzo dal letto e constato che le ossa sono tornate all'interno delle gambe e che la testa non mi gira. Mi spoglio e getto i vestiti sul letto. Questa volta non evito lo specchio, appoggiato sull'anta al centro dell'armadio. Il mio corpo nudo è una barzelletta anatomica e ci sarà un giorno in cui troverò la forza di riderne. Ma in questo momento la mia mutilazione è l'unica risorsa che possiedo, l'unica fonte di rabbia vera a cui attingere energia per reagire a quello che mi sta capitando.

A quello che qualcuno mi sta facendo capitare.

Passo in bagno.

L'ambiente è il trionfo del marrone, con certe piastrelle a

disegni geometrici che danno un senso di cupo che riflette alla perfezione il mio stato d'animo. È un monito che, in qualunque posto ci si nasconda, non si può sfuggire alle piastrelle marroni.

Qui, come ricompensa, mi aspetta un altro specchio, più piccolo.

Offre il dettaglio del viso, con la barba lunga, gli occhi cisposi e i capelli sporchi e arruffati. Forse non sono proprio sano di mente ma, nonostante tutto, mi fa sorridere un pensiero. L'idea che questa superficie, abituata a riflettere le sembianze da orco di Carmine, provi una specie di sollievo nel riprodurre un volto sciupato ma che appartiene alla categoria degli uomini normali.

Un volto del quale, per mia scelta, non esistono in pratica fotografie. Ogni volta che mi sono trovato davanti a una macchina fotografica, come succede a volte in compagnia, ho sempre fatto in modo di essere coperto o di girare la testa e non essere ripreso di fronte. Nei miei cassetti, al contrario di quelli di Lucio, non ci sono immagini che ricordano la mia vita passata. Che ho fatto di tutto per dimenticare e che sono riuscito a cancellare insieme al mio nome.

Considero il mio aspetto fisico e valuto come ci posso lavorare.

Decido di tenere la barba. Mi cresce veloce e in un paio di giorni dovrebbe essere un camuffamento accettabile. I capelli lunghi e ondulati sono abbastanza riconoscibili, ma a questo si può trovare un rimedio. Inizio ad aprire i cassetti dei mobili in formica e in mezzo a carabattole di vario genere, alcune di natura tipicamente femminile, trovo quello che mi serve. Penso che Carmine, dopo l'abbandono della moglie, non abbia avuto il coraggio di gettare via quello che lei ha dimenticato in bagno. Prendo un elastico, un pettine fitto e un paio di forbici da parrucchiere. Non credevo che un uomo come Carmine fosse vanitoso al punto da avere una cura personale dei baffi. Sono certo che lui penserebbe, se fosse al corrente dei casini in cui mi trovo, che non mi credeva così stupido da farmi incastrare in questa maniera.

Apro il rubinetto, chino la testa e mi inumidisco i capelli. Poi li pettino tirandoli tutti verso l'alto e li blocco con la mano a formare una specie di coda di cavallo al centro della testa. La fermo con l'elastico, girandolo più volte e facendolo scorrere bene fino alla base.

Mi guardo. Con la barba incolta e questa criniera da unno sembro la comparsa di un sandalone, come chiamavano i film mitologici degli anni Sessanta. Il risultato sarebbe buffo, se non fosse frutto di una condizione disperata.

Con le forbici do un taglio netto un paio di centimetri sopra l'elastico. Quando lo sciolgo, i capelli ricascano verso il basso, scalati in modo accettabile. Ringrazio il mio amico Alex, che senza volerlo mi ha insegnato questa procedura una volta che ero nel suo negozio. Armeggio ancora un poco con le forbici intorno alla testa, aiutandomi con uno specchio a mano che ho trovato in un altro cassetto.

Alla fine considero il risultato. Adesso sono un uomo con i capelli corti e sfumati, uno che ha un parrucchiere dall'arte discutibile e che forse dovrebbe radersi, ma di certo diverso da quello che ero prima.

Raduno i capelli caduti a terra e nel lavabo e li getto nel water. Forse, a suo tempo, Dalila ha fatto la stessa cosa. Premo il pulsante e lo sciacquone li porta via, insieme alla mia forza.

Prendo da un mobile degli asciugamani che sembrano puliti. L'apparenza mi sembra un risultato accettabile. Nella mia situazione non posso andare troppo per il sottile. Passo sotto la doccia e ci rimango fino a che ho esaurito tutta l'acqua calda del boiler. Quando esco sono di nuovo in possesso delle mie facoltà fisiche e mentali, quali e quante che siano.

Con l'asciugamano avvolto intorno alla vita, con ai piedi un paio di ciabatte di una misura inferiore alla mia, vado verso la cucina. Nel tempo ho provveduto a rifornire la dispensa di pasta e roba in scatola. Il frigo è pieno d'acqua minerale e ci sono olio, aceto, sale e zucchero.

E soprattutto caffè.

Preparo la caffettiera e la metto sul fuoco, dopo avere aperto il rubinetto del gas. Mi siedo e aspetto il rantolo della macchinetta. Intanto penso a tutti gli elementi di questa storia ingarbugliata. A tutti i personaggi che vedevo muoversi intorno a me come delle marionette senza sapere che in realtà la marionetta ero io.

Tutto è cominciato con Carla e a lei riconduce. Qualcuno, da qualche parte, deve avere saputo che avevo un rapporto privilegiato con Lorenzo Bonifaci e che ero uno dei pochi in grado di introdurre persone nella sua villa.

Belle ragazze, nella fattispecie.

Quel qualcuno ha tirato dalla sua Daytona, di certo con la lusinga del denaro. Conoscendolo, non penso che sia mai stato incline a farsi irretire dall'ideologia. Il mio sciagurato amico ha fatto in modo che io incontrassi Carla, facendo leva sul mio amor proprio. Mi ha sfidato a convincerla ad andare a letto con lui e io, come uno scemo, ci sono cascato. Poi ha decantato la sua bellezza e le qualità delle sue prestazioni. Ci ha aggiunto l'interesse dalla ragazza per il denaro, quando ha accennato che gli aveva chiesto di più per incontrarlo ancora. Quando io ho rifiutato il numero di telefono che mi aveva offerto al ritorno dalla bisca di Opera, sono stato scaricato non per caso in piazza Napoli. Carla è stata subito avvertita del mio scarso interesse e ha deciso di affrettare i tempi, facendosi trovare davanti all'Ascot Club.

Sapeva benissimo che ci sarei arrivato.

Sono stato seguito tutto il tempo. Chi lo faceva ha visto il Tulipano che mi prelevava con una pistola puntata. Siamo stati pedinati fino a Trezzano ed è merito dei miei angeli custodi se non sono finito in una fossa senza nome nella campagna vicino a una cava. Anche se hanno spedito Menno agli inferi solo per evitare che il salvacondotto verso Lorenzo Bonifaci venisse stracciato davanti ai loro occhi. Mi hanno visto abbandonare la macchina del morto e dirigermi a piedi verso via Monte Rosa. Sono stato io, alla fine di tutto, a costituirmi. Io che ho teso le chiavi della macchina a Carla, chiedendole di accompagnarmi a casa e permettendole di entrare nella mia vita dall'ingresso principale.

A questo punto, provvida e non casuale, è arrivata la defezione di Laura. Carla era emersa bellissima dal suo bozzolo e io avevo mostrato una certa debolezza nei suoi confronti. Messo alle strette, la scelta di mandare lei al posto suo è stata consequenziale, l'unica alternativa possibile.

Tuttavia era necessario che io, nella sera fatidica, non avessi un alibi. Ecco perché Daytona, che guarda caso ho incontrato davanti all'Argentina, mi ha mandato con in tasca una busta piena di ritagli di giornale a un appuntamento dove sapeva benissimo non sarebbe arrivato nessuno.

Poi il gioco di prestigio della macchina sostituita. Hanno usato la mia per l'incursione a Lesmo, mettendo al suo posto una macchina uguale, curando i dettagli al millimetro perché io non me ne accorgessi. Cosa che invece, purtroppo per loro, è successa. Dopo il lavoro, hanno sporcato il pianale della mia Mini di sangue, hanno infilato la pistola nella portiera e infine l'hanno rimessa al suo posto.

All'apparenza complicato, nella pratica molto semplice.

Ho anche un'altra ragionevole certezza.

Nel momento in cui la polizia si fosse messa davvero sulle mie tracce, io non sarei stato arrestato. Sarei stato trovato da qualche parte, in un covo delle Brigate Rosse preparato ad hoc per depistare le indagini, con una palla in testa e un cannone in mano. E accanto a me un biglietto delirante nel quale dichiaravo la mia colpa e di non voler concedere allo Stato, così duramente e vittoriosamente colpito, la soddisfazione di avermi vivo.

Fine della storia.

Quello che non capisco del tutto, ma che riesco solo a ipotizzare, è il motivo della presenza di Laura fra le vittime della strage. Probabilmente, se anche lei era d'accordo con loro, lo hanno fatto per due motivi. Prima di tutto per eliminare una testimone che avrebbero dovuto eliminare comunque, come hanno fatto con Daytona. In secondo luogo per pareggiare le presenze in quello che a tutti gli effetti era un incontro a sfondo sessuale: tre uomini e tre donne.

Il conto tornava e la presenza di Carla sul luogo del delitto era cancellata. Eliminata la mia persona e di conseguenza la mia versione, anche se si fosse trovata in qualche modo coinvolta sarebbe diventata una povera ragazza attratta da me e scappata via piena di ribrezzo dopo avere scoperto che il mio unico interesse era avviarla alla prostituzione.

Valuto la mia situazione.

Se il mio ragionamento è corretto, non ho alle calcagna solo la madama, ma anche quelli che hanno organizzato questo scherzo. Potrei scegliere il male minore e andare alla Polizia, ma non credo sia la strada giusta. Mi caccerebbero in una cella d'isolamento e getterebbero via la chiave, in attesa di controllare la mia storia. Che non è detto venga confermata, alla fine. Comunque sia significherebbe stare dietro le sbarre per un periodo indeterminato, considerando la gravità dei capi d'imputazione e la scarsa simpatia dei poliziotti e dei giudici per quelli che fanno il mio lavoro.

L'unica soluzione che trovo accettabile, adesso che so più o meno il come e il perché, è cercare di scoprire chi. Devo farlo io e devo farlo in fretta, prima che Tano Casale, sapendo i casini in cui sono infilato, presenti all'incasso la schedina falsa che gli ho rifilato. Invece di essere due volte nei pasticci, le mie grane sarebbero moltiplicate per tre. A meno che lui non decida di percorrere da solo la strada che gli ho indicato, nel qual caso ho un poco più di respiro.

La caffettiera soffia e mi avverte che il caffè è pronto. Me ne verso una tazza e lo bevo, anche se è il più cattivo del mondo, perché la macchinetta non è stata usata da tempo. Dovrei impormi di mangiare qualcosa, ma proprio non ce la faccio. Lo stomaco è stretto fra le mani di un sollevatore di pesi e non c'è verso di convincerlo a mollare la presa.

Mi alzo e torno in camera da letto. Prendo la roba nella sacca e inizio a vestirmi. Trovo un nascondiglio accettabile per il mio denaro e la schedina, confortato dal fatto che i ladri non vanno a rubare a casa dei ladri.

Dopo avere riflettuto, tolgo il silenziatore alla pistola e la infilo nella cintura.

È un errore forse, ma non me la sento di uscire disarmato. L'ambiente in cui sono vissuto finora mi ha insegnato che, in certi casi disperati, l'unica soddisfazione è portare qualcuno con te nel viaggio verso l'altro mondo. Ho sempre giudicato questa scuola di pensiero una cazzata, ma devo dire che le contingenze me l'hanno fatta rivalutare parecchio.

In questo momento ho un solo appiglio a cui aggrapparmi e cercare di capirci qualcosa.

L'ultima parola pronunciata da Daytona: Cobianchi.

Non ho la più pallida idea di come possa entrare il Co-bianchi in tutta questa storia. Non ho la più pallida idea se si tratti di qualcosa o qualcuno all'interno dei bagni pub-blici o invece nella zona circostante. Inoltre a Milano le se-di sono due, anche se il più famoso e frequentato sta in Galleria.

Da questo ho deciso di iniziare.

Mi metto un paio di occhiali scuri e controllo il mio aspetto nello specchio. Chi mi conosce come Bravo ci mette-rebbe un poco ad associare il mio nome a questa nuova car-tolina. Chi mi sta dando la caccia meno di un secondo. Spero di non incontrare nessuno delle due comitive.

Esco di casa, senza chiudere a doppia mandata.

Il corridoio è deserto e nell'ascensore Luca è sempre un culattone e Mary sempre una troia. La scritta sull'Inter è sta-ta cancellata del tutto e in un modo definitivo. Miracoli della fede calcistica.

Scendo in strada e mi dirigo verso la 124 che ho lasciato nel posteggio. È l'ora di pranzo e non c'è nessuno in giro. Il mio stomaco adesso inizia a brontolare e forse sarà il caso, una volta arrivato in centro, che c'infili un panino. Salgo in macchina, avvio il motore e mi dirigo verso il passo carraio.

Il cancello è aperto e non devo scendere a trafficare con serrature e chiavi.

Quando sono in strada, mi viene un attacco di agorafo-bia. Devo farmi forza per proseguire e non cedere alla tenta-zione di tornare indietro, mollare la macchina dove capita e correre a rintanarmi in casa. Mi dico che è solo un episodio di affanno da immersione subacquea, quando il fiato dalle bombole pare non riuscire ad arrivare ai polmoni. Mi impon-go di respirare normalmente. Poco per volta tutto passa e io seguo il traffico verso la prima stazione della metropolitana che trovo.

Oggi è sabato e ci deve essere una marea di persone dirette al centro. Più facile passare inosservato. Con il mio solito eccesso di prudenza, anche questa volta faccio una serie di ghirigori con l'auto sulla cartina di Milano, per essere sicuro di non essere seguito.

Decido di andare a prendere la metro alla fermata di QT8, in piazza Santa Maria Nascente, che ha anche un parcheggio vicino. È abbastanza lontana da Quarto Oggiaro e, nel caso qualcuno in seguito mi riconoscesse, sarebbe un poco depistato, immaginando che io mi nasconda nelle vicinanze. Tutti questi ragionamenti, tutte queste cautele a cui sono costretto, questi rituali da soggetto ossessivo compulsivo, hanno il potere di farmi andare in bestia.

Mi dico che forse, in qualche modo, lo ero già prima. Gli avvenimenti in cui mi trovo invischiato non sono stati altro che una lente che ha ingrandito il tutto. Una lente con disegnato il reticolo di un mirino. Sono stato manovrato come un burattino, spostato di qua e di là come un soprammobile, preso per il culo senza il beneficio dell'allegria, con il preciso scopo di distruggermi. Mi hanno estratto come un molare dalla mia indifferenza verso il mondo e verso me stesso.

Adesso che ho accertato e accettato il fatto, mi ritrovo in possesso di un'arma e incazzato a morte. E deciso ad andare fino in fondo. Magari su quel fondo c'è scavata la mia tomba ma non me ne frega un cazzo.

Adesso voglio sapere un nome. Voglio vedere davanti a me un viso.

Quello che succederà dopo, per ora, è un problema che non mi pongo.

Mollo la 124 al posteggio e mi dirigo verso la stazione

della metro segnalata da una insegna rossa con la ben nota sigla bianca.

MM.

In passato queste due lettere sono state oggetto di fantasiose interpretazioni da parte di tutti. Daytona, il Bistecca, il Godie, gli artisti del Club. Ora mi sembrano solo l'acronimo della Mia Morte.

Scendo nel sotterraneo e scopro con piacere che non c'è moltissima gente. Meglio così. Mi dirigo verso l'edicola per comprare i biglietti e quando la raggiungo divento una statua di sale.

Non sono Sodoma e Gomorra in fiamme quelle che sto vedendo, ma un'edizione speciale del «Giorno», che riporta sulla prima pagina un identikit che riproduce con efficacia disarmante le mie fattezze.

Il titolo, a caratteri cubitali, è significativo.

ATTENTI A QUEST'UOMO

Per mia fortuna nel disegno ho i capelli lunghi e il viso glabro, per cui mi fido ad avvicinarmi al giornalaio e chiederne una copia. Prendo anche il numero nuovo della «Settimana Enigmistica». L'uomo me li porge e accetta il denaro senza nemmeno guardarmi in faccia. Mai come oggi mi sono trovato ad avere piacere della poca attenzione della gente verso l'altra gente.

Volto la schiena e ritorno sui miei passi.

Merda.

Questa non ci voleva. Pensavo di avere un poco più di vantaggio. Il fatto che siano arrivati a me non mi sorprende. I responsabili di questa macchinazione hanno dimostrato di non essere degli stupidi. Nemmeno quelli della Polizia lo sono, specie quando si trovano davanti una serie di indizi così ben costruita.

Adesso non so che cosa fare.

Forse scendere in centro, con le edicole piene di giornali con un disegno attendibile della mia faccia, potrebbe non essere una buona idea. Non so a che punto siano le indagini, ma se in qualche modo è saltato fuori per un'altra via il coinvolgimento del Cobianchi in questa storia, andare a gironzolare là intorno di colpo non mi sembra una mossa azzeccata.

Quel poco di luce che si era accesa si è dimostrata provenire da un mozzicone di candela che si è subito spento. Adesso è di nuovo buio fitto e io sono tornato a brancolarci dentro.

Decido di tornare in macchina e leggere l'articolo.

Quando apro la portiera uno sbuffo di caldo mi investe. Mi siedo nell'abitacolo senza aprire i finestrini, come se quei vetri fossero una difesa contro le insidie del mondo circostante.

Inizio a leggere. Nello stesso tempo inizio a sudare ma non me ne accorgo.

Le indagini su quella che ormai viene definita da tutti la Strage di Lesmo, rivendicata dalle Brigate Rosse con una telefonata ancora in corso di verifica, sembrano arrivate a una svolta, al contrario di quelle sul sequestro Moro, tuttora in alto mare. Il crimine di Monza pare essere riconducibile a una persona precisa, un uomo con un nome e un volto. Si tratta di Francesco Marcona, meglio conosciuto negli ambienti della malavita milanese col soprannome di Bravo, attualmente latitante. Un sopralluogo nella sua abitazione a Cesano Boscone, in via Fratelli Rosselli 4, non ha rivelato presenza di elementi o materiale che lo colleghino esplicitamente a trame eversive. Non sono state nemmeno rinvenute delle fotografie che forniscano una sua immagine precisa. Tuttavia gli investigatori hanno trovato, nella tasca di una giacca frettolosamente abbandonata nella fuga, un orologio d'oro la cui proprietà può essere fatta risalire a Paolo Boccoli, soprannominato Daytona proprio per via dell'orologio. Il Boccoli è stato rinvenuto cadavere in una cascina semiabbandonata alla periferia di San Donato Milanese, ucciso con diverse coltellate. La morte violenta di questo esponente di spicco della malavita cittadina si aggiunge a quella di Salvatore Menno, altro noto pregiudicato, ucciso poco tempo prima con un'arma successivamente usata per l'eccidio nella villa di Lorenzo Bonifaci. Il tutto lascia ipotizzare un ruolo di fiancheggiatori che...

Questo esponente di spicco della malavita cittadina...
Constato con amarezza che la definizione concede a Daytona un salto di qualità che nella vita non è mai riuscito a ottenere. Riprendo a leggere l'articolo, che non aggiunge niente di nuovo, limitandosi a riepilogare i fatti, offrire una ricostruzione approssimativa della meccanica degli omicidi, ponendo in risalto le figure delle vittime e ipotizzando con vari ammiccamenti che cosa la presenza delle ragazze alla villa potesse significare.

Chiudo il giornale, apro il finestrino e accendo una Marlboro.

Sento il sudore colarmi sotto le ascelle. Alla fronte è diventato una corona di spine.

Non pensavo di arrivare a essere incastrato così a fondo e così presto. Tutte le mie buone o cattive intenzioni sono crollate miseramente. La pistola che porto adesso non è più una sicurezza, ma solo un oggetto che preme alla cintura e mi provoca un dolore al fianco.

Decido di tornare a casa di Carmine, sperando che nessuno mi riconosca. Mi ripeto che a Quarto la gente si fa i fatti suoi, ma è un conforto volatile, che esce dal finestrino insieme al fumo della sigaretta.

Avvio la macchina e ripeto i miei giri di controllo allo specchietto in modo ancora più accurato. Intanto rifletto. La cosa migliore per me sarebbe chiamare il mio avvocato, Ugo Biondi. Poi andarmi a costituire assistito da lui, sperando che la mia storia possa essere creduta. A parte il fatto che oggi non saprei dove trovarlo, c'è un altro aspetto della questione che mi frena. Temo che questa mossa potrebbe essere considerata dalla Polizia una trovata per ingarbugliare le indagini e creare ulteriore confusione in una vicenda già di per sé molto confusa.

In ogni caso le conseguenze non cambierebbero. Fino a prova contraria c'è di mezzo il terrorismo e verrei trattenuto come maggiore indiziato finché non fosse provata la mia innocenza.

Cosa che potrebbe succedere dopo mesi o anni. O forse mai.

Ritrovo la sagoma familiare del palazzone in cui sono rifugiato. Supero il cancello e lascio la macchina in cortile. Ci sono delle persone nella zona verde, ma sono lontane e non si curano di me. Raggiungo l'atrio e, senza avere combattuto, mi sento come un reduce da una battaglia: risalgo senza speranze l'ascensore che avevo disceso con orgogliosa sicurezza.

Questa volta non degno di un'occhiata le scritte.

Rientro in casa e chiudo la porta proprio mentre il corridoio risuona dello scatto di una serratura che si apre. Forse una donna che porta a spasso il cane o un bambino che scende a giocare. Ma sono contento di essere riuscito a superare la soglia senza essere visto.

Adesso la casa dove sono ospite forzato mi sembra ancora più spoglia e squallida. Muovo un paio di passi, mi tolgo la giacca e mi vado a sedere su un divano che ha schienale e seduta ancora avvolti in un telo di plastica trasparente. Subito la mia schiena aderisce a questa fodera estemporanea e ne riceve un caldo appiccicoso. Appoggio la testa e alzo lo sguardo al soffitto rosa, di certo una scelta della moglie di Carmine.

Mille pensieri arrivano e subito se ne vanno, cacciati da altri mille pensieri. A un certo punto, forse per riportarmi sulla terra, il mio corpo mi ricorda che sono anche un organismo vivente con necessità fisiologiche ben precise.

Prendo la copia della «Settimana Enigmistica» e vado verso il gabinetto. Ci sono gesti che, passato un certo numero di ripetizioni, diventano un riflesso condizionato. Il bagno reca le tracce della mia doccia e del mio taglio di capelli. Non c'è nessuna signora Argenti qui, che mi fa trovare al mio ritorno le cose in ordine e il pavimento spazzato.

Calo i pantaloni e mi siedo sulla tazza. Accendo una sigaretta e inizio a sfogliare la rivista. Come la apro trovo la Pagina della Sfinge, con una crittografia che non provo nemmeno a risolvere. Proseguo, leggendo solo le barzellette e le curiosità. Arrivo a una rubrica che si chiama L'Edipeo Enciclopedico, una serie di domande di vario genere con cui il lettore può testare la propria cultura.

Le scorro velocemente, controllando a mano a mano le risposte che si trovano a fondo pagina. Le incamero come dati di fatto, senza darci troppo peso. Sono a metà della rubrica quando una domanda mi incuriosisce. Controllo la risposta e, come sempre succede con le intuizioni felici, la soluzione arriva con la velocità che solo il pensiero può avere. Nella mia mente tutte le lettere dello Scarabeo sono di colpo sul piano di gioco a formare delle parole con un senso compiuto.

Due parole.

Un nome e un cognome.

CAPITOLO 18

Premo il pulsante e un campanello risponde all'interno. È un suono familiare. Dopo un tempo che mi sembra eterno, dietro la porta si manifesta una voce. È familiare anche quella.

«Chi è?»

«Sono Bravo.»

L'uscio si apre di scatto. Sul viso di Lucio è dipinta un'espressione di allarme. Le lenti degli occhiali scuri riflettono la lampadina del pianerottolo. A tentoni cerca il mio braccio e mi tira dentro. Richiude la porta come se dovesse tenere fuori il diavolo. Il suo tono è quello di chi è convinto che nonostante tutto il diavolo sia riuscito a entrare lo stesso dentro casa.

«Ma sei impazzito? Che ci fai qui? C'è tutta la Polizia di Milano che ti sta cercando. Sono anche venuti a interrogare me.»

«Lo so. Ma ho bisogno del tuo aiuto.»

Lucio fa un passo indietro.

«Cristo, mi vuoi mettere nelle grane?»

«No. Sono stato costretto a imparare la prudenza. Ho fatto tutti i giri e i controlli necessari prima di salire da te. Stai tranquillo, nessuno mi ha visto.»

Si rilassa, ma non tanto da cancellare la tensione. Forse, come già è successo con Laura, anche a lui faccio un poco paura.

È brusco, sbrigativo.

«Che vuoi?»

«Devi solo aiutarmi a risolvere la crittografia.»

Meraviglia. Risentimento. Rabbia.

«Quale? Addentò il civile? E tu rischi la galera e la fai rischiare a me per una stronzata del genere?»

«No, non mi riferivo a questa. Questa è facile. La soluzione è Codice Morse. Me l'ero perfino dimenticata, pensa. Intendo quell'altra, quella che mi hai proposto in tutto questo tempo e che era molto, molto più difficile da decifrare.»

«Non ti capisco.»

«Lucio, da quanto sei nelle Brigate Rosse?»

Si stava dirigendo verso il tavolo. Arresta il passo incerto e si gira verso di me con un sorriso disarmato e incredulo.

«Bravo, ma ti sei bevuto il cervello? Io nelle Bierre? Ma come farei in queste condizioni...»

Lo blocco con la voce e con un gesto della mano. In modo che mi possa sentire e vedere.

«Tu non sei cieco, Lucio. Non lo sei mai stato.»

Rimane in silenzio. Mi osserva da dietro le lenti. Adesso so che è in grado di farlo.

Vado ad aprire il cassetto e trovo le foto in cui Lucio è insieme ai ragazzi del suo fantomatico complesso. A questo punto mi chiedo se siano mai esistiti dei musicisti che si facevano chiamare Les Misérables. Tiro fuori le fotografie e guardo le figure fissate sulla carta opaca. Non per un controllo, di cui non ho bisogno, ma per la conferma che tutte le astuzie, anche le più fini, in qualche modo si pagano, magari con un viaggio di vent'anni per tornare a Itaca.

O con vent'anni di galera.

Getto quei rettangoli colorati sul tavolo, di fianco a lui.

«Le foto che mi hai fatto vedere. Quelle di quando suonavi, quelle dove secondo te gli occhi erano già andati.»

D'istinto le indico con la mano.

«Nella foto hai gli occhi rossi. E avere il puntino rosso in una fotografia significa che tutto è a posto, che l'occhio non ha nessun problema. Pensa che, per ironia della sorte, la soluzione l'ho trovata proprio in una rivista di enigmistica.»

Lucio rimane un attimo pensieroso.

Poi sorride.

Infine con un gesto rassegnato si leva gli occhiali, rivelando lo stridore delle pupille coperte da un velo bianco. Porta una mano a coppa sotto un occhio e ci fa cadere la prima lente a contatto. Fa lo stesso lavoro con la seconda. Strizza un paio di volte gli occhi, libero. Appoggia sul tavolo quel piccolo espediente che gli ha procurato a lungo un riparo enorme.

Come se i nostri movimenti fossero sincronizzati da un destino imposto, tiro fuori dalla cintura la pistola a cui ho rimesso il silenziatore.

Forse per questo Lucio la riconosce subito. E capisce che, nel caso, sono disposto a usarla.

«Ah, l'hai trovata, allora.»

Lo dice tranquillo, senza ansia, come una semplice constatazione. E non fa una piega nel vedersi puntato contro lo stomaco il foro della canna. È una creatura a sangue freddo. Non potevo aspettarmi una reazione diversa.

«Già. Come vedi, l'ho trovata.»

Si siede e accavalla le gambe. I suoi movimenti sono più fluidi adesso, ora che è finito il carnevale. Ora che può guardare e vedere in faccia la realtà senza doversi nascondere.

«Come ci sei arrivato?»

Faccio un gesto di modestia con le spalle.

«Una serie di dettagli. Piccole dimenticanze. Errori marginali se vogliamo, ma che sommandosi sono diventati un'eresia.»

«Tipo?»

«La sostituzione della macchina è stata un'idea geniale. Ma all'interno non c'era odore di fumo. E quella a tutti gli effetti avrebbe dovuto essere la mia macchina, la macchina di un fumatore. A quel punto, se me lo concedi, controllare il numero di telaio è stata un'idea geniale da parte mia.»

Me lo concede con la completa assenza di commenti in proposito. La sua ironia, quella che all'apparenza era la corazza dialettica di un uomo indifeso, sembra sparita nel nulla.

Ho davanti una persona dura, senza emozioni, senza pietà.

Un assassino.

«Vai avanti.»

«Errore numero due: nella busta che Daytona mi ha dato da consegnare c'erano solo dei ritagli di giornale.»

Lucio si alza di scatto, il viso tirato, rivelando di essere in possesso di nervi.

«Quel rubagalline era un idiota viscido e avido. Dovevano esserci dei soldi veri, nella busta. Se li è fregati, pensando che nessuno lo avrebbe scoperto.»

Con la canna della pistola gli faccio segno di tornare a sedersi. Quando arriva a posare il culo sulla sedia, la sua calma si è già ricomposta.

«Lo hai ucciso tu, vero?»

La calma diventa naturalezza.

«Sì. Con un certo gusto, devo ammetterlo. Quel pezzo di merda era un pericolo per tutti. Lo è diventato solo per se stesso.»

Lo immaginavo. Avrei dovuto capirlo subito che il Cobianchi non c'entrava niente. Quel poveretto stava rantolando. Quando gli ho chiesto chi era stato, quando gli avevo chiesto dov'era Carla, Cobianchi è la parola che è riuscito ad articolare. In realtà voleva dirmi: con quello degli occhi bianchi.

O qualcosa del genere.

Sentire Lucio parlare in questo modo di Daytona mi fa incazzare. Pensare che è responsabile della morte di tre ragazze giovani e belle, mi fa incazzare. Pensare che ha ucciso gli uomini della scorta, colpevoli solo di fare il loro lavoro, mi fa incazzare. Pensare che si è preso gioco di me, mi fa incazzare. Il desiderio sarebbe quello di premere il grilletto e di piantargli una palla in testa, due, tre...

Con il conforto del silenziatore, in grado di trasformare tre spari in tre voli di freccia.

pfft... pfft... pfft...

Forse lo farò. Ma non subito. Ci sono ancora delle cose che deve dirmi.

E lui lo sa.

L'ironia riaffiora, solo che ora ha indossato le tinte livide dello scherno.

«È difficile resistere, vero?»

«A cosa?»

«È difficile resistere alla tentazione di premere il grilletto quando hai davanti qualcuno che odi.»

«Tu come ti comporti?»

«L'unico modo per resistere a una tentazione è cedere a essa.»

«Oscar Wilde.»

Mi guarda, sorpreso perché ho riconosciuto la fonte della citazione. I suoi occhi sono scuri e sembrano volermi entrare dentro.

«Chi sei, Bravo?»

«Uno che vuole sapere e che ha davanti la persona che può spiegare.»

Gli regalo una pausa, perché capisca bene quali sono i ruoli assegnati.

«Ora ti dirò delle cose. Basta che tu mi interrompa quando ne senti una sbagliata.»

Gli elenco passo dopo passo la mia ricostruzione dei fatti, così come l'ho composta nella testa durante le riflessioni a casa di Carmine. La parte di Carla, di Daytona, la morte del Tulipano, la defezione di Laura, la manovra per negarmi un alibi, l'eliminazione dei testimoni fino al mio eventuale suicidio come epilogo a una storia iniziata e finita nel delirio.

Arrivo alla fine senza che mi interrompa nemmeno una volta.

Poi mi concede il lusso della sua considerazione.

«Sei più furbo di quanto pensassi.»

«Non sono io a essere più furbo di quanto pensavi. Sei tu che sei meno furbo di quanto credevi.»

«Dici?»

«Dico.»

«Vedremo.»

Mi sorride e per un istante ritrovo l'espressione di Lucio quando diceva una delle sue battute. Dura solo un secondo e svanisce, come tutti i ricordi piacevoli quando vengono sostituiti dal presente.

Poi guarda un punto dietro di me.

«Disarmalo.»

Nel momento in cui pronuncia questa parola, sento un oggetto piccolo, tondo e duro appoggiarsi alla nuca. Non faccio molta fatica a capire che si tratta della canna di una pistola. Dalle mie spalle arriva una voce senza possibilità di replica.

La voce di Chico.

«Getta la pistola sul divano. E alza le mani.»

Poi ne arriva un'altra. Conosco anche questa.

«E non farti venire strane idee. Siamo in due.»

Getto la pistola sul sofà, con la speranza che parta un colpo e faccia secco qualcuno. Per quanto mi sento stupido, mi andrebbe bene anche se fossi io. La regola sarebbe stata ispezionare la casa e io non l'ho fatto, ansioso di godere del mio stupido trionfo.

Merda. Merda. Merda.

La pressione alla nuca si alleggerisce.

«Spostati verso il muro.»

Mi muovo nella direzione richiesta. Giorgio Fieschi entra nel mio campo visivo e raggiunge il divano. Prende la Beretta e la fa diventare la seconda pistola puntata contro di me. Trovarlo lì, non so perché, non mi stupisce più di tanto.

«Così, ci sei anche tu di mezzo.»

«Come vedi.»

Del ragazzo pulito e sprovveduto che frequentava l'Ascot Club non è rimasto più niente. Ha il volto determinato e si muove come un professionista. Questa è la sera delle rivelazioni, delle trasformazioni. Lo guardo e lo rivedo sul palco. Giovane, pieno di talento, padrone del mondo. Se è vero quello che ho pensato, che gli altri artisti avevano timore delle sue capacità, come sarebbero sbigottiti nello scoprire quanto di più c'è da avere paura in lui.

Mi accorgo con sorpresa che io non ne ho. Provo solo delusione. Come di fronte a ogni occasione perduta.

«Sei bravo. Geniale, direi. Potevi fare delle cose importanti.»

Lui mi guarda come si guarda un idiota.

«Le sto facendo.»

«Laura rientrava fra queste?»

Fa un gesto noncurante con le spalle.

«Laura era una puttana. Una che si vendeva a chi offriva

di più. Esattamente come te. Siamo in guerra e per ottenere il risultato a cui miriamo è risultata una pedina sacrificabile.»

Lucio interviene. È rimasto seduto, senza muoversi dalla sedia, osservando privo di espressione i suoi complici ridurmi da minaccioso a minacciato. Anche io ho avuto la mia piccola trasformazione.

«Come avrai capito, lo sei anche tu.»

In silenzio, attendo il resto.

Si alza e fa un passo verso di me. Ci guardiamo negli occhi, cosa che avremmo potuto fare molto tempo prima se io non fossi io e lui non fosse lui.

«Bravo, non credo che, per quanto uno te lo spieghi, tu possa capire cosa sta succedendo in questo Paese. Tu appartieni alla categoria delle persone assenti. Quelle capaci di attraversare un campo di concentramento senza accorgersi dei suoi orrori mentre stanno andando a prendere un aperitivo alle Tre Gazzelle. Intanto che dormivate di giorno e vi illudevate di vivere di notte, il mondo è cambiato e non ve ne siete accorti. Il '68, il '77, la lotta di classe, la lotta armata. Tutte cose senza senso, per voi. Peggio ancora, tutte cose sconosciute. Siete solo nebbia sottile, quel tratto di nulla fra il bene e il male.»

«Mi sembra scontato che il male siano le persone che rapite, ferite e uccidete. Ritengo altrettanto scontato che tu pensi di essere il bene.»

Scuote la testa, con amarezza.

«No. Solo il suo braccio armato, quello che ha il coraggio di assomigliare al male per avere la forza di sconfiggerlo.»

«Tu sei pazzo.»

Mi risponde come se questa fosse la vera soluzione di ogni enigma.

«No, Bravo. Io sono un uomo morto. Esattamente come te.»

Chico interviene a interrompere questa specie di confessione.

«Che facciamo adesso?»

Lo guardo. È un ragazzo giovane, un poco più basso della media, con i capelli ricci e le basette che lo fanno assomigliare a un hippy al concerto di Woodstock. Il bravo volontario che faceva da guida a un cieco ha gettato sul tavolo la parte pratica della questione.

Giorgio Fieschi dice la sua, con un poco di impazienza nella voce.

«Dobbiamo sloggiare. E in fretta anche. Non sono tranquillo in questo posto.»

«C'è una macchina con due agenti in borghese che controllano l'ingresso. Come lo portiamo fuori senza che lo vedano?»

Chico ha confermato un problema che avevo già focalizzato e superato io, nel mio percorso di avvicinamento al palazzo. Protetto da un gruppo di alberi, ho scavalcato la recinzione all'angolo del lato lungo, quello opposto all'edificio, che confina con un campo pieno di arbusti. Poi ho costeggiato il muro tenendomi basso, in modo da essere coperto alla vista dei due tizi seduti in quell'Alfa sospetta.

Contavo sul fatto che il servizio di sorveglianza fosse condotto con un poco di sufficienza, in quanto nessuno credeva davvero che fossi così scemo da cercare di rientrare in casa mia. Ma è ovvio che lo stesso tragitto non può essere percorso più di una volta e da più persone.

Lucio mi studia come se mi vedesse solo in quel momento. Poi il suo sguardo resta su di me ma la sua mente va altrove. Quando torna ha con sé la scintilla dell'intuizione.

«Ho un'idea. Aspettate qui.»

Lucio ci lascia e sparisce nel corridoio.

Rimaniamo in tre, in questo soggiorno senza spigoli e senza angoli, ognuno con una incrollabile certezza. Loro di essere nel giusto. Io di essere arrivàto alla fine della corsa. Questa volta non ci saranno angeli custodi a proteggermi, come quando a puntarmi la pistola era il Tulipano. Adesso sono diventati loro, la minaccia.

Attendiamo in silenzio, perché tutto quello che potevamo dirci nella stessa lingua è già stato detto. Andare oltre sarebbe solo un inutile viaggio a Babele.

Il suono dei passi sul pavimento anticipa il ritorno di Lucio. Arriva reggendo una chitarra per mano. Si è tagliato la barba che portava incolta. Ha in testa una parrucca con i capelli lunghi e castani e un paio di baffi posticci dello stesso colore. Non sono il massimo del realismo ma fuori è buio e può contare sul grigio che di notte accomuna tutti i gatti.

Sorride alla mia espressione.

«Ognuno deve essere un poco attore, non credi?»

Va all'attaccapanni e prende la sua giacca e il cappello che usa di solito. Me li getta, costringendomi ad afferrarli al volo.

«Hai facilitato le cose, tagliandoti i capelli e lasciandoti la barba. Questo ci rende molto simili, calcolando che abbiamo più o meno la stessa corporatura. Gli agenti là fuori si aspettano di vedere uscire un musicista cieco con il suo abituale accompagnatore. Ed è esattamente quello che gli daremo, solo che stavolta ci sarà un fan in più.»

Chico ha capito e sorride. Tende la pistola a Lucio che la fa diventare parte della sua mano in modo del tutto naturale.

«Porto qui sotto la macchina. Poi risalgo a prendere te e le chitarre.»

Esce aprendo la porta solo quel tanto necessario a farlo

passare. Giorgio Fieschi chiede disposizioni per quanto lo riguarda.

«Io sono venuto in moto. Che faccio?»

«Tu aspetta un quarto d'ora, dopo che siamo usciti. Poi ci raggiungi dove sai.»

Lucio ha la sicurezza del capo ed è in grado di trasmetterla ai suoi uomini. Sono certo che tutto questo camuffamento lo diverte, oltre a pompargli adrenalina nel sangue. Quando nota che sono ancora fermo in mezzo alla stanza con i vestiti in mano, ha un gesto d'impazienza. Mi fa un gesto con la pistola, lo stesso che gli ho fatto io quando l'ho invitato a sedersi.

«Che aspetti? Vestiti.»

Indosso la giacca e infilo il cappello di Lucio. Lui si muove e arriva al tavolo. Prende le lenti a contatto, le guarda con un mezzo sorriso, poi se le fa scivolare in tasca. Afferra gli occhiali scuri e me li getta. Li inforco, perdendo un poco di luce e di dettagli. Non ci sono specchi in cui controllare il risultato, ma sono certo che la regola dei gatti e della notte vale anche per me, oltre che per Lucio.

La conferma mi arriva proprio da lui.

«Sei perfetto. Non ho tempo per darti lezioni di chitarra, ma tanto non dovrai suonare.»

La macchina doveva essere proprio vicina, perché sono passati un paio di minuti quando si sente bussare alla porta. Giorgio si avvicina e fa entrare Chico, dopo essersi assicurato che fosse proprio lui attraverso uno spiraglio aperto con cautela.

«Possiamo andare.»

Chico si avvicina e mi prende sottobraccio, tenendomi alla sua sinistra. La sua voce non ha la benevolenza di quando faceva la stessa cosa con Lucio. I suoi gesti sono ruvidi e forti. La mano destra preme la canna della pistola al mio fianco.

«Cammina con calma e fai passi brevi. Non guardare dove metti i piedi ma davanti a te. Ti guido io.»

Per confermare l'ordine mi preme con violenza la canna nelle costole.

«Capito?»

Rispondo con un cenno di assenso.

Giorgio apre la porta. Scendiamo per primi io e Chico. Lucio è dietro con le chitarre in mano a chiudere il corteo. La notte è molto fresca e non c'è nessuno fuori. Un piccolo scampolo d'inverno che non favorisce chiacchiere e soste all'aperto. La macchina, una Opel Kadett bianca, è parcheggiata proprio davanti alla porta a vetri.

Una chitarra viene sistemata nel baule, l'altra sul sedile posteriore dietro al guidatore, accanto a Chico. Io sto sul sedile di fianco al volante. Un'arma rimane sempre discretamente puntata contro di me. Non appena Lucio avvia il motore, sento la canna della pistola tornare a solleticarmi la nuca.

Partiamo.

Abbandoniamo senza problemi il Quartiere Tessera e tutte le sue sorveglianze e tutte le sue indifferenze. Mi chiedo se Lucio potrà recuperare questa parte della sua vita. Lo guardo mentre guida in silenzio, curioso di vederlo per la prima volta impegnato in qualcosa che credevo gli fosse interdetto.

Sarebbe sorpreso nel sapere quanto siamo simili, quanto tempo abbiamo passato tutti e due a nasconderci, fingendo di essere quello che non siamo mai stati, in attesa di capire quello che non saremmo mai diventati.

Ma adesso credo sia tardi e non cambierebbe nulla. Ora che tutto è stato svelato, Lucio può dedicarsi a una cosa sola. Quella che gli indurisce lo sguardo, quella che lo ha convinto ad abbandonare le parole e i confronti e a impugnare le armi. Tutte le rivoluzioni hanno avuto le loro vittime e i loro martiri. Io ho il sospetto che me ne andrò senza avere capito qual è il ruolo assegnato a me.

Mentre imbocchiamo la tangenziale diretti a est, mi levo gli occhiali e osservo dal finestrino le luci di Milano. Non sono stato bendato, il che significa che i miei carcerieri non hanno problemi a farmi vedere il posto dove sarò condotto. Tanto verrà scoperto subito, non appena sarà stato messo in scena quello che intendono fare di me. In fondo, sempre di spettacolo si tratta. Solo che questa volta sarà a rappresentazione unica, perché la morte non concede repliche.

CAPITOLO 19

Lasciamo la tangenziale all'uscita di viale Forlanini, diretti verso Linate.

Lucio guida, il viso illuminato a tratti dalla luce dei fari e dei lampioni, gli occhi fissi sulla strada. Si è tolto la parrucca e i baffi ed è tornato a essere se stesso. Vale a dire qualcuno che in realtà non conosco. Ha acceso una sigaretta e questo mi ha dato il senso della sua freddezza e del suo autocontrollo. Mai in casa c'è stato il minimo sentore di fumo, la minima traccia di questa sua dipendenza. Il che significa che non fumava nemmeno quando era solo.

Mi chiedo cosa sarebbe stata la sua vita se avesse dedicato tante doti e tanta determinazione a qualcosa di costruttivo invece che distruttivo. Mi rispondo che forse ci ha provato, seguendo un ideale che giorno dopo giorno si è ridotto a un'idea, finché la musica ha smesso di essere un rifugio e si è trasformata in un nascondiglio. Mi rispondo che forse lui, con altre parole e per altri motivi, si chiede la stessa cosa a proposito di me.

Arriviamo in fondo al viale e siamo agevolati da un semaforo verde che ci consente di girare a sinistra, in direzione dell'Idroscalo. Ci lasciamo alle spalle l'aeroporto, dove a quest'ora di notte i passeggeri sono pochi e i voli scarsi. Il rombo di un aereo in partenza promette un orizzonte e invece è solo un altro viaggio verso situazioni identiche e uomini diversi. L'illusione dura l'intervallo che passa fra un decollo e un atterraggio, con il solo conforto di un sonno a tratti su un sedile scomodo. Costeggiamo il Luna Park. Le baracche del pesciolino vinto hanno le serrande abbassate e gli scheletri delle giostre stanno immersi nel buio e i dischi volanti sono coperti da un telo. L'altro giro e l'altra corsa per oggi sono finiti e bisogna attendere fino a domani per provare il colpo che fa cadere tutti i barattoli.

Per il tempo del viaggio siamo rimasti in silenzio. Chico, sul sedile di dietro, si è rilassato e la pressione della canna della pistola sulla mia nuca è sparita. Ma sono certo che l'arma è rimasta nella sua mano, puntata dritta contro la mia testa. Un gesto sbagliato da parte mia, una leggera pressione sul grilletto e

pfft...

nel rumore di un fucile ad aria compressa il mio cranio si frantumerebbe come un bersaglio di gesso del tirassegno. Quello che sono stato si ridurrebbe al rosso spruzzato del mio sangue sul parabrezza, in un macabro disegno all'aerografo.

Eppure sono stranamente freddo e distante.

Le uniche cose che mi premeva sapere davvero non ho avuto il coraggio di chiederle. Perché fare le domande che mi avrebbero reso ancora più inerme e indifeso?

Dov'è finita Carla?

Qual è il suo vero ruolo in tutta questa faccenda?

Non riesco a immaginarla con un'arma in mano, mentre preme un grilletto e cancella le vite di persone che un credo distorto le ha indicato come dei nemici. Mentre cancella le vite di ragazze con cui poche ore prima aveva riso e scherzato, mascherando il suo disprezzo e le sue intenzioni. Non riesco a immaginarla nei panni e nell'animo di chi si guarda in giro e vede solo corpi distesi nel sangue e trova normale quello che ha appena fatto.

Forse perché ogni volta che ci provo si sovrappongono a

quelle sequenze i suoi occhi, troppo belli per essere veri, troppo belli per essere finti. Forse perché, nonostante tutto quello che è successo, non mi sono mai mosso da un marciapiede fresco dell'alba e dal calore delle sue parole.

Con te ci verrei gratis...

Guardo Lucio e ripenso al suo corpo avvinghiato al corpo di Carla. Quando sono rimasto seduto a osservarli come se il loro piacere fosse il mio. Di colpo provo rancore e pena per me stesso. Non perché sono prigioniero, non perché sto per morire. Ma perché alla fine di tutto, l'unica cosa che davvero vorrei sapere è se quella notte, in un appartamento anonimo del Quartiere Tessera, quell'atto d'amore è stato un dono per me o per lui.

Proseguiamo sulla Rivoltana, superando Segrate. A un certo punto svoltiamo a destra. Dopo un paio di chilometri raggiungiamo una villetta isolata. Un cancello, un muro di cinta basso completato da una ringhiera a liste di metallo, un pezzo di giardino tenuto a prato con dei cespugli sparsi di cotognastro e un pino sul fondo.

Nessuna luce alle finestre.

Lucio scende a spalancare i battenti. Vederlo muoversi così libero ancora mi fa effetto.

Nell'alone dei fari che si aprono come un sipario allo svanire del cancello, la casa è anonima, bianca, a due piani. La casa che i bambini disegnano sulle pagine del quaderno delle elementari, se non fosse per una rimessa unita alla costruzione sul lato destro. Il vialetto d'ingresso finisce proprio davanti a una saracinesca abbassata.

Lucio risale in macchina e arriviamo davanti al pannello di lamiera verniciata di verde, che rifrange e colora la luce dei fanali. La serranda viene aperta da qualcuno all'interno, avvertito dal suono del motore.

Entriamo e ci fermiamo accanto a una Volvo 240, proprio mentre dal buio della strada sbucano il rumore e l'occhio da ciclope di una moto.

Una Kawasaki 900 si arresta di fianco alla Kadett. Con lo stesso movimento, Giorgio Fieschi apre il cavalletto e smonta di sella. Sfila il casco integrale, rivelando la sua testa di capelli ricciuti che se facesse crescere lo farebbero assomigliare ad Angelo Branduardi. Tira giù la lampo del giubbotto di pelle e potrebbe essere un ragazzo qualunque che arriva da una serata con la sua donna, se dalla cintura non uscisse il calcio di una pistola.

Lucio scende dalla macchina. Nella sua voce non c'è ansia, ma la sicurezza di chi è abituato a vedere i propri piani andare a buon fine.

«Tutto a posto?»

«Tutto a posto. Dopo che sono uscito da casa tua sono rimasto qualche minuto nei paraggi a controllare. Nessun movimento sospetto.»

«Molto bene.»

Lucio si rivolge a una delle due persone che abbiamo trovato nel box, quello che ha aperto la saracinesca. È un tipo tozzo, sulla trentina, con le sopracciglia spesse, le labbra carnose e l'ossatura robusta. La testa, che spunta da una maglia a collo alto, pare attaccata direttamente sul tronco.

«Sergio, chiudi il cancello e controlla che nessuno ci abbia seguiti.»

Senza una parola il tizio esce e si avvia zoppicando leggermente a eseguire gli ordini. Dall'espressione che porta in giro non deve essere una mente brillante, solo un cervello indottrinato e un braccio fidato.

Io mi guardo intorno, alla luce delle due lampade al neon appese al soffitto. Il garage in realtà è quasi un capannone. All'interno c'è tutto quello che ci si può aspettare in un ambiente di questo genere.

Una bicicletta appesa, un bancone con una morsa accostato al muro di destra, un pannello con agganciati un trapano e altri strumenti da lavoro. Una cassettiera metallica che deve contenere delle chiavi inglesi e altri utensili. Uno scaffale pieno di scatolame. Un vecchio paio di sci appoggiato in un angolo, di fianco a un ciclostile. Per terra una pila di volantini stampati, con lo stemma delle Brigate Rosse. Sono certo che anche in tutto il resto della casa sono disseminati elementi che la qualificano come un covo di terroristi.

La scenografia è pronta e la sceneggiatura è scritta da tempo. Il protagonista è arrivato.

Ciak. Si gira.

Lucio si rivolge all'altra persona, un ragazzo alto e giovane che ha l'aria di uno studente delle superiori. A vederlo, la sua giusta collocazione potrebbe essere l'uscita di un liceo, con dei libri sottobraccio, intento a parlare con un amico o con una ragazza. Invece, con ogni probabilità, era uno dei passeggeri delle auto che andavano a commettere una strage, convinto che quegli omicidi non fossero un crimine ma un atto di giustizia.

«Qui come va?»

«Tutto tranquillo. Siamo pronti.»

«Perfetto.»

Lucio mi guarda. Ho l'impressione che controlli se la prova della sua autorità ha avuto effetto su di me. Ogni uomo ha le sue debolezze, le sue piccole o grandi vanità. Se sono qui e mi trovo in questa situazione è perché anche io ho ceduto alle mie.

Chiedo.

«Sei davvero convinto che tutto questo cambierà qualcosa? Che porterà davvero a qualcosa di nuovo?»

«Non lo so. Posso dirti solo che nel vecchio ci vivo in mezzo da anni e non mi piace.»

Giorgio interviene.

«Non perdere tempo con questo mantenuto. Come potrebbe capire in dieci minuti quello che non ha capito in una vita?»

Lo guardo. Me lo rivedo sul palco, mentre offriva alla gente in sala uno dei doni più belli che un uomo possa fare a un altro: una risata. Rivedo la sua faccia desolata e tenera mentre diceva la battuta finale.

E ci ha rovinato l'infanzia...

Qualsiasi cosa abbia rovinato la sua, adesso è tardi per rimediare. Oppure queste sono cazzate da psichiatri e un motivo vero non c'è. Forse la natura è la sola responsabile e lui è semplicemente una mela bacata in un cesto di mele buone.

C'è chi la sa riconoscere e la scarta.

C'è chi la sa riconoscere e la usa.

Gli rispondo con lo stesso tono di voce.

«Una cosa ho capito, in tutto questo casino.»

«E sarebbe?»

Mi fronteggia, in attesa. Arrogante, con un'aria di sfida.

«C'è chi mette le bombe perché ci crede. E c'è chi mette le bombe solo perché gli piace sentire il botto e le urla dei feriti.»

Gli lascio assimilare il concetto.

«Tu a che categoria appartieni?»

La rabbia gli arriva da un posto molto vicino, perché in un lampo è nei suoi occhi. Tira fuori rapido la pistola dalla cintura e me la punta sotto il mento, costringendomi ad alzare la testa.

«Brutto pezzo di merda, io ti...»

Non faccio a tempo a sapere che cosa lui mi, perché interviene Lucio.

«Giorgio, basta! Metti via quella pistola.»

La spinta della canna diminuisce, la furia rimane intatta. A malincuore cede alle richieste di chi detiene il comando. Lucio come Tano Casale, Giorgio come il Tulipano. Se ce ne fosse bisogno, è la conferma che dappertutto è la stessa cosa.

È l'illusione dell'aeroplano. Sono i posti che cambiano. Gli uomini no.

L'arma rientra nella cintura e lui fa un passo indietro.

Sergio, quello che è andato a chiudere il cancello, ci raggiunge all'interno della rimessa. Tira giù la saracinesca e lascia fuori il fresco della notte. Ora siamo chiusi dentro a questa scatola di mattoni, coppi e lamiera, sotto luci impietose, ognuno a suo modo prigioniero.

La porta in cima alla breve scala che sale sulla sinistra si apre.

Carla esce e si ferma sul pianerottolo a guardare gli uomini in piedi sotto di lei, che d'istinto hanno girato la testa dalla sua parte. Scende con la sua andatura indiana e a me sembra che quel movimento di pochi gradini avvenga al rallentatore, per darmi il tempo di rivivere attimo per attimo le ore passate insieme. Tutte le sue espressioni, tutte le sue trasformazioni. Da donna delle pulizie a ragazza incredula della propria bellezza a femmina conscia del suo potere sui maschi e decisa a prendersi il mondo. Fino alla Carla di adesso, una sconosciuta con lo sguardo freddo e una piega dura sul viso.

Nemmeno la luce dei neon riesce a limare la sua bellezza. Né i jeans e il maglione da due lire che indossa. Né l'idea che si è avvicinata a me con il preciso intento di coinvolgermi in qualcosa dal quale non sarei uscito vivo.

Ignora Giorgio e Chico, che sta sempre alle mie spalle, un passo e una canna di pistola più indietro. Va da Lucio, gli cinge il fianco con un braccio e appoggia le labbra sulle sue labbra. Poi mi indica con un cenno del capo.

«Vedo che abbiamo compagnia. Come hai fatto a trovarlo?»

Lucio mi guarda con un mezzo sorriso. La sua ironia però non mi diverte più.

«Bravo ha tenuto fede al suo soprannome. Purtroppo per lui è stato solo bravo e non bravissimo. Ha scoperto da solo quasi tutto, anche se ha commesso l'errore di venire a costituirsi a me e non alla Polizia.»

Carla non commenta e si gira verso di me.

Non ci sono lusinghe nei suoi occhi.

«Eccoti qua.»

Una semplice constatazione. Lo dice come se fossa una cosa naturale trovarsi l'uno di fronte all'altra in questa situazione, con un'arma nella mano di Chico che non smette di controllare i miei pochi movimenti.

«Già. Eccomi qua.»

Che posso aggiungere che non sia già stato detto o che non sia inutile dire? C'è un'emozione da esprimere che lei non abbia già visto riflessa sul mio volto o nei miei gesti?

La guardo e mi guarda. Anche in questo caso, come con Lucio, io sono rimasto la stessa persona.

Lei no.

E, se ce ne fosse bisogno, me lo dimostrano le sue parole.

Secche, precise, senza assoluzione.

«Mi fai schifo, Bravo. Avrei voluto dirtelo fin dal primo istante che ti ho incontrato. Per quello che sei. Per quanto sei inutile. Per il mondo marcio che rappresenti e che servi in un modo viscido.»

C'è solo una cosa che posso dire. E la dico.

«Non ho mai ucciso nessuno.»

«Neanche io. Solo persone che lo meritavano, ma quelle non contano.»

Gli altri hanno ascoltato in silenzio questo scambio di battute. Facile capire da che parte stanno e a chi, dentro di loro, stanno dando ragione.

Lucio interviene.

«È questo che non riuscirai mai a capire, amico mio. Noi non abbiamo avversari, solo nemici. Gli avversari li lasciamo come copertura alla politica, che con questa definizione maschera tutta una serie di imbrogli e connivenze, soprusi, omicidi di Stato. Al punto che la parola avversario è diventata sinonimo di complice. Quello che ci sostiene è la ferma convinzione che niente sia inamovibile, ineluttabile, insostituibile. È credere in qualcosa che fa passare in secondo piano non solo la vita degli altri, ma anche la propria. Carla ha accettato, come tanti compagni, di abbassarsi ad azioni che la disgustavano pur di raggiungere lo scopo che ci eravamo prefissi. Non ha chiuso gli occhi, ma li ha tenuti aperti guardando lontano, mentre scopava con te.»

Le accarezza i capelli. Le sorride.

«Il mondo di domani le deve molto.»

Carla mi osserva. Sul suo viso trovo un'espressione che conferma le parole di gelo che mi ha detto poco prima. Ma io penso solo a una frase di Lucio.

Mentre scopava con te...

Questo vuole dire che non gli ha detto niente di me, della mia patetica mutilazione, che avrebbe creato uno scompiglio di battute e risatine se gettata come una boccia da bowling fra i birilli dell'Ascot Club. Che sarebbe stata fonte di sarcasmo e derisione anche fra questi uomini capaci di troncare vite nel nome del nulla e poi in quel nulla svanire.

Gli ha lasciato credere che lei e io...

«Penso sia ora di muoversi.»

Il ragazzo con l'aria da liceale ha interrotto quel momento. Parole dette a voce alta perché così è la vita e altre inespresse perché così sono gli uomini.

Tutte importanti, tutte inutili.

Lucio riprende in mano le redini. Porge a Carla la pistola che ho trovato nascosta nella portiera della Mini.

«Tieni, appoggiala sul bancone. Questa la devono trovare in casa. Lasciane anche un altro paio di quelle che abbiamo usato a Lesmo, darà più forza alla messinscena.»

Carla impugna la pistola come se non avesse mai fatto altro. È tranquilla, forte, bugiarda. Torno a chiedermi perché ha mentito anche su di noi. Temo che non avrò mai la risposta. Finché mi resta tempo, posso solo provare a immaginarne una.

Lucio indica con la testa la porta in cima alla scala.

«Lui è su?»

«Sì.»

«Perfetto. Ci parlo e poi prendiamo la roba e ce ne andiamo.»

Ce ne andiamo.

Mi vengono in mente Daytona e le battute che gli facevo. Stavolta vorrei essere compreso nel plurale. Ma dubito che sarà così.

Chico torna a far sentire la sua voce. La canna della pistola ritrova le mie costole.

«Per di là. Muoviti.»

Seguiamo Lucio verso la scala. Quattro gradini ci consentono di superare la soglia. Dall'altra parte troviamo un corridoio con una tappezzeria dai disegni geometrici. Proseguiamo in fila indiana, uomo-uomo-pistola-uomo, finché entriamo in un soggiorno dove la tappezzeria entra in con-

flitto con delle tende che avrebbero bisogno di essere lavate
e dimenticate stese ad asciugare fino alla fine del tempo. La
zona sulla destra è coperta alla vista da una libreria che funge
da tramezza. Sulla sinistra ci sono dei mobili in noce, con un
divano e due poltrone di finta pelle disposte davanti a un televisore. A terra, di fianco al divano, alcune borse con i mani-
ci, le valigie dei fuggiaschi.

Seduto su una delle poltrone c'è Gabriel Lincoln. L'ho visto una volta sola nella vita, ma è una di quelle persone che
non si dimenticano, per lineamenti e circostanze.

«Buonasera, *mister* Bravo.»

Il suo italiano perfetto e il suo accento inglese sono riconoscibili come il suo profumo. È un uomo di certezze, un
conservatore. L'eleganza del vestito è lo stridore di una for-
chetta su un piatto in questo ambiente di comuni mortali.

«Come vede, il mondo è piccolo. E cattivo, aggiungerei io.»

Non so perché, ma non sono sorpreso. Gabriel Lincoln
è una risposta logica, un tassello che in questa storia trova
la sua collocazione in modo del tutto naturale. L'uomo
sempre un passo indietro o due passi avanti, il collaboratore fedele, il Giuda da molti denari depositati su un conto
estero.

«Non posso dire che sia un piacere vederla.»

«Onestamente nemmeno per me. Rientra in una, diciamo
così, incombenza di lavoro. Per sua sfortuna questa volta
non si tratta del suo, ma del mio.»

«Per pura curiosità, lei è dei Servizi Segreti?»

Sorride e pare schermirsi. Non credo tuttavia che la modestia sia una delle sue doti.

«Una definizione del genere rimanda un po' troppo a Ja-
mes Bond. Però diciamo che il campo in cui mi muovo può
essere definito questo.»

«Perché io? Lei aveva la fiducia di Bonifaci. Che bisogno c'era di ricorrere a me?»

Si alza e si liscia i pantaloni di gabardine.

«Purtroppo Lorenzo mi ha allontanato qualche mese fa. Un deplorevole incidente di percorso. Sapevo tutto di lui ma non ero più in grado di interagire con lui. Villa Bonifaci era off-limits per me.»

Fa un gesto con le mani che spiega ogni cosa. Anche il motivo per cui fra poco mi prenderò una pallottola in testa.

«L'unica persona attraverso la quale potevamo entrare in quella casa e in quelle circostanze era lei. Niente di personale, solo questioni di opportunità.»

Fa una pausa. Poi mi gratifica della sua comprensione.

«Desolato.»

Dal corridoio arriva il rumore della porta che dà sul garage. Un suono di passi sul pavimento e poco dopo nel soggiorno compare Carla. Ha una pistola per mano. Uno strano odore la segue. Ci metto un istante a riconoscerlo, nel momento esatto in cui cancella il profumo francese di Gabriel Lincoln.

È odore di polvere da sparo.

Lucio muove un passo di lato.

«Finito?»

Lei fa due cose quasi nello stesso tempo. Prima un cenno di assenso con la testa, poi alza la mano destra e

pfft... pfft...

due piccoli sbuffi di sangue all'altezza del cuore di Chico sporcano il vestito di mister Lincoln. Lucio è veloce, come se nella mente avesse già visto le sequenze di quello che stava per succedere. Prima che il corpo di Chico sia caduto a terra, ha già strappato dalla sua mano la pistola.

Questa volta non c'è silenziatore. Lo sparo risuona nell'ambiente angusto e nel largo silenzio della notte come un'esplosione. Un foro si apre nel centro della fronte di Gabriel Lincoln. Un millesimo di secondo dopo il suo sangue e il suo cervello arrivano fin sulle tende della finestra alle sue spalle.

Cade indietro con l'espressione di chi non capisce perché è morto. Nessuno di quelli morti ammazzati lo capisce mai veramente. Il suo corpo inanimato è fatto di linee interrotte e forma una strana geometria con quello di Chico.

Carla ci ha raggiunti e si ferma a guardare i due cadaveri. Forse è così che è successo a Lesmo. Con quello sguardo freddo ha controllato che da tutti i corpi stesi a terra la vita fosse stata cacciata in modo definitivo, pronta in caso contrario a fornire il colpo di grazia.

Lucio chiede.

«Gli altri?»

Carla risponde.

«Andati.»

«Prendi le valigie. Io finisco qui.»

Carla a passo veloce supera il divano e imbocca una porta sul fondo della stanza. Dal battente aperto, una volta accesa la luce, si intravede una camera da letto. Sparisce all'interno e nella stanza di vivi restiamo solo io e Lucio.

Lui alza la pistola e me la appoggia alla tempia.

«Mi dispiace, Bravo. La vera crittografia era molto più complessa di come l'hai risolta.»

«Vale a dire?»

«Ciò che abbiamo trovato in quella casa ha fatto cambiare i piani. Ora non riguardano più i compagni, la lotta, la vittoria che forse non ci sarà mai. Ora i progetti riguardano solo me e Carla.»

Poche parole secche di Carla bloccano sul nascere una mia inutile domanda.

«Temo che nei tuoi progetti ci sia un nome di troppo, Lucio.»

Tutti e due giriamo la testa verso la voce. In tempo per *pfft…*

veder spuntare dalla canna della pistola che Carla tiene puntata verso di noi una piccola fiammata che porta via un pezzo della testa di Lucio. Un lieve schizzo di sangue arriva anche sulla mia giacca e sul mio viso. La pressione della canna sulla mia tempia sparisce. Un corpo ne raggiunge altri due sul pavimento.

Carla punta la pistola verso di me. Mi indica con la canna un angolo della stanza.

«Mettiti da quella parte e niente scherzi, se non vuoi fare la stessa fine.»

Si muove veloce. Tira fuori dalla tasca posteriore dei jeans uno straccio e strofina la pistola con cui ha sparato a Lucio. Poi, tenendola per la canna attraverso la pezza, si china accanto al corpo di Gabriel Lincoln e gli fa stringere in pugno il calcio e il fusto per imprimerci le sue impronte digitali.

Abbandona l'arma a terra e si rialza. Per tutto il tempo ha continuato a tenermi d'occhio. E io dal mio punto di vista ho per tutto il tempo tenuto d'occhio la seconda pistola che spuntava dalla cinta dei suoi pantaloni.

Mi guarda. Non c'è ansia nella sua voce, solo l'urgenza che la praticità impone.

«Hai toccato qualcosa?»

Faccio un cenno di diniego con la testa.

«Molto bene. Aspetta qui.»

Sparisce di nuovo oltre la porta della camera da letto e riappare trascinando due valigie. Ne appoggia una di fianco a me.

«Prendi questa. Dobbiamo fare in fretta. Qualcuno potrebbe avere sentito lo sparo.»

Tutto è successo veloce e senza spiegazione. Lampi, tuoni, grandine e il temporale è finito prima ancora che mi accorgessi che cadeva acqua dal cielo. Solo che non era acqua, era sangue. Sono frastornato dal rumore e dall'odore degli spari, dal sollievo di non essere uno di quei corpi immobili sul pavimento.

L'unica cosa che so per certa è che sono vivo.

Ripercorriamo il corridoio. La porta è ancora aperta, la tappezzeria ancora brutta, il sentore aspro della cordite ancora forte. Quando arriviamo sul pianerottolo riesco a vedere con un solo colpo d'occhio quello che il garage è diventato. Giorgio è steso vicino alla sua moto, il davanti della camicia azzurra insanguinato, il giubbotto di pelle slabbrato all'altezza del cuore. Il liceale è a terra su un fianco con gli occhi aperti. Una macchia rossa si è allargata sul cemento dalla sua testa. Sembra fissare Sergio, che è a pancia sotto, ancora più tozzo e goffo nel suo inelegante modo di essere morto.

Carla non li degna di uno sguardo, come se fossero parte di qualcosa che la sua mente ha registrato come avvenuta e subito archiviato. Scendiamo veloci i gradini. La mia valigia pesa. Non so che cazzo ci sia dentro ma pesa. Nonostante i pochi passi il fiato già mi manca.

Carla è più asciutta, più forte, più calma, più efficiente.

Mi viene in mente la parola letale, ma la accantono subito.

Arriviamo alla Kadett e lei apre il baule. Tira fuori un paio di guanti da lavoro e me li lancia uno alla volta.

«Mettiti questi. Solleva un poco la saracinesca e controlla che non ci sia nessuno. Poi vai ad aprire il cancello.»

Eseguo mentre lei sistema le valigie. Mi ritrovo fuori, nell'aria insapore della notte, che di per sé è già una benedizione. Percorro il vialetto di cemento, guidato verso il cancello dal chiarore violaceo della città sullo sfondo.

Non appena apro i battenti di metallo, il motore della Opel si avvia e l'auto esce in retromarcia. La luce dei fanali sfiora i corpi stesi e si ritrae, come se ne avesse ribrezzo. Solo i neon in alto restano a illuminare la scena.

La macchina raggiunge la strada e si arresta con il muso puntato nella direzione da cui, qualche minuto o qualche ora prima, sono arrivato. Per un attimo ho avuto il sospetto che non si sarebbe fermata, che sarei rimasto qui da solo, nel cortile di questa casa piena di cadaveri, a cercare di capire quello che è successo e a doverlo spiegare a chi me ne avrebbe chiesto conto.

Poi la portiera dalla parte del passeggero si apre. Nel chiarore del cruscotto vedo un gesto di Carla che mi invita a salire. Con un sospiro di sollievo mi siedo accanto a lei, permettendo finalmente alle mie mani e alle mie gambe di tremare. Procediamo veloci fino alla statale e pieghiamo a sinistra. È di nuovo Luna Park, è di nuovo Idroscalo, è di nuovo Linate. Al semaforo, mentre giriamo a destra diretti verso la città, un muro a pannelli di cemento costeggia viale Forlanini. Qualcuno, con una bomboletta di vernice nera, ci ha lasciato una scritta.

Che cazzo ci fa Nelson sulla nostra nave?

CAPITOLO 20

Parcheggiamo sotto casa di Carmine. Oltre i tetti c'è una vaga promessa di luce. Un'altra alba sta salendo e io e Carla siamo di nuovo insieme. Mi permetto il lusso di una chimera, l'unico che mi è concesso in questo momento. Vorrei poter tornare indietro in un mattino come questo e sentirmi dire per la prima volta

«Con te ci verrei gratis…»

e pensare che è tutto vero e rispondere sì, dio cristo sì, da questa all'ultima luce che posso vedere sì, per quello che sono e per quello che non sono sì, maledizione sì, in qualunque posto sì, in qualunque modo sì…

In qualunque mondo sì, ma non in questo.

La mano di Carla gira la chiave e ferma il motore.

Le ho dato l'indirizzo della casa di Quarto Oggiaro quando è risalita in macchina dopo la telefonata.

Verso il fondo di viale Forlanini si è fermata davanti a una cabina pubblica. È scesa e l'ho vista attraverso il parabrezza sfilare davanti al cofano e attraverso il finestrino alzare la mano e introdurre il gettone, comporre un numero e attendere la risposta. Poi l'ho vista parlare con qualcuno, un dialogo breve, durante il quale pareva rintuzzare richieste che arrivavano dall'altra parte.

Ha riappeso ed è tornata in macchina. È partita con calma. Ha ripreso a guidare con occhi attenti alla strada. Troppo attenti per non capire che stava decidendo che cosa fare.

Non che cosa fare con me.

Che cosa fare *di* me.

Sono stato io a rompere il silenzio. Avevo molte domande. Non sapevo a quante avrei avuto risposta. Ho cominciato dalla prima, quella che non nasceva dalla curiosità, ma dalla sorpresa.

«Perché non hai ucciso anche me?»

Subito dopo ho girato la testa e ho fissato anche io la strada, per il timore di leggere sul suo viso che se lo stava chiedendo anche lei.

Ho proseguito, sfidando le sue intenzioni e il suo silenzio.

«Sarebbe stato tutto perfetto. Ogni cosa sarebbe andata al suo posto. Secondo la logica di questa storia, io sono l'unico che manca in quella casa, in mezzo a quei corpi.»

Carla ha frugato nel portaoggetti. Mi ha teso un pacchetto di fazzolettini di carta.

«Pulisciti il viso. E togliti la giacca, che è macchiata di sangue.»

Ho capito che questo era solo uno dei tanti modi che aveva a disposizione per rimandare la risposta. O per farmi capire che non ce ne sarebbe stata una. Mi sono sfilato la giacca e l'ho lanciata sul sedile posteriore. Ho orientato lo specchietto dalla mia parte, ho acceso la luce di cortesia e ho iniziato a togliermi le tracce del sangue di Lucio dal viso.

«Dove ti sei nascosto in questi giorni?»

Ho risposto senza guardarla.

«In un posto.»

«È sicuro?»

«Sì.»

«Andiamo lì.»

Ho spento la luce e ho lasciato che fosse Milano a illuminare Carla. Lei ha preso il mio silenzio per esitazione.

«Quando mi sono fermata ho telefonato alla Polizia. Ho detto di essere passata davanti alla casa e che mi è sembrato di vedere dei corpi stesi a terra nel garage. Ho recitato la parte della cittadina timorosa che fa il suo dovere ma che non vuole essere coinvolta.»

Mi ha guardato.

«Ti serve un posto dove stare finché la Polizia non trova i corpi e ricostruisce l'accaduto. La presenza di Gabriel Lincoln, collaboratore di Bonifaci cacciato a calci nel culo, e la scoperta che Lucio non era cieco come aveva fatto credere a tutti, daranno forza all'ipotesi che in questa vicenda tu sei stato la vittima di un complotto.»

«Resteranno molti punti oscuri.»

«In storie come questa ce ne sono sempre. Oscuri oppure oscurati.»

«No. Saranno solo altri momenti per i quali non ho un alibi. E tutto quello che potrei dire o mostrare sembrerebbe solo un tentativo di costruirmene uno.»

Carla è rimasta in silenzio. Forse aveva pensato la stessa cosa anche lei e le mie parole sono state una mera conferma. Attraverso i vetri della macchina arrivavano sfilando le immagini di una città che solo pochi giorni prima avevo il coraggio di considerare una specie di proprietà privata. Senza rendermi conto che nessuno in realtà possiede nulla. Può solo scegliere di appartenere a qualcosa. La capacità e la fortuna sono un valido aiuto nel prendere una decisione.

L'amore fa il resto. Quello che a volte illude ma che non si compra e non si vende.

Mai.

Dopo avere fornito l'indirizzo mi sono lasciato andare contro il sedile. Fino a destinazione non ho aggiunto parola, riassumendo nella mia testa il succedersi degli eventi. Mi sono detto che in pochi giorni ho avuto due clamorose botte di culo. Una quando sono stato salvato dal Tulipano. L'altra quando sono uscito vivo da una casa lasciandomi alle spalle cinque morti. Temo di avere azzerato ogni credito con la buona sorte.

Non ho azzardato alcuna ipotesi sui veri motivi per cui questo casino è stato messo in piedi. Lo Stato, i Servizi Segreti, le Brigate Rosse, gli ideali, la lotta di classe, la lotta armata erano solo indizi senza senso. Sapevo che nonostante la fantasia e l'abitudine alla soluzione degli enigmi, questo era troppo difficile anche per me. La chiave di tutto ce l'avevo seduta di fianco. E ancora non sapevo se da Carla avrei avuto una spiegazione o una pallottola in testa.

Scendiamo dalla macchina. Getto la giacca macchiata di sangue nel cestino dei rifiuti. Non penso che Lucio avrà una sepoltura migliore. La schiena è indolenzita e gli occhi mi bruciano. Giriamo dietro all'auto e mettiamo a terra le valigie. Carla tira fuori dal baule anche una borsa da viaggio.

Indico con un gesto la Kadett.

«È prudente lasciare la macchina qui, in vista?»

«Sì, è pulita.»

Faccio strada e arriviamo all'ascensore. Le valigie sembrano più pesanti ancora. Ma forse sono solo la stanchezza e la cappa nera stesa sul mio futuro che rendono più greve il carico.

Mentre saliamo i miei occhi ritrovano le scritte. Ora mi sembrano affidabili testimonianze di vita, uno scherzo fatto al tempo più che agli uomini. Mi dico che Mary e Luca, quando uscirò di prigione, saranno adulti e io sarò un vecchio. Mi sfugge un sorriso così amaro da fare compassione, che la mia compagna di viaggio non nota.

Quando siamo in casa, dopo avere lasciato cadere la borsa sul pavimento, Carla si guarda in giro. Non è cambiato nulla, a parte un dettaglio. Lo squallore è completamente cancellato dalla sensazione di essere al sicuro.

«Non è il Grand Hotel.»

«No, non lo è. Ma è un posto dove per ora non ci cercherà nessuno.»

«Chi ci abita qui?»

Coniugo il verbo al tempo giusto, per sua tranquillità.

«Chi ci *abitava* sta a San Vittore. È la casa di un mio amico che si è beccato ventidue anni.»

Lei assimila l'informazione senza ulteriori commenti. Muove il capo, come per scrocchiare le vertebre.

«Ho bisogno di fare una doccia.»

Le indico il corridoio.

«Il bagno è da quella parte. Io intanto preparo un caffè.»

Carla ha un'espressione strana, come dispiaciuta di quanto sta per dire.

«Preferirei che tu stessi con me.»

Capisco e accenno un sorriso. Quello di prima, nell'ascensore, era un cubetto di zucchero al confronto. Non c'è morbosità o esibizionismo in quanto mi ha appena proposto. Nessuna concessione ai miei occhi. Vuole solo avermi sotto controllo in ogni istante, perché non si fida. La regola di chi uccide è che nessuno, mai e per nessun motivo, deve essere messo in condizione di poterti uccidere.

In silenzio, le faccio strada fino al bagno. Mi chiedo quando verrà il momento delle parole, fra di noi. Quelle che strappano i veli scuri e fanno entrare un poco di luce.

Apro uno stipetto e le metto un paio di asciugamani sul lavandino, accanto alla doccia. Lei sfila la pistola dalla cintura e ce la appoggia sopra. Il nero del metallo spicca come un insulto sul bianco liso del tessuto in spugna.

Vado a sedermi sulla tazza e mi concedo una sigaretta.

Carla inizia a spogliarsi. Senza malizia. È solo una persona che si libera dei vestiti con gesti spicci, asessuati. Si toglie il maglione e sotto non porta il reggipetto. I seni sono sodi, pieni. I capezzoli sono tumidi per lo sfregamento con la lana. Si appoggia al lavabo e sfila uno alla volta i Camperos che le avevo dato a casa mia. Slaccia la cintura e con un solo movimento esce da jeans e slip.

È nuda.

È bellissima.

È una donna che ha ucciso.

Solo adesso mi guarda. I suoi occhi sono pieni di qualcosa che non so definire. Rimpianto, pena, oppure solo stanchezza. Qualunque cosa sia, è offuscata da un altro sguardo, quello guercio di una pistola che mi sta osservando a pochi centimetri dalla sua mano.

Dura poco, poi Carla si gira a cercare il rubinetto. Le sue natiche e i suoi fianchi hanno il tratto della perfezione, pur con il leggero segno lasciato dalla cintura di cuoio e dal denim ruvido dei jeans.

Trova la temperatura giusta e infine entra sotto il getto che piove dall'alto. Non tira la tenda. Inizia a lavarsi e l'acqua che scorre sul suo corpo non è più un frutto banale di pressione e tubature e meccanica ma è pioggia che cade dal cielo a scontornare e confondere la bellezza per restituirla intatta dopo l'abbraccio. La osservo finché chiude gli occhi e alza la testa. Con le mani tira indietro i capelli e lascia che il getto li liberi dalla schiuma.

Poi si avvicina al bordo del piatto e mi fa un gesto. Poche gocce d'acqua dalla sua mano cadono sul pavimento.

«Vieni.»

Il desiderio è una mano soffice che si muove dentro di me. Mentre mi alzo so che diventerà un artiglio e che con le sue unghie appuntite mi farà del male. Ma non me ne importa nulla. Per la prima volta dopo tanto tempo mi libero dei vestiti davanti a un'altra persona per mia scelta e mia volontà. Ignoro il mio corpo mutilato. Sono consapevole solo del suo.

Faccio pochi passi e sono sotto la doccia con lei.

Mi abbraccia e aderisce e l'acqua ci incolla e trovo la sua lingua e la sua bocca. La cerco con le mani. La scopro e la apro e mi accoglie con un gemito. In qualche modo lei trova me e sono ed esisto e l'acqua scorre e nel suo piacere mi arriva qualcosa che non so dire e di colpo l'artiglio non c'è più e il dolore è svanito.

Dopo restiamo abbracciati sotto l'acqua che è tornata a essere l'acqua di una doccia, ma che è perfetta proprio per questo. Quello che doveva portare via se n'è andato attraverso lo scarico e quello che doveva rammentare lo ha inciso sulla nostra pelle.

Mi scosto per primo. Lei chiude il rubinetto e il fruscio del getto viene sostituito dal silenzio. Esco dalla doccia, sposto la pistola e le tendo un asciugamano. Se lo passa sui capelli e poi se lo avvolge intorno al seno.

Io non ho il coraggio di guardarla.

Ci sono troppe cose che ho paura di trovare nei suoi occhi.

Ci sono troppe cose che ho paura di non trovare.

Mi passo sbrigativo la salvietta sul corpo, poi raccolgo i vestiti ed esco dal bagno. Finisco di asciugarmi in camera da letto e mi metto un paio di calzoni e una camicia puliti.

Vado in cucina e inizio a preparare il caffè. La macchinetta sta gorgogliando quando Carla arriva nel soggiorno. È a piedi nudi e ha ancora l'asciugamano avvolto intorno al petto. Si accuccia a terra e armeggia nel suo bagaglio. Tira fuori un accendino e un pacchetto di sigarette. Ne accende una e l'aspira come una sorgente di vita. Infine prende uno slip, un paio di pantaloni e una maglia leggera.

Sparisce di nuovo nel corridoio. Torna con i vestiti addosso che io ho appena finito di versare il caffè nelle tazzine. Si china di nuovo sulla borsa e vedo che ci infila dentro la pistola. Poi mi raggiunge al tavolo. Non parliamo di quello che è appena successo. Non so che cosa abbia significato per lei. Per me è stata la risposta a una domanda. E preferisco credere che sia quella che penso io.

Beve un sorso del suo caffè senza lo zucchero. Dopo resta con lo sguardo fisso su quel liquido nero e fumante. Adesso è arrivato il momento in cui ci sono cose da dire. E lo sa anche lei.

Inizia a parlare senza sollevare gli occhi.

«Bonifaci era un uomo molto potente. Più di quanto sia possibile immaginare. Nel corso del tempo aveva raccolto dei dossier con cui teneva in pugno buona parte del mondo politico ed economico d'Italia. Foto scattate durante i festini a casa sua, documenti che testimoniavano collusioni con la criminalità organizzata, prove di corruzione e appropriazioni indebite nella gestione del denaro pubblico, finanziamento illecito dei partiti.»

Carla alza gli occhi su di me.

«Ce n'era a sufficienza per far finire in galera una quantità imbarazzante di gente. Una cosa che avrebbe dimezzato la classe dirigente di questo Paese. Bonifaci ha mosso tutti come burattini per anni. A suo vantaggio, naturalmente. Poi ha iniziato a tirare troppo la corda e quella si è spezzata. Qualcuno ha deciso che bisognava porre fine al suo strapotere.»

«Come?»

«Ovvio. Recuperando i dossier in suo possesso.»

Finisce il caffè e posa la tazzina sul tavolo. Non ci sono

fondi in cui leggere il futuro. Il futuro è figlio del presente e forse per noi non ce ne sarà mai uno.

Ma non è questo il punto.

Adesso voglio solo capire il passato.

Carla lo sa e dentro di sé ha deciso che è giusto.

«C'erano una quantità di denaro e di potere impressionanti coalizzati contro Bonifaci. Gabriel Lincoln, suo uomo di fiducia, è stato corrotto grazie a una cifra astronomica e indotto a collaborare. Purtroppo Bonifaci lo ha allontanato. Può darsi che abbia subodorato qualcosa. Oppure è stata solo una manifestazione di quel sesto senso che certi personaggi sembrano possedere.»

«Questo lo capisco. Quello che non capisco è che cosa c'entrino le Bierre.»

«Per portare a termine l'operazione serviva una copertura. Le Brigate Rosse sono in una situazione molto difficile. Hanno il fiato sul collo per il sequestro Moro e hanno bisogno di appoggio e denaro. In cambio potevano fornire degli uomini. Chi ha organizzato tutto questo si è procurato dei contatti all'interno dell'organizzazione. Ha fatto delle promesse in cambio di altre promesse.»

«Vuoi dire che ci sono persone nel quadro della politica italiana che sarebbero disposte a lasciare Moro al suo destino per avere una collaborazione nel recupero di quei documenti?»

«Esatto. Il risultato sarebbe stato di interesse comune. Da una parte avrebbe dato ai brigatisti un nuovo successo nella loro lotta armata. Dall'altra avrebbe eliminato la minaccia Bonifaci per chi lo temeva.»

Mi alzo in piedi e accendo una sigaretta.

«Ma chi avrebbe garantito che una volta messe le mani sui dossier e venuti a conoscenza del loro contenuto, i brigatisti non li avrebbero usati come arma e resi pubblici?»

«Io.»

L'ha detto con una semplicità disarmante. Come se fosse la cosa più scontata del mondo.

«Sono entrata in questa operazione per due motivi. Primo, perché faccio parte di un settore del Sisde e sono addestrata. Secondo, perché sono una bella ragazza. Ero il contatto con gli uomini delle Bierre e nello stesso tempo la persona giusta per ottenere la fiducia dell'unico uomo che aveva accesso alla villa di Bonifaci.»

«Io.»

Anche da parte mia questo monosillabo viene pronunciato con una semplicità disarmante. Un'inevitabile conseguenza della cosa più scontata del mondo.

«Già. Tu.»

Carla si concede un accenno di sorriso senza allegria.

«Quando ho scoperto che abitavi sullo stesso pianerottolo di Lucio non ci volevo credere. Non c'era niente di programmato, solo pura e semplice casualità.»

Fa una pausa, ancora piena di incredulità per come il caos e il caso governino il mondo.

«La persona per noi indispensabile per arrivare a Bonifaci viveva a pochi passi da una delle persone incaricate di arrivarci.»

Tutto sembra così semplice e innocuo, nel racconto pacato di Carla, adesso che non è più vita ma è storia. Eppure mi sta spiegando le ragioni per cui si è lasciata dietro una scia di morti. Nelle parole non c'è mai sangue, solo la sua descrizione o il suo ricordo.

«Sapevamo della tua esistenza da Lincoln e che tu periodicamente mandavi delle ragazze nella villa di Lesmo.»

«E allora avete tirato dalla vostra parte quel poveraccio di Daytona.»

«Sì. Ci è sembrato il modo più morbido per farmi entrare nel tuo giro. Arrivare a te attraverso qualcuno di cui ti fidavi. Da quel momento sei stato tenuto d'occhio giorno e notte.»

La interrompo.

«Conosco questa parte.»

Le spiego brevemente come sono arrivato a scoprire la verità. Il salvataggio dal Tulipano, la sua attesa davanti all'Ascot, la sostituzione della macchina, la scoperta del nascondiglio di Daytona, la pistola nella portiera. Durante il racconto mi guarda concentrata, attenta, come se stesse cercando di cogliere dei significati che vanno oltre le mie parole.

Lei non lo sa, ma ce ne sono più di quanti possa immaginare.

Ma questa è un'altra storia. Adesso ci sono altre cose che voglio sapere. Le faccio la domanda che mi fa più paura, quella che mi tormenta da quando ho sentito in televisione della strage. Con la certezza che, se ci sarà una risposta, mi perseguiterà fino alla fine dei miei giorni.

«Che cosa è successo nella villa di Bonifaci?»

Carla lascia vagare gli occhi per la stanza. Forse misura la differenza tra l'ambiente spoglio in cui siamo e il lusso in cui si è trovata quella sera. Forse davanti agli occhi le ripassano immagini che vorrebbe dimenticare. Quelle che per me sono fantasie, per lei sono ricordi con i quali si dovrà confrontare per tanto, tanto tempo.

«Posso avere un altro caffè?»

Mi alzo, vado in cucina e inizio a sciacquare la macchinetta. Credo di capire il motivo per cui me lo ha chiesto. Preferisce non essere guardata in viso durante il suo racconto.

La sua voce mi arriva mentre riempio il filtro.

«Durante la festa avevo lasciato aperta una vetrata.

301

Quando Lucio e gli altri sono arrivati portandosi dietro Laura, io tenevo già sotto controllo le ragazze, Bonifaci e i suoi ospiti.»

Premo la polverina marrone con il cucchiaino.

Quando Lucio e gli altri sono arrivati portandosi dietro Laura...

Questo significava che gli uomini della scorta erano ormai tutti morti. E che quella povera ragazza era stata trascinata lì per essere sacrificata alla Ragion di Stato. Magari proprio dall'uomo per il quale aveva deciso di cambiare vita.

Carla prosegue. Io avvito la caffettiera.

«Gabriel Lincoln ci aveva detto che il caveau era nascosto nell'interrato. Lucio e io siamo scesi con Bonifaci. Lui ha negato l'esistenza di una camera di sicurezza e io gli ho sparato in una gamba per convincerlo ad aprirla.»

Accendo il fuoco sotto il gas. La fiamma azzurrognola avvolge il fondo della caffettiera.

«A quel punto Bonifaci ha ceduto. Ci ha spiegato dov'era il caveau e ci ha dato le combinazioni. Quando lo abbiamo aperto, Lucio gli ha sparato.»

La fiamma si muove e ha un potere ipnotico, come le parole di Carla che arrivano dall'altra stanza.

«Dentro ci abbiamo trovato quello che cercavamo. Abbiamo preso i dossier e siamo risaliti. Quando siamo arrivati di sopra, nel salone c'erano solo cadaveri.»

Vedo che il liquido scuro inizia a uscire, dal coperchio sollevato della macchinetta. Lo chiudo. Attendo che gorgogli nella cannula. Spengo il gas, prendo la caffettiera e torno nell'altra stanza.

Carla è immobile, con le braccia appoggiate al tavolo, lo sguardo fisso in avanti. Verso il caffè nella tazzina davanti a lei. Riempio anche la mia.

«Chico e Sergio sono andati direttamente a sostituire la tua macchina. Io e gli altri siamo tornati nella casa sulla Rivoltana con i dossier.»

Carla allunga una mano e prende la tazzina. Beve un sorso.

Io mi rendo conto che non ho voglia di quel caffè. Ho solo voglia che Carla finisca il suo racconto.

«Dimmi di Lucio.»

In realtà vorrei chiederle di quella notte. Quella in cui...

La sua voce interrompe i miei pensieri.

«Lucio era stanco. Ho capito che in realtà non ne poteva più di quella vita. Di vivere nascosto, di essere come in prigione, chiuso nel suo travestimento. Tutti i discorsi ideologici erano a uso e consumo degli altri, puro e semplice fumo negli occhi. La latitanza logora e prima o poi si cerca un'alternativa. Una qualunque, a qualunque prezzo, purché sia alla luce del sole. Mi sono messa con lui e l'ho portato dalla mia parte, perché ero certa di una cosa.»

«Che cosa?»

«Che una volta avuti in mano quei documenti ci avrebbe riconosciuto l'alternativa che cercava. E allora ho finto di essere sua complice nello sfruttarli.»

«Vale a dire?»

«Tenere i documenti per noi. Con quegli incartamenti in mano avremmo avuto lo stesso potere di Bonifaci. Sarebbero stati la nostra garanzia di incolumità e una fonte di denaro inesauribile.»

Finisce il secondo caffè. Io mi accendo un'altra sigaretta.

«Il sogno di tutti. Libertà, immunità, soldi.»

Mi guarda.

«C'era solo un problema.»

Aspetto in silenzio che dia una conferma alla mia supposizione.

«Ero altrettanto certa che Lucio mi avrebbe usato per disfarsi degli altri e che, una volta raggiunto il suo scopo, si sarebbe liberato anche di me. Per cui non ho avuto scelta. O lui o io.»

Getto la cenere nella tazzina. Sfrigola leggermente a contatto col liquido. C'è un'altra cosa che devo sapere.

«Per che motivo hai accettato di prendere parte a questa cosa?»

«Per il motivo per cui tutti fanno tutto. Denaro. Promesse di potere. Scegli tu.»

Si osserva le mani.

«Tutte cose che adesso non hanno più senso.»

Fa una pausa e dopo i suoi occhi sono di nuovo su di me. Non so che cosa cerchi sul mio viso. Non so che cosa ci stia trovando. Do l'ultimo tiro alla Marlboro e la spengo nella tazzina.

Rimane un'ultima domanda, la più importante.

«Adesso che conti di fare?»

Carla si muove nervosa sulla sedia.

«Non lo so di preciso.»

In silenzio, la seguo mentre si alza e va verso le valigie appoggiate a terra. Le indica con la mano.

«Ma so che se consegnassi il materiale che c'è qui dentro alla persona che mi ha mandato a recuperarlo, dopo un'ora sarei una donna morta.»

La guardo. Ricevo in cambio lo stesso sguardo.

È il momento degli specchi.

Nei suoi occhi c'è il presagio dell'unica certezza che ogni essere umano ha. Ci sono la stanchezza e la delusione dei reduci, di chi ha troncato delle vite e si è reso conto che è stato tutto inutile. Eppure si trova ancora a dover combattere per la propria.

Subito Carla riacquista il tono fermo di chi ha preso una decisione.

«Dammi sei ore di vantaggio e poi vai alla polizia.»

«E che cosa racconto?»

«Tutto quello che è successo.»

«Non mi crederanno mai. Non ho un alibi né lo straccio di una prova.»

«L'avrai.»

Carla si china e fa scattare la chiusura di una delle valigie. È piena di cartelline rigide di diverso volume e diverso colore, ognuna chiusa da un elastico e con un'etichetta sul fronte. Ne fa scorrere parecchie, prima di trovare quella che cerca. La tira fuori, la apre, la scorre brevemente. L'appoggia a terra. Richiude la valigia e prende una giacca dalla sua borsa. Quando si rialza ha la cartellina in mano e l'indumento indosso.

«Qui dentro ci sono documenti e prove che incastrano la persona che ha organizzato tutto questo. Ce n'è a sufficienza per inchiodarlo a qualunque muro abbia vicino. Sarà la tua assicurazione sulla vita.»

Due passi e la cartellina è appoggiata sul mobile. Poi Carla torna accanto alle valigie.

«Le altre saranno la mia.»

«Dove andrai?»

«Meno ne sai e meglio è.»

Il suo viso dice che il posto dove andrà è un mistero anche per lei. Spero che sia un posto in pace. Sono certo che non lo sarà.

«Hai del denaro?»

«Sì. Ce n'era parecchio nella cassaforte di Bonifaci. Quell'uomo non si fidava delle banche. Nemmeno delle sue.»

Non resta molto da aggiungere. Carla si avvicina e mi sfiora le labbra con le labbra.

«Avrei voluto essere diversa e conoscerti in un modo diverso. Sarebbe stato tutto molto bello.»

Dal profumo della sua pelle e dal calore delle sue labbra nasce spontanea una domanda. Della quale mi pento nell'attimo stesso in cui la formulo.

«Ti rivedrò?»

Lei mi appoggia un dito sulla bocca, per impedirmi di andare oltre. I suoi occhi sono una speranza e una condanna insieme. Poi si gira, apre la porta, prende la borsa e le valigie e le trascina sul pianerottolo. Il battente si richiude mangiandosi a poco a poco la figura di Carla finché ridiventa un pannello di legno e basta.

Rimango da solo.

Il rumore dell'ascensore che arriva al piano significa l'inizio di un viaggio. Che nel caso di Carla sarà una fuga senza fine, di quelle che fanno diventare la vita un'esperienza maledetta. E io sono più maledetto ancora, perché non riesco a sentirmi in colpa per il senso di pietà che provo per un'assassina.

CAPITOLO 21

La stanchezza arriva nel momento in cui realizzo che tutto è stato fatto.

Sono qui, ancora in piedi, finalmente immobile. La tensione, la paura, l'eccitazione sono svanite di colpo e, adesso che il vento è cessato, mi sento vuoto come una canna. Nelle mie vene non c'è più un milligrammo di adrenalina e forse nemmeno un goccio di sangue. Di certo è sparso a terra da qualche parte e io, al centro di questa stanza, mi illudo solo di essere vivo.

Ecco perché ho tanto bisogno di dormire. Perché il sonno è la condizione dei morti.

Guardo la cartellina appoggiata sul mobile, piena dei suoi segreti. Non c'è nemmeno la curiosità di andare ad aprirla e sapere un nome. Gli avvenimenti di questi giorni appartengono al passato e come tutte le cose del passato sono sicuro che non insegneranno nulla né a me, né a nessun altro. Tutto quello che so è che ho avuto un'occasione e l'ho persa.

Il caos e il caso, ricordi?

Vado in camera da letto. Mi stendo sul materasso e mi tiro sotto la testa un cuscino senza federa. Mi addormento praticamente nello stesso istante. Il mio ultimo pensiero, prima di scivolare nel sonno, è che Carla mi ha chiesto sei ore.

Prima ora.

Io dormo.

Carla con la macchina percorre le strade di Milano, in una luminosa mattina di domenica. Pigra per il resto del mondo. Senza respiro per lei. Parcheggia l'auto in un posteggio qualsiasi all'aeroporto di Linate. Sa che non tornerà mai a pagare il conto. Non si cura di cancellare impronte. Così come stanno le cose, è diventato inutile anche avere cancellato le mie dalla casa sulla Rivoltana. A pochi chilometri di distanza, in una villetta isolata piena di cadaveri, fotografi scattano istantanee che fissano sul rullino la posizione dei corpi. I flash sono lampi da una frazione di secondo che invano cercano un riflesso di vita in quegli occhi spenti. Tecnici della Polizia Scientifica stanno facendo rilievi per cercare di capire che cosa ha sparato, quante volte lo ha fatto, da che punto lo ha fatto.

Seconda ora.

Io dormo.

Carla prende un carrello e ci carica le valigie, pensando che la sopravvivenza pesa, a volte. Entra nel terminal e si trova davanti una tabella con gli orari delle partenze. Buenos Aires, Rio de Janeiro, New York, Caracas. Un posto vale l'altro. Non conta sapere dove si va, la sola cosa che conta è sapere quando si parte. A pochi chilometri di distanza, in una villetta isolata, arrivano auto che scortano altre auto che trasportano i pezzi grossi. Quelli che decidono sul campo cosa fare, cosa dire, cosa tacere. Uomini si aggirano, indicano, fanno supposizioni, controllano carte, pronunciano nomi. Uno di questi è il mio.

Terza ora.

Io dormo.

Carla ha comprato un biglietto di prima classe sul primo aereo in cui ha trovato un posto libero. Ha saldato in contanti, cosa che dovrà fare per diverso tempo, d'ora in poi. Forse ha presentato un passaporto falso sul quale di Carla Bonelli è rimasta solo la foto. Ammesso che quello sia il suo vero nome. Ha consegnato le sue preziose valigie al check-in e adesso supera il cancello con la carta d'imbarco in mano. Spera che non vadano perse durante il viaggio. Il rischio c'è, ma fa parte della vita. Della sua vita, in particolare. Sale sulla navetta, si accomoda sul fondo e attende che gli altri passeggeri facciano lo stesso. Nella borsa ai suoi piedi ci sono vestiti e denaro contante. La pistola l'ha gettata in un cestino dei rifiuti nel parcheggio. A pochi chilometri di distanza, in una villetta isolata, un medico legale consente lo spostamento dei cadaveri. Rimangono sul pavimento i segni dei corpi tracciati col gesso e le tabelle di segnalazione dei bossoli. Fuori ci sono giornalisti assiepati. Come sempre, grazie alle loro «fonti sicure», hanno fiutato la notizia e adesso vogliono sapere. Un minimo, quel tanto che basta per innescare quella bomba a carica personale che è la fantasia.

Quarta ora.

Io dormo.

L'aereo è in coda, in attesa dell'autorizzazione al decollo. Carla ha sistemato la borsa nella cappelliera, con l'aiuto complice di una hostess. Riceve gli sguardi ammiccanti di un paio di passeggeri. Sguardi nei quali c'è la storia del mondo, ma non quella di Carla. Se la conoscessero tornerebbero al volo a fissare gli occhi sul quotidiano che stanno leggendo. Altri la ignorano ma lo fanno in maniera troppo evidente. Forse sperano di essere notati proprio per questo motivo. A pochi chilometri di distanza, in una villetta isolata, alcuni uomini restano di guardia in attesa che vengano posti i sigilli. I pezzi grossi se ne vanno, diretti verso riunioni durante le quali dovranno riferire a pezzi più grossi ancora che a loro volta dovranno mettersi a disposizione di pezzi enormi. La scala sale e pare senza fine, ma bisogna fare attenzione all'ultimo gradino perché dopo quello si precipita. A pochi chilometri di distanza, un malavitoso chiamato Tano Casale sta rigirando fra le mani una schedina del Totocalcio che ritiene vincente e si sta chiedendo che cosa fare. La mia proposta lo ha allettato, stuzzicato. La mia latitanza lo ha messo in difficoltà, ma ha deciso di attendere per vedere come si conclude la faccenda. Si dice che può fare tutto da solo, che in fondo non ha bisogno di nessuno. Tanto lui è padrone del mondo e in parte anche di Milano.

Quinta ora.

Io dormo.

L'aereo è ormai un punto lontano, a guardarlo da giù. Una scia di fumo al decollo che sarà uguale a quella dell'atterraggio, solo sparsa in un altro cielo. Carla sente addosso dei piccoli brividi di freddo, provocati dal calo di tensione e dalla stanchezza. La mente è vuota e il corpo reclama riposo. Ha rimandato all'arrivo ogni pianificazione, ogni prospettiva, ogni ipotesi di strategia. Ha sistemato il sedile nel modo più confortevole possibile, ha piazzato sotto la testa il cuscino e si è gettata addosso la coperta sottile fornita dalla compagnia. I motori sono un ronzio in coda ed è facile lasciarsi andare. A molti chilometri di distanza sono in corso riunioni per decidere quale sarà la versione ufficiale dei fatti e quali saranno le cose taciute che diventeranno un segreto personale o un segreto di Stato. Un ispettore di Polizia di nome Stefano Milla sta pensando se sia o no un azzardo comprare quell'Alfa Romeo Spider nella quale si immagina seduto con il vento nei capelli. I soldi ce li ha e non prova il minimo rimorso per come se li è guadagnati. L'unica seccatura che ne deriva è quella di giustificarli.

Sesta ora.

Carla dorme.

Io mi sveglio.

L'orologio al polso mi comunica un'ora che non significa nulla. Penso di accendere il televisore ma abbandono subito l'idea. Mi troverei sullo schermo Corrado a *Domenica in* o la banda di Arbore a *L'altra domenica*. Non ci sono telegiornali a quest'ora. La gente vuole divertirsi: c'è chi decide di non sapere e chi decide di dimenticare. È un'applicazione umana della proprietà commutativa. Qualsiasi cosa si scelga, il risultato non cambia. D'altronde, tutto quello che potrei sapere da qualunque fonte di informazione è quanto siano frammentarie le notizie che io conosco per intero.

Mi alzo e vado in bagno. Faccio cose solite, come se fosse un solito risveglio. Piscio. Mi lavo la faccia. Mi lavo i denti e intanto mi dico che è un sacco di tempo che non mangio. Il cibo è fatto per i vivi e io non ne ho diritto.

Il caos e il caso. Ora ricordo.

Mi guardo, nella luce incerta che filtra a strisce dalle persiane. Lo specchio mi rimanda un'immagine che non mi appartiene. Io stesso non mi appartengo, perché indosso un nome che non mi può più riparare e non si può più riparare. È come una vecchia camicia e come tale va gettato.

Esco dal bagno e vado in soggiorno. Il pavimento è freddo e sporco sotto i piedi scalzi. Le condizioni igieniche della latitanza lasciano sempre molto a desiderare. Ho visto la casa dove è morto Daytona, ho visto la casa dove sono morti Lucio e gli altri.

Nella villa di Bonifaci doveva essere diverso.

Ma sono morti tutti nello stesso identico modo.

Prendo la cartellina dal mobile, mi siedo sul divano, che mi accoglie con il fruscio della plastica che lo avvolge. Sulla copertina c'è un'etichetta bianca. Una mano dalla grafia frettolosa ci ha vergato una scritta con una stilografica nera.

Dedalo e Icaro.

Ci rifletto ma la cosa non mi dice niente. Tolgo l'elastico e apro la copertina. Scosto le alette. Dentro ci sono delle foto e un plico di documenti. Li tiro fuori e li faccio scorrere, dapprima lentamente, poi in modo sempre più concitato. Quando arrivo alla fine riparto da capo e rivedo tutto con più calma. Quei fogli e quelle istantanee sono la guida a un mondo sotterraneo, un percorso scavato metro dopo metro da una completa assenza di scrupoli, guidata nella direzione giusta dall'ambizione più sfrenata. C'è quasi da smarrire il raziocinio nel percorrerlo, perché è difficile riuscire ad assimilare fino a che punto possa giungere l'abiezione dell'essere umano. In questa documentazione ci sono le prove che possono servire a un magistrato per far scattare delle manette, ammesso che quel magistrato non si trovi la strada sbarrata.

Chiudo la cartellina e mi appoggio allo schienale del divano.

Il soffitto è uno schermo dove la mia mente proietta immagini. Rivedo visi, luoghi, colori. Sono strade, persone, scorci di mare, giochi da ragazzo, amori da uomo, nascondigli insicuri.

Poi, di colpo, senza preavviso, inizio a ridere.

Rido per me, per tutti questi anni passati con un sospetto che ora è diventato una certezza. Rido per quella lama di rasoio che mi ha condannato finché vivo a essere solo uno spettatore, mentre nella mia stupidità credevo di reggere almeno qualche filo in mano. Rido per Carla e per tutti gli aerei che purtroppo prima o poi atterrano. Rido per il seno di Barbara e la pelle bianca di Cindy e per Laura innamorata e tradita. Rido per Lucio e la sua musica senza anima e i suoi inutili anni, di finzione. Rido per Giorgio Fieschi che avrebbe potuto vivere nel fragore degli applausi e invece è morto nel soffio leggero di una pistola col silenziatore. Rido per Daytona e il suo orologio e il suo riporto che la mano, anche in punto di morte, è salita a ricomporre. Rido per Tano Casale e la sua voce che conosco. Rido per degli uomini che avevano accettato di difendere gli altri e non hanno trovato nessuno a difendere loro. Rido per gli ideali che danno la morte e per la morte delle idee. Rido perché solo gli stupidi e gli innocenti non hanno un alibi. Rido perché il caos e il caso non stanno governando il mondo, lo stanno distruggendo.

Rido, rido, rido.

Così forte che i polmoni mi fanno male perché non riesco a respirare. Così forte che temo che qualcuno batta contro il muro per far cessare questo baccano. Così forte che mi trovo steso sul divano con la plastica incollata al viso bagnato di lacrime.

Quando la mia risata finisce, rimangono solo quelle.

Lacrime di liberazione, di pena, di addio.

Mi riprendo e mi alzo. So cosa fare. Per prima cosa, devo recuperare al più presto Ugo Biondi, il mio avvocato. Provo il numero dello studio, più per scrupolo che per altro. So bene che oggi è molto improbabile che ce lo trovi, ma non posso tralasciare nessuna possibilità. Infatti il telefono suona a lungo senza risposta. Speravo fosse in ufficio a preparare una causa da discutere il lunedì, ma mi sono sbagliato. Ugo non è uno stakanovista. Il giorno che istituiranno il titolo di Cavaliere del Riposo, sarà uno dei primi ad aggiudicarselo.

Compongo il numero di casa ma il risultato non cambia. Immagino il telefono che suona in un'abitazione vuota, gli squilli che rimbalzano sui muri. Per i mobili e i lampadari e i tappeti e i libri sugli scaffali.

C'è solo un altro posto dove potrei trovarlo. So che ha una villetta sul lago Maggiore in cui, da quel puttaniere che è, trascorre a volte il fine settimana con la Lady Starnazza di turno. Qualche volta gliene ho anche offerta una io. Gratis et amore Dei, messa a bilancio come pubbliche relazioni.

Credo anche di ricordare il nome del paese.

Compongo il numero della Sip che fornisce informazioni sugli abbonati. Chiedo all'operatore il recapito telefonico di Ugo Biondi ad Arona. I miei dubbi sul nome della località vengono presto fugati dalla voce che mi comunica il numero richiesto.

Compongo anche questo.

Ogni movimento è chiaro, preciso. Ogni suono è nitido. Il dito nei fori dell'apparecchio, il suono della rotella che si riposiziona. Ora sono lucido e determinato, come se avessi fatto un pippotto di coca.

Il telefono squilla dall'altra parte. A lungo, senza che nessuno arrivi a sollevare la cornetta. La risposta mi sorprende mentre sto per riattaccare.

«Sì, pronto?»

È un poco affannata, come se avesse corso per raggiungere in tempo il telefono.

«Ciao Ugo, sono Bravo.»

Rimane senza fiato. Io avrei avuto la stessa reazione, al posto suo.

«Cazzo. Dove sei?»

«In un posto.»

Lui la mette giù piatta.

«Sei nella merda fino a gli occhi.»

«Non più. Ho risolto tutto.»

«Come sarebbe a dire ho risolto tutto?»

«Sono innocente e ne ho le prove. Intendo costituirmi e voglio che sia tu ad assistermi. Credo che ti porterà un bel po' di notorietà. Sarà una cosa piuttosto complicata, ma d'altronde cosa c'è di facile a questo mondo?»

Un secondo per valutare. Un secondo per rispondere.

«Sono al lago.»

Mi viene da sorridere. La mia telefonata deve averlo sorpreso e frastornato parecchio se mi ha detto una stronzata del genere.

«Penso di saperlo, visto che ti ho telefonato lì.»

«Cristo, ho capito. Intendevo dire che mi ci vuole tempo per arrivare a Milano.»

«Mettici quanto vuoi. A te non corre dietro nessuno.»

C'è un nuovo breve silenzio dall'altra parte. Probabilmente si sta chiedendo com'è possibile che io abbia voglia di scherzare, vista la situazione in cui mi trovo. Non sa che sto andando verso uno dei momenti più belli della mia vita.

Ne approfitto per proseguire.

«Quanto pensi di metterci, più o meno?»

«Secondo il traffico. Un'ora e un quarto, un'ora e mezzo.»

«Ci vediamo lì fra un'ora e mezzo nel tuo studio.»

Riattacco senza dargli modo di replicare. Sono certo che, se anche stava scopando, lascerà la sua bella sul letto a metà strada per il paradiso, salterà in un paio di calzoni e correrà a Milano alla massima velocità consentita dal mezzo che guida.

Adesso devo sperare in un altro colpo di fortuna. Apro un po' di cassetti e di ante finché trovo una guida telefonica di Milano. Mi appoggio sul tavolo e cerco il nome di Stefano Milla nella lista degli abbonati. Potrebbe essere in servizio, cosa molto probabile visto il casino che sta succedendo, ma preferisco tenermi una chiamata al commissariato come risorsa estrema.

Mi risponde al sesto squillo, con una voce assonnata. Probabilmente è stato di servizio tutta la notte e l'ho svegliato. Va da sé che non me ne frega un cazzo.

«Pronto.»

«Ciao, Stefano. Sono Bravo.»

Silenzio. So che non crede alle sue orecchie. Poi mi arriva un fruscio di lenzuola, quello di uno che si mette di scatto a sedere sul letto.

«Pronto?»

«Ho detto che sono Bravo.»

«Purtroppo avevo capito anche la prima volta. Solo che volevo essere sicuro.»

Infilo nell'apparecchio la mia migliore voce di circostanza.

«Come stai?»

«Sei una faccia di merda. Hai idea di quanta gente c'è in giro che ti sta cercando?»

Non c'è che una faccia di merda per riconoscerne un'altra. Di questo devo rendergli merito.

«Lo so. Ma non dovranno penare più a lungo. Ho intenzione di costituirmi. Ma prima ho bisogno del tuo aiuto.»

«Sei impazzito? Ho già corso abbastanza rischi per te.»

«Ti offro due alternative. La prima è che fai quello che ti chiedo, becchi un pacco di soldi e fai pure una bella figura con i tuoi superiori.»

«E la seconda?»

«Fai lo stronzo e vieni all'indirizzo che ti do in compagnia dei tuoi scagnozzi. Nel qual caso ti garantisco che il viaggio di ritorno lo facciamo tutti e due in manette. Non so se mi sono spiegato.»

La sua voce cambia. Adesso è diventato il poliziotto buono. Forse non è nemmeno più un poliziotto.

«Bravo, non puoi farmi questo. Io ti sono sempre stato amico.»

«Tu non sei amico di nessuno, Stefano. Sono certo che fai addirittura fatica a sopportarti da solo, a volte. Tuttavia…»

Lascio in sospeso la frase. Giusto il tempo di tenerlo un poco sui carboni accesi. I carboni bruciano e lui mi incalza.

«Tuttavia?»

Gli ripeto quello che ho detto poco prima all'avvocato.

«Sono innocente, Stefano. Ho le prove. E sono documenti che faranno un botto da lasciare un buco come un cratere lunare.»

«Ma come ti sei cacciato in questo guaio?»

«Mi ci hanno cacciato a viva forza. Con la stessa forza me ne tirerò fuori. Se mi dai una mano, tu sarai una delle persone che se ne prenderà il merito. E, ribadisco il concetto, un bel pacco di soldi.»

Le mie ultime parole sembrano calmarlo.

Sarebbe meno calmo se sapesse i nomi delle persone che stanno in quella cartellina. Se sapesse quello che sta per succedere con Tano Casale.

«Che devo fare?»

«Aspetta in casa. Ti chiamerò più tardi e ti dirò dove venire.»

«Più tardi quanto?»

«Cinquanta milioni. Ti basta come ora approssimativa?»

Anche con lui riappendo senza dargli modo di ribattere. Sono sicuro che farà quello che dico, adesso e dopo. In primo luogo perché si caga sotto, in secondo luogo perché cinquanta milioni nella sua vita non li ha mai avuti. Non saprebbe nemmeno scriverla, quella cifra, anche se dovesse solo copiare il numero.

Non mi resta che aspettare.

Sono tranquillo ora che il tempo non corre più verso di me a rischio di collisione frontale. Nella mia mente c'è ancora un aereo che trasporta una donna addormentata, ma ogni minuto che passa è sempre più lontano. Adesso è il momento di pensare all'aereo che trasporterà me. Dove, lo deciderò anche io all'ultimo.

Vado in bagno e trovo la copia della «Settimana Enigmistica» che avevo lasciato appoggiata sul mobile degli asciugamani. Quella che mi ha rivelato la finzione di Lucio e che mi ha aiutato a smascherarlo. La prendo e torno in soggiorno. Mentre mi siedo al tavolo, la apro e cerco una crittografia. Ne trovo una a frase nella Pagina delle Sfinge.

Di nuovo, ti inganna! (5 2, 6 2 = 7 8)

Sorrido. L'argomento si adatta molto bene alle circostanze attuali. La soluzione è una frase di cinque, due, sei e due lettere che riunite e scomposte ne danno una di sette e otto lettere. Accendo una sigaretta. Sul tavolo ci sono ancora le tazzine. Una ha sul bordo il gusto delle labbra di Carla. L'altra è piena di un caffè ormai freddo, quello che non ho bevuto.

Mi impegno nella crittografia. Ci metto un poco a venirne a capo ma alla fine ci riesco.

Frega te, ancora te!
Fregate ancorate.

Non era poi così difficile. Ogni enigma rivela la sua fragilità, una volta risolto. A volte basta leggere una curiosità su una rivista di enigmistica, a volte basta trovare una pistola nascosta, se si sa dove cercare. A volte basta aprire una cartellina di cartone rigido. Purtroppo nel percorso molte cose e molte persone si perdono e non tornano più.

Spengo di nuovo la sigaretta nel caffè. Lo sfrigolio è coperto dal rumore di una chiave nella toppa.

Mi giro verso la porta.

La serratura scatta e il battente si apre. Nel riquadro ci sono due figure e una valigia di tela posata a terra. Una donna con una giacca di panno mi guarda sorpresa e intimorita. Accanto a lei c'è un bambino pallido, dai capelli scuri, di circa cinque anni. L'aspetto e i vestiti sono quelli di chi è appena arrivato da un viaggio e non sa se è peggio il posto dove è approdato o quello da cui è partito.

CAPITOLO 22

Quando arrivo in fondo a via Carbonia, la Giulietta di Stefano Milla è accostata al marciapiede sul lato destro della carreggiata. Intorno a me un quartiere popolare di Milano vive l'ultimo residuo di una domenica di primavera. Il sabato è un ricordo, il lunedì una sconfortante prospettiva. Ma per poche ore qualcosa resta. La partita, il film, la pizza, il flipper, la musica nei locali e in discoteca. Un uomo, una donna, il sedile posteriore di un'auto, un letto, una sega nel buio di un cinema, baci quasi senza lingua e senza saliva di adolescenti. Una canna, un tiro di coca, una pera, un bicchiere di pessimo vino, una Coca-Cola, un bicchiere d'acqua minerale con una fetta di limone. Ognuno è in fila per ordinare e ritirare quello che gli è più congeniale per essere o non essere.

Che rotto in culo era Amleto.

Io non ho niente da condividere con la gente che mi circonda. Non il passato, non il presente, non il futuro. Non il mio nome nascosto. Nemmeno la faccia posso mostrare, coperta com'è dal colletto rialzato, dagli occhiali scuri, dalla barba lunga e da un cappello di Carmine che ho trovato in un armadio. Il mio sabato del villaggio è stato costellato di spari e di cadaveri in una villa poco oltre Segrate. La festa è finita subito, come vuole la regola. Per quanto mi sia lavato, sento ancora sul volto gli spruzzi del sangue di Lucio.

Ricordo le sue parole, al Quartiere Tessera, la notte in cui sono andato a cacciarmi in trappola.

No, Bravo. Io sono un uomo morto. Esattamente come te...

E io invece sono vivo. Spero di non doverlo rimpiangere.

Attraverso la strada. Sul marciapiede dalla parte opposta incrocio un ragazzo e una ragazza. Lui è molto magro, ha i capelli lunghi e una giacca militare verde, giusta sostituta dell'eskimo per la stagione. Lei ha i capelli crespi e le guance foruncolose e non sarà mai magra.

Laurel e Hardy camminano tenendosi abbracciati.

Sono bellissimi.

Li ho appena superati che mi trovo di fianco alla macchina. Apro la portiera posteriore e getto la sacca sul sedile. Poi passo a quella anteriore e mi siedo accanto a Milla. Lui gira la testa e valuta il mio camuffamento, forse confrontandolo mentalmente con un identikit che ormai non corrisponde più al mio aspetto attuale. Porta anche lui un paio di occhiali scuri. È teso, ansioso. Vorrebbe essere un altro ed essere altrove e non fa nulla per mascherarlo.

O forse ci prova e non ci riesce.

«Cristo, Bravo. Hai idea del casino in cui mi stai mettendo?»

Scuoto la testa.

«Non ti metto in nessun casino. Anzi.»

Tolgo il cappello e lo getto sul sedile di dietro. Mi passo le mani fra i capelli. Non sono abituato ad averli così corti.

«Quando tutto sarà finito, agli occhi dei tuoi superiori diventerai l'eroico ispettore al quale mi sono costituito. Avrai del denaro. E se fai quello che ti dico, sarai anche libero.»

«Libero da che cosa?»

«Dalla tua love story con Tano Casale.»

Sul suo volto arriva qualcosa che se ne va subito. Così in fretta che non riesco a capire che cos'è.

«Non so che hai in mente, ma se quello capisce che sto tramando alle sue spalle io sono un uomo morto.»

Mi levo gli occhiali e lo guardo.

«Io lo sono stato per diverso tempo. Come vedi non è poi così male.»

Lui si decide e avvia il motore.

«Dove cazzo andiamo?»

«Piazza Amendola, al cinque. Davanti al parcheggio dei taxi.»

La macchina si muove. Io mi rimetto gli occhiali e mi sistemo. Giriamo a sinistra e imbocchiamo via Arsia, diretti verso la Fiera. Mi ripeto che tutto è passato. Che adesso niente può più ferirmi, farmi del male. Con quello che ho nella sacca, sono io in condizione di farne.

E lo farò.

Ci fermiamo a un semaforo. Di fianco c'è una farmacia di turno. Una donna con una bambina sta spingendo la porta per entrare. Il pensiero ritorna a due persone che ho appena incontrato, in piedi sulla soglia di un appartamento che per qualche giorno è stato un rifugio sicuro. Ora è solo uno dei tanti indirizzi sulla piantina di Milano.

Non appena li ho visti apparire, mi sono alzato e sono andato loro incontro.

La donna non si è mossa ma ha allungato una mano e ha attirato a sé il bambino. L'ho vista irrigidirsi. Il timore e la sorpresa iniziali hanno lasciato il posto alla fermezza. Quella che le ha fatto abbandonare il marito quando ha capito che non sarebbe mai cambiato. Quando ha deciso che suo figlio non sarebbe cresciuto nella stessa casa di un pregiudicato.

«Lei chi è?»

Mi sono fermato a un passo.

«Sono Bravo, un amico di Carmine. E lei presumo sia Luciana, sua moglie.»

La donna mi ha ignorato. Il suo sguardo frugava l'interno. La qualifica di moglie di Carmine da anni ha smesso di avvilirla. Adesso è solo un fatto increscioso, come la polvere sui mobili e le condizioni precarie dell'appartamento. Forse sta rivivendo dei momenti in cui quei mobili erano i suoi, la casa era più pulita e la sua vita un poco più sporca.

«Carmine le ha affittato l'appartamento? Come mai non ha cambiato la serratura?»

Ho fatto un gesto con le mani che comprendeva case, serrature, scelte.

«Non l'ho affittato per davvero. Quando Carmine...»

Ho osservato il bambino che stava guardando alternativamente me e sua madre. A quell'età sono delle carte assorbenti. Capiscono molto di più di quanto non si creda. E quello che non capiscono a volte resta impresso e nascosto da qualche parte. Succede spesso che nel tempo riesca a fare danni molto maggiori. Per cui ho preferito non pronunciare davanti a lui la parola «arrestato».

«Quando Carmine ha avuto il suo problema, ho continuato io a pagare le bollette e le spese di condominio.»

«Perché?»

«A volte ci sono cose che si fanno senza un motivo.»

«Anche se sembra che non ci sia, un motivo c'è sempre.»

Mi ha rivolto occhi disincantati. Ci ho letto giorni passati a spiare ogni persona che incontrava, per stabilire se era un balordo come il marito o un poliziotto. Senza mai capire quale delle due tipologie fosse la più pericolosa. Ma con una certezza incrollabile: tutte e due erano ostili. Solo una settimana fa l'avrei messa sullo scaffale dei cazzi suoi e me ne sarei andato da un'altra parte. Ora le mie certezze presentavano delle profonde incrinature e quello scaffale non era più tanto solido. Le sue invece parevano durare nel tempo, perché dal tempo e dai fatti confermate.

Non mi ha permesso di aggiungere nulla.

«Lei si sta nascondendo qui?»

Ho scosso la testa.

«Non più. Ho avuto qualche rogna ma adesso è tutto passato. Sto per andarmene.»

«È armato?»

«No.»

Ha deciso che la mia voce era sincera e il mio sguardo anche. Per il resto anche lei deve avere adottato come regola di vita di non farsi gli affari degli altri. Una regola che di solito è per metà una scelta e per metà un'imposizione. Ha preso da terra la valigia e spinto in casa il bambino. Poi si è chinata su di lui e ha iniziato a sfilargli il giubbotto, un poco pesante per la stagione.

«Mi spiace, ma non avevo un posto dove andare. Arriviamo adesso dalla Germania. Un'inquilina del palazzo con cui sono rimasta in contatto mi ha detto che la casa qui era vuota. Mi sono sempre chiesta che cosa la conservavo a fare questa chiave. Oggi l'ho capito.»

Il bambino, liberato dal giubbotto, si è sentito libero anche di parlare.

«Mamma, devo andare in bagno.»

Lei si è tolta la giacca e l'ha gettata sul divano. Sotto aveva una gonna e una maglia dai colori accostati dalla mancanza di alternative e non dal gusto personale. L'ho vista leggermente sovrappeso ma con un corpo ben proporzionato. Doveva essere una bella ragazza prima che l'esistenza le riservasse la terapia d'urto.

«Andiamo subitissimo. Vieni con me.»

Tenendo il figlio per mano si è diretta verso il corridoio. Ho aspettato qualche secondo, poi ho preso la cartellina e l'ho seguita. Mi sono fermato in camera da letto. Mentre sentivo l'acqua correre, mi sono infilato calzini e scarpe e ho tirato fuori il giubbotto di pelle dalla sacca. Ho fatto il contrario con tutti i vestiti che ho seminato a casaccio. Ho recuperato il denaro e la schedina dal loro nascondiglio e ho messo il primo nella sacca e la seconda nel portafoglio. La cartellina è andata a completare il mio bagaglio. Quando madre e figlio sono usciti dal bagno, sono passati davanti alla porta senza curarsi di me. Ho fatto il giro dell'idiota, per vedere se avevo dimenticato qualcosa. Di me non c'era più traccia, a parte l'impronta del mio corpo sul letto. Ma anche quella sarebbe sparita.

Sono rientrato in soggiorno e ho messo la sacca accanto alla valigia di Luciana. Chi arriva e chi parte. Solita storia. Con una differenza. Le valigie del ritorno sono sempre più pesanti di quelle dell'andata.

Mi sono affacciato sulla porta della cucina. Luciana stava dando un bicchiere d'acqua del rubinetto al bambino. Il piccolo mi ha guardato con occhi scuri e senza allegria. È incredibile come la malinconia di certi viaggi non faccia sconti a nessuno.

Mi sono rivolto alla donna.

«Avete mangiato?»

«Un panino sul treno.»

Le ho indicato i pensili e ho aperto il frigo.

«Qui c'è un sacco di roba. Tutto scatolame, ma può bastare per qualche giorno.»

Luciana ha iniziato ad aprire gli stipetti e a controllare il contenuto. Il piccolo ci ha lasciati ed è tornato in salotto, a prendere possesso di quel nuovo ambiente.

Dopo l'ispezione Luciana mi ha guardato. Aveva un viso piacevole e occhi che una volta dovevano essere stati vivi.

«Ha fame? Se vuole posso fare un piatto di pasta.»

«No, grazie. Sono un poco di furia. Devo fare delle cose. Poi avrò tutto il tempo per mangiare.»

La voce del bambino è arrivata lamentosa dall'altra stanza.

«Mamma, mi esce il sangue dal naso.»

«Oh, Rosario, di nuovo.»

La donna ha fatto un passo di lato per superarmi. Ha raggiunto il bimbo che stava in piedi con la testa alzata. Un rivolo di sangue gli usciva dalla narice destra. È andata a frugare nella borsa e ha tirato fuori un fazzoletto che già aveva delle macchie rosse. Si è accucciata tenendolo contro il naso del figlio per comprimere la narice.

Poi ha girato lo sguardo verso di me. Aveva gli occhi pieni di lacrime. Quelle inconfondibili di una madre in pena.

«Sono tornata perché il bambino sta male. È emofiliaco e in Germania non lo potevo fare curare perché il servizio sanitario non mi copriva la terapia. Servono delle iniezioni che sono molto care e io quei soldi non li ho.»

Ha fatto una pausa. La grinta era di nuovo quella da battaglia.

«Ma li avrò. Dovessi obbligare Carmine a vendere questa casa. Comprarla è stato l'unico gesto sensato che ha fatto.»

Un'altra pausa. Quel periodo doveva essere difficile da cancellare. Come prendere delle decisioni.

«Quando me ne sono andata mi sono detta che non volevo più niente da lui. Ma adesso è diverso. Adesso ho delle responsabilità e non sono più padrona della mia vita.»

Non ho avuto il coraggio di dirle che la casa non poteva essere venduta. I familiari delle vittime si sono costituiti parte civile. La causa per il risarcimento dei danni sarebbe andata avanti sine die, ma la disponibilità dell'appartamento era in pratica congelata.

Luciana ha sollevato il fazzoletto per controllare che l'emorragia fosse cessata. Ha pulito le ultime tracce di sangue dal viso di suo figlio. Poi lo ha abbracciato.

«Visto che è passato?»

«Tanto passa sempre.»

«E ora che siamo qui ti facciamo guarire che non torna mai più.»

Si è rialzata. Rosario ha seguito il movimento con gli occhi.

«Mamma, sono stanco. Posso andare sul letto?»

«Sì, vai. Ti fai un bel sonnellino intanto che la mamma prepara qualcosa da mangiare.»

Luciana ha preso il bambino e insieme sono spariti in corridoio un'altra volta. Prima di uscire il piccolo mi ha guardato apertamente in viso per la prima volta. Poi, tutto serio, mi ha fatto un gesto con la mano. Non ne ho capito il significato. Ma non sempre certe manifestazioni occorre capirle, a volte basta averle.

Ho preso il telefono e ho chiamato Milla. Gli ho dato l'indirizzo e un appuntamento da lì a un'ora. Ho riattaccato sulle sue paure e sulle sue preoccupazioni. Ero stufo di essere da solo a seminare quel campo. D'ora in poi l'avrei fatto in compagnia.

Ho preso del denaro dalla sacca e ho contato tre milioni. Li ho appoggiati sul mobile, esattamente dove prima stava la cartellina. Forse Luciana avrebbe storto il naso, se avesse saputo da dove provenivano i miei risparmi. Ma non se lo poteva permettere, pensando a cosa sarebbero serviti. La voce della donna mi ha sorpreso mentre stavo ancora sistemando le banconote.

«Poverino, si è addormentato sub…»

Ha visto il denaro e si è zittita. Ha subito guardato me. Lo stupore è arrivato a contaminare la diffidenza. È anche possibile il contrario, non so. Forse una cifra del genere non l'aveva vista mai, tutta insieme. Di certo l'aveva sognata, da quando aveva scoperto che suo figlio era ammalato.

«Dovrebbe bastare, per i primi tempi. Poi sono sicuro che Rosario avrà la possibilità di essere curato senza che dobbiate vendere la vostra casa.»

Luciana era sollevata e timorosa insieme. Come sempre succede a una donna se riceve un regalo da un uomo senza richiesta di contropartita.

«Perché fa questo?»

Le ho sorriso.

«È inutile che mi faccia questa domanda. Me la sto già facendo io.»

Lei ha raccolto i soldi, li ha piegati in due ed è andata a metterli nella tasca della giacca. Io ho guardato l'orologio. C'era tempo, tutto il tempo che serviva. E di colpo mi era venuta fame.

«Adesso, se l'offerta è sempre valida, accetterei volentieri quel piatto di pasta.»

Un sobbalzo mi estrae a cavatappi dai miei pensieri. Un tizio con la bicicletta davanti a noi ha girato di colpo senza segnalare col braccio. Milla è stato costretto a inchiodare per non investirlo.

«Ma guarda questo stronzo.»

Io guardo questo stronzo. Che non si è nemmeno accorto che per poco lasciava le palle sotto le ruote di un'auto e sta pedalando tranquillo verso la prossima frenata e il prossimo anatema. Milla riparte. Con la macchina e all'attacco. Me lo aspettavo molto prima.

«Bravo, mi vuoi dire che è successo? Sono morte un casino di persone.»

«Lo so. Ma ti giuro che io non ne ho uccisa neanche una.»

Lui attende il resto. Io proprio non ce la posso fare.

«Ti prego, Stefano. È una storia lunga e temo che dovrò raccontarla un sacco di volte quando saremo al commissariato. Se hai un poco di pazienza, penso che ti stuferai di sentirmela ripetere.»

«Dimmi almeno dove stiamo andando.»

«Dal mio avvocato. Voglio che qualcuno mi assista, mentre mi interrogano.»

La cosa pare tranquillizzarlo in via definitiva sulle mie buone intenzioni. Non è altrettanto sereno per quanto riguarda altri movimenti. Non della mia, ma della sua vita. Sa che ha i coglioni in una tagliola per orsi e che io sono in grado di farla scattare. Conosco questa sensazione e non è per niente piacevole.

Mentre parlavamo, abbiamo costeggiato la Fiera e siamo arrivati in piazza Amendola. Indico l'edificio e Milla ferma la macchina davanti al portone in legno di un palazzo d'epoca di sei piani. Al secondo c'è l'ufficio dove un principe del foro mi attende. Apro la portiera e prima di scendere impartisco a Stefano acconce istruzioni.

«Aspettami qui. Ne avrò per un poco. Potresti fare una cosa, mentre attendi. Recupera Tano. Digli che io sarò presto fuori dalle grane ma che potrei avere molti occhi puntati addosso per parecchio tempo. È troppo pericoloso per me e per lui che io sia coinvolto in prima persona nell'operazione che lui sa. Credo che sarà d'accordo con me.»

«Solo questo?»

«Solo questo. Lui capirà.»

Metto fuori una gamba e la sua mano mi ferma quando il mio piede tocca l'asfalto.

«Bravo, io mi sto giocando il culo per te. Cosa mi dici del denaro?»

«Quale denaro?»

«Non fare il coglione. I miei cinquanta milioni.»

Gli sorrido. Lo stesso sorriso che avrei potuto fare a un bambino col sangue che cola dal naso.

«Quelli non li hai ancora guadagnati.»

«Come sarebbe a dire che non li ho ancora guadagnati? Sono qui, no?»

«Essere qui serve a comprare il mio silenzio. Quei soldi sono per comprare il tuo.»

«Bravo, non capisco.»

«Per adesso non è necessario. Quando sarà il momento capirai.»

«E chi mi garantisce che li avrò?»

Esibisco un'espressione che indica quanto il futuro sia incerto per tutti.

«Mi spiace, ispettore. Temo che per questa volta ti dovrai fidare.»

Scendo dalla macchina e prendo la sacca dal sedile posteriore. Chiudo le portiere e lo lascio nello stesso tempo seduto sul sedile di un'auto e su un tappeto di chiodi. Pochi passi e suono il campanello che mi conferma l'avvocato Ugo Biondi.

Il portone scatta quasi subito.

Entro nell'androne e lo attraverso. La luce arriva smorzata dai vetri molati di un cancello di fronte all'ingresso. Nella penombra le decorazioni sui muri paiono ancora più austere. Pochi scalini e sono sul pianerottolo dell'ascensore. Non ci sono scritte all'interno. Il legno è lucido e ben curato. C'è odore di cera e mi fa sorridere una panchetta rivestita di velluto per le fatiche di quel breve viaggio.

Premo il pulsante del quarto piano e resto in piedi. Ugo mi aspetta sulla porta.

«Ciao.»

«Entra, svelto.»

Chiude la porta e mi guida attraverso un ufficio che sa di carta, di inchiostro e di cuoio. Ci sono solo porte chiuse per cui non riesco a ricordare a cosa sono adibite le varie stanze che si affacciano sul corridoio. Ma quella dove approdiamo si presenta senza ombra di dubbio come il suo studio. Devo dire che il mio avvocato si tratta bene e di conseguenza tratta bene i suoi clienti. Pochi dei quali se lo meritano davvero, essendo lui un penalista.

La scrivania è un imponente pezzo americano dei primi del Novecento. I rimanenti mobili e le librerie cariche di libri e codici che coprono quasi tutte le pareti sono adeguati allo stile della protagonista dell'arredamento. I quadri hanno tutta l'aria di non essere delle croste.

Ugo mi indica una delle due poltrone Frau davanti allo scrittoio.

«Accomodati. Vuoi qualcosa da bere?»

«No, grazie.»

L'avvocato si siede al posto che gli compete. Io sono già seduto al mio. Nonostante tutto, questa è solo una prova generale di quello che di solito segue a incontri come il nostro. Una sedia per l'imputato, un seggio per il giudice.

Prende una matita. Inizia a giocherellarci. Deve essere una cosa che fa quando è a colloquio con un cliente. Le storie che un penalista è costretto a sentire devono rendere molto nervosi.

E lui lo è, senza dubbio. Si trova davanti il ricercato del giorno. E ci tiene a confermarmelo.

«Non c'è che dire. Sei diventato una celebrità. Poche volte in vita mia avevo visto un casino del genere.»

«Pensa che io l'ho vissuto dal di dentro. È tutta un'altra prospettiva.»

Appoggia gli avambracci sul piano della scrivania.

«Ti ascolto.»

«Da dove comincio?»

«Partire dall'inizio è sempre una buona pratica.»

Gli riferisco ogni cosa. Mentre parlo mi stupisco di essere in grado di stendere un filo così complicato senza farlo ingarbugliare. A ogni parola gli occhi di Ugo si spalancano un poco di più. Alla fine del racconto ha smesso da tempo di tormentare la matita.

«Cazzo.»

Ritengo opportuno esasperare il concetto per adeguarlo ai fatti.

«E bello grosso anche. Ma non è finita.»

Frugo nella sacca che ho appoggiato di fianco alla poltrona e gli getto sulla scrivania la cartellina.

«Dai un'occhiata qui dentro.»

Lui la prende, tira l'elastico e ancora non sa che sta strappando la linguetta di una granata. Ci mette più tempo del classico conteggio fino a sette per controllare diverse volte i documenti. Poi l'espressione esplosa che mi mostra deve essere più o meno la stessa che avevo io quando ho visto per la prima volta quell'incartamento.

«Bravo, questa è una bomba atomica.»

«Che potrebbe anche correre il rischio di non scoppiare.»

Tutti e due sappiamo il significato di quello che ho appena detto. La cosa è talmente enorme che l'eventualità che finisca sotto la sabbia non è remota per niente. Il segreto di Stato è una parola magica che chiude molte porte invece di aprirle. C'è anche un'altra possibilità. Lui la espone per primo.

«Oppure potrebbe esplodere sotto il nostro culo.»

Nel momento stesso in cui ha visto quei documenti, sa che le nostre vite potrebbero non valere le nostre cinture. Ci sono cose che sembrano possibili solo nei film. Nessuno considera che a volte finiscono nei film proprio perché sono già successe nella realtà.

Decido di dare un capo e una coda al casino che tutti e due abbiamo in testa.

«Hai una fotocopiatrice in ufficio?»

«Sì.»

Mi guarda. Forse nella sua mente aveva iniziato a formarsi un pensiero. Adesso attende, curioso di sapere se nella mia quel pensiero si è già completato.

«Hai una cassaforte?»

«Naturalmente.»

Mi sposto sul bordo della poltrona.

«Potremmo fare in questo modo. Delle buste con una copia dell'incartamento, ognuna indirizzata alla redazione milanese di un quotidiano. "Corriere della Sera", "la Repubblica", "La Stampa", "Il Giorno", "La Notte". Le metti in cassaforte e lasci un appunto alla tua segretaria che domani mattina le consegni personalmente alla redazione dei quotidiani.»

Ci pensa un attimo.

«Si può fare di meglio.»

Solleva il telefono e compone un numero. La risposta arriva dopo alcuni squilli.

«Buonasera Federica. Sono Biondi. Lo so che è domenica, ma avrei bisogno di una grande cortesia da lei. Si tratta di una cosa della massima importanza.»

Attende una risposta affermativa. Deve averla avuta, perché prosegue.

«Fra un'ora ci saranno sulla mia scrivania delle buste con degli indirizzi di Milano. Vuole essere così cortese da passare a prenderle e consegnarle personalmente?»

Dall'altra parte una logica obiezione, nel tentativo di salvare quello che rimane della festa.

«Preferirei che lo facesse stasera stessa. Poi le spiegherò tutto.»

La persona dall'altra parte deve avere capito che si tratta di una cosa seria.

«Sapevo di poter contare su di lei. Per il suo disturbo potrà avere libero un giorno della settimana a sua scelta. E due biglietti per la Scala.»

La conversazione si conclude con un saluto.

«Buona serata a lei, Federica. E grazie ancora.»

Ugo riattacca. Indica il telefono come se indicasse la persona con cui ha appena parlato. Anche se non richieste, mi fornisce le sue referenze.

«Federica Isoardi è la mia segretaria. Sveglia, fidata e riservata. È molto carina, ma è talmente brava che non ci ho mai nemmeno provato per non correre il rischio di perderla.»

Mi guarda negli occhi in modo molto significativo, con le mani appoggiate sulla cartellina.

«Sarà un eccesso di prudenza ma preferisco che un materiale simile non dorma in questo ufficio, stanotte.»

Sospira. Il mondo è proprio un brutto posto. Brutto, sporco e pericoloso.

Come se gli costasse uno sforzo rilevante si alza.

«Molto bene. Mettiamoci al lavoro.»

Lo raggiungo in posizione verticale.

«Ci sarebbe un'altra cosa che dovresti fare per me.»

«Vale a dire?»

Infilo una mano in tasca e tiro fuori il portafoglio. Lo

apro e ne estraggo la schedina e il ritaglio di giornale con i risultati delle partite di quella fortunata domenica.

«Dovresti incassare questa, quando te lo dirò io.»

La prende in mano tenendola fra due dita. La studia incuriosito.

«Che cos'è?»

«Una schedina vincente da quattrocentonovanta milioni.»

Solleva la testa di scatto. Devo dire che l'avvocato Biondi è piuttosto monocorde nelle sue esclamazioni di sorpresa.

«Cazzo.»

«L'unico che non abbia nel culo io, per una volta.»

Confronta i risultati sul ritaglio con quelli della schedina per sincerarsi che combacino. Sapevo che l'avrebbe fatto. Un poco per curiosità personale, il resto per deformazione professionale. Controllerebbe quel tagliando anche se glielo avesse sporto sua madre. Casella dopo casella arriva al tredicesimo risultato valido.

A questo punto si lascia scappare un'esclamazione.

«Quattrocentonovanta milioni. Che botta.»

Reggendo quel foglietto come se fosse la cosa più fragile del mondo, Ugo si avvicina a un quadro sulla parete alla mia sinistra. Lo apre come l'anta di uno stipo e dietro appare una cassaforte. Nemmeno un avvocato esperto come lui, con tutte le autorevoli consulenze che potrebbe avere, è riuscito a escogitare un nascondiglio meno prosaico. La giusta combinazione e lo sportello si dischiude. La schedina viene appoggiata con cura all'interno.

«Già che ci sei, aggiungici questi.»

Mi chino e tiro fuori dalla sacca tutti i biglietti di banca che contiene. Due passi e glieli metto in mano. Il mio sempre più attonito avvocato conduce il denaro a raggiungere il tagliando multimilionario. Il quadro ha aumentato in modo considerevole il suo valore quando è di nuovo al suo posto.

Torniamo verso la scrivania. Ugo recupera la cartellina.

«Ti farò una ricevuta per quello che mi hai appena consegnato. Ma credo che adesso abbiamo delle cose più importanti da fare.»

«Sono d'accordo.»

Lo seguo fuori dall'ufficio fino a una specie di ripostiglio dove c'è una fotocopiatrice. Lavoriamo sincronizzati, in silenzio, finché non abbiamo tutte le copie che ci servono. Alla fine delle operazioni ci ritroviamo sul tavolo una serie di buste di carta marrone. Tutte hanno un indirizzo ben chiaro scritto sul fronte.

Tutte meno una. Quella serve a me.

Ci spostiamo nello studio, dove appoggiamo il fardello sulla scrivania. Ugo si siede e al volo, su un foglio di carta intestata, scrive a mano qualche riga. Appone data e firma e poi me lo tende.

«Ecco la tua ricevuta. Mi dispiace ma non sono capace di scrivere a macchina.»

«Saprò accontentarmi.»

Un altro foglio, con alcune righe d'istruzione per la segretaria, viene adagiato sulla pila di buste.

Ci guardiamo. Sappiamo entrambi che qui non c'è altro da fare.

Ugo si gira e prende una valigetta in cuoio da un tavolino alla sua sinistra. La apre e ci infila la cartellina con i documenti originali. Poi si alza e ha gli occhi di un uomo pronto a lottare. Solo durante la battaglia saprà se sono giganti o mulini a vento.

Rimane una cosa da aggiungere. E la aggiungo.

«Ugo, di sotto c'è un poliziotto che ci sta aspettando.»

«Cosa?»

«Stai tranquillo. L'ho chiamato io, concorderemo insieme una versione convincente del mio arresto. Ho preferito che fosse lui a portarci al commissariato.»

Ugo mi studia e di colpo è tornato un uomo di legge davanti a un latitante.

«Perché lui?»

«Perché lo conosco e voglio che sia lui a fare la bella figura. E poi perché è l'unico che prima di portarci alla centrale accetterà di fare tappa in un altro posto.»

«A fare che?»

«A dire addio a un vecchio amico.»

Ugo, in quanto uomo e avvocato, non riesce a trattenere una domanda istintiva.

«Chi?»

Lo guardo e gli sorrido.

«Francesco Marcona, meglio conosciuto come Bravo.»

Gli giro le spalle e mi dirigo verso l'ingresso.

L'avvocato Ugo Biondi, con la sua valigetta di cuoio, in piedi di fianco alla sua scrivania da qualche milione, nel suo studio da professionista di successo, è sconcertato.

Io, con la mia busta marrone in mano, sono felice.

CAPITOLO 23

La Giulietta percorre a velocità contenuta viale della Liberazione.

Intorno a noi Milano si è accesa e si appresta a celebrare un nuovo rito notturno. Ci saranno in giro i personaggi di sempre. Ricchi, spiantati, poliziotti, balordi, artisti e puttane. A volte le facce cambiano, i ruoli mai. Per cui rimane sempre la difficoltà di capire chi è chi. Con una piccola differenza che mi riguarda. Le cose intorno a me hanno viaggiato alla velocità della luce. Per tutto il resto del mondo è passata solo una settimana, per me sono trascorsi anni.

Troppo sangue, troppi morti, troppa cruda realtà.

È proprio quella che sto andando ad affrontare.

Per il tempo del viaggio Stefano Milla ha guidato in modo quasi scolastico, come se avesse paura di commettere un'infrazione e attirare una pattuglia di colleghi. La presenza dell'avvocato gli ha consigliato di non ragguagliarmi sulla telefonata che ha fatto a Tano Casale. La tappa non preventivata, che gli ho comunicato quando siamo saliti in macchina, ha aggiunto nervosismo a nervosismo.

I chiodi su cui stava seduto si sono trasformati in spade.

Imbocchiamo via Cartesio e ci fermiamo all'angolo con piazza della Repubblica. Alla nostra destra ci sono gli alberi che fronteggiano come un piccolo parco la facciata principale dell'Hotel Principe di Savoia.

Io apro la portiera.

Dal sedile posteriore, Ugo esprime a voce quello che so essere anche un pensiero di Milla.

«Bravo, sei sicuro di quello che fai?»

«Al cento per cento.»

La percentuale di sicurezza che mi porto dentro è in realtà molto minore. Ma ci sono cose che si aspettano per tutta una vita. A volte una vita addirittura non basta. Quando arrivano, non si può fare altro che seguirle. Questa è una di quelle. Per il resto, il futuro è nelle mani degli dèi, cosa che non è mai stata una grossa referenza.

Scendo dalla macchina e salgo senza fretta la rampa fino all'ingresso dell'hotel. Ci sono vetrate e legni e stucchi. La luce dei lampadari all'interno si riversa sulla piazzola dove si fermano le auto per scaricare i bagagli. Si respira un'aria da balocchi e profumi. In posti come questo, basta che scenda la sera e si ha l'impressione di vivere in un perenne Natale.

Ai lati ci sono due macchine della Polizia, come sempre succede quando qualche personaggio importante soggiorna nell'albergo. I poliziotti aspettano seduti all'interno su sedili foderati di noia. Un agente mi guarda dal finestrino aperto mentre raggiungo l'ingresso. Uno sguardo distratto, poi torna a parlare col suo collega.

Forse stanno commentando gli ultimi avvenimenti che hanno allertato le forze dell'ordine di tutto il Paese. Forse stanno solo considerando il fatto che, con un mese del loro stipendio, ci potrebbero passare a malapena un fine settimana in quel posto.

Mentre supero la soglia penso che due cose sono difficili da vincere al mondo: la noia e la paura.

Arrivo alla reception dove un portiere in divisa considera con preoccupazione i miei vestiti non proprio freschi, il mio giubbotto di pelle e la mia barba incolta. Nonostante tutto, è cortese e formale. Non per riguardo verso di me, ma per riguardo verso se stesso.

«Buonasera. C'è qualcosa che posso fare per lei?»

Gli leggo negli occhi che cosa vorrebbe dirmi davvero.

Perché non giri il culo e ti togli dai piedi, brutto pezzente?

È tipico delle persone piccole a cui viene dato un piccolo potere. Forti con i deboli, deboli con i forti. Sarebbe sconcertato se potesse leggere il mio pensiero e sapere quanto può andare a cagare. Nonostante tutto anche io sono cortese e formale. Per ironia verso me stesso e non verso di lui.

«Certo che può fare qualcosa per me. So che il senatore Sangiorgi è alloggiato qui. Devo consegnargli una busta. Personalmente.»

Mi considera come se gli avessi chiesto di soppesarmi la sacca.

«Signore, temo non sia possibile. E penso che ne capisca i motivi. Se vuole affidarla a me, provvederò a fare in modo che gli sia recapitata. Il senatore ha…»

Lo interrompo. Non saprò mai che cosa il senatore ha.

«Chiami il senatore o chi per lui e gli dica che Nicola Sangiorgi è nella hall e chiede di salire.»

Il nome gli fa un poco cambiare atteggiamento. Tuttavia rimane sempre la possibilità di una banale omonimia e lui si cautela contro questa eventualità.

«Lei ha un rapporto di parentela col senatore?»

«Abbondante.»

Lascio trascorrere una pausa lunga più di dieci anni.

«Sono suo figlio.»

È una vita che non dico queste parole. Alle mie orecchie cadono sul piano di marmo con un tonfo. Credo anche a quelle del concierge, perché cambia espressione.

«Mi può scusare?»

«Assolutamente sì.»

Si sposta e raggiunge il fondo del bancone. Solleva una cornetta, compone un numero interno e parla con qualcuno. Deve essere una persona importante, perché lui continua a fare dei sottomessi cenni di assenso con il capo.

Quando torna è cortese e basta.

«Vuole essere così gentile da attendere qui, signor Sangiorgi?»

«Certo. Voglio essere così gentile da attendere qui.»

Credo che sia così compreso nelle sue buone maniere da non accorgersi neanche che lo sto prendendo per il culo. Mi allontano di qualche passo. C'è un buon profumo nell'aria, il calore del velluto sui divani, il fasto abbondante delle dorature. Ma c'è quel senso di provvisorio che nessun albergo, anche il più bello dell'universo, riesce a mascherare. Quale che sia il tessuto delle lenzuola in cui dormi, il legno delle sedie su cui ti appoggi, il costo dello champagne che bevi, il prezzo della donna che inviti, una camera d'albergo è sempre una camera d'albergo.

Un tipo di mezza età, non molto alto, con capelli e barba brizzolata e un vestito marrone

dio, quanto lo odio il marrone

sbuca da dietro una colonna e mi cerca con gli occhi. Mi vede e si muove nella mia direzione. Incrocia un gruppo di stranieri che stanno uscendo e cede il passo. Le donne sono in abito da sera e gli uomini in smoking. Forse la Scala, forse il cazzo che se li incula. Avrei voglia di fare loro un gavettone di merda, così grande da tingere tutto di marrone, anche la faccia del tizio che sta venendo verso di me.

Quando ce l'ho di fronte, è costretto ad alzare la testa per guardarmi. La cosa non sembra piacergli molto. La sua voce ha un accento siciliano nel quale non sono più abituato da tempo a sentir coinvolgere il mio nome.

«Lei è Nicola Sangiorgi?»

«In persona.»

Mi tende la mano.

«Piacere, io sono Enrico Della Donna. Il senatore suo padre mi onora della sua fiducia.»

Come dire: sono il suo segretario e gli lecco il culo tutte le volte che me lo chiede.

Ricambio la stretta senza entusiasmo. Sono quasi certo che da parte sua ce ne sia ancora meno.

«È un poco diverso dalle foto che ho visto nella casa di suo padre. È maturato, si è fatto più uomo.»

Non mi pare che si attenda una risposta. In ogni caso non gliene avrei data nessuna.

«Se vuole seguirmi.»

Voglio seguirlo. Dunque lo faccio.

Della Donna mi fa strada per un corridoio soffice di moquette. La tappezzeria è adeguata e lucida.

Il suo passo è quello di un servo. Il mio quello tranquillo di un fuggiasco che non ha più timore.

«Ho saputo dal senatore che lei lavora in America Latina. È sempre molto lodevole cercare di farsi strada con le proprie forze. Non molti, nella sua situazione, avrebbero avuto il coraggio di scegliere il percorso più difficile.»

Arriviamo in fondo al corridoio. L'uomo che il senatore mio padre onora della sua fiducia porta a termine uno dei suoi importanti incarichi. Preme il pulsante di un ascensore.

E continua a parlare.

«Immagino che sia tornato in Italia quando è stato avvertito della disgrazia occorsa a suo zio. Una cosa veramente terribile. Ci siamo fermati qui a Milano in attesa che l'autorità giudiziaria dia il nulla osta per le esequie. Se ci avesse avvertito avrei predisposto una macchina per farla venire a prendere all'aeroporto.»

Non so quanto sappia di me e della mia storia, perché non so fino a che punto arrivi la fiducia che in lui è stata riposta. La logica delle sue parole fa acqua da tutte le parti, ma non c'è nessuno come il portaborse di un politico che sia disposto a credere a qualunque cosa gli convenga credere.

Saliamo in ascensore e, per quello strano rito che si officia in tutti gli ascensori del pianeta, anche in questo cade il silenzio. Le pareti sono in legno, con delle modanature più scure che sembrano in radica. Di fronte alla porta c'è uno specchio, per accogliere e salutare le immagini dei passeggeri.

La cabina si ferma al piano comandato.

Della Donna esce nel corridoio per farmi strada.

Io resto all'interno. Gli faccio un gesto che chiede venia.

«Mi scusi un istante.»

«Prego.»

Infilo una mano in tasca e tiro fuori un mazzo di chiavi.

Scelgo la più appuntita.

Poi, con la massima tranquillità e con mano ferma, incido sul legno lucente due scritte.

Luca è un culattone.
Mary è una troia.

Chi legge dovrà fidarsi, perché non ricordo i numeri di telefono.

Della Donna non commenta. Di certo lo sta facendo nella sua testa. Libero di farlo, non si paga nulla. Se mettessimo in prigione tutti quelli che hanno sognato di uccidere qualcuno, bisognerebbe trasformare lo Stivale in un carcere.

Avanziamo nel corridoio finché ci troviamo davanti a una porta senza numero. Di solito succede con le suite. L'uomo bussa con discrezione e non attende una risposta dall'interno. Mi apre la porta, mi fa entrare. Subito dopo il battente si richiude silenzioso e discreto.

Mio padre è in piedi in mezzo alla stanza.

È alto, dritto, solido. Ho di fronte quello che potrebbe essere il mio ritratto quando avrò i suoi anni. Gli occhi neri mi guardano senza curiosità, la stessa curiosità che non ho io. Dovrei provare emozioni, avere ricordi che scorrono, frammenti che si ripresentano. Dovrei tendergli una mano o sputare nella mano che mi tende, se mai lo facesse. Invece non provo niente. Ho visto troppo sangue negli ultimi giorni per sentire ancora il suo richiamo. Il nostro non è un incontro fra padre e figlio. È solo un ricongiungimento fra due persone che prima o poi dovevano di nuovo incontrarsi.

Ci separano pochi metri ma è una distanza enorme.

Il suo tono è quello di sempre. Non chiede. Esige di sapere.

«Dove sei stato?»

«State cercando di farmi credere che ve ne importa qualcosa?»

Ho recuperato il mio accento siciliano e gli ho dato del voi, come tante volte mi ha detto che faceva lui con suo padre. Non ha nessuna reazione. Si avvicina. Ora è a un passo da me. Lo schiaffo arriva senza preavviso e mi occupa tutta la guancia. Ma non sono più un ragazzo e adesso non fa male.

Raddrizzo la testa, e finalmente sorrido.

«È estremamente facile nascondersi da chi non ti sta cercando.»

Il senatore Amedeo Sangiorgi non si scompone. Il suo atteggiamento non è cambiato. Il suo tono non ha ceduto di un fiato. Ancora esige di sapere.

«Perché te ne sei andato?»

«Perché avevo paura.»

«Di chi?»

«Di tutto. Ma sopra ogni cosa di te.»

Assimila le mie parole senza accusare il colpo. Come se fossero una delle tante critiche prive di costrutto presentate in Parlamento da un membro dell'opposizione. Si avvicina a un tavolino dove c'è una bottiglia di acqua minerale in un secchiello. Se ne versa un bicchiere. Lo beve e appoggia con attenzione il calice sul piano di legno, come se non fosse sicuro della sua consistenza.

«Ne consegue una domanda logica. Perché sei tornato?»

«Sono tornato per parlarti del caos e del caso.»

Quando solleva lo sguardo verso di me, c'è un punto interrogativo nei suoi occhi. Ma ancora non c'è curiosità. Si sta solo chiedendo se suo figlio non sia andato fuori di senno. Si sposta e si va a sedere su un divano in velluto cremisi. Allarga le braccia e le posa sulla spalliera.

Continuo. Adesso è il mio turno. Adesso sono io che esigo di fargli sapere.

«Sono tornato per raccontarti di come questi due fattori abbiano preso per mano Nicola Sangiorgi e lo abbiano trasformato in un'altra persona.»

Muovo qualche passo per la stanza. Il mio sguardo si posa su un quadro appeso al muro, un discreto falso d'autore del *Moulin de la Galette* di Utrillo.

Sento i suoi occhi fissi sulla mia nuca.

«Poco dopo che me ne sono andato, stavo rintanato in una pensione da due lire a Roma. Ho conosciuto un povero diavolo, un impiegato dell'anagrafe di un paesino in provincia di Perugia. La moglie aveva il cancro e si era mangiato tutto quello che possedeva per cercare di farla curare. Eravamo due persone fatte per intendersi. Lui aveva bisogno di soldi, io avevo bisogno di un nome. Così, io ho trovato il denaro per lui e lui ha trovato il nome per me.»

Mi giro in modo che mi possa vedere in faccia. Ma soprattutto per poterlo vedere io. È uno spettacolo che non mi perderei per niente al mondo.

«Mi ha inserito nello stato di famiglia di una coppia che si era trasferita in Australia per raggiungere dei parenti. Purtroppo per loro, quei due poveretti sono morti subito dopo in un incidente aereo durante un volo interno. Il caos e il caso di cui ti parlavo in perfetta armonia, come vedi. Considera l'ironia della sorte. Ero appena nato e già ero orfano. E pensa a Marisa e Alfonso Marcona, che se ne sono andati senza conoscere il loro unico figlio Francesco.»

Ci mette qualche secondo ad abbinare il nome e il cognome. Ma poi di colpo realizza.

I titoli sui giornali, l'identikit che solo adesso si rende conto di quanto mi corrisponda, i rapporti della Polizia sguinzagliata sulle mie tracce e che di certo, nella sua posizione, ha potuto leggere.

«Tu sei quel...»

Non so se gli manchi la voce o se sono io a interromperlo.

«Già. Sono il tipo che è stato incastrato per arrivare a Bonifaci. Non te l'ha detto Carla, ammesso che si chiami davvero così?»

Gli concedo il tempo di provare a ipotizzare quanto so. Mi riservo il piacere di dirgli poco per volta che so tutto.

«O per caso è sparita nel nulla, senza consegnare a te e ai tuoi amici quello che era andata a recuperare nella villa di Lesmo?»

Scatta in piedi. I suoi occhi scintillano. Ma sono fiamme da poco, un fuoco che brucia solo lui.

«Mio fratello è ancora caldo nella bara e tu osi presentarti davanti a me con queste sciocchezze?»

«Tuo fratello ce l'hai infilato tu in quella bara.»

Il mio tono è quello con cui a Caino è stato chiesto ragione delle sue azioni.

Per la prima volta nella mia vita vedo una spada superare l'invulnerabile corazza del senatore Sangiorgi. La sua voce è un poco incrinata, mentre si avvicina al telefono e solleva la cornetta.

«Ma cosa stai dicendo? Sei impazzito? Ora chiamo la Polizia e ti faccio arrestare.»

«Non serve. Appena uscirò dalla tua stanza andrò a costituirmi.»

Lancio la busta di carta marrone sul divano dove stava seduto.

«Ma prima volevo che tu avessi questa. Te la sei guadagnata.»

Con gli occhi ha seguito il volo della busta. Riaggancia malamente il ricevitore, lasciandolo di sghimbescio sull'apparecchio. I suoi occhi non abbandonano quell'involucro appoggiato come un gioiello senza valore sul velluto della seduta, mentre raggiunge il divano.

Si siede, prende in mano la busta e la apre.

Dentro c'è tutto.

La sua storia e quella di Mattia Sangiorgi.

Le foto di mio zio nudo in un letto, avvinghiato a una ragazza che non conosco. I documenti che provano la loro collusione con la mafia, nella persona di Turi Martesano, il più potente capofamiglia di tutta la Sicilia. Il suo sostegno per fare arrivare i due fratelli ai vertici della politica. Poi gli appalti truccati, i traffici, le mazzette, le persone scomode morte ammazzate, i brogli alle elezioni.

Documenti che rappresentano molti anni di vita e nello stesso tempo molti anni di prigione.

Quando ha finito di esaminare l'incartamento, mio padre solleva la testa. Dell'uomo che è stato fino a quel momento non c'è più traccia. Questo fa perdere ogni traccia anche dell'uomo che sono stato io.

C'è solo una domanda che posso fare.

«Perché?»

Mi guarda.

Di colpo nella mia mente si presentano i ricordi a reclamare il loro credito. La casa di Mondello, il profumo della terra, l'azzurro del mare, le passeggiate per le vie di Palermo, il cane che mi correva incontro quando tornavo da scuola, le cene con gli amici dei miei genitori, io che passavo ad augurare la buonanotte facendo il giro della tavola imbandita.

La figura inflessibile di mio padre, le persone che riceveva nel suo studio, il suo viso sempre meno presente in casa e sempre più presente sui manifesti elettorali. Il viso di mia madre, la sua diplomazia con il marito e la sua complicità con me. Il suo funerale, al quale non sono andato, perché ero già diventato Bravo e avevo caro me stesso più della donna che mi aveva messo al mondo.

Tutto ruota e si contamina. I visi diventano immagini sfocate e poi solo colore e le parole diventano suoni indistinti che si rifugiano tutti in quella domanda che ripeto.

«Perché?»

Mio padre si alza e va a guardare fuori dalla finestra. Indossa una camicia bianca senza cravatta, panciotto e calzoni scuri. Prima era alto, dritto ed emanava un senso di solidità. Ora pare che quei vestiti siano tutt'a un tratto troppo larghi.

Le spalle sono un poco più curve e il suo passo non è più così deciso. Adesso ho davanti quello che avrebbe potuto essere un giorno il mio ritratto se non fossi venuto qui oggi.

La sua voce è tornata sulla terra. È la voce di un uomo, adesso.

«Quando mi sono avvicinato alla politica era tutto chiaro. C'era un punto di partenza e un punto di arrivo e verso quel punto avrei camminato, senza tentennamenti e senza concessioni. Avevo in mente mille programmi, un milione di idee. Progetti importanti, di quelli che cambiano il corso della storia e la vita della gente.»

C'è una pausa incrinata dal rammarico. O forse sono io che lo credo capace di questo.

«Ma poi ti trovi davanti la prima difficoltà, che non è possibile superare se non cedendo una piccola parte di se stessi. È solo un minuscolo compromesso. Ci si dice che è a fin di bene, che quella deviazione serve in realtà per raggiungere qualcosa di più significativo nell'interesse comune. Ma un compromesso è sempre un compromesso. Non ce ne sono di grandi o di piccoli. C'è solo il primo, che si accetta insieme all'illusione che sia anche l'ultimo.»

Si interrompe, pensando a quanto siano ingannevoli i numeri.

«Finché si smette di contarli.»

Si gira. Siamo l'uno davanti all'altro. Non abbiamo mai fatto un discorso così lungo nella nostra vita.

«È stato detto che il potere logora. Non è vero. È la paura di perderlo che logora davvero. Una volta provato quel gusto è difficile rinunciare. Ancora più difficile in quanto chi ti ha aiutato a raggiungerlo non è disposto a rinunciare a te.»

Si avvicina al tavolino e si versa un altro bicchiere d'acqua.

«Sono le persone come Bonifaci, che fanno delle debolezze umane la loro forza.»

Beve un lungo sorso. Posa il calice, senza delicatezza questa volta.

«Quell'uomo ci teneva in pugno. Un potere trasversale enorme, che riguardava gente di tutti i partiti, rappresentanti della finanza, perfino esponenti del Vaticano. Andava fermato, in qualche modo. E finalmente il modo l'abbiamo trovato.»

«E non hai esitato a sacrificare tuo fratello.»

Si passa le mani sul viso. Anche lui si trova a dover rendere ragione alla stanchezza accumulata in questi giorni.

«Mattia aveva dato segni di cedimento. Non era più affidabile. Con le cose di cui era a conoscenza avrebbe potuto creare danni molto simili a quelli di Bonifaci, se avesse parlato. Quando è stato invitato nella villa di Lesmo, abbiamo capito che c'era l'occasione di liberarsi di due pericoli nello stesso tempo.»

«E tutte le persone che sono morte? A quelle non avete pensato?»

Mi guarda come si guarda il sordo peggiore, quello che non vuol sentire.

«Ancora non hai capito, Nicola? Davanti a interessi di questa portata non c'è nessuno che non sia sacrificabile. Nessuno.»

Mi arriva alla mente un'immagine. Quella di un uomo solo, rapito e chiuso in una stanza, condannato da un gruppo di terroristi e dalla Ragion di Stato.

«Questo vale anche per Aldo Moro?»

Nei suoi occhi c'è la certezza di una sentenza prima ancora che venga pronunciata. La voce è un soffio gelato, e io mi stupisco di non vedere disegnato il vapore intorno alla bocca.

«Aldo Moro è già un uomo morto.»

Restiamo in silenzio. Un silenzio appuntito, acuminato, che ferisce e fa sanguinare. È il momento in cui ai discorsi vanno tirati i fili. Ora che i pensieri nascosti sono diventati parole e le intenzioni sono diventate azioni senza ritorno.

Con voce atona chiede quello che in realtà dà per scontato.

«Che farai adesso?»

«Te l'ho detto. Andrò a costituirmi. Presenterò alla Polizia gli originali dei documenti che hai visto. E a scanso di possibili insabbiamenti, entro stasera le sedi dei maggiori quotidiani ne avranno una copia.»

Lui fa solo un cenno di assenso col capo, senza parlare. Poi va a sedersi sul divano. Si prende la testa fra le mani, appoggiando i gomiti sulle ginocchia. Quello che vedo è solo il suo corpo, la sua mente non è già più lì, in quella stanza d'albergo dal lusso ormai inutile.

Ma c'è ancora una cosa che devo sapere. Per completare il quadro, per essere sicuro che niente di quello che ho fatto o sto per fare sia senza una giustificazione. Che ogni cosa abbia la sua precisa destinazione, perché ogni cosa ha avuto il suo punto di partenza.

«Ho un'ultima curiosità.»

Attende in silenzio. Ora non ha più energie. Né parole, né niente.

Mentre gli rivolgo la domanda non riesco a impedire al mio cuore di accelerare i battiti.

«Quando Turi Martesano ha dato ordine che mi fosse fatto quello che mi hanno fatto, tu lo sapevi?»

Il silenzio che ne ho in cambio è una agghiacciante confessione. Respiro a fondo, perché i miei polmoni hanno bisogno di tutta l'aria che riesco a dare loro. Non so come quest'uomo si senta adesso. Ignoro in quale stanza sia rinchiuso, in quale posto potrà rifugiarsi per non essere inseguito dai fantasmi della gente morta per colpa sua.

Non lo so e non me ne frega un cazzo.

Esco da quella stanza, lasciando sul pavimento i pezzi dell'onnipotente senatore Amedeo Sangiorgi.

Mentre chiudo la porta alle mie spalle, un pensiero mi attraversa amaro la mente.

Mi chiedo se Dio ha provato rimorso quando ha permesso che uccidessero suo figlio.

CAPITOLO 24

Il taxi è diretto verso l'aeroporto.

L'autista è una donna, cosa abbastanza inusuale. È piacevole, sui quarant'anni, bionda e formosa. Sarebbe molto più carina se decidesse di accettare il compromesso di un filo di trucco. Quando è arrivata a prendermi, al Quartiere Tessera, mi ha squadrato dalla testa ai piedi mentre mi avvicinavo all'auto. Devo avere passato un qualche tipo di esame, perché durante il viaggio ha ritenuto opportuno raccontarmi la sua storia. Forse per giustificare il fatto che si trova alla guida di un'auto pubblica. La malattia del marito, intestatario della licenza, le ristrettezze sopraggiunte, la decisione di prendere il suo posto al volante.

«Non potevo mica andare per strada ad accendere un copertone, le pare?»

«Certo che no.»

Le ho risposto quello che voleva sentirsi dire. Ho taciuto sul fatto che una donna come lei, muovendosi nel modo giusto, avrebbe potuto avere un riscontro molto più remunerativo della guida di un taxi. Magari l'avrebbe accettata come una galanteria un poco spinta, senza sapere che si trattava di una lucida analisi di mercato.

Adesso tace e ogni tanto mi guarda curiosa dallo specchietto. Da come ha ritenuto opportuno mettere le mani avanti sulla sua presenza in quell'auto, non mi sembra il tipo da fare avances a un passeggero. Per cui immagino sia il semplice studio di un essere di sesso femminile nei confronti di un essere di sesso maschile che giudica piacevole. Anche questa può essere considerata un'analisi di mercato, per cui la prendo come un complimento. Se le avessi raccontato la mia, di storia, avremmo dovuto fare più di una tappa per darle modo di pettinarsi i capelli ritti.

Osservo la gente, le macchine e questo scampolo di città fuori dal finestrino. Ho fatto lo stesso percorso, poco tempo fa, con una pistola puntata alla nuca, una notte in cui credevo che non avrei visto l'alba successiva. Mi rendo conto che, da quel momento in poi, ogni respiro è stato e sarà un regalo. Lo devo a una donna che ora non so dove sia e che conosco con il nome di Carla.

Dopo che mi sono costituito, il mio calvario al commissariato di via Fatebenefratelli è durato quattro giorni. Milla faceva la ruota mentre accompagnava me e il mio avvocato nell'ufficio del commissario Giovannone. La versione concordata durante il viaggio dall'Hotel Principe di Savoia alla centrale era molto semplice e, in quanto tale, molto credibile.

In poche parole, questa.

Milla non aveva creduto alle sue orecchie quando l'avevo chiamato a casa avvertendolo della volontà di costituirmi proprio a lui. Era saltato in macchina ed era passato a prelevarmi all'ufficio di Ugo. Per la presenza del legale e la mia dichiarata intenzione di resa non aveva ritenuto opportuno mettermi le manette. L'avvocato e io avremmo confermato il tutto. Inoltre ognuno di noi sapeva che quello che sarebbe successo dopo il mio arresto avrebbe relegato in secondo piano ogni altra considerazione, compreso il fatto che l'ispettore non aveva avvertito i suoi superiori.

Il commissario Giovannone quando mi ha visto ci è rimasto di stucco. La concretezza del materiale in cui sembrava scolpito è aumentata quando ha sentito la mia storia. Si è definitivamente trasformato in pietra dopo un sommario esame del dossier che l'avvocato Ugo Biondi ha posato sulla sua scrivania.

Credo sia successo, nel tempo, a tutte le persone che hanno avuto fra le mani quei documenti.

Ho ripetuto la mia versione decine di volte. Davanti al commissario, al questore, a magistrati e a elementi di spicco della Digos. Poi ha voluto essere messo al corrente anche il sindaco. Quindi ho dovuto rendere conto a persone che non si sono né presentate né qualificate ma che, a fiuto, avevano l'aria di essere dei Servizi Segreti. Si sono dimostrati particolarmente interessati alla figura di Carla e a tutto quello che potevo ricordare di lei. Parole, gesti, impressioni. È arrivato persino un sottosegretario, in nome e per conto del ministro degli Interni, a cui avrebbe riferito personalmente. Quest'ultimo si è rivelato invece molto attento all'esistenza di incartamenti analoghi a quello che avevo messo nelle mani delle autorità.

La prima notte l'ho trascorsa nella cella di sicurezza del commissariato. Ugo Biondi ha preteso e ottenuto di passarla con me. Poche ore dopo è scattata una gigantesca operazione di Polizia che ha portato in carcere un centinaio di persone, fra la Sicilia, Roma e Milano. Esponenti politici, componenti della mafia, rappresentanti delle istituzioni. Un'eruzione vulcanica di una violenza inaudita, innescata da una documentazione senza precedenti. La cenere e i lapilli avrebbero continuato a cadere per chissà quanto tempo. Per chissà quanto tempo la nube nera che si era sollevata avrebbe coperto il mondo.

Il giorno dopo sono successe diverse cose.

Sui giornali le prime pagine sono letteralmente esplose di titoli a caratteri cubitali. Rassicurati dalla catena di arresti in corso e forti dei documenti in loro possesso, il «Corriere della Sera», «La Stampa», «la Repubblica» e via via tutti gli altri hanno fatto a gara su chi faceva più scalpore. In tutto questo rullare di tamburi e squillare di trombe, la notizia del suicidio del senatore Amedeo Sangiorgi non ha fatto molta sensazione. A tutta l'opinione pubblica è sembrato normale che si lanciasse nel vuoto dalla sua camera d'albergo, per evitare di fronteggiare lo scandalo che lo avrebbe travolto. Nessuno ha fatto caso al particolare che si era tolto la vita molte ore prima dell'inizio delle operazioni di Polizia.

Sono stato accompagnato nella villa sulla Rivoltana per un sopralluogo. Ho spiegato nei dettagli cosa è successo. Chi ha sparato, da dove ha sparato e quante volte ha sparato. Credo che, mentre parlavo, fosse evidente il sollievo di non essere finito a fare parte dei cadaveri. Sono quasi certo che alcune delle persone a cui mi rivolgevo avrebbero visto questa eventualità come un regalo del cielo.

Il successo nella lotta contro il terrorismo e il duro colpo inferto alla malavita organizzata hanno addolcito una pillola amara. Le autorità non avevano preso molto bene il fatto che io avessi divulgato informazioni così importanti ai giornali. C'è stata una lunga trattativa fra le forze dell'ordine, i rappresentanti della magistratura e del governo e Ugo Biondi per sistemare la cosa. Alla fine la versione concordata è stata di comune soddisfazione. Si è giunti alla determinazione di far risalire alla scoperta di quel covo delle Brigate Rosse il recupero del dossier che aveva incriminato tante persone. Non sarebbero state fatte ulteriori indagini sulla donna bionda che aveva consegnato le buste alle sedi dei giornali.

Questo avrebbe messo al riparo la mia persona da ritorsioni di gente finita in galera per colpa o per merito mio, a seconda dei punti di vista. Per molti esponenti di quell'ambiente, la vendetta è un piatto buono. Che sia consumato freddo o caldo, poco importa.

Grosso modo, ecco come sono andate le cose.

Il figlio del senatore Sangiorgi, in quel putiferio, è passato quasi inosservato. I giornalisti non mi hanno inseguito. C'era gente molto più importante di me a cui dare la caccia, a cui avvicinare un microfono, a cui rivolgere domande. Il presidente della Repubblica, il primo ministro, ministri vari e giù verso i gradini inferiori della scala gerarchica. Io su quella scala non c'ero nemmeno mai salito. Anche in questo caso ho preferito restare in cantina, dove avevo vissuto per tanti anni.

Poco per volta i nomi di Francesco Marcona e Nicola Sangiorgi sarebbero sbiaditi nella memoria della gente. Qualcuno di quelli che conoscevano Bravo non si sarebbe nemmeno reso conto che erano la stessa persona.

Una sola, piccola, significativa curiosità. Ad avallare la mia storia incredibile, oltre al dossier che ho presentato, ci sono state due testimonianze. Le donne delle pulizie alla Costa Britain, quelle che avevo fermato una sera in via Monte Rosa, hanno creduto di riconoscermi attraverso l'identikit apparso sui giornali e sono andate alla Polizia. Hanno riferito di avermi incontrato e che avevo chiesto loro informazioni su una fantomatica collega di lavoro.

Una certa Carla Bonelli, pareva loro di ricordare.

Sono pronto a scommettere che hanno aggiunto che si vedeva dalla mia faccia che ero un matto o un poco di buono.

O entrambe le cose.

Ho sorriso quando l'ho saputo e ho dato disposizione che fosse recapitato a casa di ognuna un sontuoso mazzo di rose rosse. È giusto che ogni donna abbia un ammiratore segreto.

Il taxi si ferma sotto la pensilina con la scritta «Partenze

Internazionali». Scendo dalla macchina. È una buona giornata per volare via. In questo bel tempo di tarda primavera, conservando il ricordo del sole e del cielo azzurro, prima che arrivi l'estate a rovinare tutto. Sapevo che prima o poi sarebbe giunto questo momento. Il momento in cui mi sarei trovato davanti a un tabellone delle partenze. Al contrario di Carla, per me la situazione si presenta un poco migliore. Nessuno mi insegue e non sono costretto a prendere il primo posto libero sul primo aereo che parte.

Sono certo che insieme al biglietto mi comprerò un'illusione e che nel posto dove finirò troverò gli stessi uomini e le stesse donne, solo con facce e lingue diverse. Ma non ha molta importanza.

La sola cosa che conta è il decollo.

Quello che troverò una volta atterrato farà parte di un'altra storia.

La mia autista scende e mi apre il bagagliaio. Tiro giù la mia sacca da viaggio, pago il prezzo della corsa e le lascio mille lire di mancia. Prima di risalire in macchina, mi lancia uno sguardo significativo. Forse mi sono sbagliato. Con quel pizzico di vanità e di narcisismo che è in ognuno di noi, mi ripeto che non è il tipo che fa avances ai clienti.

Ma forse a me sì.

Ho dentro un accenno di buonumore, mentre entro nel terminal. Individuo il tabellone nero che riporta gli orari dei voli. Lo raggiungo e faccio scorrere gli occhi su quell'elenco di sigle, compagnie aeree e destinazioni.

C'è un volo Alitalia per Rio de Janeiro che parte fra tre ore. Mi immagino sulla spiaggia di Ipanema e la mia figura visualizzata in quel posto mi piace. Vado alla biglietteria e chiedo alla signorina allo sportello un posto di prima classe per il Brasile.

Il posto c'è. Basta pagarlo.

Lo faccio in contanti, tirando fuori dalla tasca interna della giacca un rotolo di banconote. Mi chiedo quando pagherò di nuovo qualcosa in lire e se mai lo farò ancora. È bella questa incertezza, questa non appartenenza, questa possibilità di decidere una cosa e un minuto dopo cambiare idea.

Raggiungo il check-in. Il volo per il momento non è aperto.

Individuo l'edicola e ci vado. Prendo un libro, due quotidiani e delle riviste. Il mio sguardo cade su alcune copie della «Settimana Enigmistica» impilate di fianco alla cassa.

Esito un poco ma poi lascio perdere. Basta crittografie.

Quel tempo è finito. L'ultima di cui sono venuto a capo aveva la parola Bravo come soluzione. È un buon risultato e non si può chiedere troppo alla sorte.

Mi siedo, appoggio la sacca di fianco a me e apro il «Corriere». Le prime pagine sono tuttora occupate dagli sviluppi delle vicende di cui sono stato testimone e protagonista. Leggo qua e là, per la mera curiosità di sapere quanto è stato riferito e quanto è stato nascosto, travisato, storpiato nel nome sempre benedetto della libertà di stampa.

Continua la vicenda che tiene l'Italia col fiato sospeso. Aldo Moro è sempre nelle mani dei suoi sequestratori. Io spero che fra le tante bugie che mio padre ha detto nella sua vita, ce ne sia una anche sulla sorte di quell'uomo abbandonato. Spero che le parole che ha pronunciato nella sua camera d'albergo non siano vere e che siano solo un'ultima manifestazione del suo delirio di onnipotenza e onniscienza.

Spero.

Passo oltre. Nella cronaca nera c'è una notizia che riguarda Tano Casale. Un titolo che occupa mezza pagina.

IL 13 PORTA SFORTUNA
*Schedina fasulla incastra noto esponente
della malavita milanese*

Sorrido. Non ho nemmeno bisogno di leggere l'articolo. So benissimo quello che è successo. E so altrettanto bene quello che succederà.

Quando la mia deposizione è stata scritta, controllata da una decina di persone e in seguito firmata, sono stato dichiarato un uomo libero. Io e Ugo Biondi, col viso tirato e occhiaie da cerchi nei tronchi, ci siamo salutati nel cortile del commissariato.

Eravamo stanchi, distrutti, senza volontà. Io avevo la voce roca a forza di parlare.

«Ti chiamo domani per quell'altra faccenda. Ora ho solo bisogno di dormire.»

Gli ho stretto la mano. Ha ricambiato la stretta.

«Anche io. Non sai quanto.»

Attraverso il portone abbiamo visto in strada arrivare il suo taxi. Lo ha raggiunto di corsa e io sono salito sull'Alfa di Stefano Milla. L'ispettore si era offerto di accompagnarmi al motel di Settimo dove avevo deciso di alloggiare per un paio di giorni, tanto per far calmare le acque. Non per una particolare attenzione nei miei confronti, ma per avere modo di scambiare le due chiacchiere in privato che non erano state possibili nei giorni precedenti.

Doveva essere sui carboni accesi. La macchina non si era ancora infilata del tutto nel traffico che è venuto subito al sodo. Aveva da riferire un messaggio che per lui valeva cinquanta milioni.

«Ho parlato con Tano.»

«Che ha detto?»

«Che è d'accordo con te. Ti ringrazia per l'idea ma è meglio che tu te ne stia fuori.»

Se si aspettava di vedere una reazione sul mio viso, è rimasto deluso. Non me ne fregava niente di essere dentro o fuori. Il giorno che avevo portato la schedina a Tano, gli avevo proposto un piano. Avventuroso ma fattibile. Glielo avevo prospettato come una ulteriore beffa, un nuovo modo di fare quello che faceva tutti i giorni: prendersi gioco della legge.

Non a caso gli avevo chiesto se avesse qualche bancario fra i suoi clienti alla bisca clandestina. Qualcuno impelagato con lui fino al collo. Uno al quale poteva imporre più che proporre una complicità. Tutto sarebbe stato molto semplice. Il giorno che avesse riscosso la schedina, sarebbe dovuto andare a depositare l'importo nella banca del suo uomo. Quello avrebbe proceduto personalmente all'incasso, firmando la ricevuta e ritirando in cambio una valigetta vuota. In quel momento una banda di rapinatori sarebbe dovuta entrare nella sede della banca, svuotare le casse e fregarsi la valigetta.

Come il gioco delle tre carte.

Tano avrebbe avuto il torto di avere sbandierato un po' troppo la vincita al Totocalcio, attirando su di sé l'attenzione dei rapinatori. Comprensibile, visto che pochi resistono alla tentazione di esibire la propria fortuna. Avrebbe fatto un poco la figura dell'idiota, ma in compenso avrebbe avuto in cambio una ricevuta valida e i quattrocentonovanta milioni della vincita ancora nascosti sotto il materasso.

Ho sorriso ripensando al viso di Tano quando si è sentito prospettare questa eventualità. Il gioco beffardo, l'agire in prima persona, l'adrenalina nel sangue. Tutte cose che conosceva bene e al cui fascino non è riuscito a sottrarsi. L'avidità soprattutto, quella su cui contavo io. E la vanità, molto più forte negli uomini che in qualsiasi donna. Ero sicuro che avrebbe proceduto da solo. Che avrebbe reclutato personalmente la sua banda per il colpo. Se per prudenza non lo avesse fatto, io avevo in ogni caso raggiunto il mio scopo.

Quello di guadagnare tempo.

Milla mi ha richiamato indietro.

«Che idea? Di che cazzo stiamo parlando, Bravo?»

Ancora mi chiamava così, nonostante ormai sapesse tutto o quasi di me.

Mi sono girato verso di lui.

«Tano sarà arrestato.»

Nella sua replica c'era una nota di allarme.

«Quando?»

«Presto.»

Ha riportato gli occhi sulla strada. Di certo vedeva qualcosa di brutto arrivare, fra le auto in coda, i pedoni, i semafori.

«Cristo, che hai combinato? Sei impazzito? Vuoi che faccia la pelle a tutti e due?»

«Non succederà.»

Ho cercato di parlare con una voce piena di sicurezza. Ne serviva molta, per fargli superare la paura. Per convincerlo che era giusto fare quello che gli proponevo.

«Adesso ti dico che farai. Ti prenderai quindici giorni di ferie. Te ne andrai in vacanza al mare, in montagna o al lago. O in culo al mondo, dove vuoi tu.»

Per un istante l'ho lasciato a immaginare se stesso in una situazione vacanziera.

«Quando tornerai, troverai un libretto al portatore con cinquanta milioni sulla scrivania del mio avvocato. Li prenderai e scorderai che questa conversazione e i miei incontri con Tano Casale siano mai avvenuti.»

«E lui?»

«Non ti preoccupare. A lui ci penso io.»

Una voce nell'interfono mi ricorda che sono a Linate, con in tasca un biglietto aereo per il Sud America. Alzo gli occhi e vedo che al banco il check-in è stato aperto. Mi avvicino e consegno il tagliando e il passaporto alla signorina in divisa.

«Buongiorno.»

Mi guarda e si compiace. Mi compiaccio anche io e le sorrido.

Controlla il mio nome sul biglietto.

«Buongiorno a lei, signor Sangiorgi.»

Nonostante possa passare come bagaglio a mano, decido di spedire lo stesso la sacca. Voglio essere libero, senza pesi da portare, anche se leggeri. L'ho fatto troppo a lungo. Ricevo l'indicazione per l'uscita, l'orario e la carta d'imbarco. Mi muovo seguendo la coda di gente che procede verso i controlli di Polizia.

Sono stato diversi giorni rintanato in quel motel, intontendomi di telegiornali e uscendo solo per mangiare e comprare i quotidiani. Ho visto l'incendio diventare un rogo. Mi sono detto che col tempo si sarebbe ridotto a un falò e infine solo quelli che si erano bruciati avrebbero ricordato il calore delle fiamme. Avevo anche la certezza che molti di loro ci sarebbero passati attraverso senza riportare danno alcuno.

Il giorno in cui ho deciso di uscire dalla mia tana, mi sono visto con Ugo alla presenza del notaio che ha l'ufficio due piani sopra il suo. Gli ho dato istruzioni per l'incasso della schedina e mi sono guadagnato la sua gratitudine con una parcella da cento milioni, per quello che aveva fatto e che doveva ancora fare. Ho ritirato il permesso per visitare Carmine a San Vittore. Infine, ho firmato al notaio tutte le deleghe necessarie per dei movimenti finanziari che mi riguardavano.

Quando me ne sono andato dal suo ufficio, Ugo mi ha stretto la mano e mi ha fatto sorridere. Mi ha rivolto la stessa domanda che io avevo rivolto a Carla.

«Ti rivedrò?»

Non ho ritenuto opportuno baciarlo e dirgli che tutto avrebbe potuto essere diverso. Mi sono limitato a un gesto che comprendeva il possibile.

«Chi può dirlo?»

Un poliziotto esamina il mio passaporto nuovo fiammante, ottenuto a tempo di record, gentile omaggio della Questura di Milano. Me lo restituisce, il viso già rivolto al passeggero successivo. Passo davanti al duty free e decido di entrare a comprare una stecca di sigarette. Mi serviranno per il viaggio, che si prospetta lungo e noioso. Con le mie due cartucce di Marlboro in mano mi avvicino alla cassa. Presento la carta d'imbarco e pago. Proseguo senza fretta fino al cancello che reca la scritta Rio de Janeiro. Mi siedo su una poltroncina. L'articolo che parla dell'arresto di Tano mi riporta al mio ultimo incontro con Carmine, nel parlatorio di San Vittore.

È arrivato accompagnato da una guardia, che si è allontanata per darci modo di parlare in privato senza perderci di vista. Il suo aspetto fisico non era migliorato. Era sempre uno degli uomini più brutti che avessi mai visto. Ho pensato che nemmeno quell'altro particolare doveva essere cambiato. Ho immaginato che in carcere gli abbia fatto vincere un sacco di scommesse. Gli uomini rimangono sempre bambini, dentro di loro. Nessuno riesce a esimersi, in determinate situazioni, a fare la gara a chi ce l'ha più grosso.

Si è seduto davanti a me. L'espressione era quella che mi aspettavo da un uomo senza libertà.

«Ciao, Bravo.»

«Ciao, Carmine.»

Si è girato per controllare che le orecchie della guardia fossero lontane dalle nostre voci.

«È venuta Luciana a trovarmi. Mi ha portato le foto del bambino.»

«È un bel bambino.»

Sulla sua brutta faccia c'era l'orgoglio del padre quando ha confermato le mie parole.

«Sì, proprio un bel bambino.»

Subito dopo si è zittito. Di certo ha pensato alla malattia di suo figlio. La moglie deve essere andata a trovarlo in carcere soprattutto per informarlo sullo stato di salute di Rosario. Ma Carmine non ne ha fatto cenno, quasi che non parlare di una cosa drammatica servisse a esorcizzarla un poco.

«Mi ha anche detto quello che hai fatto per loro.»

«Non è niente.»

«No, è molto invece. È quello che vorrei essere in grado di fare io, se non fossi chiuso in questa prigione di merda.»

Ho visto la frustrazione per quello stato di impotenza dipingersi sul suo viso. La mortificazione per i suoi errori, che la malattia di un bambino gli stava facendo pagare in modo molto più doloroso di qualunque detenzione.

«Carmine, c'è qualcosa che tu puoi fare per la tua famiglia.»

Ha avuto uno scatto di nervi. Comprensibile, in un uomo nella sua situazione.

«Che cazzo vuoi che possa fare chiuso qui dentro?»

Ho abbassato il tono di voce, per indurlo ad abbassare anche il suo.

«Tuo figlio è malato. Ha bisogno di cure. Per queste cure occorre parecchio denaro.»

Mi sono sentito un infame, mentre giravo il coltello nella

piaga. Ma ritenevo necessario quel riassunto della situazione in funzione delle cose che gli avrei detto dopo.

«Io darò in mano a tua moglie un libretto al portatore con duecentocinquanta milioni. Con quella cifra potrà pagare le cure di Rosario e anche assicurargli un futuro. Portarlo via da certi ambienti, farlo vivere in un posto sano, farlo studiare.»

Mi sono allontanato da lui appoggiandomi allo schienale della sedia. Per quello che era possibile in quel frangente, l'ho lasciato un poco da solo, a immaginare uno straccio di avvenire per suo figlio. La risposta è stata quella di un uomo che nella vita non ha mai avuto niente gratis.

«Che devo fare?»

Ho abbassato ancora di più la voce.

«Conosci Tano Casale?»

Non ha nemmeno risposto. Tutti conoscevano Tano Casale. In silenzio ha atteso il seguito. Io gliel'ho dato.

«Fra poco sarà arrestato. Sarà per una cazzata, ma la Polizia non si farà scappare l'occasione per trasformare il fermo in arresto e verrà portato qui.»

C'era curiosità nel suo sguardo, anche se forse aveva già capito.

«E allora?»

L'ho guardato negli occhi. Poche volte nella mia vita sono stato più calmo. E felice all'idea di qualcosa.

«Voglio che tu lo uccida.»

La voce della hostess che annuncia il mio volo si sovrappone a quella di Carmine che chiamava il secondino per farsi riportare in cella. Mi alzo e vado a mettermi in coda con gli altri passeggeri per l'imbarco. Controllo i visi delle persone che ho intorno. Non c'è nessuno che conosco. Quando è il mio turno, consegno il tagliando alla signorina in divisa e ricevo in cambio uno scontato e sorridente augurio di buon viaggio.

Prima di lasciare la sala e avviarmi verso la navetta che mi porterà sull'aereo mi giro a guardare il posto e la gente che lascio. Sto partendo da solo, una condizione che a volte può essere un peso, a volte una liberazione.

Bravo non è nemmeno venuto a salutarmi.

MAGGIO 1988

Pilar si muove e nel sonno allunga una gamba e mi tocca.

Mi sveglio e apro gli occhi. La luce del mattino filtra dagli interstizi degli scuri. In questa stanza non è mai veramente buio. Nella penombra giro la testa e la vedo dormire, con la testa appoggiata sul cuscino. Il lenzuolo è sceso di lato e il suo corpo è completamente nudo. Ha capelli corti e lisci, i seni piccoli, le natiche ben disegnate, le gambe lunghe.

È alta, sottile e forte.

A metà della notte ha lasciato nell'altra stanza il ragazzo con cui aveva appena fatto l'amore. Per un poco sono rimasto anche io con loro, seduto su una poltrona in fondo al letto a guardare quei corpi giovani e abbronzati, portatori sani di un'età che non mi appartiene, mentre si intrecciavano e si davano piacere. Ogni volta che succede non posso fare a meno di ricordare, ogni volta che ricordo non posso fare a meno che succeda di nuovo.

A un certo punto mi sono alzato e me ne sono tornato nella mia stanza. Sono rimasto steso supino nel letto finché mi è arrivato un *tump tump* in crescendo di piedi nudi sul pavimento. Poco dopo ho sentito il lenzuolo scostarsi e Pilar si è infilata nel letto accanto a me.

Si è avvicinata ed è scivolata fra le mie braccia come la sabbia in una clessidra. Il suo fiato era caldo contro la mia guancia.

«Dormi?»

«No.»

Ho sentito una mano salire ad accarezzarmi il viso. Poi la sua voce soffice nelle orecchie.

«Ti amo.»

«Anche io ti amo.»

Con un movimento fluido si è sdraiata sul mio corpo e ha cominciato a muoversi. Ho sentito il calore della sua pelle contro la mia e il suo seno contro il mio petto. Ha iniziato a baciarmi e ha continuato a muoversi finché ho sentito qualcosa che mi opprimeva il ventre sciogliersi e fluire via in modo così lontano da farmi illudere che non sarebbe mai più tornato.

Mi metto su un fianco. Nella penombra allungo una mano e le accarezzo una coscia. Non per farle sentire la mia presenza, ma per essere certo della sua.

Ieri sera siamo usciti da soli, dopo tanto tempo che non lo facevamo. Abbiamo cenato in un ristorante a Playa El Yaque, vicino a uno dei miei alberghi. Poi, attratti dalle voci e dalla luce di un falò, siamo finiti a una festa di surfisti sulla spiaggia. C'erano delle chitarre, c'erano dei ragazzi e delle ragazze, c'era della birra. Seduto su una roccia, con una lattina in mano, ho visto Pilar nel riflesso del fuoco parlare con uno di loro, un giovane americano con i capelli biondi e le lentiggini sul viso abbronzato. Ridevano e nel bianco acceso delle loro risate ho capito che si piacevano. Nel tremolio delle fiamme ho visto Pilar cercare il mio sguardo. Le ho sorriso e quando siamo ripartiti per tornare a casa il ragazzo era in macchina con noi.

Scendo dal letto. Sono nudo. Ho imparato a non avere più vergogna del mio corpo. Riserbo sì, vergogna no. Non ho ritenuto opportuno dire a Pilar chi me l'ha insegnato. Ci sono cose che mi appartengono e a dividerle con qualcun altro ho l'impressione che mi appartengano di meno.

Lascio a lei la stessa libertà.

A piedi scalzi raggiungo il bagno. Apro la porta finestra ed esco sul terrazzo che divide con la camera da letto. La mia casa è isolata e nessuno può vedermi. Davanti a me c'è la grande apertura della Ensenada La Guardia, che lascia scorrere lo sguardo sull'oceano fin dove è capace di arrivare. Oggi il cielo è sereno e c'è più blu di quanto un uomo riesca a concepire e a ricevere.

Un vento tiepido da mattino dopo mi accarezza la pelle.

Ancora non mi sono abituato a questo senso di pace.

Torno nella stanza da bagno dai muri grezzi e dai decori che richiamano l'architettura moresca. Addossato a una parete c'è uno specchio a figura intera dove mi cerco e mi vedo e mi accetto. Gli occhi sono sempre quelli, anche se fra i capelli ha iniziato a intrufolarsi il bianco. Ho ripreso a fare sport con una certa frequenza e il mio fisico è molto migliorato. Sono asciutto e muscoloso a sufficienza per non sembrare un uomo di quarantacinque anni.

Apro il rubinetto e mi getto sotto la doccia. Mi insapono e lascio che con la schiuma scivoli via l'odore del sesso. Rimango sotto quell'acqua finché dall'alto non cade nemmeno più una goccia di memoria.

Poi esco dalla cabina e mi infilo l'accappatoio.

Torno in camera da letto. Pilar dorme ancora, nella stessa posizione in cui l'ho lasciata. È una macchia d'ambra nel bianco delle lenzuola, al centro del letto in ferro battuto. Ma questo letto non ha nascondigli nelle gambe. Da tempo ho smesso di avere bisogno di occultare il mio denaro.

Entro nel guardaroba e indosso dei calzoni di lino, una camicia e un paio di scarpe comode. Qui sull'isola tutto è finalizzato alla semplicità, all'agio personale, al disimpegno. Con tale concetto nell'umore mi dichiaro pronto per iniziare la giornata.

Esco dalla zona notte e attraverso il grande soggiorno, pieno di divani e tavolini posti di fronte a un'altra terrazza che serve anche la cucina. Feliciana, la mia governante, ha preparato fuori il tavolo con la colazione. Mi siedo e mi verso un bicchiere di succo d'arancia. La vista da questa parte è molto simile a quella che si gode dalla camera da letto.

Il sole sta salendo e dipinge minuto dopo minuto una splendida giornata di maggio.

Non è ancora tempo degli acquazzoni, soprattutto notturni, che caratterizzano il clima dell'isola da giugno ad agosto. Sono rovesci come dovrebbero essere le cose avverse della vita.

Rapidi, violenti, improvvisi.

Poi tutto torna limpido, anche la mente.

Quando sono venuto via dall'Italia, ho girato per il mondo. Sud America, Asia, Stati Uniti, Canada. Avevo denaro in abbondanza. Nella mia famiglia era mia madre quella ricca. Nonostante mi fossi eclissato, nonostante non l'avessi mai visitata durante il periodo della malattia, mi ha lasciato lo stesso suo erede universale. Questo è e sarà per sempre un rimorso e un rimpianto insieme. L'ho scoperto solo dopo la morte di mio padre e ho dato l'incarico di vendere tutto. Terra bruciata dietro, una tappeto fiorito davanti. Mi sono ritrovato padrone di ventotto miliardi. Erano una bella somma, dieci anni fa. Lo sono ancora adesso.

Il patrimonio di Amedeo Sangiorgi non l'ho toccato. Durante l'ultimo incontro nello studio di Ugo Biondi, ho conferito l'incarico al notaio di dare tutto il suo denaro e le sue proprietà in beneficenza. Con particolare attenzione alle vittime della mafia.

Feliciana arriva dalla cucina, con il suo passo silenzioso. È una donna di mezza età, dal fisico robusto e dalla carnagione tipica delle donne latine. Si occupa di me e della casa da sette anni, aiutata da una ragazza del paese che non vive con noi ma che sale ogni giorno da Piedras Negras. Abbiamo anche un giardiniere tuttofare, Cristóbal, che si interessa dei piccoli lavori di manutenzione che una villa così grande comporta. È un uomo dall'età indefinibile, padre di quattro figli, marito di due mogli, sempre allegro e sorridente. Vive a La Guardia e a giorni alterni sale con un furgone carico di attrezzi. Il suo fiato odora spesso di vino, nella bocca a cui manca qualche dente.

Un sorriso enigmistico, avrebbe detto il Bistecca.

Feliciana posa sul tavolo un paio di giornali.

«*Señor*, ecco i giornali dall'Italia. Cristóbal li ha portati da Porlamar.»

Allungo una mano e prendo una copia del «Corriere della Sera» che ha fatto molta strada. Mentre lo apro, Feliciana mi ricorda che è anche una cuoca, oltre che una governante.

«Cosa vuole mangiare oggi?»

«Uova strapazzate e pane tostato. Poi caffè e una fetta della tua torta di cocco, se l'hai fatta.»

Feliciana mi guarda, piccata.

«Certo che l'ho fatta. La torta di Feliciana non manca mai in questa casa.»

Vivo qui da più di otto anni e il mio spagnolo si è nel tempo evoluto: da patetico a discreto fino a potersi definire ottimo. La mia impareggiabile domestica invece è impenetrabile alla curiosità per le lingue straniere e non parla una parola d'italiano.

Lo capisce ma non lo parla.

D'altronde, a pensarci, perché dovrebbe?

Si allontana, un poco ferita dal sospetto sulla presenza

del suo dolce capolavoro. Io mi immergo nella lettura di avvenimenti che dopo tanti anni non mi incuriosiscono nemmeno più. A volte ho l'impressione che se prendessero i giornali di dieci anni fa e cambiassero i nomi, potrebbero essere pubblicati gli stessi articoli. La politica litigiosa, il Sud che non decolla, la classe operaia che non è in Paradiso. Ma, nonostante tutto, sono e resto un emigrante. Un poco di nostalgia, non molta, rimane.

Qui sull'Isla Margarita, i quotidiani italiani arrivano sempre con un paio di giorni di ritardo.

Oggi è l'undici di maggio.

Sulla copia del «Corriere» che stringo fra le mani la data è il nove di maggio.

Dieci anni fa, in questo stesso giorno, il corpo senza vita di Aldo Moro è stato ritrovato nel baule di una R4. Quell'immagine desolata è riproposta in terza pagina, al centro di un articolo che ripercorre le tappe del suo calvario.

Ricordo poche fredde parole in una stanza d'albergo.

Aldo Moro è già un uomo morto…

I funerali di Stato hanno avuto la risonanza che un personaggio della sua levatura, scomparso in circostanze così tragiche, poteva e doveva avere. Quelli di mio padre e di mio zio sono stati fatti con la stessa sveltezza furtiva con cui si infila la polvere sotto il tappeto. A nessuno interessava farli vedere e a nessuno interessava vederli. Ora sono solo due nomi e una foto su una lapide e, in certi ambienti, un grosso imbarazzo quando se ne evoca il ricordo.

Come in tutto il resto del mondo, anche in Italia a volte si ricorda. Altre si preferisce dimenticare.

Le uova e i toast arrivano nello stesso momento in cui Pilar sbuca in accappatoio dalla vetrata del soggiorno. È a piedi nudi e ha i capelli lucidi d'acqua, segno che si è appena fatta la doccia. Getta uno sguardo al panorama e si stira prima di venire a sedersi accanto a me.

«*Cómo estás, mi hermoso italiano?*»

Le prendo una mano e bacio la pelle odorosa di bagnoschiuma e di donna bella.

«Molto bene. Come non potrei?»

Pilar indica le uova a Feliciana.

«Posso avere la stessa cosa?»

Mentre la donna torna in cucina, Pilar mi ruba dal piatto una fetta di pane tostato. Inizia a masticarla fingendo di essere un criceto. Rido, come sempre quando fa questa gag. Si versa un bicchiere di *coco frío* da una caraffa.

«Che fai oggi?»

«Devo andare a El Pueblo del Viento. C'è una riunione per l'apertura di un nuovo centro commerciale e si chiedevano se avessi intenzione di investirci del denaro.»

«Tu ce l'hai?»

«L'intenzione o il denaro?»

Invece di mangiarlo, mi tira l'ultimo pezzo di pane.

«*Estúpido.*»

Allargo le braccia, come chi si trova a fronteggiare l'evidenza.

«Il problema non sono le idee, sono i soldi.»

Si allunga e mi abbraccia. Appoggia la fronte contro la mia.

«Povero amore mio senza denaro. Mi hanno detto che c'è un riccone svizzero in un hotel a Pampatar che è molto generoso con le belle ragazze. Se vuoi te ne procuro un poco io.»

Queste parole mi riportano indietro nel tempo. A quando ero io a dirle, a ruoli invertiti. Una piccola nube passa nel cielo di maggio e faccio di tutto perché Pilar non la veda. Senza riuscirci.

«Non credo sia necessario.»

Lei mi guarda stupita. Poi sbotta in una risata.

«Sei geloso. *Madre de Dios*, sei geloso. *Hermoso y celoso.*»

Si alza e viene a sedersi sulle mie ginocchia. Mi abbraccia. L'umido dell'accappatoio, l'umido dei suoi capelli, l'umido delle sue labbra.

«*Te quiero.*»

«*Yo te quiero también.*»

È la seconda volta che ce lo diciamo nel giro di poche ore. E la cosa non mi dispiace per niente. Pilar è approdata nella mia vita come un regalo inaspettato. Una turista senza problemi di denaro, arrivata dalla Spagna a Playa El Agua in cerca di qualcosa o che da qualcosa fuggiva. Ci siamo conosciuti e ha deciso di fermarsi ancora un poco sull'isola. Per un altro mese, dapprima. Poi altri due. Poi si è trasferita a casa mia. Infine una possibile data di partenza non è più stata presa in considerazione. Le ho detto di me quello che mi sentivo di dirle. Lei ha fatto la stessa cosa. Le ho spiegato quello che ero, quello che non ero e quello che non sarei stato mai. Lei ha fatto la stessa cosa. Da allora la nostra relazione procede con reciproco conforto da più di cinque anni. Come in tutte le cose umane, fino a quando non si sa. Forse non siamo una famiglia. Ma è la cosa più vicina a essa che siamo riusciti a mettere insieme.

Il momento di unione passa ma non tanto da essere dimenticato.

Sollevo Pilar e la costringo a tornare sulla sua sedia. I miei calzoni hanno un lieve alone di umido dove si è seduta. Mi scrollo alcune briciole di pane dalla camicia.

«Io devo andare. Tu che fai?»

Pilar indica l'interno della casa.

«Howard mi ha invitato a fare surf con lui, nel pomeriggio. Pensavamo di scendere anche noi a El Yaque. Appena si sveglia.»

Howard è il ragazzo che ci ha seguito a casa. Dopo le fatiche di questa notte, sono molto dubbioso che il suo risveglio avvenga prima di un paio d'ore. Dall'espressione di Pilar, vedo che lo è anche lei.

«Molto bene. Io nel pomeriggio, dopo la riunione, mi fermerò al villaggio. Ci sono delle cose che devo decidere con il direttore. Abbiamo intenzione di ristrutturare alcuni bungalow.»

Blocco ogni sua possibile reazione.

«Per tua tranquillità, non ci sono problemi di denaro. Per cui non è necessario che telefoni al tuo riccone svizzero.»

Lei ride di nuovo.

Io mi giro e me ne vado. La sua voce mi raggiunge mentre sto per imboccare la scalinata che dal terrazzo porta al piano inferiore, dove c'è la piscina e sul retro il garage.

«La Patrol serve a me. Prendi la Mercedes.»

Senza voltarmi, le faccio un segno sollevando il pollice dal pugno chiuso.

Raggiungo il box costeggiando la piscina dall'acqua chiara che riflette l'azzurro del cielo e ne prende colore. Il giardino è pieno di alberi e palme basse, fiorito e ben curato, grazie ai buoni servigi di Cristóbal.

Una Mercedes berlina è parcheggiata di fianco a una Nissan Patrol. Le chiavi sono nel quadro. Salgo in macchina e metto in moto. Mi avvio per la strada che mi porta a uscire dalla mia proprietà. Imbocco la Avenida 31 de Julio e proseguo fino a immettermi sulla statale che attraversa l'isola e arriva a Porlamar. A un bivio prendo a destra per la strada che costeggia l'aeroporto e scende a Playa El Yaque.

Ogni volta che viaggio per l'isola non posso che compiacermi della mia scelta. Quando sono arrivato qui, dopo un primo periodo di adattamento e di stupore per la bellezza del luogo, mi sono guardato attorno. C'era nell'aria un potenziale turistico che ero certo sarebbe esploso nel giro di qualche anno. Cosa che è successa e che sta ancora succedendo. C'era la possibilità di vivere in un posto discreto senza sentirsi un esiliato o un ricercato. Di lavorare conducendo nello stesso tempo un'esistenza rilassata. Ho comprato tre alberghi e investito in diverse attività: ristoranti, negozi, agenzie di servizi per turisti.

Non me la cavo male.

Accendo la radio. Dalla strada asfaltata un poco a modo suo si solleva polvere e la scia dietro l'auto pare muoversi al ritmo della musica. Raggiungo la spiaggia e parcheggio nel cortile riservato al personale di El Pueblo del Viento, uno dei resort che possiedo.

Si tratta di una serie di bungalow in legno e muratura, accuratamente concepiti per dare l'idea dello spartano e avere tutti i comfort. Sono disposti intorno a una clubhouse dove sono sistemate la reception, la sala ristorante e una serie di servizi che ho introdotto per primo nel turismo dell'isola, come i massaggi e la cure di bellezza per il corpo.

Il villaggio si chiama così perché è situato a due passi da una spiaggia ventosa che sull'Isla Margarita rappresenta uno dei paradisi del windsurf. Infatti la mia clientela è perlopiù composta da appassionati, ai quali non pare vero di vivere in una situazione in cui possono uscire dalla stanza, prendere la loro tavola e dopo pochi passi essere già in mare spinti dal vento. È ovvio che tutto questo ha un costo. Ma d'altronde ogni cosa ne ha uno, sulla terra degli uomini.

Le persone con cui mi devo incontrare hanno accettato di tenere il nostro piccolo consiglio di guerra in una sala riunioni al villaggio. Per ossequio verso di me e dunque per la mia comodità, dato che credo di essere uno degli investitori più appetiti in questa nuova avventura. Davanti al denaro le brache hanno la tendenza a calare in tutte le parti del mondo. La battuta sui soldi e le intenzioni non è esattamente come l'ho riferita a Pilar.

I culi ci sono, sono i soldi che mancano. Ecco la versione originale.

Il Godie dixit.

Mi avvio verso la clubhouse e supero la porta d'ingresso. Mi trovo in un locale molto ampio a forma pentagonale, illuminato su tre lati da ampie vetrate. Sulla sinistra è collocato il bar con la sua zona conversazione. Sulla destra c'è il ristorante, che prosegue su una terrazza affacciata sulla spiaggia.

Di fronte all'ingresso è sistemato il bancone della reception.

Un gruppo di nuovi arrivati è in piedi, in attesa di essere smistato nelle camere. Di lato, le macchie colorate dei loro bagagli, che li raggiungeranno grazie al personale addetto. Mi avvicino e vedo il direttore, un tipo di media statura con barba e calvizie aggravata, impegnato in una discussione con tre persone.

Messo di profilo rispetto a me c'è un uomo alto, un poco stempiato, dal fisico atletico e dalla mascella quadrata, che non ha bisogno di sventolare la bandiera americana per dichiarare la sua nazionalità. Accanto a lui, di spalle, ci sono un bambino sui sette anni e una donna slanciata con i capelli color miele. Indossa un paio di jeans e una camicia leggera dello stesso tessuto.

Mi pare dal loro atteggiamento che ci sia nell'aria una certa tensione. Il direttore parla sfregandosi le mani, un gesto suo tipico dei momenti di difficoltà. Quando mi vede arrivare esibisce un'espressione di sollievo e mi fa un segno. I tre si girano quasi all'unisono, seguendo il suo sguardo.

La donna è Carla.

Il mio cuore si ferma per un attimo. Riesco a fare in modo che non si fermi anche il mio passo. Li raggiungo, sperando che il mio viso sia impassibile come quello della donna che dopo tanti anni mi ritrovo di fronte.

«*Buenos días, Guillermo. Qué pasa?*»

«Ci deve essere stato un disguido. I signori McKay mi dicono di avere effettuato una prenotazione che non trova riscontro nel nostro registro. Purtroppo il villaggio è al completo e non c'è verso di dare loro una sistemazione.»

Il direttore ha parlato in inglese, perché tutti potessero capire. Le mie ipotesi sulla loro provenienza sono confermate.

Il bambino si aggrappa al padre.

«Oh papà, è così bello questo posto. Ci sono un sacco di surfisti. Voglio stare qui.»

Carla lo stacca dal padre e se lo tira vicino.

«Pazienza, Malcolm. Sono certa che si aggiusterà tutto.»

Tendo la mano all'uomo. La stretta che ne ricevo è energica e decisa. Visto che l'inglese è la lingua ufficiale della conversazione, mi adeguo.

«Signor McKay, sono Nicola Sangiorgi, il proprietario di questa struttura. Ora vedremo cosa si può fare per accontentare suo figlio.»

Carla ha avuto un impercettibile sussulto. Solo io me ne sono accorto, perché solo io sapevo che da parte sua avrebbe potuto esserci una reazione nel sentire il mio vero nome.

Li lascio da soli in trepida attesa. Mi allontano e vado a controllare il registro delle prenotazioni e mi rendo conto che le parole di Guillermo Castillos, il direttore, corrispondono a verità.

Il villaggio è al completo.

Vedo nella lista degli arrivi in giornata una coppia di francesi, clienti tanto abituali da poterli considerare anche amici.

Punto il dito sui loro nomi.

«Avverta i Tournier che c'è stato un disguido e che non siamo in grado di ospitarli qui. Per farci perdonare saranno trasferiti a La Fortaleza e il loro soggiorno sarà completamente gratuito.»

La Fortaleza è il nome di un altro dei miei alberghi. Si trova a Juan Griego ed è senza dubbio il migliore di quelli che possiedo. Nel cambio i francesi non ci rimettono di certo.

«Ma i Tournier…»

«Ai Tournier non importa nulla del surf. Saranno lieti di passare un periodo gratis in una sistemazione che è anche migliore di questa. Faccia come le dico e vedrà che tutto andrà bene.»

«Come vuole lei, signor Sangiorgi.»

La sua espressione è talmente evidente che quasi sento le parole che pensa.

Fai un po' quel cazzo che ti pare. Sei tu il padrone e contento tu…

Io sono contento e dunque deve esserlo anche lui.

Il direttore torna alle sue occupazioni. Io mi riconduco dai tre che sono in attesa dello sviluppo degli eventi. Gli confermo che è quello che speravano.

«Tutto a posto. Non appena vi sarete registrati, il ragazzo vi aiuterà con i bagagli. Buona permanenza a El Pueblo del Viento, signori McKay.»

Il bambino solleva le braccia in segno di vittoria.

«Evviva!»

L'uomo mi sorride. Un sorriso che sa di partite di baseball, barbecue con gli amici, campeggio con la famiglia, un lavoro ben retribuito.

Un avvocato, forse. Oppure un medico.

«La ringrazio. E mi presento come si deve. Io sono Paul McKay. Malcolm, mio figlio, lo conosce già.»

Indica con un gesto la donna accanto a lui.

«E questa è mia moglie Luisa. Italiana, come lei immagino.»

Stringo la mano che Carla mi offre. Nella mia mente, Luisa è una sconosciuta.

«Molto piacere, signora. Devo dire che il nostro Paese è da lei molto ben rappresentato.»

Carla risponde solo con un cenno del capo e un sorriso tirato.

Faccio un passo indietro.

«Ora, se volete scusarmi, ho qualche impegno che mi attende.»

Mi allontano e mi dirigo verso la reception.

Mi chiedo come mi sento.

E chi può dirlo?

Non io, nel momento in cui ho appena avuto una nuova conferma che il mondo è davvero piccolo. Nel momento in cui il caos e il caso mi hanno appena ricordato che non dormono mai e che la regola è quella di sempre. Puoi provare a decidere cosa fare della tua vita, ma molto sovente è la vita che decide cosa fare di te.

Raggiungo il bancone. Mi faccio dare il telefono da una delle ragazze e chiamo la mia segretaria. Mi risponde al primo squillo.

«Rosita Seguro.»

«Rosita, mi faccia un favore. Avverta al volo Helizondo, Manzana, Cortes e Llosa che ho avuto un contrattempo.

Chieda se è possibile spostare la nostra riunione di oggi e che ci comunichino la data che a loro fa più comodo.»

«Sarà fatto, signor Sangiorgi.»

Restituisco la cornetta all'impiegata e mi dirigo verso l'ufficio che mi sono ricavato dalla parte opposta rispetto alle cucine. Appena sono dentro, al sicuro, vado a versarmi un bicchiere d'acqua.

Lo bevo tutto d'un fiato. Mi ricordo un lungo sorso di mio padre, tanto tempo fa. Continuo a non capire quell'uomo, ma capisco il bisogno d'acqua di certi momenti. Mi siedo dietro la scrivania e mi affido alla comodità della poltrona di pelle.

Ho spostato l'incontro perché sono sicuro che non avrei avuto la concentrazione necessaria per parlare d'affari. Non sarei stato in grado di guardare i volti di quegli uomini, dire e ascoltare parole, essere con loro nella stanza. Non pochi minuti dopo che il passato è tornato a cercarmi e mi sono ritrovato negli occhi gli occhi di Carla.

Con te ci verrei gratis…

Sono trascorsi anni eppure è tutto così vivido nella memoria che pare stia ancora succedendo. Il riporto di Daytona, il mattino fresco davanti all'Ascot Club, la pila del Tulipano che volteggia per aria nel buio, la voce di Tano Casale, gli occhiali di Lucio, il viso di Carmine…

Non un dettaglio, non una parola, né un colore manca.

Soprattutto il rosso schizzato del sangue.

Nel silenzio dei pensieri, sento bussare alla porta.

«Sì?»

La porta si apre e spunta il viso di un ragazzo del personale.

«Signor Sangiorgi, c'è una signora che chiede di parlare con lei.»

Sospiro. Non pensavo sarebbe successo così presto.

Qualcosa da qualche parte batte colpi non consentiti. Per quanto tempo passi, il cuore non sarà mai un alleato.

«Falla accomodare.»

Mi alzo e attendo in piedi finché Carla non è entrata. Le indico la sedia davanti alla scrivania. Non appena si è sistemata, torno a sedermi anche io.

La guardo. Dieci anni hanno ingentilito la sua bellezza. C'è in lei quella dolcezza inquieta delle ore che precedono il tramonto, quando il sole pare brillare più vivido e più caldo per farsi perdonare il buio che arriverà dopo che se ne sarà andato. Il taglio e la tinta dei capelli seguono ancora la linea che ha impostato Alex, tanti anni fa.

Gli occhi sono quelli di sempre. E credo che saranno così per sempre.

Avrei voluto essere diversa e conoscerti in un modo diverso. Sarebbe stato tutto molto bello…

Ma non lo è stato.

«Ciao, Bravo.»

Sorrido mio malgrado.

«Sono anni che nessuno mi chiama così.»

«Ho sempre pensato che quel soprannome ti si adattasse alla perfezione.»

Rimango in silenzio. Lei prosegue.

«E invece dopo tanti anni ti ritrovo con un nome pesante da portare.»

«È il mio. Una volta pensavo che un nome valesse un altro.»

Mi concedo una pausa.

«Mi sbagliavo.»

Tiro fuori il pacchetto di sigarette. Gliene offro una. Con mia sorpresa la rifiuta.

Regala un sorriso alla mia faccia stupita.

«Col tempo diventa più facile opporsi ai vizi.»

Accendo solo la mia, pensando che non sempre funziona così.

«Tuo marito mi sembra un'ottima persona.»

«Lo è.»

«E tuo figlio è un bellissimo bambino. Molto sveglio, direi.»

Sorride. Anche con gli occhi.

«Oh, se è per questo, fin troppo.»

Non c'è curiosità nella mia domanda, solo un poco di rimpianto.

«Tu come stai?»

«L'hai detto tu. Ho un marito, un figlio. Mi aiutano a non pensare.»

Appoggio i gomiti sulla scrivania. Capisco quello che intende. Pensare, a volte, può essere davvero un brutto lavoro.

Cambio tono.

«Cosa posso fare per te?»

Lei cerca le parole.

Le trova.

«Quando sono partita, non c'è stato modo di parlare. Ma io ti ho fornito una storia.»

I suoi ricordi non le bastano. Succede, quando non sono belli.

«Mi devi una storia anche tu.»

Mi chiedo se davvero ci ha pensato in tutti questi anni. La risposta è che ci avrei pensato anche io, se fossi stato al suo posto.

«Una storia, dici?»

Minimizzo con un'espressione del viso, girando per un istante la testa da un'altra parte.

«È molto semplice da raccontare. Bastano poche parole.»

Mi guarda. Le attende.

«Ero giovane, bello e ricco. Avevo tutte le donne che potevo desiderare. A Palermo ero una piccola celebrità. All'ultimo anno di Legge mi sono innamorato della ragazza sbagliata. Una ragazza sulla quale aveva messo gli occhi il nipote di Turi Martesano, uno che allora era un pezzo da novanta della mafia. Mi avevano avvertito che stavo rischiando. Ma io mi sentivo intoccabile, protetto dallo scudo della posizione politica di mio padre.»

Mio malgrado, mi sfugge un sorriso al pensiero di quanto ero ingenuo e di quanto ero inerme.

«Lei era innamorata, come me. Forse più di me, perché se io avessi saputo quello che mi sarebbe successo, sarei scappato a gambe levate. Abbiamo continuato a vederci. Una sera, mentre tornavo a casa, sono stato preso da tre uomini. Mi hanno messo un cappuccio in testa e mi hanno sbattuto in una macchina.»

Le lascio il tempo di creare immagini corrispondenti al racconto. Di certo nel suo vissuto ha gli elementi per evocarle.

«Mi hanno portato in un posto. Una masseria, credo. C'era profumo di campagna nell'aria. Ho sentito la voce di quell'uomo che mi parlava. Una voce roca, graffiata, che mi diceva di fare il bravo, che se avessi fatto il bravo avrei sentito meno dolore... Poi mi hanno slacciato i pantaloni e lui mi ha evirato.»

Anche io sono costretto a immaginare. Avevo un cappuccio in testa. Vedevo tutto nero. Ma ricordo il lampo giallo del dolore davanti agli occhi sbarrati.

«E poi che è successo?»

«Mi hanno scaricato davanti a casa, una villa isolata sul mare, a Mondello. Sono stato subito ricoverato in una clinica privata, operato d'urgenza e curato nella discrezione più assoluta. Nessuno doveva sapere che al figlio di Amedeo San-giorgi avevano tagliato il cazzo.»

La mia voce le deve arrivare nello stesso modo in cui arri-va a me.

Soffocata e ancora incredula.

«Quando sono guarito, mi hanno trasferito a Roma e sono stato affidato alle cure di uno psicologo. Per elaborare il mio stato, dicevano. Le sedute sono servite solo a farmi nascere un sospetto. Tutto era stato troppo preciso per essere casuale. L'abbandono davanti a casa, il soccorso così rapido, la pre-senza fortuita dei medici in clinica, come se mio padre fosse stato avvertito in anticipo di quello che sarebbe successo.»

Torno a guardarla in viso. È una donna che ho visto ucci-dere a sangue freddo delle persone. Eppure adesso c'è una pena infinita dipinta sul suo viso.

«E in effetti era più o meno così. Me lo ha confermato lui. Sapeva, ma non ha avuto il coraggio di fare nulla. O la possibilità, il che non cambia molto l'ordine delle cose. Or-mai era già troppo invischiato e troppo teso nella sua scala-ta al potere.»

La lascio riflettere sulla tragica ironia di tutta la vicenda. Sul fatto che, fra tante, ha scelto di mettere nelle mie mani proprio la cartellina che riguardava mio padre. Sul fatto che l'unica persona in grado di aiutare il senatore Amedeo San-giorgi a recuperare un dossier inseguito con tanta ferocia era stato il figlio sacrificato alle leggi della mafia.

«Per questo sono scappato. Per questo mi sono nascosto utilizzando un nome falso. Ho fatto una scuola di dizione per nascondere l'accento. Avevo paura, rancore, disprezzo verso il mondo. Verso gli uomini, capaci di essere quello che io non sa-rei mai più stato. Verso le donne, che avevano il potere di ecci-tarmi senza potermi soddisfare.»

Mi guarda in silenzio. Non c'è molto da dire. Quel poco che resta lo devo dire io.

«E così, ricordando le parole di quella notte, è nato Bravo. Un venditore di donne.»

«Hai saputo chi era l'uomo che ti ha mutilato?»

Sorrido. Quanta fatica mi costa farlo.

«Certo. Era un sicario assoldato per l'occasione. L'ho ritrovato a Milano. Aveva fatto carriera, era diventato un boss. Io avevo un elemento. Conoscevo la sua voce. Lui di me non conosceva nulla, nemmeno il mio viso, perché era coperto da un cappuccio.»

«Che ne è stato di lui?»

«È morto nel carcere di San Vittore. Ucciso da un altro detenuto durante l'ora d'aria.»

Le ci vuole un attimo per collegare. Ma ci arriva quasi subito.

«Forse quel detenuto prima di finire in prigione abitava dalle parti di Quarto Oggiaro?»

Il mio silenzio vale come assenso. Che ritengo opportuno integrare con un piccola considerazione su me stesso.

«Come vedi, non sono migliore di te.»

La mia storia è finita. Come le avevo promesso, sono bastate poche parole. Ci saranno altre storie, per noi due. Ma ognuno le vivrà per conto suo. Ora non è rimasto molto da dire, solo un poco di tempo da spendere al meglio.

Carla si alza.

«Credo di dover raggiungere i ragazzi. Ufficialmente sono venuta a ringraziarti come si deve, mentre loro facevano un tuffo in mare. Ma ora devo tornare.»

Le faccio strada verso la porta. La sua voce mi blocca.

«Ora te la faccio io una domanda. La stessa che hai fatto a me. Tu come stai?»

«Ho una donna. Una sola. Le permetto di vedere altri uomini. Ma non è per denaro.»

Le apro la porta. La seguo per il breve corridoio.

«Mi sono chiesta diverse volte come sarebbe stato fare quella vita.»

«Quale vita?»

«Lavorare per te.»

Superiamo una porta e siamo nella hall. Oltre questo battente di legno c'è un altro mondo. Quello della gente che non sa e che, nel caso, preferirebbe non sapere.

«Te l'ho detto, un giorno a casa mia, quando mi hai chiesto di entrare nel mio giro. Non è un viaggio senza ritorno. Ma possono rimanere attaccati dei ricordi sgradevoli.»

«Chi non ne ha?»

«Già, chi non ne ha?»

Pochi passi e ci troviamo all'aperto, nel patio dal quale si vedono la spiaggia e il mare fiorito di vele colorate. Da qui Paul e Malcolm McKay non si distinguono, ma sono certo che da qualche parte si stanno divertendo come un padre e un figlio in vacanza. E stanno attendendo che li raggiunga una moglie e una madre che loro conoscono come Luisa.

Vorrei chiederle qual è il suo vero nome. Ma mi trattengo.

Quale che sia, per me resterebbe sempre e solo Carla.

Carla Bonelli.

Mentre stiamo per salutarci, Pilar ci sorprende. Deve avere lasciato la Patrol nel posteggio e avere costeggiato l'edificio, per cui non l'ho vista avvicinarsi. Si ferma a un passo da noi.

Ci guarda e, per quell'istinto che tutte le donne hanno, ci esamina.

«Pilar, questa è la signora McKay. Con suo marito e suo figlio saranno ospiti del villaggio per un paio di settimane.»

Pilar si avvicina. Le due donne si stringono la mano e si studiano come solo le donne sanno fare. Poi Carla...

No, Luisa decide che è davvero giunto il momento di tornare dalla sua famiglia.

«Buona giornata, signor Sangiorgi. La ringrazio ancora per la sua cortesia. Buona giornata anche a lei, Pilar.»

Senza attendere risposta, si gira e si allontana, con quell'incedere che non ha perso nulla della sua grazia. La seguo con lo sguardo mentre si toglie le scarpe per camminare a piedi nudi sulla spiaggia.

La voce di Pilar mi richiama accanto a lei.

«Tu piaci a quella donna.»

Mi rendo conto che ha spiato i miei occhi, senza capire che cosa c'era riflesso. Di certo molte cose, tutte facili da travisare.

«Mi lascerai per lei?»

Le prendo il viso fra le mani. Sento nella mia voce qualcosa di solido, nelle mie parole qualcosa di definitivo.

«No. Non ti lascerò per lei.»

Mi tolgo le scarpe. Anche io ho voglia di sentire la sabbia sotto i piedi nudi. È un sacco di tempo che non lo faccio. Abbandono il pavimento di legno del patio e trovo la rena. Guardo la donna che vive con me da qualche anno. Indossa un paio di shorts verde militare e una canottiera nera sotto la quale i seni sono liberi di esistere e lasciarsi immaginare.

«Vieni qui.»

Pilar si avvicina e io l'attiro a me. Le metto un braccio intorno alle spalle. Sento la sua pelle, buona per la mia mano.

«Camminiamo un poco, vuoi?»

Ci avviamo verso Punta de Mangle, senza nessuna fretta e senza nessuna intenzione.

Pilar mi passa una braccio intorno al fianco.

«Non avevi una riunione?»

«E tu non avevi un impegno con il surf?»

Lei ride e i suoi denti sono quelli di una giovane e docile femmina di squalo.

«Oh, quel ragazzo era così barboso. Mi diverto di più quando mi annoio con te.»

Da quel momento in poi camminiamo abbracciati, senza parlare, diretti verso un dove che sappiamo benissimo non raggiungeremo. Ma sentiamo questo procedere insieme, questa cosa nuova che ci spinge passo dopo passo ad allontanarci dalle nostre impronte. Le ritroveremo al ritorno. Se si saranno mescolate con delle altre e non sapremo riconoscerle, poco importa. Siamo su un'isola e tutti sono a loro modo dei superstiti.

Qui la primavera dura a lungo e l'estate, quando arriva, non rovina nulla.

In questo romanzo c'è la storia di un mondo che non esiste più. Si è perso con le persone andate via, negli anni trascorsi, nella società che è cambiata. Si è sbiadito con i numeri che scandiscono la vita, quando davanti alla cifra delle unità il 3 ha sostituito il 2 e poi è arrivato il 4 e poi il 5 e mi fermo qui, perché il 6 è il numero del diavolo.

Milano non era ancora potabile e la notte era ancora un avversario nobile da affrontare. Il sonno era il vero nemico e il sole all'alba un'abitudine. L'indifferenza la sola colpa, il talento non ancora riconosciuto un ruvido cilicio.

In quel mondo e in quel periodo è iniziata un'avventura che ancora non è finita. Voglio dire grazie a tutte le persone che hanno reso quegli anni indimenticabili, con la loro simpatia o con la loro avversione: entrambe sono servite a fare sì che oggi io sia, nel bene e nel male, l'uomo che sono.

Dovrei per questo scrivere cento pagine e citare mille nomi. Mi accontento di confermarne uno fra tutti: il Bistecca. Ha lasciato dietro di sé delle battute memorabili, immense, di quelle che solo il genio fine a se stesso può partorire. Mi illudo di avergli reso il giusto merito e regalato un briciolo di quell'immortalità di cui il suo estro era degno.

Ci sono poi altre persone a cui devo esprimere gratitudine per il loro aiuto nella stesura di questo libro. Sono persone che gratificano con la loro amicizia e la loro stima il mio presente e che sono da me ricambiate nel modo più assoluto.

È giusto dunque ringraziare:

Claudio Giovannone, che ha fatto in modo che una persona a lui cara fosse trasformata in un commissario. E lo ha fatto nel modo migliore: facendo del bene.

La famiglia Lavazza, che ha dato a me la stessa opportunità.

Dario Tosetti per avere fatto da tramite entusiasta in questo scambio di buone volontà.

Il dottor Cesare Savina, valente pediatra, che mentre guariva malattie di bambini veri me ne ha fornita una per un bambino inventato.

Il dottor Franco Bardari, direttore del reparto di Urologia dell'Ospedale Civile di Asti, che mi ha illuminato, mentre rabbrividivo, sulle peripezie chirurgiche di Bravo.

«La Settimana Enigmistica», nella persona di Alessandro Bartezzaghi, che mi ha dato una mano per le crittografie contenute in questo romanzo.

Piero Tallarida, storico e devoto cameriere del mitico Derby Club a cui l'Ascot è dichiaratamente ispirato.

Claudia Zigliotto, vicequestore aggiunto, amica delicata e nello stesso tempo inossidabile protagonista nella lotta al crimine di Milano.

Andy Surdi, clamoroso batterista e vocalist.

Michele del Vecchio e Furio Bozzetti, vecchi amici ritrovati intatti.

Giovanni Bartocci, giovane manager e compagno di serate newyorkesi. Due età diverse, lo stesso blues, la stessa birra.

Si arriva infine al mio gruppo di lavoro, composto da uomini e donne che sono collaboratori e amici nello stesso tempo. Senza che mai una cosa sia andata a compromettere l'altra.

Ecco i loro nomi:

Alessandro Dalai, l'uomo delle nuvole
Cristina Dalai, la damina del cielo sereno
Lorenza Dalai, il mio folletto preferito
Antonella Fassi, che ha una buona parola per tutti
Mara Scanavino, che ha un buon colore per tutti
Chiara Moscardelli ed Elisa Montanucci, che hanno un buon comunicato stampa per tutti
Stefano Travagli, che è sordo al richiamo della lap dance, cosa che non è da tutti
Francesco Colombo, che mi corregge come non fa nessuno
Piergiorgio Nicolazzini, che mi incoraggia come non fa nessuno
Roberta, che fa tutte queste cose messe insieme e altre ancora.

Nel caso io mi possa definire una persona fortunata, loro sono parte integrante di questa fortuna.